JN202274

二見文庫

愛は暗闇のかなたに

クリスティーナ・ドット／水野涼子＝訳

Obsession Falls

by

Christina Dodd

セント・マーティン・プレス社代表サリー・リチャードソンに感謝します。

わたしのすべての本の批評、編集、校正をお願いしている退役空軍少佐ロジャー・B・ベル。軍隊、銃器、飛行関連のすべての情報を提供し、仕事が遅れているときは叱り、行きづまったときは励ましてくれるかけがえのない友人です。ありがとう！

愛は暗闇のかなたに

登場人物紹介

テイラー・サマーズ	インテリアデザイナー。別名サマー・リー
ケネディ・マクマナス	会社経営者
マイケル・グレーシー	ワイナリー経営者
カテリ・クワナルト	図書館司書
タビサ・マクナマス	ケネディの妹
マイルズ・マクナマス	タビサの息子
ジョシュア・ブラザーズ	リゾート会社経営者
ロリーナ・ブラザーズ	ジョシュアの妻
ゲオルク	ケータリング会社経営者
ルイス・サンチェス	沿岸警備隊隊員
レインボー・ブリーズウィング	ウェイトレス
ダッシュ・ロバーツ	誘拐犯。元フットボール選手
ギャリック・ジェイコブセン	保安官
エリザベス・バナー・ジェイコブセン	ギャリックの妻
バリー	マイケルの部下
ピート・ドナルドソン	ワイン醸造家
ジミー・ブラックラー	誘拐事件の首謀者

第一部

誘拐

1

アイダホ州サンヴァレーから北上してソートゥース山脈に入る二車線の道路には、ドライバーがタイヤを交換したり、景色を眺めたりできるよう、要所要所に待避所が設置されている。ビール瓶とアルミニウムの羽目板でできた小屋や錆《さ》びついたトレーラーハウス、塗装がはげた下見板張りの家のあいだを縫うように進むと、西部が世界じゅうの開拓者やはみだし者を歓迎した時代にタイムスリップする。

その後、森林局が管理しているエリアに入った。

彼らは正しいことをしている。世界は自然のままにあるべきだ。そこでは、イエスの時代から生えている木が伐採されることも、スノーモービルやATMがクロクマに戦いを挑んだり、希少で繊細な花をつぶしたりすることもない。冬が遠ざかる夏のあいだだけでも、ハイカーやバックパッカーが歩きまわれる荒野は必要だ。

だが、森林局もワイルドローズ・ヴァレーに対しては何もすることがなかった。ワイルドローズ・ヴァレー・ロードは主要幹線道路から外れた、平地に住む人を怖気《おじけ》づかせるつづらおりの上り坂だ。でこぼこした砂利道が続き、テイラー・サマーズは歯ぎしりしながらレンタカーの黒いジープ・チェロキーを生まれ故郷に向かって走らせた。

頂上にたどりつくと、山間《やまあい》にハンモックのごとく垂れさがる谷が見えた。二十世紀はじめにこの地を開拓して住みついた牧場主たちは、家畜や子どもを育て、野菜や牧草を作り、凍《い》てつくような寒さや大恐慌、破産と闘った。

しかし、八月の現在、広い谷は黄色い草に覆われ、牛やレイヨウが点々といる。草地ははるかかなたの地平線まで続き、その先に山がそびえたっている。森林局は自分たちが荒野を保護していると思いたがるが、実際は、ソートゥース山脈そのものがこの土地の番人であり、守護者なのだ。

テイラーは九歳までソートゥース山脈をさまよって過ごした。家から離れて、安全な場所を探した。父の牧場や母の野心をめぐる両親の絶え間ない激しい口論から逃れるために。どういうわけか、テイラーが争いの種になった。

そして、十歳の誕生日に母と一緒にボルチモアへ引っ越したあとは、ワイルドローズ・ヴァレーを訪れることはなかった——今日まで。

険しい坂をゆっくりと下り、変化を見て取った。かつて牧場主の小さな平屋があった場所に大邸宅が立っている。数は多くない。資産家は見通しのいい景色を求めて、広い土地を買うのだ。

彼らを非難するつもりはない。車の窓を開けると、黄金色の草地を吹き抜ける風と、ときおり鳥が鳴く声だけが聞こえた。いくつか見覚えのあるものを見つけた。カエデの木立――昔よくそこで遊んだ。ペンキの塗られていない納屋の廃墟《はいきょ》――屋根裏の干し草置き場に吊《つる》されたロープにぶらさがり、開け放たれたドアから飛びだして楽しんだものだ。

そして、サマーズ牧場へ入る脇道。サマーズ家が百年以上所有していた牧場を、父は離婚の財産分与のために売らざるを得なかった。

テイラーは無意識のうちにアクセルから足を離して徐行した。

牧場の購入者は門を建て、図々《ずうずう》しくも〝サマーズ・フォーエバー〟という偽りの看板を掲げていた。

彼らはテイラーの財産だけでなく、名前まで奪った。

最低。

テイラーは窓を閉めると、ふたたびアクセルを踏んでわだちだらけの道を埃《ほこり》を上げながら走り、目的地の、山が合わさって道を万力のごとく締めつけている盆地の突き当たりへ向かった。

一時間ほど車を疾走させて、ようやく静かなる山に到着した。ここが探し求めていた山林だ。空気は薄く新鮮で、マツや大地、植物、そしてインスピレーションのにおいがする。

テイラーは自分は真の芸術家だとずっと思っていた。

大学でグラフィックデザインを学び、インテリアデザイナーになった。才能をお金になる仕事と引き換えにし、強い優越感を抱いていた。けれども心の奥では、手にした成功の証《あかし》を投げ捨てて芸術に身を捧《ささ》げれば、自分の才能で世界を変えられると信じていた。

そういうわけで、二度目の婚約破棄を記念して飛行機でソルトレイクシティに来て、レンタカーでワサッチ山脈沿いを北へ走った。眺めのいい場所を見つけるたびに車を止めてスケッチし、この指から感性豊かなすばらしい芸術が生まれることを期待した。

しかし、そうはならなかった。一度も。才能の片鱗《へんりん》も見られない。精神の高揚も自己認識も誇りも痛みも感じられなかった。ずっと自分を信じてきた結果が……これなの？

故郷に帰ればインスピレーションの源を再発見できるという確信を抱いて、北のアイダホ州へ向かった。サンヴァレーでホテルに一泊し、今日、胸を高鳴らせながら、人里離れたピクニック場にやってきたのだ。木陰の駐車場にバックで車を止めた。ペットボトルの水とウエストバッグ、スケッチブックを持って車からおりた。木立のなかを蛇行する道をたどり、想像力をふたたびかきたててくれるはずの場所を探した。

一キロほど進んだところで、見覚えのある青々とした草原が広がった。牧場ではなくここが、テイラーにとってのわが家だった。キャンプやハイキング、狩りの仕方を父から教わった。幼少期の一番の思い出だ。

テイラーは氷河に置き去りにされた黒い玄武岩のなめらかな巨岩にのぼった。見渡す限り、八月の薄い青空を突き刺す、険しく荘厳な高峰が続いている。ソートゥース山脈の威風をとらえるには、大胆な色合いの油絵具と大きなキャンバス、そして巨匠の腕が必要だ。

どれもここにはない。

けれど、テイラーがいて、大地の力に敬意を表したいと切望している。

テイラーはスケッチブックを開いて木炭鉛筆《チャコールペンシル》を握ると、全身全霊を込めて目の前の景色を描いた。

完成すると、うしろにさがって作品を眺めた。

高校時代の美術教師が、山を描けるのは、山の魂を描写し、見る者に荘厳さや威嚇するような高さ、厳しい寒さを感じさせられる真の芸術家だけだと言っていた。真の芸術家はアートではなく感情――切望や恐怖、愛情を生みだす。何より、山をアイスクリームのコーンのように見せてはならないと。

テイラーがスケッチした山は、アイスクリームのコーンのようには見えないと自信を持って言える。

肉に食いこんだ足の爪のようだ。

スケッチブックをめくって、これまで描いた絵を一枚一枚見た。いったいどうしたら、西部の山の永遠なる威風や雄大さをこのような人間の不快な症状におとしめられるのだろう。このときを夢見て、計画を立てた。幼少時代の思い出の場所で、自分の芸術的才能が開花すると想像していた。ところが、そうはならなかった。惨憺《さんたん》たる結果だったため、背後のでこぼこした砂利道を走る車の音が聞こえたときはほっとしたくらいだ。スケッチブックを閉じて巨岩から滑りおりると、マツの木立へ向かった。

隠れる必要があるわけではない。テイラーにはここにいる権利がある。けれど、女ひとりだ。車に乗っているのは牧場主か観光客だろうが、野生動物は季節外れのハンターを引き寄せるし、小川のあちこちに古い金鉱区があるし、昔からの住人は銃を携帯している。用心したほうがいい。

黒のメルセデス・ベンツが、挑むようにわだちをあえて踏みながら、カーブを曲がってやってくる。テイラーは苦笑いを浮かべた。

富裕層の観光客だ。アメリカの道路が自分の都合に合わせて一本残らず舗装されていないのが許せない都会人。あとどれくらいででこぼこ道に降参するだろう？　突きでた岩に車の底がこすれて破損するかもしれない。

車は家ほども大きな岩のうしろを通って見えなくなった。草原を横断したあたりで、エンジン音がやんだ。

そこで昼食をとるのだろう。それから、引き返して……。

テイラーは腕時計を見た。午後二時半。そろそろ自分も引き返さなければならない。町へ戻るのにたっぷり二時間以上かかる。でもその前に……森の奥に足を踏み入れて、山よりもスケッチしやすいものを探した。木とか。虫とか。

車の二枚のドアがバタンと閉められた。

男の冷やかな声がはっきりと聞こえてきた。「やつをトランクから出せ」

2

テイラーは立ちどまった。

〝やつ？　トランクから？〟

男の口調からいやな印象を受けた。その言葉にも。

トランクに誰が入れられているの？

「もっと奥へ行かなくていいのか？」また別の、そわそわした神経質な声が聞こえた。

テイラーはふたたび歩き始めた。〝関係ないわ……〟

「これ以上こんなしょうもないところを走ってられるか。ジミーはやつをここに連れてきて、人けのない場所で始末して、死体を捨てろと言ったんだ」

テイラーはぴたりと動きを止めた。

「誰もいないだろ？」

「おれは――」

ゴツンという音がした。

「わかったよ！」

〝始末？　死体を捨てる？〟

テイラーは頭が混乱した。鳥がさえずっている。頭上の巨大なベイマツの枝が空を包みこみ、風にさざめいている。

そして、近くで誰かが話している……死体を捨てることについて。

「なら、やるぞ」冷やかな声の男が言った。「ジミーに盾突くつもりか？」

「まさか」もうひとりの男がつかえながら否定する。「あんな恐ろしい男に」

〝ジミーという名の男がふたりを雇って……〟

トランクが開く音がかすかに聞こえた。

子どもの悲鳴が響き渡った。

〝嘘でしょう〟インスピレーションを求めて世界一平和な場所にひとりで来て、殺人を目撃するはめになるなんて。しかも相手は子どもだ。

神経質な声の男が言った。「くそっ、トランクがゲロまみれだ。ディーラーに持っていって掃除させないと」

「だめだ。なんて説明するつもりだ？　なかに子どもを入れてたって？　自分で掃除しろ」

命令するバリトンの声に威厳が感じられた。

それをかき消すような子どもの泣き叫ぶ声が、あえぎながらのすすり泣きに変化した。

テイラーは消えてしまいたかった。

けれど、現実にここにいる。

腕に鳥肌が立ち、吐き気が込み上げた。

木立から離れて、急いで巨岩の陰に移動した。

ここにいれば安全だ。大丈夫。家くらい大きな岩だ。厚くて高い、氷河時代に流れついた岩。

自分は安全だ。

自分はばかだ。

ざらざらした岩に背中を押しつけたまま、少しずつ移動してはのぞきこんだ。そしてようやく、車が見えた。

男たちも。

少年も。

銃も。

男たちは大きな拳銃を持ち慣れている様子だった。

ひとりは体格がよく、目を細めてにらんでいる。命令していたほうだ。

もうひとりは痩せ型でぶつぶつ言っていた。少年の襟首をつかんで、テリア犬がネズミにするように揺さぶった。

少年は……八歳くらいで、髪は黒、顔が真っ白で嘔吐《おうと》物に覆われている。怯《おび》えている。

テイラーも怯えていた。手が震えている。膝ががくがくし、鼓動が耳の奥で鳴り響いている。

それでも、ミスター・痩せっぽち《スキニー》が少年をピシャリと叩《たた》く音が聞こえた。

「黙れ」

少年が泣く声を潜めた。

テイラーはさらによく見た。大男のほうに見覚えがあった。シーモア・〝ダッシュ〟・ロバーツ。マイアミ・ドルフィンズのランニングバックだったが、大きな不祥事を起こして服役したあと、アリーナフットボール（室内で行うアメリカンフットボール）でかろうじて生き残っている。

もうひとりの男は無名の人物だ。ひどく動揺している。

ふたりともスーツを着ていた。こんなところで。牧場主やフォードのトラックであふれた、観光客やたまに環境保護運動家が訪れるだけの場所で。ひどく場違いでも、彼らは気にしていない。少年を殺しに来ただけだから。

よかった。少なくとも犯人のひとりの身元を特定できた……警察へ行って話せる。少年が殺されたあとで。

「どこでやる？」ミスター・スキニーがきいた。

ダッシュが周囲を見まわす。

テイラーは岩にぴったりと体を寄せた。

「あそこの切り株にしよう」ダッシュが指さした。「こいつを立てかけられる。道路のほうを向かせて、マクマナスが来たらすぐ見えるようにしておくんだ」

「それより、あいつに探させようぜ」ミスター・スキニーが笑い声をあげた。

少年の泣き声がやんだ。

テイラーはふたたびのぞきこんだ。

少年は怯えている。それはたしかだ。けれども、逃げだす隙をうかがうように、男たちを観察しながら周囲を見まわしている。自分の身を守らなければならないとわかっているように。

「そんなのだめに決まってるだろ」ダッシュがばかにするように怒鳴った。「ここには野生動物がいる。オオカミとかコヨーテとか。死体を隠したら、そいつらが引きずりだして食っちまう。ジミーは怒り狂うぞ。おれたちは報酬に見合った働きをしなきゃならない。マクマナスにショックやら恐怖やらを味わわせるんだ」

「ジミーはよっぽどそいつの気を引きたいんだな」

「ジミーの機嫌を損ねたくないだろ。言うとおりにしておけば間違いない」

少年がわなわなと震えた。制服を着ている。ズボンにアイロンのかかったシャツにネクタイ。自分がこれから殺されることがわかるくらいには大きいが、本当に理解するには小さすぎる。

誰が理解できるというの？　テイラーも理解できない。あの子を助けたい。でも、その方法がなかった。テイラーは銃を持っていない。明らかにプロの殺し屋である男たちに飛びかかっても勝ち目はない。テイラーも殺されるだけだ。あの子を救うことはできない。なすすべもなく見ているしかない。

そう思いながら、スケッチブックから用紙を静かに次々と破り取った。20×27センチサイズの、ホイップクリームのような雲と陥入爪のような山が描かれた紙だ。

策はなかった。

というより、愚かな策だ。

風が吹いている。二十メートル先に木立がある。全速力で走って、すばやく身をかわせば、逃げられるかもしれない。子どもが男たちに殺されるのを看過したら、一生自分を恥じるだろう。

愚かな考えだ。とても愚かな。自ら殺されようとしている。

頭のなかで父の声がした。〝テイラー、銃弾より速く走ることはできない〟

テイラーはちゃんとわかっていた。けれども、ふたたび少年の泣き声が大きくなった一方、男たちは黙りこんでいる。仕事に取りかかったのだ。これから少年を殺し、マクマナスという人物が道路を走ってきた際に見えるよう、切り株に立てかける。ショックやら恐怖やらを味わわせるために。

十数枚の画用紙を破り取ると、スケッチブックを地面に置いて踏みつけた。三枚の紙を折っていない紙飛行機のごとく頭上で持ち、風にはためく音を聞き、息を吸ってから手を離した。

3

テイラーは走った。

画用紙が風に運ばれる音が聞こえるだろうと思っていた。その紙が殺し屋たちの視界に入る。殺し屋たちは少年から目をそらす。

そして、テイラーに目を向ける。

あの子に逃げるチャンスが生まれる。

本当に愚かな考え。

紙がはためく音は聞こえなかった。

恐怖で耳鳴りがした。

草原に飛びだして殺し屋たちの前に姿を現したあと、ふたたび岩陰に隠れて走り続けた。

銃声が聞こえた。冷たく鋭い、大きな銃声が。すぐ近くで。

〝うまくいった〟

「逃げて！」テイラーは叫んだ。

叫び声。叫び声が聞こえた気がする。

ちらりと振り向いた。

シーモア・〝ダッシュ〟・ロバートが銃を手に、巨岩のこちら側に向かって猛スピードでやってくる。

テイラーはリードしていた。

よかった。

とはいえ、相手はランニングバックの大男だ。足が速いから〝ダッシュ〟というあだ名がついた。

最悪。

ダッシュに勝つためには、木立に向かって全速力でまっすぐ走らなければならない。

生き延びるためには、ジグザグに進まなければならない。

テイラーはまっすぐ走った。

さっと横にそれた。

銃声が鳴り響く。

弾は当たらなかった。

〝ああ、神様、助けて〟

ダッシュが撃ち損ねたのは、拳銃だからだ。テイラーにとっては幸運だった。拳銃は接近戦のための武器だ。狙いを定めるのが難しい。どんなに腕がよくても、十メートル前後まで近づき、立ちどまって狙いをつける必要がある。

木立。木立にたどりつかないと。

〝もっと速く〟

木立に入りこんだ。

〝やったわ！〟

ちらりと振り向く。

ダッシュが立ちどまって足を踏ん張り、銃を構えた。

テイラーはさっと木陰に隠れた。

銃弾がすぐそばの木の樹皮を粉々にした。

よかった。これでいいのだ。テイラーが狙われている限り、あの子は殺されない。

これでいい。

テイラーはふたたび走りながら振り向いた。

ダッシュが全速力で追いかけてくる。

テイラーには土地勘がある。

ダッシュにはない。

テイラーは左に曲がった。

ふたたび銃が発射された。

銃声を数えるべきだ。弾は六発しか込められないから……ただし自動拳銃なら話は別で、その場合は――。

計算をしている時間はない。

〝とにかく走るのよ〟

山のふもとが見えた。ふたたび勢いよく左折して岩をまわり、見たこともないような慣れない急斜面をのぼった。

さらなる銃声がすぐ近くで聞こえた。

〝神様〟

シロイワヤギのごとく岩を飛び越え、茂みの下をくぐった。

ジグザグに動くことはできなかった。道は狭く曲がりくねっていて、ほぼ垂直だ。

この山をのぼる唯一の道を進んでいる。

ダッシュも。

ダッシュが距離を縮めていて、背後から速い足音が聞こえてきた。

逃げ道はひとつしかない。身を守る方法はひとつだけだ。

洞窟。岩のなかに隠れるのだ。

〝それはだめだ。あの洞窟のなかがどうなっているのか誰も知らない。穴に落ちるかもしれない。脚を折って動けなくなっても、誰もおまえを見つけてくれない。絶対に入るな〟

父の声が聞こえた。本気で言っている。

けれど、こうなったのも父のせいだ。責任感を持って正しいことをするよう父から教わったから。

岩の裂け目に飛びこんだ。腹這《はらば》いになり、土の上を身をくねらせて進む。急いで。泣いている暇はない。この先に何が待ち受けているか恐れずに進むのだ。

あとから追いかけてくるもののほうがずっと恐ろしい。

あの子も走った。逃げだした。そうでなければ、自分がしたことは無駄になる。

〝走るのよ、少年!〟

奥へ進むほど洞窟は狭くなっていく。単なる細い裂け目になってもなお、テイラーは進み続けた。

頭をさげ、暗闇のなかへ這っていく。やがて、お尻がつかえてそれ以上進めなくなった。あえぎながら小刻みに体を動かし、顎をすりむきつつも通り抜ける。未踏の洞窟で、転んで骨折してじわじわと死ぬはめになるかもしれない。肩を交互に動かして前進し――虚空に落ちた。

4

虚空ではなかった。テイラーは一・五メートル落下したのち、着地した。何かかたいものの上に。石だ。

右手首に激痛が走った。血が頬を伝う。テイラーは口に手を当てて悲鳴をこらえた。

〝声を出したらだめ。ダッシュに聞こえる〟

とはいえ、手首は猛烈に痛かった。眼窩《がんか》近くの頬骨も痛む。落ちる途中でぶつけたようだ。体じゅうが燃えるようにずきずきする。

あの少年を救うことはできただろうか。あの子はチャンスをつかんだ？　逃げだした？　それともいま頃、血の海に横たわっているの？　マクマナスが見つけやすいよう切り株に立てかけられた？

涙が込み上げた。

きっと殺された。

テイラーが画用紙を風に飛ばして殺し屋たちの気を引くことくらいしか思いつけなかったせいで。

テイラーは泣いた。少しだけ。声を出さずに。胎児のように丸くなって、痛む手首をもう一方の手でつかみ、拳を口に押し当てた。

上方の暗がりからは何も聞こえてこない。

当然だ。あの大男には入れないだろう。そう願った。

よし。これで安全だ。少なくとも当面は。

呼吸を整え、泣きやもうとした。激しく打つ鼓動を鎮めようとした。

こんな気持ちを味わったのは生まれて初めてだった。これほどの恐怖にとらわれたのも。アメリカ有数の危険な都市、ワシントンDCの近くに住んでいるのに、のどかなソートゥース山脈に帰ってきて銃を向けられるなんて。

あの子は生きている？　逃げだした？　自分の身を守れただろうか？

〝お願いです、神様。あの子を逃がして。あの子を生かしてください〟

手探りでいまいる場所を調べ、さらに奥の安全な場所へつながる道を探した。

岩棚の上だ。約一メートル突きでていて、幅は一・五メートルある。うつぶせで、痛めていないほうの腕を上げた。

何もない。奥へ行く道も、出口もない。

テイラーはそろそろと体を起こした。

腕を調べると、あざができていてたじろいだ。くじけた。

頬に触れる。傷ついてはいるが、出血はそれほどひどくなかった。洞窟のなかには、においに引きつけられてやってくる野生動物はいない。コウモリくらいだ。コウモリは昆虫を食べる。アイダホにチスイコウモリはいない。そのはずだ。

頭上の狭い穴からかすかに光が差しこんでいるものの、暗かった。ダッシュが外にいるから、携帯電話を使う勇気はない。

それに……ウエストバッグから電話を取りだして、電源を切った。

洞窟のなかだからGPSで位置を追跡することはできないだろうが、念のためだ。

洞窟に入るところをダッシュに見られていたら――ダッシュがどうにかして広い肩を穴にねじこんで入ってきたら、テイラーを見おろして射的場のアヒルのごとく射殺できる。

だがそれなら、すでに殺されているはずだ。

テイラーは壁に背中をつけた。丸くなって膝を抱え、耳を澄ましながら考えた。

ダッシュに見られただろうか。ここに隠れているのをダッシュは知っているのだろうか。銃を手に追いかけてくるだろうか。いったん洞窟を離れて、ダイナマイトを持ってきて入り口を爆破するかもしれない。そうしたら、テイラーはこの真っ暗で冷え冷えとした、姿の見えない生き物がうごめく場所から二度と出られないだろう。

5

テイラーはようやく眠りにつき、寝返りを打って手足を伸ばし……暗闇のなかを延々と落ちて、岩の上に着地した。

はっと目を覚まし、恐怖に震えながら体を起こした。

大丈夫。無事だ。落ちたわけではない。

夢を見ていたのだ。

けれど、もう眠れなくなった。その勇気はない。危険すぎる。

このままここにい続けるのも危険だ。

口のなかが乾いている。歯まで乾燥していた。

もう何時間も水分をとっていない。脱水症状になっている。いますぐ水が必要だ。

つまり……ここから出なければならない。

ダッシュがここまで追いかけてこなかったことに勇気づけられた。懐中電灯の光が差しこんでくることはなかった。

テイラーでさえやっとのことで通り抜けたのだから、当然だ。あのフットボール選手には、肩幅の広い筋肉質の殺人者には絶対に無理だ。

シーモア・〝ダッシュ〟・ロバート。テイラーは頭を岩にもたせかけた。彼について知っていることを思いだそうとした。

よく知らない。フットボールには少し興味があるくらいで、それも地元のチームだけだ。とはいえ、ダッシュは特別だった。彼はちょっとした有名人だ。マイアミ・ドルフィンズで二シーズン半プレーし、スター選手として活躍した。しかし、モデルのガールフレンドに激しい暴力を振るい、その女性は一カ月以上ICUに入れられた。顔の骨を折られて二度と鏡を見られない状態になり、当然モデルの仕事を失った。そして、自殺した。一方ダッシュは、三年の刑期のうち半年を務めた。スポーツ界のスーパースターだから、それ以上の刑罰に処されることはなかった。仮釈放中、二カ月間自宅に閉じこもっているあいだにデトロイト・ライオンズに拾われた。フィールドに復帰し、以前と変わりなく好調だったが、メディアの寵児《ちょうじ》は自分の試合に賭けているところを撮られた。それでキャリアは絶たれた。その後、アリーナフットボールでいくらか活躍しているものの、目立つことはしなかった。

その理由がいまわかった。ダッシュは雇われの殺し屋になったのだ。良心のかけらもないようだ。

そして、少年を殺そうとしていた。

テイラーのこともだけれど、子どもを殺すなんて極悪非道だ。

テイラーは携帯電話を見たかった。時間を確認したい。ここに入りこんでから、もう何時間も経《た》っているはずだ。外は暗くなった？

たぶん。ひと筋の光も差しこんでこない。

ここを出るべき？

出られるの？

両手で背後の壁を伝いながら立ち上がった。一・五メートルくらいの高さに、入り口につながる露頭がある。

テイラーの身長は百七十センチだ。のぼれる。どうにか。岩が崩れなければ。背中から倒れて岩棚で頭を打たなければ。さらに下の、何が待ち受けているかわからない洞窟の底に落ちない限り。

外に出て、ダッシュが待ち構えていたらどうしよう。

ほかに選択肢はなかった。ウエストバッグに入っているのは携帯電話とチャコールペンシル、鉛筆削り、ポケットティッシュ、折りたたみ式カップ、エネルギーバーだけだ。レンタカーにはペットボトルの水数本とサンドイッチが置いてある。とはいえ、キャンプ道具は持ってきていない。キャンプをしに来たわけではない。陥入爪の山を描きに来たのだ。

テイラーは腕のいい家具デザイナーだ。インテリアデザイナーとして高く評価されている。仕事が好きだし、高い収入にも満足している。それなのに、どうして芸術家として成功したいなどと考えたのだろう。

大ばか者だ。

こんなところで立ち往生するなんて。

岩の表面を手探りしたものの、埃や砂利に触れるだけで、手がかりはなかった。縁に少しだけ力をかけてみると、石の塊がぽろぽろ崩れ落ちてきて、テイラーはたじろいだ。

エネルギーバーを食べ、包みをウエストバッグに押しこんだ。

それから、携帯電話を取りだした。地下にいるのだから、誰も——ダッシュも彼の謎のボスもテイラーを追跡できないだろう。うずくまって壁に身を寄せ、電源を入れる。突然のまぶしい光にまばたきした。

午前三時三十八分。思ったより長く眠っていたようだ。

ふたたび電源を切ってから、携帯電話をウエストバッグにしまった。ひとつ息を吸ったあと、立ち上がろうとした。

手首に痛みが走った。ふたたびかがみこみ、手首をつかんで揺すった。骨にひびが入っている。右手首に。右利きなのに。

それでも、ここから出なければならない。

立ち上がり、深呼吸をして気合を入れ、少なくとも頭上の岩棚はテイラーの体重を支えられるのだからと、気を取り直そうとした。手首をかばいながら体を引き上げることができれば……。

ジムのトレーナーと汗を流し続けてきたのは、きっとこの瞬間のためだったのだ。あのサディストに負わされた苦痛に耐えられたのだから、傷や手首の痛みも我慢できるはずだ。

テイラーはのぼり始めた。主に肘を使って、べそをかきながら、必死で手がかりを探した。見苦しい姿だ。誰にも見られていなくてよかった。ようやく窮屈な洞窟につながる窮屈な裂け目の手前にある窮屈な場所に横たわったときには、息を切らし、汗まみれで震えていた。安堵《あんど》と恐怖が入りまじった気持ちになる。もう少しで食料や水が手に入るとほっとする一方、狭い裂け目を通り抜ける気力が残っていないことを恐れた。それに、その向こうにダッシュがいるかもしれない。頭を突きだしたとたんに殴られるかも。

気が滅入《めい》る。

身をよじって、ウエストバッグから先のとがったチャコールペンシルを取りだした。これを武器にしよう。たいした武器ではないが、空手の師匠は、二十回授業を受ければ鉛筆で人を殺せるようになると言っていた。二回目の授業で床にぶつかり、息ができなくなった時点でやめてしまったのが悔やまれる。

勇気を振り絞って、自由——あるいは死への一歩を踏みだした。

膝の下で岩の塊が崩れ落ちた。そのかけらが先ほどまでいた岩棚に跳ね返って虚空に落ちた。片脚が宙にぶらさがる。残りの部分も崩れ始めて——気づいたら、チャコールペンシルを握りしめながら洞窟の外に立っていた。

ひとりきりで。

ダッシュの姿はない。

腕で額の汗をぬぐった。チャコールペンシルをウエストバッグにしまう。周囲を見まわし、分別を持って状況を見きわめようとした。

分別で事実は変えられない。

外は寒く暗かった。とても寒い。吐く息が見えるほどだ。そして、とても暗い。月はなく、星明かりは古木の林冠にさえぎられている。

外には生き物もいる。ウサギやネズミといった無害な動物ばかりではない。アイダホにはオオカミの群れが生息している。テイラーは彼らになんの幻想も抱いていなかった。テイラーが衰弱したら、肉を引き裂かれ、骨までしゃぶられるだろう。

一刻も早く車に乗ってここを離れなければ。夜が明ける前に。

なぜなら、洞窟のなかでは目をそむけていた事実に気づいたからだ。

風に飛ばした画用紙の一枚一枚に、あの屈辱的なろくでもない絵のすべてに、テイラーのサインが入れてあった。

ダッシュとその凶悪な仲間たちが、テイラーの名前を知っている。

彼らよりも先に車にたどりつかなければならない。

6

川辺にひざまずいて折りたたみ式カップで凍えるほど冷たい水をくみ、ごくごくと飲んでいるあいだに夜が明け始めた。

冷えきっていて指先の感覚がなく、冷たい水に震えが止まらなくなる。浄化されていない水を飲んでジアルジア症にかかるかもしれない。そうなったところで、脱水症で死ぬよりはましだ。

歯を食いしばって手首を水に浸し、痛みが麻痺《まひ》し、腫れが引くことを願った。暗闇のなか何度も転びかけ、そのたびに力尽きそうになった。

それでも歩き続けた。追いつめられるとスタミナと勇気がわいてくることを初めて知った。

ずきずきする痛みがおさまると、高いマツの木にもたれて膝を抱え、体をあたためようとしたが無駄だった。そして、厳しい現実と向きあった。

夜明け前に車に戻ることはできなかった。さらに悪いことに、父に注意されたことをしてしまった。山で道に迷った。ソートゥース山脈で。東部の山とは違う。くみしやすい山ではない。標高およそ三千三百五十メートルの険しい山だ。気温は毎晩氷点下までさがる。この山で迷った者は二度と出られない。不運なハイカーが遺体を発見することもある。跡形もなく消えてしまうことも。

行方をくらましたい人にとって、ソートゥース山脈はうってつけの場所だ。寒さや孤独、飢え、野生動物、そして、早く始まり遅く終わる冬に対する備えさえできていれば。

テイラーはなんの備えもなかった。方位磁石なら携帯電話についているが、追跡されるのが怖くて電源を入れる勇気がなかった。

星座の位置を利用する方法なら知っている。北極星を探せばいい。父が教えてくれた。しかしこの山は、崖や急斜面やどこまでも続く木立があちこちにあって空がよく見えず、常に北斗七星の位置を把握するのは不可能だ。さらにのぼって樹木限界線を超えることもできるが、反対方向だ。早く何か食べなければならないけれど、だいぶ先のことになるだろう。睡眠もとらないと。それならなんとかなる。父はねぐらの作り方も教えてくれた。

体を伸ばして立ち上がると、声に出して言った。「ありがとう、お父さん」

これから作るベッドは気に入らないだろう。寝心地はよくないはずだ。針葉が肌に突き刺さり、樹液でべとつくだろう。虫も避けられない。とはいえ、枝が冷たい地面から体を持ち上げてくれるし、体を覆って体温を保つのを助けてくれる。日がのぼるにつれて気温も上がり、寒さもいくらかやわらぐだろう。

森へ行くときは必ず手斧《ておの》とナイフ、できればランドールのナイフを持っていくよう、父から教わった。テイラーはいまもそれらを持っている。家に置いてある。あのナイフがあればよかったのだが、しかたなく木の枝を手で折り取り、日当たりのよい場所に積み重ねてねぐらにした。その上で丸くなり、枝を体にかぶせると、針葉も樹液も虫も物ともせず、たちまち眠りに落ちた。

昼過ぎに目が覚めた。太陽が顔に照りつけている。全身がかゆかった。何かが背中を這っている。

枝を払いのけ、シャツのなかの甲虫《かぶとむし》を振り落とした。

鼻に触れた。日焼けしている。両腕が松葉でかぶれていた。それでも、眠ったら気分がよくなった。経験に基づいて考えられるようになった。これで道理にかなった計画を立てられる。

車に戻らなければならない。チェロキーは道路から外れた木陰に止めてある。殺人未遂を目撃した現場から二キロメートル近く離れている。この起伏の多い土地で、しかも夜に、少年たちがいた場所からそれほど遠くまで歩けたはずがない。あの子は……いまは少年のことを考えている場合ではない。あの子が無事であろうとなかろうと、自分の身を守らなければならない。

車を見つけるには、山をおりるしかない。

ダッシュが先に車を見つけた可能性はある。沿道で待ち構えているかもしれない。けれど、ここは山奥だ。歩いて町に戻ることはできない。警察へ行って殺人事件――願わくは殺人未遂事件を通報するためには、車が必要だ。

テイラーはねぐらをばらし、枝を小川に捨てた。ここにいた証拠を残さないほうがいい。

小川をたどって低地へ向かう。木立から離れず、身を隠せる場所を探しながら進んだ。車を見つけたら、近づく前に人がいた形跡がないか、どこかに隠れていないか周囲を調べる。ほかに誰もいないと確信できたら、車に乗りこんで猛スピードでケッチャムまで運転し、警察署へ行く。

その前にサンドイッチと、何かあるものを食べよう。それから、猛スピードで運転する。

「いい計画だわ」声に出して言うと、川床を歩き始めた。そして、自分で返事をした。

「そうね。ほかに選択肢はないし」

丸一日山で過ごしただけで、自分と会話をする世捨て人になってしまった。「まあいいわ。数時間後には警官と話せるんだから」

7

車にたどりつくまで、予定よりも三時間多くかかった。小川が崖で途切れていてたどることができず、迂回《うかい》しなければならなかったのだ。それでも、川がワイルドローズ・ヴァレーの外れに向かっていると知っていたので、川辺に戻った。それに、川の水に頼っていた。ひどくおなかはすいていたけれど、水には困らなかった。

結局、何度目かのまわり道で、小川を完全に見失った。それで、ただ山をおり、下生えを通り抜け、岩を越え、木をよけながら進んだ。小道に出たときは、歓喜の叫びをあげそうになった。小道は川床につながっている。

小道は木々のあいだを蛇行しているものの、平らだった。歩きやすくなった。道路は山の指状に突きでた部分のあいだにある。それさえ見つければ、車も見つかる。

テイラーは太陽を見上げた。ここは日が沈むのが早く、日光は峰にさえぎられる。急がなければならない。それに、隠れないと。

木々のあいだをこっそり移動し、道路を見つけた。

喜びが込み上げた。この場所を知っている。

安堵感に圧倒され、飢えや寒さのためにむなしく生死の境をさまようことをどれほど恐れていたかに気づいた。

車は南方に止めてある。道路から目を離さずに、マツの木のあいだをできる限り速く、静かに進んだ。

〝ここには自分しかいないと思え〟父が言う。〝地上最初の女だと。強くて、自信があって、ヒョウのような動きでヒョウを追うんだ。おまえはすべてが見える。何もかもわかっている。何ものにも恐れられる存在だ〟

テイラーはすすり泣いた。〝違うわ、お父さん。怖いの〟

〝いや、怖くなんかない。用心すればいい〟

テイラーはうなずいた。〝用心するわ〟

また頭のなかから声が聞こえたのだ。

もう一日ここにいたら、すっかり頭がおかしくなってしまうだろう。

たそがれどきに、止めたときとまったく同じ場所、道路から外れた木陰にあるチェロキーを見つけた。

テイラーは木の幹の陰に隠れてこっそり見た。

本当は車に駆け寄り、フェンダーを抱きしめ、ミラーにキスをし、ドアを開けてバックパックからあのすばらしい、最高においしいサンドイッチと、クラッシュ・グラノーラが入ったポリ袋を取りだしたかった。

せきたてるようにおなかが鳴る。

テイラーは抵抗した。ここは賢く行動しないと。

けれど、刻々と日が暮れていき、誰かがいた形跡をじっくり調べるには暗すぎた。

そこで、小石を拾うと、木陰から飛びだして、できる限り遠くへ、チェロキーの屋根の向こうの木を目がけて投げた。音をたてて、潜伏者がいたらおびきだすつもりだった。

急いで木陰に隠れた。

小石は木の枝のあいだを跳ねまわったあと、地面に落ちて小さな音をたてた。

テイラーは待った。

なんの動きもない。反応はない。

ダッシュはいないのだ。ここにはいない。

サンドイッチがテイラーの名前を呼ぶ声が聞こえる……。

〝ばかなことを言うな、テイラー。今度はもっと大きな石を投げろ〟

何か食べたあとは、声が聞こえなくなるといいのだけれど。こんなの気味が悪い。とはいえ、ため息をつき、言われたとおり先ほどより大きな石を拾って、車の前方の茂みを目がけて投げた。

ところが、力が足りずに、重い石が車のボンネットへ向かって飛んでいく様子を、ぞっとしながら見守った。見ていられず、木陰に隠れた。〝保険金を請求しないと〟目をつぶって、石がぶつかるのを待った。

車が爆発した。

8

突風が木をまわりこみ、テイラーの顔に土を吹きつけた。テイラーは頭をかばった。火のついた破片が周囲に落ちてくる。耳鳴りがして、背後から動物のうなり声がかすかに聞こえた。

違う。動物ではない。炎の音だ。火事の音。木からはがれ落ちて燃えている松葉がむきだしの肌に当たり、その熱と激しい痛みを感じた。

〝逃げろ。山火事だ。木から離れろ!〟

テイラーは這って進んだあと、立ち上がって走りだした。ジグザグに動く余裕はなかった。狙撃手がいる可能性については考えなかった。

火事から逃げなければ。

走りながら頭を振り、手で髪をとかして火のついた小枝や松葉を取り除いた。何かを踏みつぶした。自分の携帯電話だ。

テイラーは足を止めなかった。誰かが発砲しているとしてもわからなかった。耳が聞こえない。肌が燃えるように熱かった。誰もいない聖域を求めて、山のなかへ逆戻りした。

一度も振り返らなかった。

9

車が爆破されてから四日目……それともダッシュに狙撃されてから四日目だろうか。テイラーは気づいたら自分の家があった場所を見晴らす尾根にいた。昔の家はもうそこにはなかった。

母は父に父の家族の土地と家を売らせ、その収益を分割させた。それは、父ピート・サマーズに対する信じられないほど残酷な行為だった。父は生まれてからずっと牧場で牛の世話をし、フェンスや壊れた機械を修理し、牧草を育てて暮らしていた。そのすべてを、生きる目的を一挙に失ったのだ。まるでそんなものははじめから存在しなかったとでもいうように。その後、モンタナやコロラド、ワイオミングに移り住み、牧場従業員として働き、次第にテイラーが大好きだった父親の亡霊のようになり、とうとう彼女が十七歳のときに季節外れの吹雪に襲われて死亡した。

母はそのことをテイラーにすぐには教えなかった。テイラーはちょうど高校を卒業するところだった。その特別なときを悪い知らせで台なしにしたくなかったというのが母の言い分だ。そういうわけで、ピート・サマーズは誰にも弔われずに埋葬された。テイラーはそのことで絶対に母を許さなかった。とはいえ、母は新しい仕事と夫に気を取られていて、気づかなかった。

そしていま、たそがれどきに岩の上に座り、自分が受け継ぐはずだった土地を眺めながら、生まれたのと同じ場所で死に直面するのは自然なことだとテイラーは思った。昔住んでいた家は二十世紀初期に建てられた隙間風の入る古い家屋で、先祖の家族の成長とともに無秩序に増築された。テイラーはその家のことをよく覚えていた。夏は家をぐるりと囲む広いベランダに腰かけて空想にふけった。寒い冬になると、大きなキッチンにある古い鋳鉄製のガスストーブで燃えている薪《まき》にすり寄った。勾配天井の屋根裏部屋。ばねのきしむベッド。鉤爪《かぎづめ》脚のついた古びたバスタブが置かれた浴室。

いま目の前にある家は……まるで違った。強奪者は木の羽目板を使って古風な外観に仕上げているが、それが別荘――金はあるがセンスのない人のための贅沢《ぜいたく》品であるのは明らかだった。なんと温水浴槽《ホットタブ》がある。自然のままの草原や山を見晴らせるよう、窓がやけに大きく作られていた。その窓にはカーテンではなくブラインドがかけられている。この家は愛されていない。誰も出入りしていない。網戸は閉められたままだ。

テイラーははなをすすった。

側庭の大きな黒いクルミの木にのぼり、ベイマツの太い枝に取りつけたブランコで遊ぶ子どもたちもいない。いつもからっぽで、誰かの帰りを待ちわびている家なんて――。

〝からっぽ。空き家〟

あの家には誰もいない。

一時間以上この辺でぶらぶらしていたが、人の気配はなかった。

〝あの家は空き家だ〟

テイラーは岩から滑りおりた。あそこまで行って窓をのぞき、家のなかがどう変えられたか見ることができる。それから……ドアや窓が開くかどうか試すことも。

丘を下り始めた。

家のなかに入るつもりはない。まさか。もうテイラーの家ではないのだ。テイラーのキッチンでもない……けれど、そこには食料がある。食べ物が。

留守であっても、何かしらの食料品が置いてあるはずだ。

そうでしょう？

涙が乾いた。テイラーは震える顎を食いしばった。

缶詰のスープがあるかも。

険しい坂を庭に向かって滑るように下った。

缶詰のスープ。チキンヌードルとかトマトクリームとか。クラッカー。ピーナッツバターのグラハムクラッカー。

おなかが鳴った。何時間、何日間も鳴りっ放しだ。

あの家に入るのは理にかなったことだ。ここで餓死するなんてばかげている。凍死するのも。父の幻聴が聞こえるのは、脱水状態で、空腹で、生まれて初めて命懸けの状況に置かれているせいだ。

ケッチャムへ行って、少年の殺人事件、あるいは殺人未遂事件を通報することはできない。この体調でそんな遠くまで歩けないし、ヒッチハイクをする勇気もない。ダッシュと彼の相棒がテイラーを探しているかもしれない。それに、ワシントンDCに住んでいれば、賄賂を受け取る警官もいるのはよく知っている。

突然ひらめいて、足を止めた。ケッチャムまで行く必要はないかもしれない。もし……この家にパソコンがあったら？　インターネットに接続していたら？　ここから通報できる。FBIの信頼できる職員——少年の身に起きたことを知っていて、彼が無事かどうかわかる人に。

無事であることをテイラーは願った。祈っていた。

そして、誰かに迎えに来てもらえば、この悪夢は終わる。

そうだ！　それが合理的だ。家のなかに入って、インターネットを使って通報しよう。

〝ドアも窓も開いていなかったらどうする？〟

父の声が聞こえたけれど、かまわず歩き続け、なじみのある険しい道を滑るように下った。家に帰るのだ。

庭にたどりついたところで躊躇《ちゅうちょ》した。

夜は凍えるほど気温がさがるとはいえ、暦のうえではまだ夏だ。家の持ち主は滞在中で、日帰り旅行に出かけているだけかもしれない。テイラーが勝手にテーブルに着いてスープを食べているときに帰ってきたらどうする？

そのときは事情を話して、ケッチャムまで車で送ってくれるよう頼もう……彼らのなかに、ダッシュに子どもの殺人を命じたジミーという男がいないことを願うばかりだ。

警報装置が設置されていたら？　遅かれ早かれ警察がやってくる。

飢えとみじめさに突き動かされ、つまずきながら階段をのぼった。顔から転びそうになり、すんでのところで体勢を立て直した。

落ち着かなければ。飢えて衰弱していて、体が思うように動かない。家に入って何か食べないと。ガスストーブの上でぐつぐつ煮えているスープのにおいが漂ってくる気がする。玄関のドアを開けようとした。鍵がかかっている。テイラーは眉をひそめた。そして、思いだした。

ここはもうテイラーの家ではないのだ。

ベランダをぐるりとまわって、窓を調べた。全部鍵がかかっている。

裏口も。

テイラーは庭を見渡した。雷雨で折れた枝が芝生に散乱している。

この家の持ち主は、木の手入れを怠った。そのせいで、枝が窓を突き破ることもある。

テイラーは庭におりて長い枝をつかみ、持ち上げようとした。

手首に痛みが走った。

枝から手を離した。

今度は枝を引っ張ろうとした。

無理だ。手に力が入らないし、痛みに耐えられない。

小枝なら引っ張れるが、窓を割ることができない。テイラーは手をおろして考えた。炉のところへ行って、隣に積んである薪のなかから、細くて短い薪を手に取った。それから、ベランダにのぼって木と窓を観察し、適切な位置にある窓を選んで、薪を破城槌《はじょうつい》のように使った。

窓が粉々に割れた。

テイラーはじっと動きを止めて待った。だが、警報は鳴らなかった。付近にほかに人家はない。警報装置を設置しても意味がないのだろう。とはいえ、ケッチャムの警察署に無音で通報される可能性もある。たとえそうだとしても、ケッチャムは八十キロ離れた曲がりくねった砂利道の向こうにある。警察が到着するまで何時間もかかるはずだ。

テイラーは窓——痩せていて寒がりだった父ならさぞかし気に入っただろう二重窓だ！——にできた穴に腕を突っこんで錠を開けた。それから、シャツの裾をあいだに挟み、両手で窓を押し上げた。

窓は簡単に開いた。

たったそれだけのことでも、ようやくうまくいったのが信じられなくて泣きじゃくった。窓枠の内側についたガラスの破片を払い落としてから、よじのぼってなかに入った。

そこはキッチンだった。思ったよりも狭い。設備は二十年前から一度も改装していないかのように古びている。一方、金属製の水切りかごに美しい皿が立てられ、シンプルでしゃれた缶がカウンターに並んでいた。

部屋には装飾が施されている。

テイラーは食器棚を開け始めた。皿、ボウル、スパイス、コーヒー、調理器具……。

「どこ? スープはどこにあるの?」次に、クローゼットの扉を開けた。

それはクローゼットではなかった。食品貯蔵室《パントリー》だ。さまざまな種類の缶詰が大量にストックしてある。

全部食べたい。

けれども、わずかに残っていた分別を働かせ、チキンスープの缶詰だけを手に取った。それをカウンターへ持っていき、震える指でプルタブを開けた。蓋を外す間も惜しんで、缶を唇につけて飲む。

あまりにもおいしくて涙が出た。

いったん缶を置き、水道の水をグラスに注いで飲んだ。かすかに鉄の味がしたが、かまわなかった。この水ならジアルジア症にかかる心配はない。ふたたびスープの缶を持ち、音をたててすすった。

それから、チキンヌードルスープの缶を取ってくると、鍋に空けてガスコンロに置き、強火であたためた。ふたたびパントリーに戻り、ペットボトルの紅茶を見つけた。蓋を開けてひと口飲む。たちまち糖分とカフェインが全身をめぐった。脳が覚醒し、気づいてさえいなかった頭痛がやわらいだ。

日がさらに沈み、気温がさがっていた。

家のなかはあたたかい。テイラーが住んでいた家よりも新しいが、予想していたほど豪華ではなかった。この数日間ずっと感じていた恐怖――びくびくとうしろを振り返りながら逃げ続けた――が消えている。完全にではないけれど、文明人らしくスープを器に入れ、テーブルに着いてスプーンを使って食べられる程度には。

食べ終えると、器をシンクに置いた。床が足跡やガラスの破片で汚れているのに気づき、ハイキングブーツの紐《ひも》をほどいて脱いだ。パントリーからほうきとちり取りを持ってきて掃除した。

キッチンの脇にある簡易バスルームを使った。本物のトイレで用を足し、水を流した。

壊した窓のハニカム構造ブラインドをおろした――冷たい風を遮断してくれる。

それから、リビングルームへ行ってソファに深々と腰かけた。いい部屋だ。サマーズ家の節のあるマツの羽目板を取っておいて壁に使ったようだ。それが生き生きとしたあたたかい雰囲気を与えている。家庭的。わが家のよう……頭をクッションにもたせかけ、横になって、アフガン編みの毛布を体にかけた。

少しだけ……。

10

目が覚めたとき、東の地平線から太陽が顔をのぞかせていた。

テイラーはぱっと飛び起きた。どうしてこんなに眠れたの？　恐怖や凍えるような寒さのせいで何日も睡眠不足だったのに……。

それが理由だ。

ひと晩じゅう眠り続けた。長いあいだ眠らずにいて、人の家に不法侵入し、人のスープを飲んで、まるで心配事などひとつもないかのように人のソファで眠りこんだ。実際、警察が来て連行されることはなかったのだから、心配する必要はないのかもしれない。

そういうことなら、スープの缶詰をもうひとつもらおうか。ものすごくおなかがすいている。

キッチンへ向かう途中でふたたびバスルームを借り、本物のトイレで用を足して水を流した。

何度繰り返してもいいものだ。

パントリーへ行って、クラムチャウダーとスパムの缶詰を見つけた。

テイラーはスパムが嫌いだった。けれどもいまは、生涯最高の朝食に思える。

今日はほとんど手は震えなかった。スパムをすばやく切り、平鍋で炒《いた》めた。冷凍庫にあったパンを二枚トースターに入れ、電動缶切りで桃の缶詰を開けたあと、コーヒーを淹《い》れた。そして、テーブルに着いて朝食をとった――スパムひと缶、桃ひと缶、パン三枚、ジャム山盛り一杯、クラムチャウダーボウル一杯。食べ終えると、キッチンをすっかり元どおりにした。いま誰かが裏口から入ってきたとしても、窓辺のタイルの床に散乱しているガラスの破片以外、何も変化に気づかないだろう。

ドアの鍵を開けて外に出た。

空腹を満たし、ひと晩ぐっすり眠ったあとでは、冷たい空気も厳しいというよりもすがすがしく感じられ、昨夜は歯が立たなかった大枝も動かすことができた。テイラーは枝をベランダの上へ引っ張って、風で折れて窓を打ち砕いたように見える位置に置いた。

罪を犯している自覚は充分にある。この家の住人が戻ってきたら、すばやく立ち去らなければならないこともわかっていた。不法侵入者として撃たれたくはない。

ふたたび家のなかに入り、ドアを閉めると、冷えた肌に暖気が染み入った。あたたかいのは贅沢なことで、二度と当たり前だとは思わないだろう。

二階から家のなかを見てまわることにした。

二階には寝室が三部屋と浴室があった。一階にはリビングルームとキッチン、簡易バスルーム、主寝室がある。その主寝室の木製のワイドデスクにパソコンが置かれていた。テイラーは電源を入れた。起動するのを待つあいだに、モデムを確認した。プラグが抜かれている。コンセントにつなぐと、モデムのランプがついた。

これで力を手に入れた。外の世界と通信する手段を得た。

心臓に手を当てる。罠《わな》にかかった鳥のように騒がしい。

ああ、あと少しで自由になれるのだ。警察にメールを送れば、少年を殺した――あるいは殺そうとしたモンスターが捕まるまで保護してもらえる。

期待が高級ワインのごとく全身を駆けめぐった。

クイーン・アン様式のアームチェアに腰かけて、パソコンが立ち上がるのを待った。ブラウザを開く。ホーム画面は『USAトゥデイ』に設定されていた。見出しが表示される。〝テイラー・サマーズとはどんな人物だったのか?〟

テイラーは首を横に振った。この見出しは何？　どういうこと？

画面に顔を近づけてもう一度読んだ。

〝テイラー・サマーズとはどんな人物だったのか？〟

わたしの名前がどうして全国紙に載っているの？　しかも見出しになっているなんて。

それに……どうして過去形なの？

画面をスクロールした。

顔写真まで掲載されている……それから、黒焦げになったレンタカーの写真も。

記事を読んだ。

読み返した。

テイラーに関するあらゆることが書かれていた。外見、両親の離婚、学歴、インテリアデザイナーとしての成功。無味乾燥な文章で、テイラーの人生のすべてが世界に発信されている。そして、しきりに問いかけていた――〝なぜこのような女性が資産家で有力者のケネディ・マクマナスの甥《おい》を誘拐するに至ったのか？　それも子どもを殺害し、その子を愛する人々を苦しめるためだけに〟

「わたしじゃない。わたしじゃない！」テイラーは『USAトゥデイ』に反論した。

記事はこう続いた。〝子どもに逃げられて計画が失敗に終わったとき、恋人の殺し屋が仕かけた爆弾で死亡するなどあまりにも間が抜けている〟

テイラーは画面に向かって叫んだ。「恋人の殺し屋って？　誰よそれ？」

少年をトランクから引きずりだした痩せた男の写真が載っていた。名前はラモン・ヘルナンデス、小学生時代から前科のある男だ。少年を救った民間のチームに殺されていた。

テイラーは椅子に深く座り、頭のなかを整理しようとした。

少年は生きていた。少なくとも、テイラーのしたことが役に立ったのだ。しかし、なぜこれほどまで事実がゆがめられてしまったのだろう。記事によると、少年は無事だった。テイラーは犯人とは無関係だとわかっているのに。

警察に証言してくれなかったの？

どうして？　少年はおじが連れ帰ったあと、姿を見せていない。どこか悪いのだろうか。精神的に参っている？　昏睡《こんすい》状態に陥っているとか？

テイラーは記事をもう一度読んだ。答えはそこに書かれていた。ケネディ・マクマナスによると、彼の甥は逃げる途中に転倒して脳を損傷し、回復しつつあるものの、記憶を取り戻す見込みはないという。

テイラーの無実を証明してくれる人はいない。

さらに悪いことに、ダッシュのことはいっさい書かれていなかった。

そんなのあり得ない。

テイラーの身元は紙に書かれていた名前から特定されたと、記事にはある。テイラーが恐れていたとおりになった。でもあれは――「スケッチよ。邪悪な計画表なんかじゃない。よくもこんな嘘を書けるわね」

テイラーのあまり知られていない生い立ちを正確に暴いておいて、肝心の事件については間違ったことばかり書くなんて。警察ってそんなに無能なの？

テイラーはリンクをたどって、ショックを受けているテイラーの同僚や友人、ひとり目の元婚約者のコメントを見つけた。母は、テイラーが故郷に帰って罪を犯したことに驚き、父親が自殺したことが若かった娘の心をゆがめたのかもしれないと涙ながらに語っていた。

「よくもそんなことを！」テイラーは画面に向かって叫んだ。「お父さんは自殺なんかしていない！」いかにも母の言いそうなことだ。テイラーの幼少期をめちゃくちゃにした責任を父に押しつけて、平気で父の思い出を汚す……テイラーは頬を伝う涙をぬぐった。

テイラーが犯人のひとりで、車が爆発したときなかにいて、遺体はほぼ回収不能だったという情報が間違っているだけではない。この誘拐にはジミーという名の黒幕がいて、ケネディ・マクマナスを苦しめるためなら凶悪犯罪を実行するつもりでいるという事実が完全に抜け落ちている。

わたしがなんとかしなければならない。

でも、どうすればいい？

わたしは逃亡犯にされてしまった。

それよりも悪い。

死んでいるのだ。

この世に存在しない。

どこにも行き場がない。

検索して、全国の主要紙で報道されているのを確認した。どういうわけか——最近大きなニュースがなかったせいか、この事件は国じゅうの関心の的になっていた。案の定、サンヴァレーの週刊紙『アイダホ・マウンテン・エクスプレス』は、テイラーを道を誤った地元の娘として大々的に扱っていて、歯が大きくて前髪がくねっている小学四年生のときの写真と、取り壊される前の家の写真が載っていた。

テイラーは日焼けした額をこすった。ひび割れた唇を。充血した目を。ひどい汚名をぬぐい去るかのように。立ち上がって歩み去り、また戻ってきて椅子に腰かけると、間違った〝事実〟をまるで福音のように繰り返す記事を読みあさり、いくらかの真実を探したが無駄だった。

FBIが回収できたテイラー・サマーズの遺体の一部は、メリーランドの墓地に埋葬されたらしい。

テイラーがアイダホに埋葬されたいと望んでいることを、母は知っているはずなのに。

知らないのかもしれない。テイラーが死んだあとのことについて話しあったためしはなかった。当然だ。テイラーは二十九歳で、心身ともに健康だ。これらの記事によると、心の健康が疑われているのは明らかだが。それどころか、コメント欄を読むと、世界じゅうで軽蔑され、罵倒されていた。社会ののけ者だ――死んでいるからそれにさえなれない。

それらのコメントを読んでわれに返ったテイラーは、バスルームへ向かった。蛇口を開け、服を脱いで洗面台の下のビニール袋のかかったごみ箱にいったん捨ててから、ビニール袋ごと取りだしてドアの近くに置いた。それから、蒸し暑いガラス張りのシャワーブースに入って体をごしごしこすり、一週間分の垢《あか》を落とした。爪のあいだまで念入りに洗って、間違った記事や辛辣なコメントを思いだすまいとした。テイラーの人生を記事で読んだだけのまったくの他人が、図々しくも批判するなんて。

いつの間にか声を出して、見えない敵に反論し、犯してもいない罪のことで自己弁護していた。

「わたしはあの子を助けようとしたの。知らない子のために命を懸けたのよ。よく考えもせずに行動したわけじゃない。危険なことだとわかっていた。いい策戦じゃなかったことも。それどころか、愚かな策戦だった。でも、うまくいったのよ！　別に感謝されたかったわけじゃない。本当に。でも、凍死や餓死の心配をして、森の獣に怯えながら生きるはめになるなんて思っていなかった。車に爆弾が仕かけられて、危うく吹き飛ばされそうになるなんて。こんなに追いつめられて、自分の家に押し入るなんて……」声が詰まった。涙を流さずにしゃくり上げる。

シャンプーとリンスを大量に使って髪を洗い、マツの樹液や葉、汚れやもつれを取り除こうとした。

「わたしは犯罪者。都会に戻るのが怖い。刑務所に入れられるのが怖い。容疑をかけられることなく大手を振って歩きまわっているダッシュに見つかって殺されるのが怖い。どうしてこんなことになるの？　善人はばかを見るの？　もうすぐ冬が来る。乗り越えられるはずがない。ここで死ぬんだわ」

声がタイル壁に反響する。テイラーはわめいていた。頭のおかしな女みたいに。本当に頭がおかしくなったのかもしれない。

水切りワイパーを使ってシャワーブースを掃除した。この家に命を救ってもらったから、元どおりきれいにしたかった。シャワーブースから出ると、頭と体にそれぞれタオルを巻きつけた。しばらく立ち尽くしたあと、クローゼットに近づいた。何か着るものがいる。この家の女性と服のサイズが大きく違わないことを願うばかりだ。

振り向くと、鏡に映った人影が見えた。テイラーは驚いて跳び上がり、背後を見た。

誰もいない。

信じられない思いで、鏡に向き直って見つめた。一歩歩み寄る。頬に触れた。

鏡に映っているあの女性は誰？

テイラーは健康的な丸顔と茶色の目の持ち主で、穏やかでにこやかな顔つきをしていた。

体に巻きつけていたタオルを落とした。

体つきはグラマーで、ヒップは丸く、ウエストは細く、胸は大きかった。

その顔はもうなかった。その体も。まるではじめから存在しなかったかのように消えてしまった。代わりに、恐怖や飢えや苦しみが刻みこまれた顔がそこにある。顎が四角くこわばって見え、頬はこけ、左頬に閉じたばかりの切り傷がある。ブロンドに染めた髪は伸びて根元が茶色くなっている。白い肌は繰り返し日焼けしたせいで、頬や額や腕に水ぶくれができた。目はアフリカの飢えた子どものようにぎょろぎょろしている。

だが、その目に子どもの無邪気さはみじんも感じられなかった。闇の奥をのぞきこみ、自らの死を見つめている。文明の衣ははぎ取られた。森の獣と同じだ。生きるために必要なことならなんでもする。

冷酷に、悠々と生き延びるのだ。

11

テイラーは自分がどういう人間で、どんな能力を持っていて、生き続けるためなら、そしていつか彼女の人生をめちゃくちゃにした男たちに復讐《ふくしゅう》し、正義を果たすためならどんなことをするか、初めて知った。

人の家に侵入し、人の食べ物や服を奪うことに対するためらいは消えていた。いつか償いをするつもりだが、やむを得ないことだった。

バスルームの引き出しのなかをかきまわして、絆創膏《ばんそうこう》を見つけた。ありがたいことに、伸縮包帯もある。手首に巻くと楽になった。それから、寝室に戻った。

デスクに飾ってある写真を見て、一家の母親の服は着られないとわかった。約二十年前に撮影された結婚式の写真のなかで、きらびやかな白いドレスを着たおなかの大きな長身の女性と、彼女より少なくとも五センチは背が高い男性が微笑《ほほえ》んでいる。

テイラーの土地の所有者だ。

写真を見ただけで彼らを好きになりそうだった。

もっと最近のスキー場で撮った写真には、子どもたちも一緒に写っている。背の高いティーンエイジャーの男の子と、母親より十センチ以上背が低く、眉にピアスをし、カメラをにらみつけている怒れるティーンエイジャーの女の子。

一家の母親は、白目製の写真立てに名前をエッチングしていた——父親のブランン、母親のスーザン、息子のジュールズ、変わった名前なのが娘のシシー。名字はレンナーだ。いかにもアメリカ的で、テイラーはたまらない気持ちになった。写真立てを握りしめ、膝をついてじっと見つめる。

テイラーだってこんなふうだった。通りを歩いていても目立たない女。そこそこおしゃれな服を着て、定期的に髪を染め、デオドラントやデンタルフロスを使っていた。でもいまは……普通じゃない。見栄えを気にして清潔でいられそうにない。アメリカ的じゃない。

いまはタオルしか身につけていない。私物はウエストバッグに入っている数本のチャコールペンシルだけ。貧乏人以下だ。死人、のけ者、自分の国にいるのによそ者。

立ち上がり、写真をデスクに戻すと、スーザンのバスローブを着た。テイラーが着るとちょうど膝まで隠れる。パソコンをじっと見た。

誰かと連絡を取って、自分が生きていて無実で、事件に関する情報を持っていることを知らせなければならない。でも、誰に話せばいい？　警察署や役所を適当に選んで接触するのは自殺行為に思える。相手は有名な人がいい。

ケネディ・マクマナスに話すのが理にかなっている。

彼に連絡を取る方法を探した。

直接連絡する方法は見つからなかった。当然だ。これまで大勢の資産家や有力者から仕事を依頼されたが、彼らは簡単に連絡が取れる相手ではない。

メリーランド州上院議員のバート・ハンセンの自宅を手がけたことがある。とはいえ、幻想は抱いていない。彼は第一に政治家だから、札付きの犯罪者に裁きを受けさせるチャンスがあれば、手品師のような早業で派手にやるだろう。東ヨーロッパで、エルサ・メドカルフというＣＩＡの諜報員《エージェント》と知りあった。ＣＩＡは国外でしか活動しないと知っているが、なんのコネもないよりはましだ。彼女とは馬が合わなかったけれど、いま思えばごまをすっておくべきだった。

母と連絡を取ることはできる。それに、母の再婚相手は政府の仕事を請け負う会社の重役だ。でも、父と自分を裏切った母に助けを請うと考えただけで……だめだ。それはできない。

テーブルに両肘をつき、両手に顔をうずめた。こんなのおかしい。警察へ行けないなんて。警察が誠実で信頼できると思えないなんて。

そこで、ふたたびケネディ・マクマナスのことが思い浮かんだ。彼について調べて、どうにかして……。

テイラーは顔を上げた。外からタイヤが砂利を踏む音が聞こえてくる。振り向いて耳を澄ました。

車。車がこの家に近づいてくる。

心臓が早鐘を打ち始めた。

パソコンの電源を切った。ベランダに出る両開きのガラス戸を見やる。外へ逃げるべき？　でも、ガラス戸のほうから誰か来たらどうする？　それが……ダッシュだったら？　捕まってしまう。そして、殺されるだろう。

玄関のドアが開いた。

テイラーはデスクの下に隠れた。

リビングルームから男たちの声が聞こえてきた。怒っている声でも脅すような声でもなく――ダッシュではない――ただしゃべっている。

ダッシュでなくとも、テイラーが危険な立場にあることに変わりはない。〝レンナー家の人が帰ってきたの？〟

声が遠ざかったあと、ふたたび近づいてきた。

テイラーは壁に身を寄せ、デスクの引き出しのうしろに無理やり入りこんだ。これで向こうがかがみこんでのぞきこまない限り、姿を見られることはない。そう願った。

男たちが主寝室に入ってきた。「ここにも侵入の形跡はない」

「何かがセンサーを作動させたんだ」

センサー。動作感知器が設置されているのだ。予想しておくべきだった。

「枝が窓を割った。その破片にセンサーが反応したんだろう」

もうひとりの男は執拗《しつよう》だった。「窓が割れたのはゆうべのことだ！　モニターはそう記録している。今日センサーが作動したのは別の理由だ」

地元のホームセキュリティ会社のスタッフだ。問題を調べるために町からここまで来るのに十二時間以上かかるの？　レンナー家に教えたほうがいい。テイラーの役目ではないけれど。

「何も不審な点はない」

後片づけをしておいてよかった。

「侵入の形跡がなければ機械の故障かもしれないから、技術者を派遣することになっている。きっとネズミが配線をかじってショートしたとか、そんなところだろう」

デスクの前を通り過ぎる脚が見えた。

テイラーは心臓をバクバクさせながら、小さく丸まっていた。ダッシュに追いかけられたときは、全力で体を反応させた。息を切らし、怯えながら、走って安全な場所を探した。逃げる動物だった。

いまのテイラーは、隠れる動物だ。音をたてるのを恐れ、震えながら身動きできず、ようやく息をしている。立ち上がって、自分は無実だと叫びたかった。この家に侵入したのは緊急事態だったからで、同じ立場に置かれたらあなたたちはどうしたかと問いかけたかった。

けれど、侵入者を初めて連行する日を心待ちにしているうぬぼれた地元の男たちを相手にしないほうがいいとわかっていた。

頑固な男が言った。「もう一度、二階を調べてくる」

「好きにしろ」もうひとりの男がバスルームに入り、ドアを開けたまま用を足し、その音がタイルの床を伝わってテイラーのいる場所まで響き渡った。

つい先ほどシャワーを使ったばかりだということに気づくだろうか？

男が水を流し、寝室に戻ってきて立ちどまった。

〝侵入者を探しているの？〟

男がため息をつき、ベッドのきしむ音がした。

〝信じられない。ベッドに腰かけた？〟

ふたたびマットレスがきしんだ。

〝立ち上がった？ ここを出ていく？〟

足音は聞こえなかった。

ベッドで寝ているのだ！ 最低。人の家のベッドでくつろぐなんて。

テイラーはこの男を嫌いになった。

男がまたため息をつく。一瞬の間のあと、しゃべりだした。「もしもし、ブライアン。ローガンだ。レンナー家に来ている。侵入の形跡はないが、窓が割れていて、おそらくげっ歯類が原因で配線が損傷している……ああ、草原の真ん中に住んでいるとたまにあることだ……誰かよこしてくれないか？……それでいい。ゲイリーに伝えておく。いま屋根裏を調べてるんだ」含み笑いをする。「ああ。新人だから張りきっちゃって」電話を切った。

二分後、かすかにいびきが聞こえてきた。テイラーはこのローガンという男が大嫌いになった。デスクの下にバスローブ姿で隠れているので、体が冷えてきた。足が引きつっている。一方、この無礼な田舎者はベッドの上でわがもの顔でいびきをかいている。もしテイラーが上司だったら、家から蹴りだしているだろう。

五分が経過した。十分。手首が痛い。包帯を巻き直した。いったん脚を伸ばしてほぐしたあと、ふたたびしまいこんだ。十五分。バスローブを無理やり引きおろして脚を覆い、目を閉じた。二十分……。

突然、ドアのほうから声が聞こえた。「何やってんだ?」

テイラーは跳び上がり、頭をデスクにぶつけた。

幸い、ローガンもぱっと起き上がって、その音をかき消した。「くそっ! 脅かすなよ」

「早撃ちだな。さっさと銃をしまえ」ゲイリーが緊張した声で言う。

「悪かった。けど、脅かすからだ。子どもを殺そうとしたあの女が姿を消したって話を聞いてから、ずっとびくびくしてるんだ」ベッドがきしんだ。

〝わたしはあの子を殺そうとしてなんかいない〟

「そうは見えなかったが」テイラーの目の前を脚が通り過ぎた。「ぐっすり眠っていた」

「ゆうべは大変だったんだ」ローガンがあくびをする。「うちの三歳児が悪い夢を見て、そうなると家じゅうが寝られなくなる。保育園で誰かが子どもたちにテイラー・サマーズの話をしたみたいで。まったく、とんでもないことをしてくれたよ。いまじゃ町の子どもの半分が、子をさらってトランクに閉じこめるテイラー・子取り鬼《ブギーマン》を恐れていて、あとの半分は話をふくらませてあおってる」

「その女は死んだんだ」

一瞬の間のあと、ローガンが言った。「保安官はそう思っちゃいない」

「冗談だろ」

〝冗談よね〟

ローガンが声を潜めた。「ここだけの話だぞ。機密情報だ。おれは秘密厳守を誓ったんだ」

「わかってるって」

嘘《うそ》つき、と思いながら、テイラーは耳を澄ました。

「保安官が到着したとき、すでに現場は片づけられたあとだった。保安官代理のオーティス・シンコーが高校のときの同級生でな、そいつから聞いたんだが、保安官の考えでは、あの資産家が証拠を改ざんしたんだと。どうやら犯人の女から直接話を聞きたいらしい」

〝ケネディ・マクマナスが話を聞いてくれるの？　それとも、ただ復讐するつもり？〟

ローガンが言葉を継ぐ。「追跡者を雇ったんだ」

「だから、テイラー・サマーズは生きてるって言うのか？」ゲイリーが疑念と期待の入りまじった口調できいた。

「いや、わからん。結局、追跡者も引き上げたから、女は死んでいると判断したんだろう」

「夜の山は厳しいからな」

「ああ」ローガンはふたたびあくびをし、ベッドの前を行ったり来たりした――掛け布団を直しているのだろう。「お袋は昔、テイラー・サマーズの母親と仲がよかったんだ。それで、この事件のあとお悔やみの電話をかけたんだが、ミセス・サマーズは元夫と娘がふたりきりで山へ行くのを止めなかったことを後悔していたそうだ。父親に虐待されたせいで娘が精神的におかしくなったんじゃないかって」

テイラーはそのとき、声をあげたい衝動に駆られた。父は虐待をするような人ではなかったと言いたかった。虐待したのは母のほうだ。怒ってばかりで、テイラーをひそかに傷つけた。娘をわがままな美人コンテストの女王、キンバリー・サマーズ・ハドルストーンそっくりに育て上げようとした。

だが、ローガンは睡眠不足で銃を持っていて、テイラーを連行できるとなったら興奮するだろう。

「そりゃ気の毒だが、だからといって人を殺していいわけじゃない」ゲイリーが言った。

「ああ。ミセス・サマーズは『ドクター・フィル』（人生相談のテレビ番組）に出演するんだと」

テイラーはげんなりした。

男たちがドアへ向かう。

ローガンがきいた。「全部調べたんだな。何か見つかったか？」

「いや、何も」ゲイリーは残念そうな口調で答えた。

「屋内のセンサーを解除しておこう」

〝ぜひそうして！〟

ローガンが言葉を継ぐ。「ブライアンが明日の朝一番に技術者を派遣するって。感電死したネズミを探して、配線を修理してくれる」

「原因は感電死したネズミか」ゲイリーは安心した様子だった。「もっとサマーズの話を聞かせてくれよ。お袋さんはほかになんて言ってた？」

男たちがセンサーを切りに行き、声が聞こえなくなった。やがて、車のエンジンがかかる音がし、走り去った。

そのあとも十分間、テイラーはデスクの下で震えていた。それから玄関へ行き、鍵がかかっていて、私道に車がないことを確認した。

家のなかを探して必要な道具や食料をそろえたら、急いでここを出なければならない。明日にはセキュリティ会社の技術者がやってくる。

もう誰とも連絡を取る勇気はなかった。あらゆる可能性を調べるまでは。あらゆる反応を考慮するまでは。

自分の身は自分で守らなければならない。

12

ビジネスで成功するには、優先順位をつけることが重要だと身をもって知っている。テイラーはパソコンの電源を入れて、天気予報を確認した。この辺りは真冬並みの寒さ。やれやれ。

次に、ピッキングの仕方を調べた。

道具があって、練習を積みさえすれば、ピッキングはそう難しくはないようだ。それどころかとても簡単で、こんなことでは鍵をかけても二度と安心できないだろう。ピックとテンションレンチがあればいい。それがなくてもクリップやヘアピンと、先端にやすりをかけた六角レンチやマイナスドライバーで代用できる。

デスクのなかをかきまわして、クリップとヘアピンと、安物のマイナスドライバーを見つけた。ミスター・レンナーは準備がいい人だ。

ピッキングに関するページをプリントアウトし、履歴を消してからパソコンの電源を切った。レンナー家の写真を手に取って、娘のシシーに注目した。この巨人の家族のなかで唯一の普通サイズ。彼女にとっては残念なことに、テイラーとだいたい同じサイズだ。

よかった。テイラーはシシーの寝室を探しに行った。ひと目見て彼女の部屋だとわかった。乱雑に散らかった部屋。間違いない。あの子ならそうする。開けっ放しのドレッサーの引き出しからあふれた服が床に散乱していた。

シシーはまさに、反抗的で疎外感を抱いているティーンエイジャーそのものだ。同じ年頃だったときの自分を思いださせる。

散らかった物の隙間を歩いて、部屋の隅にあった使い古されたバックパック、反対側の隅に放ってあった厚手のコート、棚の上に置かれた悪臭のする丸めた厚手の靴下、パソコンのコードに絡まっていたニット帽、スキーパンツを手に入れた。

シシーはずぼらな性格のようだから、これらの持ち物がなくなってもそれほど困らないだろう。非難されるとしても、テイラーにとっては必要な冬服だ。

テイラーはすっかりシシーの服に着替えた。ブラジャーだけは小さすぎてサイズが合わなかったけれど。棚の上に押しこまれていたディズニープリンセスの寝袋を見つけた。厳しい天候下では役に立たないだろうが、もっといいのが見つかるまで確保しておくことにした。

それらがなくなってもシシーは困らないと自分に言い聞かせても、罪悪感が消えなかったので、底にカビが生えていたグラス三個と、腐った緑色の食べ物が入っていたボウルをきれいにした。グラスにミントキャンディを詰めて、本棚の上に置いた。汚れた服の山の下に隠されていたぼろぼろの『トワイライト』を見つけたが、ふたたび隠した。究極のティーンロマンスにひそかに夢中になっていることを、余白に情熱的なラブレターを書きこんでいることを暴く必要はない。

バックパックに替えの服を詰めこんだあと、シシーの部屋から出ようとして思い直した。

もうひとつ、テイラーに必要なものがここにあるかもしれない。

妙に整頓された靴下の引き出しの奥で、探していたものを見つけた。マリファナと巻き紙、すでに巻いてあるジョイントが二本入ったポリ袋。これを取るのはやめておこうと最初は思った。星以外に目撃者のいない場所でシシーがこれを吸ったとして、特に問題はないだろう。

とはいえ、考えたくはないが、テイラーは山のなかで怪我《けが》をする可能性がある。そのときは鎮痛剤が必要で、アスピリンでは効果がない。

それで結局、シシーのマリファナをもらうことにした。シシーは頭を悩ますはめになるだろう。兄が取ったのか、それとも親が取り上げて何も言わないことで責めているのか、それとも……割れた窓から忍びこんだ侵入者が盗んだのかと。いずれにせよ、シシーは訴えることができないはずだ。

次に、キャンプ道具を探した。乾燥食品、防寒寝袋、小型の缶切りはぜひとも必要なのに見つからなかった。この家族はキャンプではなくスキーやスノーシューイングをしに来るのだから当然だ。あきらめて、リネン棚から敷き毛布を取りだした。パントリーからはフルーツロールアップ・グミとグラハムクラッカー、プルタブ式のツナ缶を選びだし、デスクのファイル用引き出しにしまってあった、罫線《けいせん》の入っていないリーガルパッドも持っていくことにした。

ウエストバッグにかろうじてチャコールペンシルと鉛筆削りが残っている。これがあれば、リストを作ったり、考えを書きとめたり、もしかしたら絵を描く余裕も……。

不意に、ダッシュとヘルナンデスが少年をトランクから引きずりだす場面が脳裏によみがえり、テイラーは恐怖のあまり体を折り曲げた。目を開け、速まる鼓動を鎮め、握りしめた拳を開き、体を起こそうとした。トラウマにうまく対処しているふりをしても、実際は……恐怖に支配されている。ダッシュに追いかけられ、銃で狙われた記憶が悪夢となって現れる。毎晩、真っ暗な洞窟に落ちる夢を繰り返し見た。

テイラーは涙をぬぐった。ノイローゼに陥っている暇はない。自分で自分の面倒を見なければならないのだ。助けてくれる人は誰もいない。

欲しいものを全部手に入れると、シシーのバックパックを主寝室のガラス戸のそばに置いた――いざとなったら、ようやく手に入れた装備を持ってそこから逃げられるように。それから、ふたたびパソコンを使ってダッシュの雇い主に関する情報を入手しようとした。ダッシュに関係があるジミー、ジム、ジェームズという名の人物を探して、ふたり見つけた――ダッシュのおじのジェームズ・ロバーツと、フットボール選手のジミー・ボールドウィン。ロバーツは退役軍人で、シカゴで三十年連れ添った妻と暮らしている。ボールドウィンは敬虔《けいけん》なクリスチャンだ。どちらも殺し屋を雇う人物とも、ダッシュやヘルナンデスが恐れをなす人物とも思えない。でも、テイラーに何がわかるというのだろうか。どんな人が殺し屋を雇うの？　映画や本の世界でしか見たことがない。さっぱりわからなかった。

ケネディ・マクマナスについて調べると大量の情報が出てきたが、めぼしいものはなかった。

彼はメディアの寵児だ。長身でハンサム、角張った顎の持ち主で笑顔を見せない。

噂《うわさ》は飛び交っているものの、私的な事柄はひた隠しにしている。噂を整理すると、彼のつらい過去が浮かび上がってきた。

ケネディは十歳のとき、二歳だった妹のタビサとともに親の保護下から外された。里親制度に組みこまれ、兄妹が一緒に暮らしたときもあれば、そうでないときもあった。その時期のことは謎に包まれている。ケネディはデータ分析を得意とし、高校を卒業後、奨学金付きでマサチューセッツ工科大学《MIT》に入学した。大学生活に難なくなじみ、〈炎の帝国《エンパイア・オブ・ファイア》〉という、迅速かつ徹底した分析をしなければクリアできない複雑なロールプレイングゲームを開発した。

大学を卒業すると、ゲームを高額で売却し、その金をもとにデータ分析会社を設立した。理由は不明だが、あらゆる種類の犯罪を憎んでいるらしい。ビジネスの大海をサメのごとく巡回し、産業スパイや横領犯を摘発し、何やら政府に協力している。ジミーという人物に嫌われているのも無理はない。なんらかの取引でこてんぱんにやっつけたのだろう。

ジミーがどうにかしてマクマナスの甥を探しだし、誘拐できたことが、テイラーには信じられなかった。テイラーはマクマナスの家族についてはほとんど何も突きとめられなかった。わかったのは、タビサが十八歳くらいのときに、マクマナスがタビサの当時二歳だった息子マイルズの後見人になったということだけで、彼らはめったに公の場に姿を見せなかった。

マクマナスは三十二歳で独身だ。離婚歴はなく、色恋沙汰が報道されたこともない。それでも、同性愛者だと憶測する者はいなかった。彼は異性愛者で、両親のことはかたくなに秘密にし、カリスマ的で、黒いまつげに縁取られた青い目と黒い豊かな髪、そしてプロレスラーのような巨体の持ち主だ。テイラーは彼の写真に長いあいだうっとり見とれたものの、寝てみたいとは思わなかった。

もし一生を誰かとともにしなければならないとしたら、テイラーを仕事よりも愛し、友人や家族よりも優先し、ただのお飾りや都合のいい女ではなく、パートナーとして尊重してくれる男性がいい。

けれども、それ以上に、情欲をかきたてられる相手がよかった。正しいセックスの仕方など気にせず、流れを大事にする人。テイラーは情熱的で奔放なセックスを求めていた。理性を、義務を超えたところで愛しあえる――愛しあおうとし、忘我の境地へともに達することができる男性を。

テイラーの元婚約者たちはその点を満たしていなかった。テイラーの要求に応えられる相手も何人かいたが、そうなると今度は誠実さの点で問題があった。テイラーは互いに誠実でありたかった。

芸術家の鑑識眼で見ると——少なくとも鑑識眼はあると自負している——ケネディ・マクマナスの性格は明らかだ。情熱など持ちあわせていない。情熱や空想の世界、切なる思いや強い執着を軽蔑している。ガラスをも切り裂かんばかりの冷やかなまなざし。女の頭を受けとめるにはかたすぎる胸。情け容赦もない険しい顔つき。ダッシュに似ている。無情で冷淡、頑固一徹で……利己的。

無事に帰宅したとはいえ、甥のマイルズを不憫《ふびん》に思った。母親は感謝し、喜んで迎えることを願うばかりだ。ケネディ・マクマナスがあの子を歓迎し、抱きしめ、喜びの涙を流しているところなど想像もできない。

マクマナスは恐ろしい人物だ。連絡を取りたくはない。

この窮地から抜けだすほかの手段を探すつもりだけれど、マクマナスと出会う日を恐れていた。

13

サンフランシスコにあるマクマナス・エンタープライズの役員室で、ケネディ・マクマナスはデスクに着き、テイラー・サマーズのモンタージュ写真が貼られた壁に据えつけられたモニターを見つめていた。

彼女はどこにいる？

学校にいたマイルズが誘拐され、オークランド空港の外にあるごみ箱から携帯電話が発見されたとき、ケネディは警察にもＦＢＩにも通報しなかった。その代わりに、腰を据えて、学校の子どもたちや職員から聞きだした情報を調べた。そして、犯行に協力した内部の人間を推定し、ヘレン・アレンを彼のオフィスに呼びだした。一時間も経たないうちに、アレンは洗いざらい白状した。

アレンが金に困っていることをどうにかして知った男が彼女に連絡を取り、マイルズを連れてきたら二万五千ドル支払うと申し出たのだ。長身でハンサムなその男は、自分はマイルズの父親で、子どもに会いたいだけだと言ったそうだ。アレンから父親が会いたがっていると聞き、マイルズはついていった。それだけの話だ。

物事や人を簡単に信じてはだめだとケネディが教えこんだ子が、父親のことをどうしても知りたくて車に乗り、オークランド空港まで行った。

ケネディとタビサは、マイルズの父親は死んだと話していた。

マイルズはそれを信じていなかったようだ。

マイルズの疑念は当たっている。父親はぴんぴんしていて、イースト・ロサンゼルスの路上で暮らし、ドラッグを売ったりやったり……。

マイルズの行動がどの程度愚かさによるものなのか、見境のない希望の結果なのか、あるいはケネディの教育に対する反抗なのか、いまでもわからない。いずれにせよ、それらが災難を引き起こし、マイルズとケネディをアイダホ州のソートゥース山脈の荒野へ導いた。

ケネディがセキュリティチームを引き連れてヘリコプターで到着したとき、ラモン・ヘルナンデスはキーを手に黒のベンツへ向かっているところだった。ケネディに気づくと、拳銃を抜いて発砲し始めた。

ケネディはヘルナンデスの脚を撃ち抜いた。同時に、チームのひとりがヘルナンデスを射殺し、尋問できなくなった。

ケネディは不審を抱き、その従業員について調査したものの、ヘルナンデスを殺害することによって利益を得た証拠はなかった。それでも、チームから外し、重要でない部署にまわした。

チームはさっそく証拠を調べ、状況を把握しようとした。

ベンツのトランクの内側の掛け金《ラッチ》に、マイルズの制服のネクタイが巻きつけてあった。マイルズがそこにいたという明らかな証拠だ。

だが、マイルズの姿は見当たらなかった。

やがてチームが、草原についた足跡を発見した。

マイルズはひとりで、走って逃げていた。

ケネディはマイルズの捜索を開始した。前後に班員をひとりずつ配置し、マイルズの名前を大声で呼びながら、山腹の険しい道に落ちた折れた枝をたどった。

ここまで来て、マイルズを失うわけにはいかない。

一キロメートル近く進んだところで、マイルズが茂みから飛びだし、ケネディの腕のなかに飛びこんできた。ケネディは安堵と愛情で胸がいっぱいになり、ひざまずいてマイルズを抱きしめた。次に怒りが込み上げ、マイルズの肩をつかんで揺さぶり、こんなばかなまねは二度とするなと叱ったあと、ふたたび抱きしめた。

それから、罪悪感に苛《さいな》まれた。

ケネディの父親は医療刑務所で死んだ。母親は服役中だ。ケネディはふたりが最善のケアを受けられるよう尽くしてきたが、この世で家族と呼べるのはタビサとマイルズだけだ。ケネディが面倒を見なければならないのに、失敗した。

もう二度と失敗しない。

一行は山をおりてヘリコプターのところへ戻った。すると、道路の反対側を調べていた班員が言った。「もうひとりここにいたようです」

マイルズの顔は涙や鼻水、土、血、嘔吐物にまみれていたが、ケネディがじっと見ると、兵士のごとく背筋を伸ばして答えた。「はい！　腕が長くて意地悪なゴリラ野郎がいました。あいつも殺してくれればよかったのに」

ここにタビサがいたら、言葉遣いや暴力を肯定したことで叱られただろう。ケネディはマイルズの肩に手を置いた。「よくやった」それから、チームに向かって言った。「そのゴリラを陸と空から追跡させる。ヘリコプターに似顔絵画家も乗せろ。サンフランシスコへ戻る途中でマイルズに犯人の顔の特徴を説明させる」

チームリーダーのロジャーズがうなずいて、電話を指さした。「承知しました。へリコプターに乗っていかれますか?」答えは聞くまでもなかった。

「すぐに離陸させろ。その男を探せ」

ロジャーズがうなずいた。

マイルズが肩を落とす。「早く家に帰りたい」

「わかってる」ケネディはマイルズを連れて歩いていき、岩の上に座らせると、その隣に腰かけた。「だけど、その男を見つけないと。二度とおまえに近づかせないために」

「女の人もいた」

「女の人?」ケネディはロジャーズを呼び寄せて言った。「もうひとり女がいた」

ロジャーズはうなずくと、チームのところへ戻って指示し、追跡に送りだした。

ケネディはマイルズに向き直った。「はじめから全部話してくれ」

マイルズは最初こそ少し口ごもったものの、父親に会わせると言われてミス・アレンについていったことを潔く認めた。空港でふたりの男と引きあわされた。彼らはマイルズに優しかった……プライベートジェットに乗りこむまでは。そこでマイルズは押さえつけられ、トイレに閉じこめられた。着陸すると、毛布にくるまれ、飛行機からおろされた。

「ぼくは戦ったんだよ、ケネディおじさん」マイルズが言う。「大男の金玉に頭突きしてやったんだ」

「でかした！」ケネディはマイルズの頬にできた青あざには触れずにおいた。家に帰れば、タビサが代わりに大騒ぎしてくれるだろう。

誘拐犯たちはマイルズを車のトランクに入れて延々と走り続け、マイルズは暑くて暗いなかを転げまわった。「それで車に酔って、クッキーを吐いちゃったんだ！」

「そうみたいだな」ケネディはそっけない口調で言った。「だが、ネクタイを結びつけて、おまえがそこにいたという印をちゃんと残していた」

「テールランプを壊して出ようとしたんだけど、ベンツって……丈夫だね」マイルズは悔しそうだった。

「頑丈な車だ。ここに到着したあと、何があった？」

マイルズは恐怖に目を見開き、唾を二回のみこんでから答えた。「トランクから引きずりだされた。あいつらは銃を持っていた。銃だよ」

「拳銃か？」

「うん。あいつらは言い争っていた……ぼくをどこで撃つかとか、どこならおじさんから見えるかとか。おじさんが来る前に……ぼくの死体がオオカミに持っていかれちゃうのを心配してた。ほかにも何か言ってたけど、ぼくは……泣いちゃったんだ。具合も悪かったし。だから……聞いてなかった」マイルズはばつが悪そうだった。

ケネディはマイルズの肩に腕をまわした。「いいんだよ、マイルズ。おまえはよくやった。どうやって逃げだしたんだ？」

「困ったときはあわてるなって、おじさんがいつも言ってたでしょ。考えろって。だから一生懸命考えたんだけど、どうしたらいいかわからなかった」

「おまえはよくやったぞ」ケネディはふたたびマイルズを抱きしめた。「逃げだしたんだから」

「その女の人が助けてくれたから」

ケネディは体を引いた。「誘拐犯の仲間じゃないのか？」

「違うよ！　その人は……誰だか知らない。最初は姿が見えなかったんだ。急に紙があの岩のほうから飛んできて」

「紙？」

「うん、大きな紙」マイルズは両手で大きさを示したあと、道路の向こうを見やった。

そして、岩から飛びおりると、そちらへ向かって走りだした。

ケネディは追いかけたいのをこらえた。過保護になったらマイルズを不安にさせてしまう。マイルズが安全なケネディの腕のなかからもう抜けだせるほど立ち直っているなら、それでいい。

マイルズは草むらに引っかかってはためいていた白い紙を取って戻ってくると、ケネディに渡した。

ケネディはマイルズをふたたび岩の上に座らせてやってから、汚れた絵をいぶかしげにじっと見た。おそらく山の絵だ。それなりに荘厳さを感じる。よく描けている。力作なのは明らかだ。だが、型にはまりすぎていてぎこちなく、どこか不自然だった。なんとなくおかしくて、人間っぽい。作者はこの絵を恥ずかしく思ったに違いない。サインに目をやった。テイラー・サマーズ。テイラー・サマーズ。

テイラー・サマーズ。その名前を一生忘れないだろう。

マイルズはこれまで言い落としていたことを話し始めた。「あいつらは、ぼくを殺したがっていた男たちは、飛んでくる紙を見て、ぼくから目を離した。そしたら、その女の人が岩のうしろから飛びだしてきて、森のほうへ走りだしたんだ」

〝目撃者がいたのだ。もしその女性が生きていれば……〟

「よけたり、跳んだりしながら、ものすごい勢いで走っていった。『逃げて!』って叫んだんだ。大男は——」マイルズはケネディをちらりと見てから続けた。「ほら、

Fワード（ファックのこと）を使った。それから、女の人を追いかけ始めた。すぐに撃つと思ったんだけど、男は撃たなかった」

「走りながら撃つことはできないんだ」

「痩せてるほうの男も追いかけていったから、女の人の言うとおりだと思ったんだ。これはチャンスだって。それで、ぼくは反対方向に走った」マイルズはつらい体験を思い起こして、どんどん早口になった。「銃声が聞こえて……ぼくは走りだした。止まれなかった。すごく怖くて。逃げて、山をのぼった。茂みに隠れてると、おじさんが呼ぶ声が聞こえて、そのときも怖かった。ぼくが見つける前に、おじさんがどこか行っちゃうんじゃないかって」マイルズの茶色の目が見開かれ、涙があふれそうになった。

ケネディはふたたび抱きしめて、ハンカチを渡した。

「お姉さんは死んじゃったかな？」マイルズの声が震えた。「ぼくを助けてくれた人」

ケネディは草原を見渡し、険しい表情をしたロジャーズと、決然と出発する部下たちに目を留めた。

ケネディは甥に嘘をついたことがなかった。「その可能性は高いな。だが、生きている可能性もある」

「ねえ……ゴリラはどうなるの？　お姉さんを追いかけていった大男。意地悪なやつなんだ、ケネディおじさん。ものすごく。あいつにも死んでほしい」マイルズの口調は切実だった。

「任せておけ」ケネディは安心させるように言った。

ところが、夜通し山のなかを捜索させたにもかかわらず、ゴリラもテイラー・サマーズも見つからなかった。チームが次の計画を練っているあいだに、テイラー・サマーズのレンタカーが爆発し、木立が火事になった。

そのジミーという男が何者にせよ、頭の回転が速く執念深い、思っていたより抜け目のない人物であることは間違いない。

ケネディはすばやく行動してまだ燃えている犯行現場を掌握し、データを分析した。粉々になった携帯電話と車から続いていた足跡が、テイラー・サマーズがその場にいて、爆発を生き延びて走り去った証拠となった。

だが、警察には、テイラー・サマーズが殺害されたように見せかけるため嘘の報告をした。あらゆるものを改ざんし、警察が彼女を犯人のひとりと推定したときも否定しなかった。マイルズの話を伝えたら、マイルズが事件の記憶を失っていないことがばれてしまう。マイルズが証言できることを誘拐犯に知られたくない。どんなことをしてもマイルズを守らなければならない。

それに、ケネディはチームがテイラー・サマーズを見つけると信じていた。

しかし、発見できなかった。彼らはテイラー・サマーズは死亡したと考えた。

そこで、ケネディはチームを解散した。発見の見込みがないと思っている人間を使い続けても無駄だ。そして、富裕層向けの小さな私立探偵事務所に調査を依頼した。探偵は空港やレンタカー店、テイラー・サマーズの母親や元婚約者たち、インターネット、シェルターなど逃亡中の女性が利用する可能性のある場所を監視した。

テイラー・サマーズが目撃したもの、耳にしたことを知りたかった。マイルズを誘拐した人物を突きとめなければならない。彼女が死んだとは思いたくなかった。

テイラー・サマーズが必要だ。

だが、それだけ手を尽くしても、発見できなかった。

どこにいるんだ？

14

翌日の早朝、テイラーは侵入したときと同じ方法で——割れた窓を通ってレンナー家をあとにした。シシーの一番あたたかい服を三枚重ね着していた。

レンナー家が戻ってくるまでには、セキュリティ会社から報告を受けるはずだ。彼らは不安になるだろう。だが、家のなかを見てまわり、何も変わりないと気づく。そして、風のせいで折れた枝が窓を割ったのだという結論を下し、保険金を請求したら、あとは忘れてしまうはずだ。

少なくとも、テイラーはそう考えていた。

ガレージの裏にある物置へ行き、扉の前のコンクリートにひざまずいて、南京錠《なんきんじょう》をじっと見つめた。インターネットで得た情報によれば、ドアの鍵よりも、南京錠をピッキングするほうが簡単なはずだ。忍耐力も道具もあるし、いくらでも時間をかけられる。

テイラーは仕事に取りかかった。そして、四十五分苦労した末に錠が開き、歓声をあげた。扉を押し開けると、なかは暗く、埃やクモの巣にまみれていた。合板や芝刈り機が置いてある。左手の棚の上に小型の懐中電灯があった。スイッチを入れると、強い光が周囲を照らした。

隅にあった折りたたんだひとり用テントを見つけた。ひざまずいて、うやうやしい手つきで触れる。蚊を遠ざけ、雪から守り、家を持つ感覚を与えてくれるそのテントが、どうしても必要だった。家がないのは想像以上につらかった。

このサイズなら持ち運べる。絶対に。

でも、どうしてここにあるの？

これを盗む勇気がある？

説明書がないか周囲を探したけれど、当然見当たらなかった。そこで、急いで組みたてようとしたら、プラスチックの支柱が壊れていることがわかった。

テイラーは思案した。ちょうどいい長さと強度の枝で代用できるかもしれない……やってみよう。うまくいかなかったら、ほかの家でテントを見つけて支柱をもらえばいい。

もう次の不法侵入をする計画を立てている。

生き延びるために必要なことだ。

ゴムロープを使ってテントをバックパックに取りつけた。懐中電灯を消して棚に戻そうとしたところで、手を止めた。懐中電灯というものは置き場所を忘れがちだ。なくなっていても春まで誰も気づかないかもしれない。それに、レンナー家の人々よりもテイラーのほうが、それを切実に必要としている。

元どおりに鍵をかけてから、一家の土地を見晴らす尾根にのぼった。膝を抱えて座りこみ、揺れる黄色い草原からのぼる太陽や木立、安らかに草をはむレイヨウの群れを眺めた。大地が活気づいていく……そして、レンナー家の長い砂利の私道を、砂埃を上げながら走るピックアップトラックが見えた。

セキュリティ会社の技術者だ。ネズミにかじられた配線が見つかるといいのだけれど。

技術者が家のなかに入るのを見届け、立ち上がった。

最後にもう一度だけ、長い髪に指を通して名残を惜しんだ。それから、片手で髪をつかみ、もう一方の手ではさみを握った。レンナー家のキッチンから取ってきたはさみだ。顎をしっかり上げ、髪を二・五センチ足らずの長さまで切り落とす。切った髪を放り上げると、風に吹かれて牧場まで飛んでいき、かつてのテイラー・サマーズは消え失《う》せた。

新しいテイラー・サマーズは歩きだし、自分の家を見つけようと決意して山に入った。

15

迫り来る冬の先を行こうと、テイラーはきびきびと進み続け、テントを張れる安全な場所を探した。

そして、花崗岩《かこうがん》の崖に刻まれた、入り口の狭い、奥行き六メートルほどの洞窟を見つけた。一見よさそうに見えたが、隅に不快なにおいとふたつの目のような暗い輝きを放つ毛皮があるのに気づいた。本物の目だった。

冬をクマと一緒に過ごすことはできないと判断して、大急ぎでその場を離れた。

翌日、小川の近くのくぼ地にいた。丸太とこけら板と、急勾配の金属屋根を使って建てられた小さな差し掛け小屋を見つけた。粗末な造りで埃っぽく、人は住んでいないようで、避寒用の家にうってつけだ。居住者が本当にいないか確認するため、半日辺りをうろつき、近くにテントを張った。誰も現れなかったので、ようやく勇気を出してドアをノックした。

返事はない。

ゴルディロックス（イギリスの昔話に登場する熊の家に入りこんだ女の子）になった気分でドアを開け、呼びかけた。

「こんにちは、誰かいませんか？」

長い尾を持つ灰色の小さな動物が、あわてて逃げていった。

かつてのテイラーはネズミを恐れていたが、いまや気にも留めずに、懐中電灯で周囲を照らした。一辺の長さが二・五メートルくらいのワンルームで、天井が低く、木の床は割れている。ふたつある小さな窓は油布《オイルクロス》で覆われていた。古くて汚い。人が住む場所ではない。

「ああ」テイラーはつぶやいた。「やったわ」胸が喜びと期待で高鳴る。隅にストーブがあった。鋳鉄製のダルマストーブ。冬のあいだじゅうこの狭い部屋をあたため、テイラーを守ってくれるだろう。

放棄された小屋なのは明らかだ。粗末なキャンバスベッドは壊れていた。汚れた布切れが隅でぼろぼろになっている。掃除だけで二日はかかるだろう。

でも、ストーブがある。美しく便利な錆びたストーブが。

懐中電灯の白い光が、壁できらめくものをとらえた。近づいてみると、それはブロンズの銘板だった。テイラーは汚れをこすり落として読んだ。〝旅人の宿。一九七一年、森で迷った旅人のために建造されました。ご自由におくつろぎください〟

一九七一年？　崩れかけているのも無理はない。

右の下端に、とても小さな文字で〝自然保護を促進し、圧政的な官僚制と闘うアメリカの若者〟と書かれていた。

聞いたことのない組織だが、テイラーは心から好きになった。そして、ここに住めるようにするための仕事に取りかかった。何週間も重労働が続くだろう――屋根を修理し、木材を運んできて、貴重なクリップを使って魚を捕るための釣り針を作って……実際に釣り上げる。

谷へおり、クリップでレンナー家の玄関の鍵を開け、必需品、主に食料を入手した。侵入した痕跡を残さないよう気をつけたものの、缶詰がなくなったことにレンナー家の人々が気づくかどうかについて、あまり心配しなくなった。

小屋に戻り、冬に備えて住みついた。六日後、錆びついた煙突が屋根を燃やした。テイラーはバックパックと寝袋と懐中電灯をつかみ、澄みきった寒い夜のなかで立ち尽くして、小屋がパチパチ音をたてながら焼け落ちる様子を見守った。

テイラーは窮地に追いこまれた。いまは十月のはじめで、もう冬だった。夜は凍えるように寒い夏でもなく、早い雪が降る秋でもなく、冬で、本土の冬の最低気温を頻繁に記録する地域だ。

再度ワイルドローズ・ヴァレーへとおりていき、迷わずに行けるようになったことに驚いた。サバイバル能力が向上している。到着すると、小さな家を何軒か偵察して、窓にセキュリティ会社のステッカーが貼られていない留守宅を選んだ。ベランダの屋根にのぼり、二階の鍵のかかっていない窓を見つけてなかに入った。キッチンカウンターに置かれたカレンダーを見て、急いで行動した。一家は四日後に休暇から戻ってくる。防寒寝袋と小型の缶切りを見つけたが、盗《と》りすぎないよう注意しなければならない。良心はほとんど残っていないかもしれないけれど、家の持ち主に侵入したことを気づかれたくなかった。

だから、必要最低限の食料と道具を入手したら、別の家で新たに食料と道具を探すことにした。計画的にうまくやれば、汚名を晴らし、本格的な冬が来る前に死の脅威から逃れる方法を思いつくまで生き延びることができるだろう。

屋根裏で、固定具《ビンディング》がひとつ壊れた埃まみれのスノーシューズを見つけた。近くにあったすりきれた縄跳びの縄で修理した。それから、食料をバックパックに詰めた——一番の収穫は未開封の瓶詰のピーナッツバター。そして……幸運に恵まれた。主寝室のクローゼットで、長い下着かあたたかい厚手の靴下かスキー用手袋を探していて、パッド付きの古風な帽子箱を開けたら……拳銃が入っていたのだ。

テイラーはそれをじっと見つめた。頭のなかを疑問が駆けめぐる。どうしてここにあるの？　子どもが遊ばないようここに隠したの？　悲劇が起こることを恐れて？きっとそうなのだろう。この拳銃で襲ってくるクマを撃退できる？　無理だ。

相手がダッシュなら？

撃退できる。

箱をそっと床に置き、ひざまずいた。拳銃を手に取って、ためつすがめつ見る。冷たい。真っ黒で、光沢がある。

子どもの頃に射撃をしたことがある。父が撃ち方を教えてくれたのだ。ここでは拳銃は役に立つだろう。とても。それに、これがあれば、つきまとうダッシュへの恐怖心がやわらぐかもしれない。

拳銃と一緒に、ホルスターとふた箱の銃弾がしまいこまれていた。

テイラーは拳銃とホルスターと、銃弾をひと箱持っていくことにした。ひと箱分の銃弾を使ってもダッシュを仕留められないなら、ふた箱目は必要ないだろう。

荒野に戻る前に天気予報を確認した。嵐が近づいている。対策を立てなければならない。

山を歩き、冬場のねぐらとして使えそうな張りだした岩壁を見つけ、テントを張った。そして、最初の冬の嵐を乗り越えた。

一日目、身元を明かさずにケネディ・マクマナスに連絡を取る方法を考えた。

二日目、そのためにできることや、失敗する可能性についてメモした。

三日目、懐中電灯の電池が切れた。新しい電池か、LED懐中電灯を手に入れないと。暗闇のなかで横になり、事件の経緯をケネディ・マクマナスにどう説明すれば一番いいか考えた。

四日目には、ピーナッツバターとクラッカーの食事にも、暗闇にも、ひとりきりでいることにも飽き飽きしていた。ケネディ・マクマナスのことも、誘拐のこともどうでもよかった。その代わりに、ワイルドローズ・ヴァレーの家の強盗計画に夢中になった。本が欲しい。小説とか。やまない風の音や、死への恐怖から気をそらしてくれるものならなんでもよかった。『ピープル』誌が読みたい。セレブの中身のないインタビュー記事やすてきな写真を見て、世界とのつながりを感じたかった。

その夜、テントの支柱代わりにしていた枝が雪の重みで折れて、雑誌のこともどうでもよくなった。生き埋めになることを心配しなければならない。テントに積もった雪を叫びながら蹴落とし、内側からテントを支えて何時間もじっとしているうちに、腕が痛くなり、あたたかい涙が冷たい頬を伝った。

谷へおりたいけれど、その前に荷造りをする必要がある。準備をしているうちに、ふたたび雪が降り始めた。

嵐が通り過ぎると、火をおこして魚を釣り、最後の缶詰のスープをあたためて、感謝しながら急いで食べた。そして、また雪が降った。

その嵐が最悪の出来事だった。

五日間、強風と厳しい寒さが続いた翌日、ポタポタという音で目を覚ました。なんの音かはわからなかった。ただ暑くて、寝袋のファスナーを開けて脱ぎ捨てた。

何が起こったの？　まさか冬眠していて春を迎えた？　世界が溶けていく音が聞こえる。テントから頭を突きだした。あたたかい。

とは言わないまでも、凍えるほど寒くはなかった。夜はまだ明け始めてもいないのに。

どういうこと？　いまは十月。そうでしょう？

腕時計を見て日付を確認した。

やはり十月だ。正確に言えば、十月十三日。

「ハロウィンね」テイラーは声に出して言った。「あと少しで」あたためるため寝袋の裾にしまっていた服を取りだしたあと、テントから這いでた。

西に沈んでいくオレンジ色の大きな狩猟月が、木々の隙間から見える。

寒さが緩み、月明かりのある夜を利用しない手はないけれど、何をすれば……。

必需品を入手しに行こう。

また人の家に押し入るのだと思うと、胃が締めつけられた。でも、ほかに選択肢はない。ちゃんとした冬用のテントが必要だ。食料もいる。このままでいて、ふたたび嵐が来たらどうなる？

餓死するだろう。

沈む月明かりのなかで荷物をまとめ、山をおり始めた。

16

寒さが緩んだせいで雪がやわらかくなり、スノーシューズを履いていても歩くたびに足がめりこんだ。すぐに、出発前に食事をとらなかったことを後悔した。次の標的となる平屋の小さなログハウスを見つけた頃には慎重さを失っていて、玄関に駆け寄った。そこは真っ暗で静まり返り、屋外に家具はなく、私道にわだちはついていなかった。

ドアをノックした。もし誰かが応答したら、車が溝にはまって動けなくなったから警察に連絡してほしいと頼んだあと、姿をくらますつもりだった。

けれども、返事はなかった。テイラーは小さく笑い、感謝しながらドアに頭をもたせかけた。それから、愚かな期待を抱いてノブをまわした。

ドアが開いた。

幅十三センチの隙間の向こうの暗い部屋をのぞきこむと、おかしな考えが次々と頭に浮かんだ。

誰かがすでにこの家に押し入って、なかにいるのだ。

この家の家族が殺されていて、死体を発見することになる。

これは罠だ。ダッシュがなかで待ち構えている。

拳銃を抜き、ドアを全開にした。家具のシルエットが見える。そっと足を踏み入れ、手探りで明かりのスイッチを探した。天井の照明がついた。

そこに死体はなく、幽霊もダッシュもいなかった。革のソファ、缶ビールの跡がついた丸木のコーヒーテーブル、シカの頭、枝角のカーテンレールがある。壁一面をテレビが占めている。旧式のパソコンが床の隅に追いやられていた。ハンティング雑誌やキャンプ道具があちこちに置かれている。ひと箱分の乾燥食品が足のせ台《オットマン》の上にあふれている。部屋の隅にふたり用テントが張られていた。いかにもタフガイの隠れ家という感じだ。そこらじゅう厚い埃に覆われている。このアウトドアを愛する住人がどこへ行ったかは知らないが、この部屋にいないのはたしかだ。

テイラーは斜めに歩いてキッチンへ向かった。

さらにさまざまなものがあった。テーブルの上にキャンプ用コンロとランタンが三つ。パントリーではペットボトルの水と水筒を見つけた。テイラーはペットボトルの蓋を開けて、生ぬるい水を一滴残らず飲み干した。グラノーラバーの袋を取って一本食べてから、リビングルームに戻った。部屋の奥のドアに忍び足で近づいていく。

ホルスターからふたたび銃を抜き、テレビで見た家宅捜索をする警官をまねて構えた。撃つほうの手をもう一方の手で支え、銃身をまっすぐ向ける。「誰かいますか?」声をかけながらドアを開けた。

主寝室だ。誰もいない。この家は留守だ。

ベッドサイドテーブルに、ガラスの破片が散乱していた。カメラに向かって微笑んでいる似合いの夫婦の写真が目に留まった。

写真立てを割ったのだ。離婚して、相手を恨んでいるのだろう。これでいろいろなことがわかった。この場所を見れば離婚の原因は明らかだ。

玄関と寝室のドアを閉めたあとキッチンに戻り、空腹を満たしてから道具を全部見て、どれだけ持ち去っても平気か考えた。釣り道具がたくさんある。ナイフに斧に……まるで夢のスポーツ用品店に迷いこんだかのようだ。

方位磁石と新しくて頑丈なひとり用テント、トイレのうしろに置いてあったサバイバルブックを持っていくことにした。それぞれ種類が異なるハイキング用のバックパックを四つ見つけたときは、うれし涙を流しそうになった。そのなかのひとつが、テイラーにぴったりだった——奥さんのだろうか。シシーのスクール用のバッパックよりもたくさん収容できる。そのことを念頭に置いて、乾燥食品を選んだ。

そのあと、手にしっくりくる武器を見つけた。

投石器だ。金属やプラスチックのフレームがついたパチンコではなく、編んだ革紐の中央にポケットがある。そこに丸石を入れれば、ダビデのごとく、襲ってくるゴリアテと戦える。

記憶がよみがえった。昔、この山で完全に迷ったことがあった。もうすぐ十歳というときで、日が沈んだあと、父が見つけてくれた。父は自分の上着をテイラーに着せたあと、家から遠く離れたことで厳しく叱った。テイラーが怒鳴りあう両親の姿を思いだし、悲しい気持ちで父を見つめると、父は真実を読み取った。

テイラーは家にいられない。不幸と憎悪に満ちたあの家には。

そこで、父は言った。「外に出たいんなら、狩りの仕方や身の守り方を教えておかないとな」そうして教わったことのひとつが、投石器の使い方だ。片手で両端をつかみ、アンダースローですばやく振りまわして、石を標的に向かって飛ばすのだ。

テイラーはそれを気に入り、一週間練習するとかなり上手に扱えるようになった。

その後、母が荷物をまとめ、テイラーを連れてボルチモアへ引っ越した。テイラーが自由奔放に育ちすぎて、このままだと命を落としかねないからと言って。

テイラーは母から逃げだしたかったのだと言った。

当然、それでも何も変わらなかった。

ボルチモアへ行くと、テイラーはひどく浮いた。あか抜けず、友達もいなくて、怯えていた。投石器をベルトのように腰に巻いて毎日身につけ、できる限り練習した。自分で身を守ることができると、父から受け継いだものがあると思うと、元気づけられた。

十三歳の誕生日に、投石器を引き出しにしまった。もう新しい生活になじんでいたし、ださいベルトをつけていると友達にからかわれたのだ。だがそれよりも大きな理由は、父がその年もカードもプレゼントも送ってこなかったからだった。あっさりと忘れ去られたことで父を恨んだ。

いまなら、父の贈り物は母が渡さなかったのだろうとわかる。投石器は継父の家に引っ越した際に紛失し、すっかり忘れていた。でも、いま思いだした。発射体として使える鋼球までである。

ダッシュに使うところを想像した。

まさにダビデとゴリアテだ。

投石器を腰に巻きつけると、ようやく腰をおろしてパソコンの電源を入れた。パソコンはあえぐような音をたてながら起動した。テイラーは吸気口の埃を拭き取ったあと、明るくなったスクリーンを見てため息をついた。インターネットに接続されていない。当然だ。アウトドアを愛する男は、わざわざ現代世界とつながろうとしない。

「どうもありがとう」テイラーはそう言うと、盗品を手に山へ戻った。

17

その日の午後、投石器を使ってみると、腕が落ちていた。でも、練習すればいい。習得しなければならない。

日が沈むと祝賀会をした。マスを二匹釣って洗い、炉に火をおこし、串に刺して皮がパリパリになるまで焼いた。一匹はフリーズドライの野菜と一緒に食べ、ニンジンはかたいままだったにもかかわらず、最高においしかった。テイラーは目を閉じて、ウォーターフォードグラスでアイリッシュウイスキーを飲むところを想像した。生きるために絶対に必要なものではないからと、酒瓶を盗まなかったことをひどく後悔した。

けれど、シシーのマリファナがある。

テイラーは目をぱっと開けた。大学を卒業して以来、マリファナを吸ったことはなかった。あまり好きではない。味が苦手だ。吸ったあと、大量のクラッカーを食べてしまうのもいやだった。でも、あの感覚は好きだ。

いま吸ったとして、何がいけないの？　ここには誰もいない。それに……子どもを助けて殺されかけたところを、山のなかで二カ月も生き延びたのだから、お祝いをする資格があるはずだ。思いとどまる前に、袋からジョイントを取りだして火をつけると、炉の前に座ってくつろいだ……思う存分。

サバイバル能力がものすごく高くなった。なんなら魚を釣って生きていけるだろう。アイダホの新鮮なマスはレストランに高く売れる。それを、手がかじかむのを我慢さえすればただで入手できるのだ。嵐が来ない限り、毎日川辺で釣りをしていられる。嵐が来ない限りだけれど。

空を見上げると、無限の暗闇から星が落ちてきて、炉の炎に飛びこんだあと、火花を散らしながらふたたび上昇した。マリファナに何かまぜてあったのだ。

気づいたら、炎の向こう側に父が座っていて、心をあたため、落ち着かせるような愛情のこもったまなざしでテイラーを見ていた。

「お父さん」

カウボーイハットをかぶった父のいかつい顔は、煙に取り囲まれていた。レザーのダスターコートとくたびれたジーンズ、カウボーイブーツも覆い隠されている。はっきり見えるのは手だけだ。長い指、太い血管、短い爪。火のついた煙草《たばこ》を指に挟んでいて、香りが漂ってきた。

「お父さん」テイラーはふたたび呼びかけた。「お父さんは死んだとお母さんが言ってたわ」

〝ああ。だからといって、いなくなったわけじゃない。おれはサマーズだ。ここがおれのいるべき場所だ〟

テイラーは涙を浮かべながらうなずいた。「そうね。ワイルドローズ・ヴァレーこそお父さんの居場所だと、ずっと思っていたの。でも……お父さんはワイオミングで埋葬されたってお母さんが――」

〝亡骸《なきがら》がどこにあろうと関係ない。それに、誰かがここでおまえを見守ってやらなきゃならない。おまえは自ら災難を招いた〟父がポケットから煙草と巻き紙を取りだした。一本目の煙草を吸い尽くすと、新しいのを巻いて、燃えさしで火をつけた。

〝ここの冬がどういうものか忘れたのか？〟

「なんとかうまくやってるわ、お父さん。寒いけど、雪に埋もれるようなことはないし――」

〝いまのところは〟

「飢えるほど食べ物に困っているわけでも――」

〝いまのところは、だろ〟

「それに、あの子を殺そうとした男に捕まることもなかった」

〝おまえは死んだと思っているんだ。そうでなきゃ、この山に賞金稼ぎのやからが押し寄せて、おまえは骨までしゃぶり尽くされていただろう。おまえは死んだと、誰かが嘘をついたんだ〟

「そうね――きっと、ここの警官は犯罪に慣れていないのよ」

〝ここには有名人も住んでいる。痴情沙汰やら、ドラッグやアルコール絡みの事件やらが起きるから、ここの警官もおまえが思っているほど無能じゃない〟

テイラーはジョイントを一服した。「わたしははめられたと言うの？」

〝おまえを探している人がいると思う〟

テイラーの声が震えた。「誰？」

〝いいやつだといいな〟

「お母さんでさえわたしが犯人だと思っているのよ」

〝うまくいってないのか？〟

「うまくいってたときがある？」

〝あいつがおまえを大事にしてくれるといいと思っていたんだが。もっと仲よくなってほしいと〟

「最後に会ったとき、大喧嘩《おおげんか》したの」

〝原因は？〟

「また婚約破棄したから。しかも今回は、結婚式のたった二カ月前だったし」忘れたくても忘れられない記憶だ。

〝どうして別れたんだ？〟

「彼に我慢できなくなったから」

〝どうしてそんな男と婚約したんだ？〟

「周りの期待に応えるほうが楽なときってあるでしょ？」エドマンドのことを思いだすと、むかむかした。「彼はハンサムなイタリア人で、彼の別荘の改装をわたしが手がけたの。それで、彼が好きになってくれて」

〝おまえは好きじゃなかったのか〟

「好きだったわ。彼の家には、美術館みたいにすばらしい美術品のコレクションがあるの。どうせ愛するならお金持ちにしなさいとお母さんも言ってたし」額をさすった。

「でも彼は……四十歳って言ってたけど、それも嘘だったと思うの。本当はもっと年上のはず」

〝四十歳が賞味期限か？〟父の喫煙家特有のしわがれた声に笑いがにじんだ。

「そうじゃないけど、ただ……最初の盛り上がっている時期が過ぎたら、年寄りくさくなったの。昔かたぎっていうか。最初は『きみの望みはなんでも叶《かな》えてあげる』とか言ってたくせに、あとになって、『仕事は辞めてくれ。きみには妻と女主人の役目を果たしてほしい』って。わたしがそれだけじゃいやだと言っても、気にも留めなかった。『ぼくの母親も働いていたんだ。父と出会うまで』なんて言うのよ。まるで彼の母親がわたしのお手本みたいに。わたしをおだてたり、すねたりして、しまいには、わたしが金目当てでもかまわないとか言いだしたの。そうでないふりをする必要はないって」両手を振り上げた。「哀れな話でしょ。自分にはお金以外に魅力がないと思っているのよ」

〝おまえは仕事が好きか？〟

「ええ」テイラーはこの事件に巻きこまれて初めて、そのことに気づいた。「計画して、部屋をきれいに見せることが好き。みんなと一緒に働くのも。この仕事はアートなのよ。お客さんは自分のために特別にコーディネートされた家で幸せに暮らせるの。安心感とくつろぎを与えるのがわたしの役目。同じ仕事はふたつとない。そこがまた楽しいの」

〝おまえは芸術家になりたがっていた〟

「ええ。でも気づいたの。才能があっても天才にはなれないって。わたしは一流の芸術家にはなれない。それに、正直に言うと、屋根裏部屋には住みたくないし。すべてが丸くおさまったら、好きな町にこぢんまりとした家を買って、好きな人と暮らすわ。ひとりでもいいし。ひとりでもうまくやっていける」

〝もちろん、おまえならやっていける〟

テイラーは褒め言葉を嚙《か》みしめてから言葉を継いだ。「スカーレット・オハラじゃないけど、これを切り抜けたら、二度と飢えはしないし、寒い思いもしないわ」

〝明日からは、運がよくなきゃ生きられないぞ。月を見ろ〟

明るい満月の美しい光が、枝の合間から差しこんで夜を照らしていた。テイラーは微笑んだ。

〝何が見える？〟

「光の輪が出ている」青白い氷晶が光輪のごとく輝いている。

〝月にかさがかかると、どうなるか教えただろ〟

テイラーの顔から笑みが消えた。「雪が降る」

〝そのとおり。もうすぐ雪が降る。備えはできているのか？〟

「ばっちりよ」

〝どうやって暮らしているんだ？〟すでに答えを知っている口調だった。

「谷へおりて、必要なものを集めているの」

〝集める？〟

「そう呼んでるのよ。不法侵入して物を盗んでると言うよりずっと聞こえがいいでしょ」テイラーはおかしくなって笑い転げ、横に倒れた。

父は返事をしなかった。

父がいなくなってしまったのではないかと心配になって顔を上げると、父は変わらずそこにいて、煙草を吸いながらテイラーを見つめていた。

テイラーはゆっくりと体を起こした。「これもそうやって手に入れた……」ふてぶてしい態度で、ジョイントを唇に当てた。

〝おまえたちの世代だけじゃない。おれだって六〇年代に吸ってたぞ〟

テイラーはショックを受けた。理由はわからない。父が性の革命時代に育ったことは知っている。けれど、アイダホの田舎で暮らしていたのだ。背の高いアンテナがふたつのテレビ局を放送し、アメリカで最も人気だった歌手のナット・キング・コールが、アフリカ系アメリカ人だからという理由でバラエティ番組を終了せざるを得なかった時代に。「知らなかった。それを言うなら、自殺をしたことも知らなかったけど」責めるような冷やかな口調になった。母のように。

〝自殺じゃない。おれは牛を追いかけたんだ。自分の仕事をしただけだ。あの吹雪のなか、誰かがやらなきゃいけなかった。はぐれた牛を探しに行って、戻れなくなった〟

「凍死って苦しいの？」声が震えた。

〝ああ。おまえを同じ目に遭わせたくない。あの子を助けたおまえが、そんな目に遭ういわれはない〟

「ありがとう！　そう思っているのがわたしだけじゃなくてうれしいわ」テイラーは指のあいだでくすぶっているジョイントを見つめたあと、炎に投げこんだ。「でも、どうすればいいかわからないの。どうすれば自分を守れるの？」

〝一生隠れてはいられないぞ、テイラー・エリザベス・サマーズ。恐れずに立ち向かい、汚名を晴らすために行動するんだ〟

「わかってる。でも、どうしろというの？　ダッシュを雇った人物さえわからないのに」

〝神がおまえに画才を授けてくださったのは、山の美しい絵を描くためなんかじゃない〟

「美しい絵なんかじゃなかった」テイラーは不機嫌に言った。

父はそれを無視した。〝ノートも盗んだ……手に入れたのか？〟

「盗ってない！」

〝おれに嘘をつく必要はない。おれは実際にはここにいないんだから〟

テイラーはため息をついた。「そうね。いいわ。紙と鉛筆ならある。だから？」

〝見たものを描け〟

唇を嚙んだ。

〝見たものを描け〟

しつこい幽霊だ。「いやよ」

〝見たものを描け〟

「思いだしたくない」

〝記憶が新しいうちに、見たものを描け〟

「なんのために？」

〝おまえが真実を証明したくなったときのために〟

「あの男たちは……残酷な殺し屋だった。少年は、とても怯えていて、具合が悪そうだった。それでも、周囲を見まわして、逃げ道を探そうとしていた。どうすればよかったの？　あの子を助けなければならなかった。愚かな考えだったけど」あの場面を何度も思い返した。「ほかにどうすればよかったか、いまでもわからない」

〝助けたことを後悔してるのか？〟

「まさか！　でも、自分を哀れんでいるわ」テイラーはうなだれて泣きだした。

〝いつかチャンスが訪れるだろう。恐れずにチャンスをつかめ。できるだけ早くここを離れろ。いいな？〟

テイラーはうなずいた。「わかったわ、お父さん」

〝とりあえずいまは……テントを固定しろ。念入りにな。松葉や枝をかき集めて周りに積み上げ、その上に岩を置くんだ。風が吹きすさび、雪が降り積もる。生き埋めになりたくはないだろ〟

テイラーは怯えたまなざしでテントを見た。

〝そうだろ？〟父の声が遠く、小さくなった。

テイラーは振り返った。

父の姿が消えていた。

テイラーは父に言われたとおり、テントに杭《くい》を打ち、基部を補強した。

それから、炉の前に座って、月を覆う流れる雲を眺めた。そして、持てる技術のすべてを尽くして、あの日に起こったことを記憶どおりに次々と描いた。

18

さらに二週間嵐が続き、暗闇のなか、寒くて孤独で、テイラーは頭がおかしくなりかけているのがわかった。汚名を晴らしてもとの生活に戻る計画は立てられず、絵も描けず、チャンスをつかむどころか、魚すら釣れなかった。

寒さを乗りきること、次の食事にどうやってありつくか、嵐の合間に大急ぎで必需品を集めに行けるかどうかしか、考えられなかった。それから、オオカミ。夜になるとオオカミの遠吠《とおぼ》えが、次第に近づいてきた。

気づいたら、拳銃を握りしめ、荷物をまとめ、嵐のなか山をおり始めていた。ここでオオカミの餌になるより、ワイルドローズ・ヴァレーで死ぬほうがましだ。道路にたどりついた頃には雪は弱まっていて、氷点下の寒さに襲われた。ゆっくりと通り過ぎる車が増え、地面に積もった雪が踏み固められてスケートリンクのようだった。

どこへ行くの？　ここで何をしているの？

ゆっくりと走ってきた車は私道へ入り、豪邸の門を通り抜けた。除雪された曲がりくねった私道の突き当たりに、クリスマスツリーのごとく明るく輝く家と、おりる順番を待っている車の行列が見えた。

パーティーだ。

テイラーは門をくぐって、長い私道を歩いた。〝通用口〟と書かれた表示が、進むべき道に思えた。招待客にはなれない。その道は家の裏手に通じ、人声や明かりに近づいていった。やがて、キッチンの入り口にたどりつくと、そばに白いトラックが止まっていた。〝ゲオルクス・ファイン・ケータリング〟、その下にそれより小さな文字で〝アイダホ州ケッチャム〟と書かれている。

テイラーは明かりを避けて車の脇へ移動した。

長いスロープがトラックから私道へと続いている。たくましい男たちがキャスター付きの細長い冷蔵庫をトラックからおろし、開けっ放しの両開きのドアを通ってキッチンへ入っていった。白衣を着た大勢のスタッフが、ラップのかかったオードブルをのせた銀のトレイを運んでいる。

その中央で、黒いスーツにウールのコートを羽織った背の低い痩せた男がきびきびと指図していて、その静かな口調が威厳を増していた。

テイラーは幻の聖杯を切望するランスロットのごとく、彼らを見つめた。彼女は空腹で、彼らは食べ物を持っている。

だが、それもさることながら、人間との触れ合いを求めていた。もう二カ月以上、誰とも会話をしていない。父と話したのは勘定に入れるべきではないと理解している。豪雨を吸収する干上がった大地のごとく、テイラーはさざめきに浸った。静寂に慣れきっていたため、言葉を聞き取るのに苦労した。

突然、黒服の男がテイラーのほうを向いた。「派遣会社から来たスタッフか?」

テイラーは無言で男を見つめた。

「やれやれ。またこんなやつをよこして」男がもう一度、はっきりした声でゆっくりときいた。「派遣スタッフか?」

「違います」

「こんなときじゃなきゃ……」

男の迷いを見て取ったテイラーは、急いできっぱりと言った。「ブランクはありますが、経験者です。任せてください」

男は唇を嚙んで思案したあと、うなずいた。「よし。だがその前に……髪を洗って、給仕の制服に着替えろ。キッチンで待機して、おれが合図したら、トレイを持っていって、オードブルとナプキンを配るんだ。できるか?」

「はい」

「急げ。時間がない」

テイラーはうなずいたものの、どこへ行けばいいかわからなかった。

男はふたたびため息をつき、テイラーの腕を取って歩きだした。紅海を渡るモーセのごとく、人波を分けて進んでいく。ドアにたどりつくと、両手でテイラーの顔を挟んで言った。「キッチンの奥の廊下を歩いていくと、右手にスタッフ用のバスルームがある。シャワーを浴びろ。石鹸《せっけん》を使え。給仕の制服を着ろ、黒いのだ」テイラーをじろじろ見る。「きみは派遣スタッフだ」声を張り上げる。「サラ!」

キッチンの奥から女の声が聞こえた。「はい、ゲオルク!」

「仕事につかせる前に何か食べさせてやれ」ゲオルクがテイラーを押しだした。

冷めた目つきのがっしりした女性がテイラーをざっと見て、キャスター付きの戸棚から制服を選んで手渡した。「身だしなみを整えたら戻ってきて」

テイラーは移動式冷蔵庫や大理石の調理台、包丁や長いスプーンを振るうコックをよけ、煮立った鍋やジュージュー音をたてるフライパンののったガスコンロを通り過ぎると、薄暗い廊下に出てバスルームへ向かった。慣れないバスルームで手早くシャワーを浴びた経験は豊富なので、勝手はわかった。汚れた服を脱ぎ、シャワーの下に飛びこんでチクチクするヘチマスポンジと香り付き石鹸で体を洗うと、すぐに出た。急いでいたけれど、肌が乾燥してひび割れていたので、体にハンドローションを塗った。黒のズボンと黒のシャツ、黒のベスト、赤い蝶《ちょう》ネクタイを身につけると、黒のジャケットを持ってキッチンに戻った。靴はブーツのままだ。これではまずいだろうが、サラがなんとかしてくれるような気がした。

案の定、サラはテイラーの足を指さしてきいた。「サイズは?」

「八です」

「サイズ八の黒のオックスフォードを持ってきて!」サラが叫んだ。

誰かの使い古しの靴を渡され、テイラーは顔をしかめながら履いた。けれどもすぐに、サラがくれた料理の皿に気を取られた。

「座って」サラは、切る作業をしている副コック長たちが囲んでいる長いテーブルの隅にテイラーを押しやると、肩に手を置いて椅子に座らせた。テーブルの上には、さまざまな種類のチーズやパン、オードブル、珍味のスナックが山のように盛られた皿が置かれている。「食べて。給仕が第三世界の飢えた子どもみたいな顔をしていたら、ゲオルクの評判が落ちるでしょ」

テイラーはうなずいて食べ始めた。ふと顔を上げた。サラが鋭いまなざしで見守っていた。

「クラブケーキは塩がききすぎてる」テイラーは言った。

「この辺の人じゃないね」サラはそう言ったあと振り返り、顎を震わせながら低い声で叫んだ。「グリフィン！ クラブケーキを作り直して。今度は塩を控えめにね！」テイラーに向き直った。「ほかに感想は？」

「全部おいしい。特にこの乾燥アミガサタケとコショウの実を振りかけたステーキが」

「わたしのオリジナルなの」サラが満足そうに言った。「アミガサタケに気づくなんてなかなかのものね。名前は？」

何か考えておくべきだった、とテイラーは思った。でも、私道を歩いていたときは、まさかこんな展開になるとは夢にも思っていなかったのだ。

「どうしたの？ まさか逃亡中の犯罪者ってことはないでしょうね」サラは鋭すぎる。

「サマー。名前はサマーよ」ほとんど偽名になっていないが、それしか思いつかなかった。

「それじゃあ、サマー、食事をすませて。あと十五分で仕事が始まるわよ」

テイラーはゆっくりと味わって食べた。どれもおいしいし、風味の豊かなものを口にするのは久しぶりだ。けれど、好き放題に食べる勇気はなかった。夜中まで軽食を出すのだろうか。人を食べさせるためにずっと働かなければならないの？

半分食べ残した皿を食器洗い機のそばのカウンターに置くと、ずらりと並んだ銀のトレイの横にいる給仕の列に加わった。

驚いたことに、ゲオルクが手ずから給仕にトレイを渡し、料理の名前を教えて復唱させた。「今シーズン最初の大仕事だ。ブラザーズ夫妻は古くからのお得意さんだ。しっかりやってくれ」黒い目でスタッフを見まわした。

一同は小さな声で返事をした。「はい、ゲオルク」

テイラーはステージに立つときのように緊張した。これから人ごみのなかへ入っていくのだ。誰かに気づかれるかもしれない。

ゲオルクは前を歩き、給仕を次々と指さし、指を鳴らしながら言った。「とにかくぼうっとするな。合図をしている客を常に探して、チャンスがあれば料理を勧めろ。だが、そっと歩け。出しゃばるな。きみたちは制服を着ている。同じに見える。そっくりだ。きみたちはゲオルクの給仕だ。パーティーが終わったあと、きみたちがここにいたことを誰も覚えていない」

「そうよね」テイラーはつぶやいた。ここにいるのは富裕層の人々だ。スタッフであるテイラーのことなど見向きもしないだろう。テイラーはほかの人のあとについて階段を上がり、廊下を歩いて、だだっ広い舞踏室へ入っていった。ぴかぴかの堅木の床が敷かれ、クリスタルのシャンデリアがぶらさがり、大きなフラワーアレンジメントが飾ってある。隅のステージで、バンドがBGMを演奏している。ワシントンDCで行われるどの公式行事にも負けないくらい壮麗に装飾されていた。

一方、招待客は西部劇風の装いだった。男性は黒のレザーのダスターコート、黒のカウボーイハット、大きなバックルのついたベルトを、女性は宝石のような色調の房飾りと毛皮をあしらったレザーのダスターコートとスナップボタンのシャツを身につけている。全員、ジーンズとカウボーイブーツを履いていた。高級ジーンズと高級ブーツだ。

バーカウンターは混雑していた。シャンパンを持った給仕が飛びまわっている。テイラーが持っていたチキンサテのトレイはあっという間にからになった。彼女はキッチンに戻って、今度はナチョスとカキフライのトレイを運んだ。次は、ブリーチーズをのせたバターたっぷりのクロワッサンを配った。

人ごみに慣れると、仕事に没頭した。会話の断片が耳に入ってくる。それらをつなぎあわせて、これはブラザーズ・リゾーツ・アンド・観光牧場《デュード・ランチーズ》のジョシュア・ブラザーズ夫妻が毎年開催する、地元のロデオ奨学金のための資金集めパーティーだとわかった。そして、危ないところだったと気づいた。テイラーはかつて、西部劇風の高級ホテルの改装の仕事に入札したことがあった。当時は契約を取れなかったことを悔しがったが、いまとなっては幸運に感謝した。もし身元がばれたら……首筋がぞっとし、振り返るとテイラーを見ている人がいた。

タキシードを着た場違いな老人が、テイラーに手招きした。

テイラーは急いでそばへ行った。

老人は以前はもっと背が高かったのだろうが、いまはテイラーと同じくらいまで縮んでいた。華奢《きゃしゃ》で肩が曲がっていて、いまにも転びそうに見える。白い豊かな巻き毛の持ち主で、伸びすぎた白い眉毛の下で、好奇心に満ちた青い目が輝いていた。

テイラーは老人に好感を抱いた。「お呼びでしょうか？」

「そのトレイにのっているのは何かね？」

「エビとチーズを詰めたハラペーニョのベーコン巻きです」

老人は喜びの声をあげてひとつ取った。「きみはエビアレルギーか？」

「いいえ」

「それなら、一緒に全部食べてしまおう」老人がトレイの上のハラペーニョを手で示した。「やれやれ、きみたち女性は死にそうになるまでダイエットするんだからな。そんなんじゃ男は捕まえられないぞ」

テイラーはこらえきれずに笑った。「キッチンでちゃんと食べてきました。それに、男はいりません」

「同性愛者か？」

「いいえ」

「離婚したのか？」

「いいえ、いまは恋人がいなくて、それで満足しているんです」

老人があきれたように舌を鳴らした。「ばかを言うな。女性は誰しも、結婚すべきだ」ハラペーニョにかぶりつき、嚙んでのみこんだ。「本当は食べないほうがいいんだが。胸やけがして眠れなくなるから。だが、わたしはこれが大好きでな、若い頃はたらふく食べたものだ。ああ、うまい。妻には内緒にしておいてくれよ」

「承知しました」テイラーはナプキンを差しだした。

老人がそれを受け取った。「ということは……失恋したんだな」

「何度か」

「馬に乗るようなもんだ。また挑戦しないと。ひとりで死にたくはないだろう」

テイラーは返事に困った。最近は死に直面しすぎて、冗談にできなかった。

老人はテイラーの表情から何かを読み取ったらしく、青い目を細くした。それから、テイラーの背後に目を向けて言った。「辛い料理は控えているんだ。遠慮しておくよ」食べかけのハラペーニョをテイラーの手のなかに押しこんだ。

テイラーはそれをベストのポケットに入れた。

背後から女性の力強い声が聞こえた。「ジョシュア、わたしをだまそうとしても無駄よ。長年連れ添って、あなたが何をしでかすか、あなたより先にわかってるわ」

「うるさいやつだ」ジョシュアはつぶやき、口を拭いた。

「わたしに説教しないでと言ったでしょ」あでやかなドレスを着た老婦人が、夫の腕に手を絡ませた。「この人のことは気にしないで」テイラーに言う。「すぐに世の中を救おうとするんだから」

「でも、まだいいほうですね。世の中を悪くしようとする人に比べれば」二カ月間、礼儀正しい会話をしていなかったせいで、テイラーはコツを忘れていた。

ジョシュアが妻を肘で突いた。「ほらな？　彼女はいやがっていない」

「痩せすぎだと言われても？」

「いまの人たちはダイエットしすぎだ。わたしは肉付きのいい女性が好きなんだ。ローナのように」ジョシュアが妻のお尻を撫《な》でた。

ロリーナは平然と夫の手を離して握った。「お名前はなんとおっしゃるの？」テイラーに尋ねた。

「サマーです」今度はすんなりと嘘をつけた。

「きれいな名前ね」

ジョシュアが言う。「リゾート産業で成功する前、ロリーナは美容師だったんだ。きみも切ってもらうといい。悪く取らないでほしいが、芝刈り機にぶつかったような頭をしているから」

「失礼よ、ジョシュア。たとえ本当のことでも。それに、わたしはいまでも美容師よ。この仕事がいつだめになって、美容師に復帰しなければならないかわかりませんからね」ロリーナが夫をにらんだ。

ジョシュアもにらみ返した。

お決まりのやり取りで、喧嘩も戯れにすぎないのだとわかる。テイラーはあとずさりし始めた。「ゲオルクにクビにされないように、そろそろ仕事に戻ります」

「クビにされそうになったら、わたしに言いなさい」ジョシュアがぶっきらぼうに声をかけた。「それはそうと、そろそろオークションを始めないとならないみたいだ」上着を直す。

ロリーナが夫のネクタイを直した。

ジョシュアがステージへ向かい、拍手喝采で迎えられた。

当然だ。彼はこのパーティーの主催者で、この家の持ち主であるジョシュア・ブラザーズだ。手がかりは目の前にあったのに、社会性を失っていたテイラーは気づかなかった。

ミセス・ブラザーズがテイラーの腕に手を置いた。「パーティーが終わったら、わたしのところへいらっしゃい。髪を整えましょう。そうすれば、定職につきやすくなるわ」

ミスター・ブラザーズがマイクを手に取って、誇らしげにロリーナの名前を呼んだ。

「わたしの出番だわ」ミセス・ブラザーズが言った。

テイラーはステージへと歩く彼女を見送った。定職につくことがすべきことなのだろうか。今夜は誰にも気づかれなかった。計画も未来もなく山に隠れるよりも、ケッチャムへ行って、ウェイトレスにでもなることを考えたほうがいい？

そのほうがいいかもしれない。ウェイトレスなら働ける。誰も給仕には目を留めないから。しかし、どんな仕事でも、フルネームと社会保障番号を求められる。誰もがテイラーのことを派遣会社に登録しているスタッフだと思いこんでくれるわけでも、書類なしで雇ってくれるわけでもない。ゲオルクもしぶしぶだったし、今夜の賃金がもらえる保証もない。とはいえ、あたたかい食事をとってシャワーを浴びることができたのだから、無駄骨ではなかった。

パーティーはカクテルやオードブル、オークションの時間が過ぎてダンスが始まり、その後、豪華なビュッフェでもてなし、デザートが配られた。サマーはチョコレートのカップに入ったひと口サイズのライムチーズケーキを運び、とても好評を得た。ふたりの女性客に笑顔で言った。「乳糖不耐症でしたら、チーズケーキはお控えになったほうがよろしいかと思います。綿菓子のカップもおいしいですよ――」

背後にいた男性が言った。「レンナー家の防犯システムが誤報を発したのを知ってるか？ ディック・ハーボも不法侵入されたと言ってるんだ」

19

テイラーは彫像のごとくぴたりと動きを止め、顔をこわばらせた。「――味見してみたんです」急いで締めくくると、振り返って背後にいた三組のカップルにデザートを勧めた。「ライムチーズケーキです」そして、会話に耳を傾けた。

「ハーボにわかるはずないでしょ。離婚してから、あの家はごみ溜《た》めよ」そう言った女性は、このうえなくディック・ハーボを軽蔑していて、このうえなくチーズケーキが好きなようで、ふたつ取った。

「そうかもしれないが、自分のものをどこに置いたかはちゃんとわかってるんだ。ひとり用テントとサバイバルブックと乾燥食品、元妻のバックパックやら、ほかにもいくつかなくなっていたそうだ」男性が手を振ってデザートを断った。

これで、テイラーが盗んだテントの持ち主の名前がわかった。持ち物に対してこだわりが強いことも、離婚しているというテイラーの予想が当たったことも。

「泥棒は何か壊したのか？」別の男性がきいた。

「それこそわかるはずないでしょ」女性が答えた。

一同が笑った。

テイラーは笑えなかった。ヘッドライトを浴びたシカのような表情をしていないことを願うばかりだ。

三人目の男性がテイラーに言った。「ひとつもらおうかな」そして、会話を続けた。「汚されたのか？」

「実にきれいだったそうだ」最初の男性が答えた。

「後片づけするなんておかしな泥棒だな」三人目の男性が言う。「ハーボが飲みすぎただけの話じゃないのか」

新たな女性がやってきて話に加わった。「そうかもしれないけど、うちは拳銃がなくなっていたのよ」

テイラーははっと気づいた。ここにいる人たちはみな知り合いで、ワイルドローズ・ヴァレーの住人なのだ。

テイラーはその女性にデザートを勧めた。

「もういただいたわ」女性は自分の意見を言いたくてうずうずしていた。

全員にデザートを勧め終えると、その場に残る口実はなくなった。テイラーは彼らに背を向け、すでに配ったグループにトレイを差しだすふりをした。

「ヴァレリーがBBガンでマカリスターを撃ってからというもの神経質になって、拳銃は金庫にしまっておくことにしたの。でもそのグロックは、ピーターへのクリスマスプレゼントに買ったもので、隠しておいた――」

「ひとつもらえる?」

左側にいる背の高い女性がデザートを待っていたことに、テイラーは長いあいだ気づかなかった。

「どうぞ!」テイラーはナプキンを渡し、その女性がまったく同じ見た目のデザートのなかからひとつ選び取るのを待った。

「カロリーは高くないわよね?」女性がウインクをした。四十代のブロンドで、感じのいい表情を浮かべている。

「……ようやくわたしだと……うっかりしていて……尋ねたら……みんな違うと……」

テイラーは微笑んだ。「カロリーとは相対的《レラティブ》なものではないですか?」

「たしかにそうね。親戚《レラティブ》みたいにつきまとうから!」女性は笑って、片手でお尻を撫でおろした。

テイラーも笑いながら、女性がさっさと口を閉じていなくなってくれることを願った。背後の会話が聞き取れない。

「……でも、銃弾がひと箱残っていたから、勘違いじゃなかったの！」

一同から動揺の声があがった。

ブロンドの女性がくるりと彼らのほうを向いた。「なんの話？ キャロリン、あなたのうちでも何かなくなっていたの？ ドライバーやはさみがどこかに行ってしまったんだけど、シシーは知らないって言うのよ」

なんてこと。じゃあ、この人がスーザン・レンナーなのだ。背後の会話に気を取られていて、気づかなかった……。

テイラーは部屋の隅に目をやった。

ゲオルクが腕組みをしながらテイラーをにらんでいた。

テイラーはその場をそっと離れたあと、トレイがからになるまでチーズケーキを配った。

パーティーが終わりに近づく頃には噂が広まり、ブラザーズ夫妻は来年のロデオ奨学金のために五十万ドル以上集め、テイラーは足と背中が痛くなった。

ゲオルクの合図で、キッチンへ戻った。

給仕たちがテーブルの周りの椅子にぐったりと座りこんでいた。

テイラーはジャスミンという名の若い陽気なブロンド美人の隣に座ろうとした。するとジャスミンは、反対隣に座っている女の子のほうを向いて言った。「ゲオルクは人がよすぎるわ。くずばかり拾って」

テイラーは怯《ひる》んで体を引いた。ジャスミンはテイラーのことを言っているのだ。気にする必要はない。ジャスミンはハイスクールを卒業したばかりの小娘に見える。問題は、テイラーがティーンエイジャーのように傷ついていることだ。彼女を受け入れない、適者しか生存できない世界に生まれ変わって、自分がその適者になれるかどうかまだわからなかった。

けれども、自分がどういう人間か——インテリアデザイナーとして成功していたこと、殺されそうになったのを生き延び、過酷な状況に耐え抜いたことを思いだして、ジャスミンの隣に座って微笑みかけた。片手でもこの小娘をやっつけられる。それを忘れてはならない。この子に思い知らせてやる必要がある。

サラがスタッフに叫んだ。「静かに！　ゲオルクから話があるの」

その場が静まり返り、コックたちも集まった。

ゲオルクが中央に出て、悲しそうに首を横に振った。「きみたちはまずまずの働きぶりだった」スタッフをひとりずつ指さす。「だが、来週の金曜日に千人のカクテルパーティー、土曜日に二百人の着席ディナーを控えている。料理は最高のものでなければならない」テイラーを意味ありげにじっと見た。「控えめですばやい給仕が求められる」

テイラーはうつむいた。

ゲオルクが言葉を継ぐ。「みんな、来週は充分な睡眠をとってから仕事にのぞむように！」

一同がうなずいた。

テイラーもうなずいた。

「サラが残り物を配るから、欲しい人は持って帰っていい」

テイラーは喜びのあまり跳び上がりそうになった。

「余ったら町のホームレスのシェルターに寄付することになっている。それから」ゲオルクが微笑んだ。「ブラザーズご夫妻が、きみたちに直接挨拶をしたいとおっしゃっている」

ブラザーズ夫妻が手をつないでキッチンに入ってきた。舞踏室ではミスター・ブラザーズが魅力を振りまき、おしゃべりをし、スピーチを請け負っていたが、この場はミセス・ブラザーズが仕切り、多額のチップが入った封筒を配った。そして、疲れていて凍った道路を無事に帰る自信のないスタッフに、女性は使用人部屋に、男性は外の小屋に泊まっていくよう勧めた。

ほとんどの給仕が家に帰った。テイラーも家があればそうしただろう。けれどもいまは、山をのぼってテントに戻らずにすむことを感謝した。残り物をバックパックに詰め、それを巨大な零下の冷蔵庫に入れてから、五人の女性スタッフとともに使用人部屋へ行った。ジャスミンも残っていた。案外地味な子なのかもしれない。

疲れ果てていたテイラーは、あたたかい部屋で安心してぐっすり眠った。

父の夢は見なかった。

朝になると、ブラザーズ家の料理人が朝食をたっぷり用意してくれた。テイラーは自分の席のナプキンの下に、メモを見つけた。使用人部屋に戻ってから、メモを開いて読んだ。

〝髪を切る約束よ。忘れないで〟

サインはなかったけれど、もちろん誰からのメモかすぐにわかった。

ほかのスタッフが席を立っても、テイラーはぐずぐず残っていた。料理人が家の東側の小さなサンルームに案内してくれた。

青いシャツと黒のズボンを身につけたミセス・ブラザーズが、紙を広げたデスクに向かっていた。昼間だと感じが違った。若く、やり手に見え、夫の飾りではなく、責任者の雰囲気がある。部屋に入ってきたテイラーを見て言った。「いらっしゃい、サマー、椅子に座ってちょうだい。ジョシュアを呼ぶわ。それから、剃刀《かみそり》を取ってくるわね」

テイラーはミセス・ブラザーズを見つめた。

「剃刀ですか？」

ミセス・ブラザーズは手が震えていた。それでも、自信にあふれ、心配していない様子だった。「剃刀でカットするとトップのシルエットが鋭角になるの。あなたは若くて痩せているし、そういう骨格だと、ホームレスの子じゃなくてパンクに見せるためには、鋭いラインが必要だわ。オオカミを遠ざける役に立つわよ。こういったパーティーにはうようよいるから」

「あら」テイラーは椅子に座った。「もう若くもなければ、だまされやすくもありません」

「イメージの問題なの」ミセス・ブラザーズが断言したあと、固定電話のボタンを押して言った。「サマーが来たわよ。急がなくていいから。当分……わかったわ、あなたがそうしたいなら」

テイラーはすでに昼寝をしたい気分だった。ブラザーズ夫妻も同じくらい遅くまで起きていたのに、とても元気だ。

ミセス・ブラザーズがテイラーの髪を指で梳《す》いた。

テイラーは猫のように伸びをしたくなった。どういう形にせよ、人に触れられたのは久しぶりで、そのぬくもりと心地よさにずっと浸っていたかった。

ミセス・ブラザーズがテイラーの肩にタオルを巻きつけ、剃刀を取って仕事を始めた。

テイラーはじっとして、耳を切られるのを覚悟した。ところが、ミセス・ブラザーズは手の震えを物ともしなかった。テイラーは目を閉じてリラックスした。うとうとしかけたとき、廊下を歩く足音が聞こえた。

目をぱっと開ける。

〝はめられたのだ。ダッシュに見つかった〟

違う。足音はゆっくりで、かすかに足を引きずっていた。

「来たわ」ミセス・ブラザーズが剃刀を置いた。「おはよう、あなた」

ミスター・ブラザーズがふたりに微笑みかけた。「すばらしい朝に、すばらしい眺めだな！」妻の頰にキスをしたあと、テイラーの肩をぽんと叩いた。それから、うめき声をもらしてソファに腰かけると、妻に言った。「夜中にどんちゃん騒ぎをするには年を取りすぎた」

「バンドに一時間延長してくれと頼んだのはあなたよ」

「どうして止めなかった？」

「止めても無駄だからよ、頑固爺《じい》さん」

テイラーは唇を嚙んで笑いをこらえた。「おふたりは結婚してどれくらい経つんですか？」

「五十二年間幸せな結婚生活を送っている」テイラーがお祝いを言うより先に、ミスター・ブラザーズが言葉を継いだ。「結婚したのは六十三年前だがな」

テイラーは愛想笑いをした。

「左側はできたわ。どう思う？」ミセス・ブラザーズがテイラーの顔を夫のほうへ向けた。

ミスター・ブラザーズに無言でじっと見つめられ、テイラーは不安になった。「変ですか？」

「考えてるのよ。目がうつろでしょ」ミセス・ブラザーズがじれったそうに言った。

ミスター・ブラザーズが体を震わせた。「似合ってるよ。そうじゃないんだ、ただ……昼間にきみを見たら、誰かに似てると思ってね」

20

「どなたですか?」テイラーは平静を装ってきいた。

ミセス・ブラザーズがテイラーの顔を自分のほうに向け直してじっくり見た。「誰?」

「わからない」ミスター・ブラザーズは即答した。「わたしの年になると、会う人がみんな知った顔に見えるんだ。サマー、どこの出身かな?」

「ボルチモアです」テイラーは答えた。まるっきり嘘でもない。

ミスター・ブラザーズが首を横に振った。「そこに住んだことも、長居したこともらない。DCに近すぎる。政治家と官僚の街だ」

「そうですね」テイラーは答えを聞くのが怖かったが、尋ねざるを得なかった。「どこで生まれ育ったんですか、ミスター・ブラザーズ?」

「この盆地だ」ミスター・ブラザーズが答えた。「両親は牧場を経営していた。三〇年代に手放したが。大恐慌のせいだ。わたしは第二次世界大戦で海軍に入ったが、ここにはずっといい思い出があったんだ」

テイラーはうなずいた。彼女も同じだった。ダッシュのせいで恐ろしい場所になってしまったけれど……ミスター・ブラザーズはテイラーの家族のことを覚えているだろうか？「だから、ここに家を買ったんですか？」

「何年も前に土地を買って、そのほとんどを森林局に寄付し、数平方キロをわたしたちと、金はあるがセンスのない何人かのために開発したんだ」ミスター・ブラザーズが大声で笑った。それから、ふたたびテイラーを見つめた。「きみは……あの子に似ている……通りの先の牧場に住んでいた子だ」

「なんという方ですか？」テイラーは無理やり笑顔を保った。

「名前は……」ミスター・ブラザーズが目を細めて記憶を掘り起こした。「ウォルターだったかな」

テイラーは汗が噴きでた。ウォルターは祖父の名前だ。

「ウォルター……名字は忘れてしまったな。家族はずっとあそこに住んでいた。ウォルターはわたしよりいくつか年下で、一九四四年に戦争に行って、南太平洋で腰を撃たれて長いこと入院したあと、除隊させられた」

祖父のことはほとんど記憶にないが、足を引きずっていたのは覚えている。その理由はいま初めて知った。

「わたしは戦後、サウスカロライナでロリーナと出会い、結婚して家を持ったんだ」

ミスター・ブラザーズが顎をかいた。「ウォルターはがりがりに痩せていた。きみのように。親戚じゃないか?」

「もちろん、絶対にないとは言いきれませんが、わたしはもともと痩せているわけじゃないんです」テイラーは地雷原でタップダンスをしているような気分だった。

「最近体重が落ちてしまって」

ミスター・ブラザーズが眉をひそめた。「寿司《すし》の食べすぎだ。ステーキを食べなさい」

「覚えておきます」テイラーは微笑んで魅力を振りまき、ミスター・ブラザーズの気を散らそうとした。

それは功を奏したものの、ミセス・ブラザーズはため息をついた。「美人に弱いんだから」

ミスター・ブラザーズが顔をしかめた。「きみたち女性はたいしたうぬぼれ屋だ」

ミセス・ブラザーズとテイラーが微笑みかけると、ミスター・ブラザーズもようやく笑顔になった。「ステーキを食べなさい」ふたたび言った。

「残り物を少しいただきました」少しではなく、たくさん。

ミセス・ブラザーズが仕事を終え、テイラーの顔を夫のほうへ向けた。「どう？」

「すてきだ。おてんば娘のようだ」ミスター・ブラザーズの青い目が輝いた。

テイラーは夫人から手鏡を受け取り、顔を映した。そして、見とれた。顔がシャープになって、十歳は若返ったように見える。街の不良グループにいるティーンエイジャーのようだ。「気に入りました。すごく。ありがとうございました、ミセス・ブラザーズ」

「伸びたらまたいらっしゃい」ミセス・ブラザーズが言った。

〝一生来ません。ミスター・ブラザーズが通りの先の牧場の家族を思いだそうとする限りは〟「ありがとうございます」

「おい、忘れてるぞ」ミスター・ブラザーズが言う。「わたしたちは火曜日にここを発《た》つんだ。ニューヨークで株主総会に出席するんだよ」

ミセス・ブラザーズがため息をつく。「覚えてるわよ。忘れたかっただけ。あなただけ行くんじゃだめ？」

「だめだ。おまえが魅力を振りまいて、やつらを従わせてくれないと」ミスター・ブラザーズは立ち上がり、妻の体に片腕をまわすと、テイラーに言った。「かわいい老婦人と思われているんだ。本当はタフな女なのに」

「変なこと言わないで」ミセス・ブラザーズは笑いながら言ったあと、テイラーのほうを向いた。「わたしとあなたは似ているわ。あなたがどんな試練にさらされているにせよ、きっと乗り越えられるわ」

苦しい状況に陥っていることを、ミセス・ブラザーズにどうして見抜かれたのかはわからなくても、認めるほどばかではなかった。「わかりました」テイラーは椅子から立ち上がった。「食事と寝る場所を用意してくださったうえに髪まで切っていただいて、感謝しています。そろそろ失礼します。楽しい旅を」ふたりに見られていると思うと、うなじの毛が逆立つのを感じたが、堂々と部屋を出た。廊下で立ちどまって盗み聞きする。

ミスター・ブラザーズが尋ねた。「どうしてあんなことを言った? 彼女がどんな目に遭っていると思うんだ?」

「わからないけど、何かに取りつかれているように見えたの」

「幽霊か?」

「そうかも」

「彼女のほうから助けを求めてきたら、手を貸そう。それしかできることはない」

「でも二度と会えないような気がするの」

〝それは、インターネットであなたたちのプロフィールを調べた結果次第よ〞テイラーは静かにキッチンへと歩いた。冷蔵庫からバックパックを取りだして外に出た。バックパックに入れていた残り物が全部なくなっているのに気づいたのは、テントに戻ったあとだった。顔から血の気が引くのを感じた。幸い、ほかに盗られたものはなかった。描いた絵はバックパックの底に隠してあった。

今度からは、人目につく場所にバックパックを置いておくのは絶対にやめよう。

それから、ジャスミン、あの意地悪女をやっつけよう。


午前三時、ジョシュア・ブラザーズはベッドからぱっと体を起こした。「なんてこった!」

ロリーナはすぐに目を覚ました。「また胸が苦しいの?」

「心配するな。わたしは元気だ!」

ロリーナは肘をついて起き上がった。「じゃあ……何か忘れた?」

「逆だ。思いだしたんだ。あの牧場の家族、通りの先の、彼女に似ている子——名字はサマーズだった」ジョシュアはベッド脇の明かりをつけた。「ほら、サマーとサマーズはよく似ているし、それに――」

「ケネディ・マクマナスの甥を誘拐した女と同じ名字ね」

ふたりはそこからひとつの結論を導きだした。

ロリーナはベッドからおりてトイレへ行き、戻ってくるとまたベッドに入った。

「犯人は死んだはずでしょう」

「彼女が死人に見えたか?」ジョシュアもベッドから出てトイレで用を足すと、ふたたびベッドに潜りこんだ。

「名前が似ているってだけで……」ロリーナが言う。

「わたしは偶然の一致は信じない」

「でも……彼女がやったと思うの?」

「いや」ジョシュアはいらだたしげに言った。「だがおまえが言ったように、わたしは美人に弱いからな」

「わたしはそうじゃないけど、彼女が犯人だとは思わないわ」

「彼女が稀代《きたい》のペテン師だろうと無実だろうと、警察に通報するべきだ」

「ねえ、わたしたちは記憶力が衰えているから、朝になったら忘れてるわよ」ロリーナは手を伸ばして、明かりを消した。
「そうだな」ジョシュアは妻を抱き寄せた。沈黙が流れる。
ロリーナが口を開いた。「サマーはどこで暮らしていると思う？」
「ハンバーガーが食べられる場所でないのはたしかだ」
ロリーナは笑った。
ふたりは眠りについた。
だが、夜が明けても覚えていた。

第二部　殺人

21

テイラーは翌週末も、その次の週末も、そのまた次の週末も働いた。ゲオルクのチームの一員となり、スタッフたちと知り合いになり、連携して仕事をした。給仕の極意を学んだあと、サラの指導のもとで野菜を切ったり、肉をソテーにしたり、魚の骨を抜いたり、簡単な調理の仕事をするようになった。知識を吸収し、インテリアデザイナーだったときとはまた違う、裕福な家での働き方を知った。週に一回はきちんとした食事をとり、あたたまることができた。

毎回バックパックを現場へ持っていって家から見えない場所の木に吊しておき、手元に置いておけるときだけ持ちこんで残り物を詰めた。父に言われたとおり、チャンスをつかめたような気になっていた。

その後、雪のため二週間仕事へ行けず、ようやく山から出られたときには、またしても飢えに苦しみ、追いつめられていた。どうにかパーティーが行われる家の門を通り抜けると、広大な庭の端にあるマツの折れた高枝にバックパックを吊してから、重い足取りで私道を歩いた。キッチンのドアのほうへ向かい、ケータリングトラックのうしろに立って気づかれるのを待った。

ゲオルクはスタッフに指示を出していて、テイラーに気づかないふりをした。

そして、スタッフたちが歩きだし、テイラーの横を素通りした。

ジャスミンだけがわざわざしたり顔で笑いかけてきた。

ジャスミンとの戦いに負けたのだ。

テイラーは座りこんで泣きたかった。でも、その勇気がなかった。働かないと。食事にありつかないと。ぬくもりや人との触れ合いを求めていた。ゲオルクがテイラーを寒空に置き去りにし、キッチンへ入っていこうとしたので、テイラーは彼の腕をつかんだ。「お願いします……」小声で言う。

そこで初めて、ゲオルクはテイラーを見た。見るのもいやだと言わんばかりに目を閉じ、うんざりした声をあげる。「わかったから、なかに入って何か食え。着替えろ。給仕の人手が足りないが、そんな様子じゃ——」テイラーのひどい姿を世に示すかのように、手を振って全身を指し示した。「客が怖がる。キッチンで働け」

テイラーはうなずいて歩きだした。

ゲオルクがテイラーの腕をつかんで振り向かせた。「いいか、休まれると困るんだ。事情は知らんが、きみを地下室に閉じこめて飢えさせるような男とは別れて、ケッチャムへ行ってカウンセリングを受けろ。おれが連れていく。力になる。仕事を世話してやる。だから……自尊心を取り戻してそいつを捨てろ」ゲオルクがテイラーを追い越してさっさと家のなかに入った。

テイラーはゲオルクの背中を見つめた。

地下室に閉じこめる男って？　テイラーがパートナーにDVを受けていると、ゲオルクは勘違いしているのだ。テイラーは町へ行き、殺人犯にされて刑務所に入れられるのを恐れていた。どこかへ――女性のためのシェルターへ行って職につき、助けを借りて次の計画を立てることなど不可能だと思っていた。

でも、できるかもしれない。いまのところは誰にも気づかれていないし、DVを受けた妻と見なされれば、みなじろじろ見ないよう気をつけてくれるだろう。それに、自分を恥じていて怯えているなら、ずっとうつむいていられる……。「ありがとうございます」テイラーは言った。

元気がわいてきて、急いで家に入った。シャワーを浴び、黒のズボンと黒のシャツ、赤い蝶ネクタイの上に白衣を着て、コック帽をかぶった。料理が盛られた皿をつかんで飢えた獣のごとく食らってから、仕事を始めた。コックたちはすでに配置につき、一定のリズムで作業をしていた。

ゲオルクが離れたところに立って、スタッフを監視している。テイラーはそばへ行った。「ケッチャムへ行きます。今夜、連れていってください」

ゲオルクはテイラーをにらみつけたあと、いつものように率直に言った。「もっと早くそうすればよかったんだ。さあ、さっさと玉ねぎを切れ」

テイラーは言われたとおりにした。涙が出てきて、同僚にからかわれた。家が広くて客が多いことや、主催者の金持ちぶりに給仕が文句を言っている。女たちは主催者のマイケル・グレーシーの噂をしていた。アルマーニのスーツに身を包み、ロレックスをつけたハンサムなやり手らしい。トップモデルやフランス人の女優が取り合いをしていたが、彼は彼女たちを無視し、高齢の女優に腕を差しだしてディナーの席にエスコートしたことで称賛された。

コース料理が進むにつれて、キッチンのあわただしさはいや増し、テイラーはアドレナリンが全身を駆けめぐるのを感じながら、遅れまいと切り続けた。刃をきらめかせて、コリアンダーやフェンネル、パセリ、オレガノを切り刻む。野菜やハーブに一心に取り組んでいると、突然、誰かが包丁を持った腕にぶつかってきた。

テイラーは刃渡り二十センチの牛刀を取り落とし、手をさっと引っこめて、怪我をしていないか確かめた。鋭い刃で指先を切り落としてしまったコックは大勢いる。ゲオルクも人差し指が欠けていた。

幸い、テイラーは親指の爪の端が欠けただけですんだ。かっとなって振り向いた。

「気をつけてよ！」

ジャスミンがそ知らぬ顔で肩をすくめた。「あら、ぶつかった？」

わざとやったくせに。

テイラーはジャスミンの腕をつかんでこちらを向かせた。「いい、あんたみたいな小娘を相手にするつもりはないけど、規則に従ったほうが身のためよ。クビにされたくないでしょ。あんたがお金持ちの夫を探せる二階じゃなくてここで働いてるのは、偶然なんかじゃない」

ジャスミンが目を見開いた。テイラーが恐れるべき相手であることに、いま初めて気づいた様子だった。「何が言いたいの？」

「さっき外で、あんたがわたしの横を通り過ぎたときににやにや笑ったのを、ゲオルクが見ていたわよ」

「ゲオルクはあんたのことなんか気にかけてないわよ！」

「わたしも驚いたけど、気にかけてくれているみたいなの。でもそれを別としても、ゲオルクはチームのことを第一に考えるし、あんたみたいに彼を手玉に取ることができると思っている従業員は好きじゃないと思う」テイラーはジャスミンの顔に顔を近づけた。「今夜、あんたが意地悪な態度を取っていなければ、ゲオルクはわたしを無視して、わたしは外で凍えて飢えていたはず」

「大げさね」ジャスミンがテイラーの全身にさっと視線を走らせた。そして、偏狭な頭を働かせ、テイラーが実際に飢えていたのかもしれないと悟ったのが見て取れた。テイラーはジャスミンの想像も及ばないほどタフなのかもしれないと。

「あんたの意見なんてきいてないわ」テイラーは言った。「二度とぶつかってこないで」

ジャスミンの背後から、サラの声が飛んできた。「どうしたの?」

「なんでもないわ」テイラーはジャスミンの腕を放すと、包丁とスチールの研ぎ棒を手に取った。ジャスミンの目を見ながら、刃を上から下へ、上から下へと動かして研ぐ。

それを見たジャスミンは、徐々にあとずさりしながらつぶやいた。「頭おかしい」

そのあいだ、サラが目を細めてじっとにらんでいた。テイラーが包丁を拭いて仕事を再開すると、ようやくその場を離れた。

それから、メインディッシュとデザートのあいだに、キッチンの音がやんだ。動きが止まった。鍋が煮立つ音だけが響き渡るなか、突然、低くて優しい声が聞こえた。

「みなさんにお礼を言わせてください。すばらしいディナーです。ゲストも満足しているでしょう」

テイラーはゆっくりと振り返った。周囲のざわめきを聞かずともわかった。この人がミスター・グレーシーだ。

22

なるほど、いい男だ。

テイラーはホイップクリームの詰まった絞り袋を背後のカウンターに置いた。白衣とコック帽を直すと、気をつけの姿勢で立ち、ミスター・マイケル・グレーシーに見とれた。

本物のいい男をしばらく見ていなかったせいかもしれないけれど、彼の魅力にはっとした。ミスター・グレーシーは長身で、水泳選手のような体つきをしている。肩幅が広くウエストが引きしまっていて、脚は長くたくましい。桁外れの金持ちで、身も心も美しく、古風な魅力を放っている。縮れたアッシュブラウンの髪が額に垂れかかり、日焼けした肌が光り輝いているように見える。彼は茶色の目でスタッフひとりひとりを見まわし、テイラーを見て微笑んだ。

少なくとも、テイラーには微笑んだように見え、くらくらした。

ミスター・グレーシーは視線をさまよわせたあと、謎めいた鋭いまなざしでふたたびテイラーを見た。目を細めて、たしかに眺めている。そして、今度こそ間違いなく微笑んだ。うっとりするような優しい笑顔だった。

テイラーは目をそらせなかった。彼が先にそらした。

ミスター・グレーシーがゲオルクのほうを向いた。「デザートに合う特別なワインを選ぶのを手伝ってくれませんか？　友人たちにプレゼントしたいんです」

与えるとはどういうことかを知っているようなその口ぶりに、テイラーは背筋がぞくぞくした。

「もちろんです、ミスター・グレーシー。喜んでお手伝いさせていただきます」ゲオルクが答えた。

ふたりは地下室へ通じる階段があるキッチンの奥へ向かった。スタッフたちはいっせいに息をついた。

二階の食堂へデザートを運ぶために待機していた給仕のシャーリーンが言った。「わたしのためにデザートワインを選んでほしいわ」

「まったくよね」テイラーは同意した。

「サマーのことを気に入ったみたいね」シャーリーンがジャスミンをちらりと見た。

ジャスミンの頬は真っ赤で、攻撃態勢に入ったコブラのようだった。「こんなぼさぼさ頭でがりがりのすっぴん女が気に入られるわけないでしょ!」

ジャスミンがいらだたしげに去っていったあとで、シャーリーンが言った。「絶対そうよ」

テイラーは震える手で絞り袋を持ち、チョコレートプリン《ポ・オ・ショコラ》に新鮮なホイップクリームでデコレーションする作業を再開した。それから、ミントの葉を飾りつけると、ひそかに微笑んだ。

五分も経たないうちにゲオルクが戻ってきて、テイラーに言った。「あとはジャスミンに任せて、白衣と帽子を脱げ。黒のジャケットと黒の蝶ネクタイを身につけろ。おれの手伝いをするんだ」

ジャスミンがにらみつけてきた。

ゲオルクはそれを心に刻んだ様子だった。ジャスミンはこの先もずっとキッチンでしか働かせてもらえないだろう。彼女はまったくもってデリカシーに欠けている。

テイラーは着替えをすませた。ゲオルクは力仕事を担当している新人のブレントと、スタッフのなかで最も魅力的なアリソン、それからシャーリーンを呼びに行った。

ブレントとアリソンが着替えるあいだに、ゲオルクがテイラーに言った。「ミスター・グレーシーはきみを直々に指名した」

「そうなんですか？」本当に？

「ミスター・グレーシーはお得意様だし、悪く言いたくはないが、おれは基本的に、女性スタッフがホストや客に目を留められるのをよしとしない」ゲオルクはテイラーの顔をのぞきこんだ。「きみみたいな境遇の女性ならなおさらだ」

「境遇って？」テイラーはがっかりした。「暴力を振るわれている女ってことですね」いい男に目をつけられるのはうれしいけれど、生き延びることに集中しなければならない。

ブレントとアリソンの支度がすむと、ゲオルクは三人を一列に並ばせてざっと点検し、ブレントにシャツの襟ボタンを留めるよう言った。

葬儀社のスタッフのような服装だと、テイラーは思った。

地下室へおりていく途中で、ゲオルクが言った。「ミスター・グレーシーはもうワインの銘柄を決めている。おれにはただ、ボトルを運ぶ手はずを整えてほしかっただけだ。だから、きみたちを呼んだ」

「任せてください」ブレントが誇らしげに言った。彼は二十一歳で身長が百九十八センチある。脳みそが足りず、機転がきかないとしても、たしかに力持ちだ。

威勢のいいブレントを、ゲオルクがうとましげに見た。「ああ」

丘に掘られた地下室は涼しくがらんとしていたが、小部屋に入ると、オークの無垢《むく》材でできた細長いアーチ形のドアが見えた。

「ワインセラーだ」ゲオルクがドアを開けた。

ドアは静かに開き、部屋のセンサーライトがついた。

テイラーは深呼吸した。ワインのフルーティーで豊かな香りに満ちている。

ゲオルクがスタッフたちを薄暗い貯蔵室に招き入れ、ドアを閉めた。

「すてき」アリソンがささやくように言った。

テイラーは以前の仕事ですばらしいワインセラーを見慣れていたけれど、それでもこの家のは立派だと認めざるを得なかった。この家にあるものは何もかもそうだ。ワインセラーもこれまで見たなかで最も大きくて天井が高く、床から天井までボトルラックが並んでいる。壁はかたい岩を削ったようで、向こう側は暗くて見えなかった。

「どうしてこんなに暗くて寒いんですか?」ブレントが腕をさすった。

「光と熱はワインの敵だ」ゲオルクが答えた。

「へえ」ブレントは驚いた様子だった。「これは全部ワインですか?」

「ああ」

「ビールは飲まないんですか？」

ゲオルクがいらだった。「飲みたきゃ飲むだろ。だが、ワインセラーには置かない」

「そうか」ブレントがうなずいた。「ビールセラーがあるんですか？」

テイラーはゲオルクの気持ちを慮《おもんぱか》って、代わりに答えた。「ないわ。ビールはきっと冷蔵庫に入っているでしょう」

壁のところどころにタッチパネルが設置されていた。

「あれはなんですか？」ブレントが指さした。

「ワインとその置き場所の一覧を見ることができるようになっているの」テイラーが答えた。

ゲオルクが鋭いまなざしでテイラーを見た。「詳しいな」

テイラーはあわてて口を閉じた。知識をひけらかすべきではない。

ブレントが人差し指でタッチパネルに触れた。

ゲオルクが怒鳴った。「触るな」

ブレントが手を引っこめた。「すみません」だが、視線はタッチパネルに舞い戻った。

「何もいじるなよ」ゲオルクが厳しいまなざしで四人のスタッフを見まわした。「全員だ。勝手にいじられるのをミスター・グレーシーはお気に召さないだろうし、ミスター・グレーシーの機嫌を損ねたくないだろ。きみたちはワインを運ぶために来たんだから、気安く触るな」ポケットから折りたたまれた紙を取りだした。「お出しするのはポートワインのセゲシオ・オールド・ヴァイン・ジンファンデルと、ミスター・グレーシーのワイナリーで造られたアイスワインだ。それぞれ三ケースずつ。ブレントは二ケース、あとはひとり一ケースずつ運ぶぞ」

ブレントが胸を張った。

ゲオルクが言葉を継ぐ。「食堂へそっと運んで、ミスター・グレーシーがワインの紹介をして客が拍手するまでのあいだ、気をつけの姿勢で待て。それから、食堂の横の給仕スペースへ持っていけば、あとは向こうでやるから、おれたちは急いでキッチンに戻る。このせいで、スケジュールに遅れが出ている。ブレント、触るな！」最後は怒鳴り声になった。

ブレントが汚れたボトルから手を離した。「きれいにしようと思って」

「絶対に、何も触るな」ゲオルクの顔がいらだちのあまり赤黒くなった。「何も、だぞ」

ブレントがうなずいた。

ゲオルクは金色のワインの細長いボトルが置かれた区画へ向かった。「サマーが銘柄を確認し、ボトルを箱に詰めて」そこでため息をついた。「箱を持ち上げられるか？」

テイラーはゲオルクの目を見て答えた。「もちろんです」

ゲオルクはまた別の区画へ行き、ブレント以外のスタッフに指示を繰り返した。ブレントにはつきっきりで、銘柄を自ら確認した。

ワインを詰め終えると、ゲオルクを先頭に箱を持ち、入ってきたドアへは戻らず、左折してワインセラーのふたつ目の部屋に入った。そこは広々としていて、壁際に古めかしいオークのワイン樽《だる》が並んでいた。約一メートル間隔で、彫刻が施された木のラックの上に置かれ、板石の冷たい床から約六十センチメートルの高さにある。細いチェーンからつりさげられた小さな木の飾り板に、品種が記されていた——カベルネ・ソーヴィニヨン、バルベーラ、ムールヴェードル。

テイラーは以前、伝統あるヨーロッパのワイナリーで同じような設備を見たことがあったが、それは観光客を喜ばせるためのものだった。ここは細部にまで細心の注意が払われ、熟成されたワインや新しいオークの香りが漂い、これぞ実際に使われているワインセラーという感じだ。「ゲオルク、ミスター・グレーシーはこの樽のなかにワインを貯蔵しているんですか?」

「ああ。アイダホに上等のワインを造るワイナリーがいくつかあって、そのうちのひとつをミスター・グレーシーが所有している。自分で楽しむために、極上のワインをここに運ばせて、管理された環境で熟成させるんだ。客を招いたときは、ここに連れてきて樽を触らせ、ヨーロッパの伝統で感心させる」ゲオルクがまるで本音を隠しているかのようにまくしたてた。

本当はミスター・グレーシーのことをよく思っていないのではないかと、テイラーは怪しんだ。なぜだろう。ミスター・グレーシーはあらゆる点で周りの人に称賛される人物に見えるのに。テイラーも称賛するひとりだった。「どういう経歴の方なんですか?」

「孤児なんだ。祖先は南フランス人らしい」ゲオルクはやけに慎重に答えた。

テイラーはうしろのほうへ移動すると、ブレントが樽を肩で押しているのに気づいた。「何してるの?」小声で言う。「クビにされたいの?」

「信じられないな。これだけのワインが飲まれるのを待っているなんて」

「酔っ払いそうね」

「みんなが酔っ払ってる姿が目に浮かぶよ。ひとつの樽にどれくらい入っているんだろう？」

「規定サイズのワイン樽だと二百二十リットル、重さにすると約二百七十キロよ」テイラーは樽をじっと見た。「これは特注の樽で、たぶん一・五倍の大きさね」

「すごい」ブレントがふたたび肩で押した。「一トンくらいあるような気がする」

「そんなにないわよ。樽の重さを含めても、五百キロ弱ってところ」

ブレントが感心して言った。「どこで習ったんだ？」

セノリーナのワイナリーを装飾して、ワイン醸造家とつきあっていた。楽しかったし、いろいろなことを学んだけれど、結局、その人は嘘つきの浮気者だった。「カリフォルニアのワインカントリーを観光したことがあるの。さあ、行きましょう」テイラーは樽から離れた。

ブレントが最後にもう一度肩で押した。

樽がしっかりとおさまって、ラックがきしんだ。

ゲオルクがぱっと振り返り、脅すようににらんだ。

ブレントがうしろめたそうな顔をした。

あいにく、テイラーも同じ表情をしてしまった。

「触るな！」ゲオルクが怒鳴った。

テイラーは急いでみんなのもとへ戻った。

部屋の突き当たりの、ブドウの蔓《つる》とグレーシーの名を絡みあわせた凝った彫刻が施されたアーチの下に、オークの大きな両開きのドアがあった。ゲオルクが片方のドアを押した。入り口の小さな扉と同様に、ドアは静かに開いた。ゲオルクが肩でドアを押さえているあいだに、スタッフが外に出た。それから、ゲオルクがふたたび先頭に立ち、メインフロアにつながる広い華美な階段を上がり始めた。

テイラーはうしろから二番目を歩いた。食堂からもれ聞こえるさざめきが徐々に大きくなっていく。

食堂の入り口にたどりつくと、ゲオルクが振り返って言った。「一列になってついてこい。おれが止まれと言ったら、足元にワインを置け。壁際に立って、テーブルに着いている客の頭の上を見るんだ。じろじろ見るなよ！」ブレントをにらんだあと、先を続ける。「それから、笑顔でいろ。ミスター・グレーシーがこれから出すワインについて話す。それがすんだら、ワインを持って食堂の反対側から出て給仕スペースへ移動する。わかったか？」ふたたびブレントをにらんだ。

ブレントがうなずいてにやにやした。

「やれやれ」ゲオルクは両手の人差し指で額をさすったあと、背筋を伸ばした。それから、ブレントの肩をつかんで、自分の真うしろに並ばせた。「よし、行くぞ」ドアの前で待機し、部屋のなかから指示が送られると、スタッフに合図してから先導して歩き始めた。

テイラーは最後から二番目を歩き、指示を受けて箱を置くと、背筋を伸ばして客の頭上を見た。

ものすごく無防備な気がした。とはいえ、髪を切ったし、九キロ痩せた。山に隠れてから三カ月半も経った。

それでも、ずらりと並んだ優美な円卓を、三百人もの裕福な有力者が囲んでいる。テイラーは富裕層向けのインテリアデザイナーだった。魅力的でぬくもりのある家を造る仕事を請け負った相手が、このなかに何人かいるだろう。その人たちに気づかれたら……。

テイラーは我慢できなかった。客の顔をざっと見まわして、テイラーを見ている人はいないか確認した。

ふたりいた。ふたりとも中年男性で、あからさまにみだらな目つきでテイラーを見ている。弱っている女にとどめを刺したがるタイプだろうか？

最悪。今夜は給仕係でなくてよかった。大勢のウェイトレスがワインを注いだり、皿をさげたりするために壁際で待機している。

テイラーは下座を調べ終えると、ミスター・グレーシーに視線を移した。

本当にいい男。身なりに隙がなく、すばらしい体つきで、よく響く声の持ち主だ。

ミスター・グレーシーが言う。「この二種類の食前酒《アペリティフ》は香りと色の宝石、希少ワイン、高級ポートワインの世界の至宝、過ぎ去った夏の太陽とブドウの最高の瞬間を閉じこめました」

礼儀正しい拍手がわき起こった。

ゲオルクの発言など気にしない、とテイラーは思った。マイケル・グレーシーは見せびらかし屋なんかじゃない。雄弁で知的で趣味がいい。いつかもとの生活に戻れたら、インテリアデザイナーを雇うつもりはないかきいてみよう。そうしたら……。

「ねえ、見て！」アリソンがささやいた。「コリン・セバスチャンよ。『ボーン』シリーズに出てる。水泳で金メダルを総なめにしたメリッサ・クラークソンといる。噂を否定してたけど」忍び笑いをする。「やっぱりつきあってたのね」

テイラーは別にどうでもよかった。生き延びることで精一杯で、有名人のゴシップなど気にしていられない。でも……コリン・セバスチャンはいいアクション俳優だし……頭を動かさずに見た。「どこ？」

「上座。ミスター・グレーシーのうしろ」

テイラーは一番大きくて立派なテーブルに目を向けた。高価なスーツ姿の男性たちと、スパンコールのついたドレスを着た女性たちが座っている。

コリンを見つけた。スクリーンで見るのと変わらずかっこいい。腕と肩がむきだしになるドレスを着たメリッサはすらりとして洗練された印象だ。

そして、メリッサの隣に、あの男がいた——シーモア・〝ダッシュ〟・ロバーツ。

23

ダッシュはワイルドローズ・ヴァレーの北端の道路にいたときとまったく同じに見えた。体が大きくて、うぬぼれている。高級スーツに身を包み、いらいらしている。

こちらは見ていなかった。テイラーに気づいてもいないようだ。

テイラーはやっとのことで目をそらしてうつむいた。それから、心を落ち着けて、向こう側の壁を見つめた。注目を集めたくない。絶対に。周囲に溶けこまなければ。

「大丈夫？」アリソンが小声できいた。「いまにも倒れそうに見えるけど」

テイラーは深呼吸した。「コリンにくらくらしちゃって。こんなに近くにいるから」

「わかるわ」アリソンが同意した。

ゲオルクがスタッフのほうをにらみつけた。

〝どうしてダッシュがここにいるの？〟ミスター・グレーシーのゲストなの？　どうやらそのようだ。ミスター・グレーシーが上座の有名人を紹介し始めた。映画俳優がふたり——コリンと、イギリスの大御所女優。歌手がふたり——ラップ界のスターと、全国ネットの公共放送で番組を始めたオペラ界のスター。政治家が四人——上院議員がひとり、大都市の市長がふたり、中国の高官がひとり。そして、スポーツ選手がふたり——オリンピック水泳選手のメリッサと、元フットボール界のスター、ダッシュだ。

ダッシュが立ち上がって手を振り、ふたたび座ってネクタイを直すのを、テイラーは盗み見た。

命令に従わなければ文句を言われると思って食堂に来たのに、皮肉なものだ。同僚に何をされようとたいしたことはない。彼らは山腹を走って追いかけてきて、テイラーを撃ち殺そうとしたりしない。テイラーを素手で殺すことなどできない。

いまにも燃えだしそうなほど顔が熱いのに、手は氷のように冷たかった。面通しの列に並ばされている気分だ。逮捕され、うろんな顔をライトで照らしだされているような。

もう何時間もここにいる気がした。

ミスター・グレーシーの話はまだ続いている。「このような方々をお招きできたことを、そして、乳がん研究のために十万ドル以上の寄付金が集まったのをご報告できることをうれしく思います！」

さらなる拍手が起こった。

「ここで、アメリカがん対策センター乳がん研究責任者、キャロリン・ロマーノをご紹介いたします。この恐ろしい病気と闘うために、寄付金がどのように使われるかを話してくださいます」

部屋のうしろのほうに立っていた女性がミスター・グレーシーのもとへ行き、乳がん治療と撲滅のための取り組みについて熱心に話した。

テイラーはひと言も耳に入らなかった。汗だくで自分の気配を消すことに集中し、恐怖のあまり気絶してしまわないことを必死に願った。

熱狂的な拍手がわき起こり、はっとわれに返った。

「すごい」アリソンが言った。

「どうしたの？」テイラーは口をほとんど動かさずにきいた。

「ミスター・グレーシーが個人で同額を寄付したって。十万ドル以上よ」アリソンが物欲しそうな声で言う。「見た目だけじゃなくて、気前もいいのね」

テイラーは、ふたたびマイクに向かうミスター・グレーシーに注意を向けた。

「ぼくは善人ではありません」ミスター・グレーシーが言った。

まばらな拍手が邪魔をした。

ミスター・グレーシーが首を横に振る。「本当です。しかし、ぼくの母は乳がんで死にました。聡明《そうめい》で、活動的な人で、短いあいだしか一緒にいられませんでしたが、人間についていろいろなことを教わりました。忘れたことはありません……」

ミスター・グレーシーに意識を集中しなければならない。ここにいる大勢の女性たちのように、彼に心を奪われているふりをしないと。実際、彼は見た目も話しぶりも魅力的だ。

ミスター・グレーシーが言葉を継ぐ。「最後に抱きしめられたとき、ぼくは子どもながらに母の体から命が消えていくのを感じ、一生懸命引きとめようとしました。行かないでと必死で頼みました。ぼくは無力でした」

テイラーはこらえきれず、ダッシュを横目で見た。きっと退屈そうな顔をしているだろう。子どもを殺す仕事を引き受ける男が、乳がんを気にかけるとは思えない。

ところが、ダッシュはプレーを分析するランニングバック特有の鋭いまなざしで、ミスター・グレーシーの動きをうかがっていた。

テイラーは背筋がぞっとした。

どうしてミスター・グレーシーにそれほどの関心を向けているのだろう。今度の標的だから？

テイラーはふたたびミスター・グレーシーを見た。

彼はまだ話していた。精力的でハンサムな男性が、チャリティーのために弱みをさらけだしている。「だから、ぼくは乳がんのために寄付します。どこかの子どもが、自分と同じ目に遭うと思うと耐えられないのです。ひとり取り残されて、その後ずっと、自分を理解してくれる人は誰もいないのです……大人になったあとも」

これが演技だとしたら、ミスター・グレーシーはたいした役者だ。テイラーは心を揺さぶられた。テーブルに着いている女性はみなハンカチを目に押し当て、ウェイトレスは頬を伝う涙をこっそりぬぐっている。男性はふたたびクレジットカードを取りだしてサインしたあとも、さらに寄付したがっていた。

テイラーはダッシュに目をやった。

ダッシュは感動していなかった。クレジットカードはしっかりと財布にしまわれたままだ。それでもなお、まるでミスター・グレーシーの高尚さに圧倒されたかのように、じっと見つめている。

ダッシュに高尚さを解する心があるとはこれっぽっちも思えなかった。

ミスター・グレーシーは長いあいだ黙りこんでいた。感極まりながらもどうにか話そうとして、表情豊かな顔が引きつり、青ざめている。最愛の幽霊がそこにいるかのように、右側を見た。それから、心の痛みを振り払い、ゲオルクに向かってうなずいた。

ゲオルクがスタッフに合図した。

テイラーたちはワインの箱を持ち上げ、ゲオルクのあとについて厳かに給仕スペースへ向かった。

ミスター・グレーシーが言う。「ゲオルクのスタッフが注いでくれます。みな様に行き渡りましたら、乾杯の音頭を取らせてください。みな様の友情とご支援、寛大さを称《たた》えるために」

「あなたのお母さまにも」テイラーはつぶやいた。

ミスター・グレーシーがぱっとテイラーのほうを向いた。茶色の瞳が琥珀《こはく》色に輝き、思わずキスしたくなるような唇に笑みが浮かんだ。

どういうわけか、テイラーの言葉が聞こえたのだ。

テイラーは一瞬、その場で礼を言われるのではないかと恐れた。ダッシュの前で。

だが彼は、招待客に向き直った。「それから、ぼくの母と、まだ若い母の命を奪った恐ろしい病気の終わりにも乾杯しましょう」

ミスター・グレーシーやミスター・ブラザーズのような男性は、この世にも善が存在することを思いださせてくれる。ふたりとも産業界のリーダーだから、知性だけでなく無情さも持ちあわせていないと成功できないのはたしかだが、深い感情を秘めている。母親の話をしたとき、ミスター・グレーシーの洗練された物腰の下に、かつての少年の姿が見えて……守ってあげたくなった。

給仕スタッフが食堂を離れると、テイラーは安堵のあまりめまいがした。給仕たちにワインをデカンターに移してからグラスに注ぐ方法を教えるゲオルクのそばに箱を置くと、テイラーとシャーリーン、ブレント、アリソンは入ってきたときとは別のドアから廊下に出て、階段をおりてキッチンに戻った。

テイラーはそのまま裏口から逃げだして姿をくらまそうかと、一瞬考えた。けれども、父の言葉を思いだして我慢した。〝一生隠れてはいられないぞ、テイラー・エリザベス・サマーズ。恐れずに立ち向かい、汚名を晴らすために行動するんだ〟……〝いつかチャンスが訪れるだろう。恐れずにチャンスをつかめ〟

持ち場に戻ると、ジャスミンから絞り袋を取り上げて、ふたたびポ・オ・ショコラのデコレーションに取りかかった。

ダッシュを見かけたことが、父の言っていたチャンスなの？

それとも、手遅れになる前に逃げだすべき?

指が震えた。

逃げるほうがよさそうに思えた。

でも、山に戻ることはできない。何度も死に直面して、もう生き延びられるとは思えなかった。

ひとつだけたしかなことがある。ダッシュが何者であろうと——スポーツ選手だろうと虐待者だろうと殺し屋だろうと、俳優ではない。テイラーに気づいていれば、反応しただろう。ゲオルクの望みどおり、テイラーは目に見えない存在だった。だから、最善の策は、今夜ゲオルクと一緒に町へ出ることだ。とりあえずシェルターに泊まろう。そして、ダッシュに裁きを受けさせる手段を考えるのだ。

作業を続けながら選択肢を考えるあいだ、ダッシュが殺しにやってくることはなく、テイラーは顔のほてりがおさまるのを感じた。肩の力を抜いて首をまわす。デザートを仕上げると、後片づけに取りかかった。鍋をぴかぴかになるまで磨き、ゲオルクが大切にしている包丁を集めて研ぎ、洗ってから包丁カバーをつけ、携帯ケースにしまった。

忙しさのピークは過ぎた。厨房《ちゅうぼう》スタッフはリラックスしておしゃべりを始め、ハイタッチしたり、静かに笑ったりしている。サラがやってきて、白衣とコック帽をランドリーバッグに入れた。ゲオルクが給料を持ってくると、スタッフの声が大きく、明るくなった。

テイラーも調子を合わせようとした。何も問題はないのだ。父を思いだすと元気づけられた。父に言われたとおりにしよう。いまを生きて、果てしない冬や飢えの苦しみから抜けだすのだ。とはいえ、実際にはその場にいなかった人物のアドバイスを当てにするのは賢明でないと、頭ではわかっていた。

キッチンの雰囲気が変化したのに気づいた。

「ちょっと」アリソンがささやく。「彼が来たわよ。友人を連れて」

テイラーは周囲を見まわした。

ミスター・グレーシーとダッシュがキッチンを歩いていた。黒いスーツを着た三人の男たちがふたりを取り囲んでいる。

ミスター・グレーシーが生き生きと話していた。

ダッシュが満足そうに冷やかな笑みを浮かべた。

彼らを見つめながら、テイラーは考えた。ダッシュは冷酷な殺人者だ。まったくもって利己的で、道徳心のかけらもなく、他人の苦しみを理解できず、進んで命を奪う。周りにいる給仕スタッフのことも、同行しているスーツ姿の男たちのことも目に入っていない。まるでミスター・グレーシーのことしか頭にないかのように、彼に注目し、彼の話に耳を傾けている。ミスター・グレーシーを……殺すから？

〝ダッシュはミスター・グレーシーを殺すつもりなのだ〟

まさか。そんなのあり得ない。ミスター・グレーシーは洗練された知的な男性で、ここは彼の家だ。ここにいれば安全なはず。

とはいえ、ダッシュの背後にはジミーがいる。ジミーがミスター・グレーシーに恨みを抱いているのかもしれない。あるいは、ミスター・グレーシーを殺害し、ビジネス界を分裂させて、そこにつけこもうとしているのかも。

テイラーと目が合うと、ミスター・グレーシーは問いかけるように眉を上げた。

テイラーはうつむいたあと、訴えかけるようなまなざしで彼を見た。

ミスター・グレーシーが近づいてきて、人差し指でテイラーの頬に触れた。「笑って」大きな茶色の瞳が深い琥珀色に変化する。「そんなに難しいことじゃないだろう」

彼の目はとても美しく、優しく、すべてを見通すようだった。テイラーは心をのぞきこまれたような感じがして、思わず尋ねた。「あの方たちは部下なんですか？」

「友人だ」

「そうですか」〝信用しないほうがいい〟と教えるべきだろうか。

ミスター・グレーシーが小首をかしげてテイラーを見つめた。「面白い子だね。いくつ？」

「見た目より上です」

「そう」ミスター・グレーシーの目が鋭くなった。「未成年か。パーティーが終わったら、ママとパパが待つ家にきみをちゃんと送り届けるようゲオルクに言っておこう」

テイラーはダッシュの様子をうかがった。ダッシュはいらだたしげな視線をテイラーに投げかけたあと、ミスター・グレーシーのあとについて、ワインセラーに通じる廊下へ出ていった。

テイラーは恥ずかしくなった。ダッシュがミスター・グレーシーに、同時にテイラーにも危害を加えるのではないかと考えるなど、どれだけ自己中心的で臆病なのだ。

ほかの男たちが本当にミスター・グレーシーの友人で、ダッシュの新しい仲間でないことを確認できればいいのだけれど。友人には見えなかった。表情のない顔や落ち着いた動作は、ボディーガードか、刺客のようだった。

「どうしたの？」アリソンがきいた。「ミスター・グレーシーにせっかく話しかけてもらったのに、うれしそうじゃないわね。ナイフを握りしめちゃって、誰か殺したい人でもいるの？」

テイラーは手に持ったナイフを見おろした。刃渡り十センチの骨切り用《ボーニング》ナイフを研いでいるところだった。それをいつの間にか構えていた。

マイケル・グレーシーは自分がどんなことに足を踏み入れようとしているのかわかっていないのだ。世界じゅうの人々と同様に、スポーツ選手としてのダッシュにしか興味がなく、犯罪歴には目をつぶっているのだろう。罠にはまるかもしれない。

「大丈夫？」アリソンが焦って尋ねた。「顔色が悪いわよ」

とはいえ、ミスター・グレーシーはダッシュのような男にだまされるタイプには見えない。それどころか、その正反対だ。人から恐れられ、尊敬されるタイプ。今回、ダッシュは相手を間違えたのかもしれない。

けれども、ミスター・グレーシーが母親の感動的な話をしたときに見せた、弱い一面を思いだした。彼は殺し屋とつきあっていることに気づいていないのだ。ジミーという名の極悪人が彼を殺すためにダッシュを雇ったかもしれないことを知らない。このまま見過ごして、今夜ミスター・グレーシーが殺されてしまったら、テイラーは一生自分を許せないだろう。「めまいがするの」

「指を切った？」

「ええ」テイラーはズボンのポケットにナイフを滑りこませた。そして、傷口を隠すかのように拳を握った。「少し」

「サラに言ってくる」アリソンがサラのもとへ歩きだした。

「いいの！　大丈夫だから。掃除を始めるわ」テイラーは掃除道具が置いてある場所へ向かった。人目につかないところまで行くと、右に曲がって大廊下に戻る道を見つけ、ワインセラーの入り口にたどりついた。オークの細長いドアを見つめ、その向こうにあるものを思いだす——細長い部屋に大量のボトルが貯蔵されていて、その奥の左手に樽が並んだ幅広の部屋がある。

ミスター・グレーシーは自分で自分の面倒を見られるだろう。少年とは違って、大人の男性をテイラーが助ける義務はない。それでも、そっと入っていって、何事もなかったら、ナイフを探しに来て見つけたふりをして出てくるつもりだった。もしダッシュが暴力を振るっていたら、悲鳴をあげて逃げだし、キッチンに戻って通報しよう。簡単なことだ。できないことはない。

ドアは開かなかった。結局、なかに入らずにすむかもしれない。テイラーはほっとしながら、もう一度強く引っ張った。

ドアがシューッと小さく音をたてながら開いた。

もう引っこみがつかない。

テイラーはこっそりとなかに入った。ドアが静かに、重々しく閉まる。薄暗いL字形の貯蔵室のこの区画には誰もいなかった。人の声も、何も聞こえない。忍び足で恐る恐る前へ進み、ボトルが並んだ長い壁を通り過ぎた。ほてった頰を冷たい空気が冷やす。緊張をやわらげようと深呼吸したものの、役に立たなかった。ワイン樽が置いてある左手の部屋に近づくにつれて、恐怖がいや増した。

とうとう曲がり角にたどりつくと、ひざまずいてどうすべきか考えた。ワイン樽の背後へ行き、樽の隙間やラックの下からのぞきこんで、誰もいないのを確認したらキッチンへ戻ろう。

だけど、なんだかはらはらして、誰かがいるのだとわかった。一刻も早くここから出るべきだ。引き返そうとしたとき、どこかからミスター・グレーシーの声が聞こえてきた。「ダッシュ、八月のおまえの仕事ぶりについてずっと話がしたかったんだ」

「そうなのか、ミスター・グレーシー」ダッシュの口調は不安そうで、用心深かった。

テイラーはほっとした。殺しではなかった。アリーナフットボールでのダッシュのプレーについて話しているのだ。彼らはただ、ワインを飲みながらおしゃべりをしに来ただけだ。テイラーの大きな勘違いだった。

とはいえ、致命的なミスではない。見つかる前に逃げればいいだけだ。そっと引き返そうとした。

けれども、ミスター・グレーシーの言葉を聞いて、ぴたりと動きを止めた。

「テイラー・サマーズを見失った経緯をもう一度説明してくれ」

24

自分の名前を耳にして、テイラーは口のなかが乾くのを感じた。崩れるようにうずくまる。できるだけ小さな標的になるよう、本能が働いたのだ。まるで地球が傾いたような気がした。

「ええ？　どうして？」ダッシュが用心深い、不安そうな声でききかえす。

「テイラー・サマーズが護身術を身につけていたなんて話は、どこからも聞こえてこないからだ」ミスター・グレーシーの声は冷静な好奇心に満ちていた。

テイラーはワイン樽の下の暗がりへそろそろと進んだ。

「頭のおかしなクソ女だって話だ」ダッシュが言った。

「ああ」ミスター・グレーシーが認めた。「しかし、彼女は空手の達人だとおまえは言っていた。だから逃げられたのだと」

テイラーは床に頬をつけて、樽の細長いラックの隙間からのぞいた。五人の男たちのぴかぴかの黒い靴と、アイロンのかかった黒いズボンの裾が見える。

「あの女が襲いかかってきたから、驚いちまって。空手の達人じゃないかもしれないが、とにかくおれを倒して逃げてったんだ」ダッシュはそう言ったあと、喧嘩腰になった。「だけど、どうでもいいことだよな？ 結局、おれが車に細工して、あの女は死んだんだから」

「あれはうまい手だった」ミスター・グレーシーは満足そうだった。

テイラーを殺すことを正しいと思っている。

つまり……ミスター・グレーシーがダッシュを雇ってマイルズ・マクマナスを誘拐し、殺そうとしたのだ。

なんてこと。テイラーは大きな間違いを犯した。人生最大の間違い。そして、人生最後の間違いになるかもしれない。

ここから出なければ。このワインセラーから。この家から。なんとしてでも、できる限り急いで遠くまで逃げなければならない。テイラーはゆっくりとあとずさりし始めた。

ワイン樽の隙間から、ダッシュの姿が見えた。

テイラーは追いつめられ、間違った巣穴に入りこんだ動物のごとくぴたりと動きを止めた。

「おまえから三十六時間も報告がなかったことが気がかりでね。おまえらしくない」

ミスター・グレーシーの姿も見えた。

ふたりの男。ひとりはテイラーを殺そうとした。もうひとりは……失敗した原因を説明するよう求めている。

テイラーは血の気が引くのを感じ、震えだした。ラックの脚に手を滑らせ、握りしめてじっと動かずにいた。

大男のダッシュが、すらりとした紳士の横で小さくなっている。すきっ歯を見せて笑った。「ジミー、前にも話したが、あの女に襲われたあと、おれは翌朝まで意識を失っていたんだ。それから、引き返して車を見つけ、警察が来るまであまり時間がなかったから、ここから爆弾を持っていった」

いまジミーと呼んだ？　彼の名前はマイケル・グレーシーなのに。

当然、本名ではないのだ。

マイケル・グレーシーは偽名だった。マイケル・グレーシーは正体を隠して、みんなを欺いている。

ミスター・グレーシー――ジミーが言った。「だから、連絡がないのはおまえらしくないと――どうやってここまで来たんだ？」

ダッシュが肩をほぐした。「ヒッチハイクで」

「トラックを盗んだんじゃないのか？」

「まさか！　どうしてそんなことを言うんだ？」

「ピックアックトラックが盗まれて、数日後に町で発見されたという捜査報告書を見たんだ。犯人はおまえじゃないかと思って」

男たちの言い合いが続いた。

ほかの三人の男たちは不気味なほど静かだ。テイラーの予想は当たっていた。彼らはボディーガードなのだ――あるいは刺客か。けれども、雇い主はダッシュではなくマイケル・グレーシーで、ダッシュが困った立場に置かれている。

「わかった。そうだ。おれがやった」

ミスター・グレーシーが当惑したふりをした。「どうして嘘をついた？」

ダッシュはすぐさま答えた。「あんたは完璧な仕事を求めていたから、面倒なことになったのを知られたくなかった」

「車を盗むのは面倒なことじゃないわけか」ミスター・グレーシーがダッシュの肩に腕をまわした。「昔はよくやったもんな」

ダッシュがミスター・グレーシーの顔を見て、ほっとした表情を浮かべた。「ああ、シカゴでガキの頃な。あの頃はよかったな？」

「ああ」ミスター・グレーシーが同意した。「おまえは今回も、なんの証拠も残さなかった」

「ちょっとトラックのガソリンを使っただけだ」ダッシュがつぶやくように言った。

「頭を使ったな」ミスター・グレーシーがダッシュの顎をつかんで無理やり頭を揺らした。

ダッシュはされるがままになっていた。

ダッシュはマイケル・グレーシーを恐れているのだ。

それを知って、テイラーも恐ろしくなった。それまで以上に。ラックの脚をさらに強く握りしめた。

こんなところで自分は何をしているのだろう。どうして懲りないの？　マイケル・グレーシーが黒幕の大悪党で、部下の殺し屋に子どもの殺人を命じた。そして、テイラーはワイン樽の陰で身動きが取れなくなり、誰もこちらを振り向かないよう祈っている。

ダッシュが両腕を広げた。「すまなかった、ジミー。まったく、あんな女に計画をぶち壊されるとはな。あの子どもは死んで、ケネディ・マクマナスは自責の念に苦しむはずだった。もう一度チャンスをくれれば、絶対に……うまくやると約束する」

ダッシュが見つめ返した。青ざめ、汗をかいている。

ミスター・グレーシーがダッシュの目を見た。

ミスター・グレーシーが微笑んだ。「おまえが失敗したことに腹を立てたが、ダッシュ、こんなことは初めてだな？」

「ああ」ダッシュがあわてて答えた。「これまで失敗したことはなかった」

「そうだな。ただ残念だが、同じ手は使えない。マクマナスが警戒しているから、もう子どもは誘拐できない。だから、次の手を考えさせてくれ」ミスター・グレーシーが歩きだし、テイラーの視界から消えた。

「ありがとう、ジミー。チャンスをくれて」ダッシュがへりくだって言った。「心底マクマナスを憎んでいるんだな。やつはいったい何をしたんだ？」

ミスター・グレーシーがダッシュのほうへ戻ってきた。「あいつのことを友達だと思っていた。信用していたのに、裏切られたんだ」

ダッシュが信じられないというように笑った。「とんでもないやつだ。殺すしかないな」

「いや、それでは簡単すぎる。あいつから家族も友人も仕事も全部奪ってやる。あいつが勝ち取ったもの、愛するものすべてを」

ミスター・グレーシーの感情のこもっていない声を聞いて、テイラーはぞっとした。ダッシュがうなずく。「そうか。苦しめたいんだな」

ミスター・グレーシーが歩み去った。「もし友達だったとしても、やっぱりあいつを殺す。あいつは夢にも思っていないだろうが」ふたたび戻ってくる。驚いたかのように首を横に振った。「ダッシュ、聞こえたか?」

「何が?」ダッシュが周囲を見まわした。

「物音が聞こえたような……」ミスター・グレーシーが部屋の何もないスペースを指さした。

テイラーは頭をさげて、青ざめた顔を隠した。息を止め、目を伏せたまま様子をうかがう。自分は動かなかったし、何も聞こえなかった。それなのに、捕まるのだ。

ミスター・グレーシーが緊張を解いた。「ネズミだろう。駆除業者を呼んで……」首をかしげる。「いや! また聞こえた!」

ダッシュがミスター・グレーシーに背を向けて、部屋を見まわした。六メートル離れた場所でびくびくしながら縮こまっているテイラーのほうに視線を向ける。ダッシュは気づかなかった。だが、そのあともう一度見たときに気づいた。指を差して言う。「ジミー、あそこに何か——」

同時に、ミスター・グレーシーが拳銃を構え、ダッシュの後頭部に弾丸を撃ちこんだ。

25

銃声が鳴り響いた。

血と脳が飛び散った。

テイラーは跳び上がり、ワイン樽のラックに肩をぶつけた。

銃声は石の壁や床に反響した。

ダッシュがくずおれて、脳みそのない死体と化した。

樽の下にテイラーの手が挟まった。五百キロ近くある樽が小指の指先を押しつぶす。

テイラーは悲鳴をこらえた。

ミスター・グレーシーが拳銃をおろした。そして、足元の死体に語りかけた。「ぼくは一度の失敗も許さないんだ」

テイラーはいまにも気を失いそうだった。吐き気をこらえる。

ボディーガードのひとり――胸板の厚い、鼻の曲がった白人の男がダッシュに近づいて見おろした。「ボス、二度目のチャンスがあると思わせるなんてずいぶん懐が深いですね」

「こいつは友達だったからな」ミスター・グレーシーはまるでダッシュに恩恵を施してやったかのようにそう言うと、ボディーガードに拳銃を渡した。「バリー、後始末を頼む」

ふたりは歩きだし、テイラーの視界から外れた。

テイラーは手を引き抜こうとした。抜けない。小指の指先が挟みこまれていた。

テイラーはもう一度手を引っ張った。

これ以上痛みが悪化することはないと思った。けれども、腱《けん》も筋肉もまだ腕のほうとつながっていて、引っ張っても無駄だった。

ここから抜けだせない。

抜けださなければならない。

力を込めて引っ張る。

激痛に襲われた。

「きれいにしておけ」ミスター・グレーシーが言う。「ディナーの客が帰ったあと、泊まり客をここに連れてきてアリバイを作りたい」

「了解、ボス」バリーがダッシュのそばに立って見おろし、別のボディーガードにきいた。「ノーム、どれを取る？」

ノームが答えた。「ネクタイ。血がついてるか？」

バリーがサイズ三十一・五センチの足でダッシュをひっくり返した。「大丈夫そうだ。シャツはもうだめだが」

テイラーは血管がドクドクと脈打つのを感じた。〝いったい何をするつもり？〟

「シャツとジャケットはいらない。ネクタイだけでいい」ノームがひざまずいて、平然とダッシュの首からネクタイを取った。自分のネクタイを外して死体の上に放ると、ダッシュのネクタイをつけた。そして、ポケットから白いハンカチを取りだして血に浸し、それを自分の額に押しつけたあと、ミスター・グレーシーがいるドアのほうを向いた。「どうですか？」酔っ払ったダッシュの声をまねて、ぼんやりした声を出す。「おれは飲みすぎて上へ戻る途中に足を滑らせた……不器用なフットボール選手だ」

「上出来だ、ノーム」ミスター・グレーシーが言う。「客に血のついたおまえの姿を見せるんだ」

「わかってます」ノームがうなずいた。「うまくだまします」

「おまえが何かひと言言ったあと、ぼくが病院へ送っていく」ミスター・グレーシーが事実を述べるように淡々と言う。「おまえは町に着いたらバーへ行って、そこで目撃される……そのあとダッシュは姿を消し、行方がわからなくなる」

テイラーは痛みでぼんやりしながらも理解した。

これは罠だったのだ。最初から殺すつもりでダッシュをここに連れてきた。

ノームは少なくとも遠目に見れば、ダッシュに似ていなくもなかった。ミスター・グレーシーと一緒にワインセラーから出ていき、その姿を客に見せて、怪我をしたから帰ると言うつもりなのだ。そして、ダッシュは姿を消し、マイケル・グレーシーは絶対に疑われない。

ここから抜けだせなければ、テイラーも姿を消すはめになる。ボディーガードたちが後始末をするあいだにテイラーを見つけて、殺すだろう。なんとかしなければならない。

樽を動かすことはできない。手を引き抜くことも。

身動きが取れない。もうだめだ。

ミスター・グレーシーが尋ねた。「ワシントンへの出荷の準備はもうできているのか？」

「もちろんです」ノームが当然のことをきかれて心外だと言うような口調で答えた。「ポカテッロとソルトレイクシティの病院からブツを引きだしました。協力してくれる医者を見つけて……前にもドラッグを盗んで自分で売ったことがある男です。法を犯すことを気にしちゃいません」

「よくやった」ミスター・グレーシーが声に称賛の色をにじませた。「カナダのうちの工場《クッカー》から幻覚剤をワシントン沿岸に運ぶ。取引がすんだら、ブツをオハイオの飛行場へ空輸する。あの辺は、特に中学校で需要がある」

テイラーはせわしく呼吸をしてめまいを振り払い、痛みを抑えて、ここから逃げだす方法を考えたかった。ひとつだけ方法があるにはあるけれど、それについては想像したくもなかった。

ポケットにボーニングナイフが入っている。とても鋭いナイフだ。扱い方はゲオルクから教わった。

でも……指が……。

バリーが歩きだした。

テイラーは右手をポケットに入れ、ナイフの柄を握りしめた。そして、躊躇した。

こんなことはしたくない。何か別の方法があるはず……。

バリーが防水シートを持ってきて、ダッシュの横の床に広げた。死体を転がしてシートにのせて包みこむと、まるでギフト用に包装するかのように頭の上の部分を折り返したあと、幅広のダクトテープで留めた。

もうひとりのボディーガードが死体を肩に担ぎ、部屋の反対側へ向かった。

バリーが小さな樽の蓋を開けた。

なかはからだった。彼らはダッシュの死体を樽のなかに押しこんだ。

「この樽を飛行機に積みこむ。ワシントン旅行はダッシュにとっていい気分転換になるだろう。何日かそこに置いておいて、そのあとヘリコプターに乗せて、オリンピック国立公園の森に捨てればいい」

テイラーは吐き気がした。ヘリコプターから荒野に落とされるなどごめんだ。見つかる前にここから出ないと。

現実を直視した。どうせもう指はだめになっていて修復できない。

ポケットからナイフをさっと取りだして関節に押し当てると、指先をひと思いに切り落とした。

血があふれて袖口を濡《ぬ》らした。

でも、自由になれた。

右手にナイフを握ったまま、左手をポケットに入れて血がもれないよう願った。ゆっくりと立ち上がると、後退して角を曲がり、ボトルが並んだ壁沿いをゆっくりと静かに歩いた。

音をたててしまったのだろうか？　ミスター・グレーシーに見られた？　それとも、気配に気づかれたの？

ミスター・グレーシーがこう言ったのだ。「部屋のなかをざっと見てまわる」黒い革靴の音がコツコツと近づいてくる。

テイラーは足を速め、細長いドアにたどりついた。ドアを少しだけ開け、そっと出ると、ふたたび閉めた。

ドアにもたれかかって、少し休憩したかった。

けれど、そんな時間はない。

どこへ行くべきかはわかっていた。何をすべきかも。

ナイフを武器のように握りしめたまま小部屋から出て階段を上がり、蒸し暑く騒がしいキッチンへ入っていった。

アリソンが声をかけた。「大丈夫？」

テイラーは無視した。首を伸ばしてこちらを見るみんなのことも。ナイフをポケットに滑りこませると、清潔な白いふきんを指に巻きつけた。そして、外へ出るドアに向かっていったん歩きだしたあと、引き返してオーブンミトンをつかんだ。

ドアを開けたとき、ゲオルクの叫び声が聞こえた。「サマー、いま出ていくなら、二度と戻ってくるな!」

それでも、テイラーは歩き続けた。

指が痛かった。希望はなかった。どん底まで落ちた。

でも、もう何も怖くない。これ以上何を恐れることがあるというの?

アドレナリンに突き動かされ、凍えるような戸外へ飛びだした。寒々しい黒い空に白い星がまたたいている。気温はかろうじて零度を上まわるくらいだった。

家の約一・五キロ裏手に、ミスター・グレーシーのプライベート飛行場がある。テイラーは丘の上から確認していた。その方向へまっすぐ急いで向かいながら、両手をあたためるためにオーブンミトンをはめた。夜だし、黒い制服を着ているから人目につかないだろう。

飛行場には自家用機が二機止まっていた。片方は流線形で、大きくて派手だ。ミスター・グレーシーの飛行機に違いない。貴重な〝貨物〟が積みこまれていて、まもなくダッシュの死体が追加される。見張りはいなかった。必要ないのだ。今夜外に出るようなおかしな人はいないだろう――殺されないよう逃げている女以外は。

もう一機は小型セスナで、滑走路の脇にちょこんと止まっている。階段がおろされていた。助かった。

テイラーは滑走路を横切り、階段を上がった。機内には誰もいなかった。ひどく寒い。よどんだ空気のなか、吐く息が白く凍った。出血がおさまってきた……。

コックピットのライトがいくつかついていて、そのひとつが客室の後部を照らしていた。前のほうに豪華な革張りの座席がふたつあり、窓に背を向けて向かいあっている。テイラーはそのあいだを通ってトイレを確認したが、そこに隠れるのは無理だとわかった――離陸前に運よく見つからなかったとしても、パイロットはいつかはトイレを使うだろう。片側の窓の下に金属製の箱が積み重ねられている。サイズはさまざまで、どれも鍵がかかっていた。一番上のは死体を入れられるほどの大きさがある。

恐ろしい疑念が生じた。

これは標準型のセスナではない。カスタマイズされている……密輸のために。

テイラーは窓に目をやった。

ワイン樽を運ぶフォークリフトが滑走路を横切っていった。ひとりが操縦し、もうひとり同乗している。バリーともうひとりのボディーガードが、死体を運んできたのだ。

テイラーは判断を誤った。彼らはセスナのほうへ向かってきた。

26

時間がない。

テイラーは箱の錠をガチャガチャ動かした。開かない。周囲を見まわした。ドアの向かいにキャビネットがある。窓から見られないよう姿勢を低くし、扉を開けた。酒、パーティーの料理、毛布……。

毛布を取って、コックピットに入った。

そこで幸運に恵まれた。座席の背もたれに男物のレザージャケットがかかっていて、そのポケットにクリップ付きの小型ドライバーが差してあった。メモ帳とペンも見つけたが、ドライバーのほうが役に立つ。怪我をしていない右手のミトンを外して、ドライバーを取った。

フォークリフトが停止する音が聞こえた。

ダッシュの死体を樽から取りだして階段の上まで引きずり上げるのに手間取るだろ

う。まだ時間はある。そうでないと困る。

テイラーは腰を落としたまま箱のところへ戻ると、箱の上にミトンと毛布を置いた。ドライバーには二種類のビットがついている。右手でマイナスドライバーをセットし、ピッキングを始めた。

そして、勝利の笑い声をあげた。

リラックスしすぎだ。ショック状態に陥っているのかもしれない。こんなことができるのも住居侵入を繰り返したおかげだ。死体を入れる箱に隠れるためにピッキングする必要に迫られることになるとは想像もしなかったけれど。もちろん、期待どおりに事が運ばなければ、身動きが取れずあっさりと殺されてしまう可能性もある。男たちがぶつぶつ言いながら階段を苦労して上がってくる音が聞こえてきた。

ミトンと毛布を放りこんでから、箱のなかに入った。蓋を閉め、暗闇のなか手探りで錠を探すと、マイナスドライバーを突っこみ、手のひらでハンドルを押し上げた。そして、祈った。男たちが錠を開けようとするあいだに、この小さなドライバーが壊れませんように。

箱の金属は薄かった。死体が蓋を開けるはずがないから、問題ないのだろう。薄い金属を通して声が聞こえてくる。「くそっ！」「めちゃくちゃ重いな！」「突き指した！」「向きを変えよう」「いやこっちだ」「鍵を開けろ」

テイラーは息を止めた。

鍵がこすれる音がした。鍵の先端がマイナスドライバーにぶつかり、途中までまわる。

だが、ドライバーは持ちこたえた。

「どうした？　さっさと棺《ひつぎ》を開けろ！」

蓋がガタッと動いた。「開かない」

「鍵をまわせ」

「まわした」

「まったく世話が焼けるぜ」何かがドサッと床に落ちる音がした。

ダッシュの死体だ。

テイラーは目を閉じて吐き気をこらえた。

鍵がいったん抜かれ、ふたたび荒々しく差しこまれた。強くひねっている……鍵が錠のなかで壊れたら、閉じこめられてしまう。

しかし、バリーは悪態をついて蓋を殴り、もう一度殴ったあと、鍵を抜いた。「ちくしょう、死体をどうすりゃいいんだよ」箱の山に体当たりした。

テイラーはバリーが銃を抜いて錠を吹き飛ばすのではないかと思った。映画でよく見るみたいに。

けれども、そうはならなかった。バリーが箱を蹴った。「ダッシュは床に寝かせときゃいいさ。パイロットが困ろうと知ったこっちゃない。鍵を直しておくよう言っておけよ」

「わかった」

それで終わりだった。

箱のなかにテイラーを、床に死体を残して、男たちが飛行機からおりていった。

テイラーは三分くらいじっとして、フォークリフトが遠ざかっていく音を聞いていた。おかしな考えが次々と頭に浮かび、これは罠だと思った。でも、そんなわけない。曲がってしまったドライバーを慎重に抜くと、蓋をゆっくりと少しだけ持ち上げた。

誰もいない。テイラーと……ダッシュだけだ。

蓋を閉めた。

苦労して毛布を体に巻きつけたあと、ふたたびドライバーを錠に差しこんだ。そして、うとうとした。

目を覚ましたのは、男女一名ずつのパイロットが乗りこんできたときだった。ふたりは上品な口調で静かに話していたが、それもフライト前の点検で死体を見つけるまでのことだった。

「なんだよ、これ？」男性パイロットが前のほうで言った。「飛行中に死体が床を転げまわるのは二度とごめんだとあいつらに言っておいたのに。安全上問題があるぞ」

怒っているときの男の声は、驚くほどみんな同じに聞こえる。

「そうね」女性パイロットが笑った。「だけど、単に気に入らないだけでしょ」

「きみは平気なのか？」

「いいえ。でも、マーク、あなたほど臆病じゃないから」

「ハハッ、そいつはよかった。後部の点検はきみに任せる」

足音が聞こえた。

女性パイロットがドアや窓を確認し、棺の蓋をガタガタ動かした。「鍵がかかってる」

前のほうでマークが叫んだ。「どっちだっていい。おれは死体に触るつもりはないから」

「わたしもよ。ここで働くとしても、職務以外のことはしないと決めているの。うわっ、血だらけじゃない」女性はつぶやいたあと、マークのほうへ移動した。

血だらけ？　きっとテイラーの指から流れた血だ。

これでようやくワイルドローズ・ヴァレーから出られるのだという実感がわいてくると、テイラーの目から安堵と苦痛、悲しみの入りまじった涙がこぼれた。

飛行機が離陸するあいだ、テイラーは起きていた。そして、どんなに眠ろうと努力しても、切断した指の絶え間ない痛みを振り払おうとしても、二時間後に着陸するまで眠れなかった。

パイロットたちが死体を残したまま飛行機からおりた。

誰かが引き取りに来るのだろう。その前にここを出よう。

テイラーは毛布から抜けだしてコックピットへ行き、クリップボードと野球帽を手に取った。座席の背もたれに無造作にかけられた、着古したボマージャケットを見て、笑い声をあげた。「犬も歩けば棒に当たる、だわ」それを羽織り、傷ついた手をそっと袖口に通し、ファスナーを閉めた。自信のあるふりをして堂々とドアから出て、肌を刺すような冷たい風に身をさらした。

アスファルトにおり立つと、背の高いマツの木立が見えた。そのとき、滑走路のライトが消えた。

薄暗い明かりの灯《とも》った小さな建物のドアが開いた。先ほどのパイロットたちとふたりの男が出てきて、車に乗りこんで走り去った。森林がヘッドライトの光をのみこんだ。

テイラーは車のあとをたどって飛行場を離れ、細い砂利道を歩いた。嵐の到来を告げる風のうなりしか聞こえない。けれども、ソートゥース山脈を襲う嵐とは違う。空気はむっと湿っていて、骨の髄まで凍えさせるほど冷たかった。

道路にたどりつき、右と左のどちらへ行くべきかわからなくて立ちどまった。迷っていると、冷たい雨が舗道に打ちつけ始めた。

ワイルドローズ・ヴァレーでの試練は終わったのだ。

また新たな試練が始まる。

テイラーは右に曲がって歩き続けた。

第三部

町に新しく来た女

27

ワシントン州ヴァーチュー・フォールズ

カテリ・クワナルトは朝早く目が覚めて、不機嫌だった。昨夜は鎮痛剤をのんだ。そうしたくなるほど切羽詰まった夜はたいてい八時間眠って、朝起きたときにはすっきりしているものだ。けれども、いまは午前六時で、みぞれが窓に打ちつける音を聞きながら暗闇を見つめていた。

ひどい天気。人けのない暗く寒い通りを歩いていってヴァーチュー・フォールズ図書館を開けなくても、誰も責めないだろう……ただし、ノートンの子どもたちは別だ。どんな悪天候だろうとやってくる。あの子たちが図書館の暗い窓を見て、しかたなく誰もいない寒い家に帰り、シングルマザーの母親が仕事から帰ってくるのを待つと思うと耐えられなかった。

だから、行かなくてはならない。でもその前に、あと一時間眠ろう。

カテリはかたく目を閉じた。気がつくと手足を曲げたり伸ばしたりし、頭を左右に動かしていた。こんな天気でも、あんな事故に遭ったあとでも、とても調子がいい。関節は人工関節も含めて楽に動くし、今朝は、あの荒れ狂う津波の記憶に苦しめられることもなかった。沿岸警備隊の監視船が沈み、カテリはもう少しで死ぬところだった……。

目をぱっと開けた。

〝やれやれ、起きたほうがよさそうだ〟

まるで年寄りのようにゆっくりと体を起こした。かつてはきびきびと動きまわり、より上を目指して勉強し、働いた。それが車椅子を使わざるを得なくなり、その後、歩行器に替え、いまは杖《つえ》を使っている。カテリは二度と歩けないと言っていた医者は、それを奇跡と呼んだ。カテリは医者をばか呼ばわりしている——面と向かってではないが。針とメスを扱う医者に、あなたは何もわかっていないと言ってはならない。

ベッドの横板につかまって立ち上がると、いつものように床を踏みしめる感触を味わった。手探りで杖を探し、仕事に出かける準備を始める。まるで大事な約束に遅れているかのように、大急ぎで着替えた。「何が起きるのかしらね？」レイシーにきいた。

レイシーはまるでプロムクイーンのようなブロンドのコッカー・スパニエルの女の子で、くるくる跳ねまわって歩くみんなの人気者だ。カテリにとって、レイシーは親善大使でもある。性格のいいプロムクイーンと同様に、愛想がよく一見、従順だけれど、知性と雌ボスの気質を秘めているからだ。

レイシーが飛び跳ね、耳をパタパタさせながらカテリを急《せ》かした。

「わかってる。行くわよ」カテリは厚着をし、その上にレインポンチョを羽織った。それから、レイシーにもスパンコールのついたピンクの防水フェルトコートを着せた。レイシーの大ファンのひとりであるトラック運転手のジョン・ルダが、ラスヴェガスのお土産にくれたのだ。

これを着せると間抜けに見えると、カテリは思っていた。

でも、レイシーはとても気に入っている。

カテリは窓の外に目をやり、きらきら光る通りを見てつぶやいた。「歩行器を持っていきましょう」歩行器のパイプにバッグをかけて出発した。

カテリのアパートメントは二年半前に起きた地震のあとに新しく建てられたもので、身体障がい者用の設備が整っている。車椅子を返却してからその設備は必要なくなったけれど、一階にあって職場に近いのは助かる。

ヴァーチュー・フォールズ図書館は古くからある飼料と種の店に入っている。一九七〇年代に建設された〝新しい〟図書館はトランプカードで作った家のごとく崩壊した一方、この建物は頑丈で、地震にも余震にも耐えた。それ以来、この店に本が移され、あくまでも仮の施設だと市議会は言っているが、これまでのところ図書館新設に向けた動きは見られない。新しい図書館は、町に必ずしも必要なものではないと見なされているようだ。

カテリは毎日放課後にハリー・ポッターシリーズや『シャーロットの贈り物』の朗読目当てでやってくる子どもたちや、アレチネズミや魚の小さな動物園を見て、カテリの部族の大地や海、神、動物に関する伝説を聞くために未就学児を連れてくる親の数を市議会に報告した。さらに、毎週貸しだしている本や映画、CDの数の統計を提出し、図書館で開かれるさまざまな読書会について雄弁に語った。それに対して、市議会はカテリの給料を一時間につき一ドル上げた――最低賃金よりは高い程度。仕入予算は月百ドル増額され……月百ドルになった。

政治家とは愚かなものだ。

カテリが数値化できず、それを試みるつもりもないのは、図書館のコミュニティーセンターとしての役割だ。結婚生活に問題を抱えている利用客を、カテリは見抜くことができた。カテリと目を合わせないようにして、『結婚生活がうまくいく二十の方法』や『壊れた関係を修復する方法』を借りていくのだ。アイリーン・ゴロボヴィッチがキルトで何億兆回目かの一等賞を取ったとき、カテリは図書館の隅に製作台を設け、毎週木曜の晩に彼女を招いてコミュニティーキルト（地域団体で作るキルト）教室を開くことにした。

キルト教室は大成功だった。女性たちは表向きは裁縫という女性の伝統的な作業を行っている。とはいえ、本当の目的は、おしゃべりをすることだ。家族や仕事の話をし、愚痴をこぼし、笑いあう。ときには、虐待や飢餓、孤独、鬱病といった深刻な問題に話が及ぶこともある。

カテリはかつて沿岸警備隊の部隊長だった。そのような女性の結束には慣れていない。けれども、針に糸を通したり、ティッシュの箱をまわしながら、ハイスクール時代に結婚した夫が浮気したと嗚咽《おえつ》する、生まれたときから知っている女性に同情したりしていた。

一度の巨大地震が原因で、カテリは軍隊の男社会から放りだされ、ヴァーチュー・フォールズの緊密な女社会に投げこまれた。母がめずらしくしらふのときに言っていたとおり、人生は不公平だ。カテリがその生きた証拠だった。

いまは冬至が近づいた十二月十二日の午前八時で、まだ真夜中のように暗い。町は停止している。通りが氷に覆われ、街灯の光を受けて青く光っていた。カテリは歩行器に寄りかかった。転んで骨折などしたくない。もう十生分くらい手術を受けた。顔はほとんど無傷だが、体は、角がぼろぼろになるまで何度も折りたたまれた昔ながらの紙製のロードマップのようだった。

足を滑らせながら跳ねるように前を進むレイシーが、カテリを責めるようにちらりと振り向いたあと、ふたたび歩きだした。

レインポンチョと手袋をつけて、ブーツを履いているにもかかわらず、みぞれがカテリの顔に吹きつけ、顎から垂れて首を濡らした。カテリは思わず引き返しそうになったものの、レイシーと同じく、どうしても図書館にたどりつきたかった。近づけば近づくほど切迫感が募る。角を曲がり、通りの向こうにある入り口に目をやった。

街灯の光に照らされ、コンクリートの階段に置かれた服の山が見えた。カテリが貧しい人々に配ってくれると期待して、町の人がときどき置いていくのだ。もちろん、カテリは必ずそうしていた。

ところが、レイシーが吠えて入り口へと走りだした。あれは古着の山ではない。

カテリもできるだけ急いで、暗闇のなか、みぞれに目を細めながらあとを追った。

あれは人だ。誰かが玄関にうずくまっている。

町じゅうがスケートリンクと化しているのに、あんな格好で外出したの？

レイシーが鼻を押しつけているその人物、おそらく女性が、首をまわして犬を見た。それから、やっとのことで手を伸ばしてにおいを嗅がせた。

それを引き金に、レイシーは女性の膝の上に潜りこんで体を伸ばした。彼女をあたためようとしているのだろう。

カテリは階段の下の歩道から声をかけた。「どうしましたか？　大丈夫ですか？」

愚かな質問だ。死んでいてもおかしくないのに。

女性は撫でている犬から目を離して、カテリをまっすぐ見た。若い、二十五歳くらいの白人で、凍っているのではないかと思うほど顔が青白い。「大丈夫です。ありがとうございます」女性は唇を動かすのもひと苦労だと言わんばかりに、慎重にか細い声で答えた。

「わたしはカテリ・クワナルト。図書館司書よ」カテリは階段を上がった。「入って」

「ありがとうございます」とても礼儀正しい人だ。「これ以上遠くまで歩けそうになくて、誰かが通りかかるのを待っていたんです」女性はカテリが通れるよう、急いで脇へ寄った。

「でしょうね。それでも歩きすぎたくらいよ」カテリはドアを開けて明かりをつけた。図書館のなかも冷え冷えしているが、外の身を切るような寒さとは比較にならない。

レイシーが膝の上から飛びおりて、女性を誘うように部屋へ向かった。女性がゆっくりと動きだすと、レイシーが戻ってきて彼女にぶつかったあと、またくるりとまわって部屋に駆けこんだ。

カテリは言った。「わたしは手を貸せないから、もし動けないなら助けを呼ぶわ」いまなら、カテリが身体障がい者であることが、この女性にも見て取れるだろう。津波によってカテリが監視船から海に投げだされた話は、遅かれ早かれ彼女も知るところとなる。巨大な波がカテリをもみくちゃにし、海の底に引きずりこんだのだ。そこでカテリは、地震を引き起こすと部族が信じるカエルの神と会った。ネイティブ・アメリカンも白人もみなぎょっとするから、カテリはそのことについては話さないけれど、自分が見たものを理解していた。神がもたらした痛みも、神が授けてくれた力も。いずれ神の意図を解き明かさなければならないときが来るだろう。だがそれは、いまではない。

女性が立ち上がろうとしてくずおれた。そして、脳からの指令を体が充分に理解できていないかのように、這ったり、転がったりして部屋のなかに入ってきた。片方の腕を胸に当てている。

彼女がなかに入るや、カテリは急いでドアを閉めて鍵をかけた。「ヒーターの温度を上げるわ。あなたのお名前は？」

「サマー。わたしの名前は……サマーです」

28

カテリは夏を意味するその名前に皮肉を感じた。「サマー、初めまして。自分で服を脱げる?」サマーは制服のようなものを着ていた。黒ずくめで、黒の蝶ネクタイをつけている。「毛布を持ってくるわ。子どもたちが凍えながらやってきたのに、古いヒーターが故障している場合に……」いちいち説明する必要はない。

サマーはレイシーのひたむきさに心を奪われたかのように、じっと見つめていた。

「座布団もあるわ」カテリは戸棚からタオルを取りだした。「帽子を脱いで」

サマーはやっとのことで帽子を取って脇に落とすと、力尽きたようにぴたりと動きを止めた。

カテリは歩行器の座席に腰かけて、サマーの短い髪と顔を拭いた。濡れたタオルを投げ捨て、乾いたタオルを頭にかぶせた。

「はい、自分で脱げます」サマーが黒いオーブンミトンをはめた右手を上げ、遅ればせながら返事をした。「これさえ取ってもらえれば」

カテリは湿ったミトンを引き抜いた。サマーの指は真っ白で、凍っているように見えた。急いで設定温度を上げ、古いボイラーがあえぐような音をたてるのを聞いてほっとした。「動かせる？」

サマーが自分の体を見おろした。

「指。動かせる？」

サマーが指を動かして、顔をゆがめた。

「痛むの？」カテリは歩行器の座席をさげてからふたたび腰をおろした。

「すごく」

「よかった。凍ってはいないのね」レイシーを呼んでピンクのコートを脱がせたあと、もがく犬をタオルで拭いた。

「ああ、そうですね……お水をもらえますか？」サマーがささやくように言った。

「もちろん」カテリは犬を放し、歩行器のハンドルにつかまってようやく立ち上がった。狭い事務室へ行ってペットボトルの水を取ってくると、蓋を開けた。

サマーはペットボトルを受け取り、口に押し当てようとした。けれども、手がひどく震えていて、あきらめてペットボトルをおろした。

レイシーがトコトコ駆けてきて、サマーをそっとつついて励ました。「わかったから」サマーはふたたびペットボトルを口に押し当てた。どうにか半分ほど飲んだあと、ひと息ついた。「楽になりました」ため息をつく。「おかしいですね。水は空から降っていたのに、こんなに喉が渇いているなんて」

カテリはサマーに好感を抱いた。レイシーに人と話すように話しかけるし、ユーモアがあって、犬の気遣いに感謝している。戸棚から毛布を取りだし、子どもたちのコーナーから座布団を取ってくるあいだも、カテリはサマーの気を紛らすためにおしゃべりをし、会話で体の内側からあたためようとした。「町の外れにあるがらくたの山でレイシーを見つけたの。普段は行かない場所なんだけど、散歩をしていて、どういうわけかその方向に足が向いて……」今日のように、切迫感に駆られるときがあるのだ。「レイシーは車にひかれて死にかけていたんだけど、話しかけるとどうにか頭を持ち上げた。ペットボトルの水を少し飲ませてやったら、あなたにしたようにわたしをつついたの」

「とてもきれいな犬」顔が凍っているかのように、サマーの口調はまだぎこちなかった。「怪我をしたようには見えないわ」

だが実際、傷ついたのだ。死にかけていた。カテリが触れ、両手に血がつき、あまりにも早く終わりを迎えようとしている命を悲しみ、それに逆らうまでは。カテリはレイシーを死なせたくなかった。そして、レイシーは生き延び、元気に育った。

サマーが胸に当てていた手を離した。その手にミトンははめていなかった。染みのついた白い布切れを指に巻きつけている。あの染みは……。

カテリはぎょっとした。

血だ。

「もう！」カテリは救急箱をつかんで、歩行器をサマーに寄せた。座席に腰かけ、傷ついた手を取って言う。「見せて」

「そっとお願いします。そっと！」サマーが顔をしかめて訴えた。怪我をした手をもう一方の手で包みこみ、顔をそむける。

カテリはゆっくりと布切れ——ふきんをほどいた。血まみれだが、幸い、出血は止まっているようだ。最後までほどくと、小指の指先にくっついていた。

そういうこと。

救急箱からはさみを取りだして、余分な布を切り取った。「誰にやられたの？」強い口調できく。

「自分で」サマーが壁に寄りかかった。寒さで白かったのが、いまでは痛みと恐怖で青ざめている。ポケットから血のついた鋭い小型ナイフを取りだして、脇に落とした。

「身動きが取れなくなって。見つかる前にやったんです」

「なんてこと《オー・マイ・ゴッド》」カテリは祈りを唱えるように言った。「ねえ、わたしは司書だから、痛いの痛いの飛んでいけをして、ディズニープリンセスの絆創膏を貼ってあげることくらいしかできない」バッグから携帯電話を取りだした。「911に電話して――」

サマーが怪我をしていないほうの手でカテリの手首をつかんだ。「やめて！　救急車は呼ばないで。医者はいりません」

カテリはサマーをじっと見つめた。ぐったりしているけれど、激しく主張する気力は残っているようだ。「大量に出血したはずよ」

「そうでもないです。切ったときからずっと寒い場所にいたから、出血が弱まったので。病院には行きません」サマーが手を離した。「お願い」

「わかった。でも……誰かに診てもらわないと……」カテリは床にひざまずき、サマーが着ているボマージャケットについた雪を払い落とした。そして、ファスナーをおろすと、怪我をしていないほうの腕から、片腕ずつゆっくりと脱がせた。

サマーが悲鳴をあげながら言った。「ありがとうございます。寒すぎてそれほど痛みは感じないんです。ただ……怖くて耐えられない――」

玄関のドアをノックする音がした。

カテリは驚いた。「いったい誰が……？」

「カテリ！　カテリ！　ミセス・ブラニオンだよ。新刊を借りに来たんだ。あの……男と……女の子が……乱交して殺しあう」ミセス・ブラニオンの声は切望のあまり震えていた。

カテリとサマーはぎょっとして顔を見合わせた。

「百歳のお婆《ばあ》ちゃんなのよ」カテリはささやいた。

ミセス・ブラニオンがふたたびドアを叩いた。

カテリはドアに向かって叫んだ。「開館は二時間後です！」

世界一憎たらしい老女であるミセス・ブラニオンは当然、反論した。「カテリ・クワナルト、あんたの給料はわたしが払ってるんだよ。ドアを開けなければ、町長に報告するからね！」

あまりの厚かましさに、カテリはかっとなって叫んだ。「帰って！　開館は十時よ」

ミセス・ブラニオンは一瞬、驚いて言葉を失ったあと、憤慨して言った。「それなら……町長と、市議会にも報告するから」

「どうぞ！　そうしたら、わたしもあなたが氷雨のなかわざわざＳＭ小説を借りに来たことを言いますから」カテリはどんどん声が大きくなった。「いいんですか？　娘さんはどう思うでしょうね？」

「生意気なインディアンだ。どうせ酔っ払いの妄想としか思われないよ」ミセス・ブラニオンが怒鳴り返した。

それから、ぶつぶつ言いながら歩み去った。

「いやな女」サマーがつぶやく。

カテリは思わず笑った。「ええ。頭が古いのよ。インディアンはいつまで経っても酔っ払いなの」

「ここはどこ？」サマーがきいた。

「ヴァーチュー・フォールズよ。ワシントン州の沿岸」

「そうですか」サマーがうなずいた。「少し横になります」そう言うなり、ずるずると床に倒れた。

サマーはますます悪くなっているように見える。カテリは濡れた服を脱がせるのに手間取るよりもあたためたほうがいいと判断し、毛布を三枚かけた。「ねえ……病院には連れていかないけど、レインボーっていう町のウェイトレスがいてね、頼りになるの。彼女を呼ぶわ。彼女ならなんとかしてくれるから」

サマーはうなずき、唾をのみこんだあと、身震いした。

レイシーがクンクン鳴きながら近づいてきた。

カテリはサマーの頭の下に枕を押しこんでから、レインボーに電話をかけた。

レインボーは寝ていたのか、不機嫌な声で電話に出た。「カフェが休みだから、ゆっくり寝るつもりだったのに。ちゃんとした理由があるんでしょうね」

「指の切断には詳しいわよね」カテリは話しながら、サマーの足をずらしてびしょ濡れの黒い革靴の紐をほどき、靴下も脱がせた。

レインボーは困惑し、しばらく経ってから答えた。「ええ……指先を切り落とした同僚が何人かいるし、あたしも二十歳くらいのとき親指をやったから。どうして？ 指を切ったの？」

「ここにいる女性が。助けがいるの」

レインボーが言う。「その女性が指を失ったの？ どこかの料理人が指を切断したからって電話してきたわけじゃないのね。カテリ、何があったの？」

カテリは電話を口から離して、サマーにきいた。「つま先を動かせる？」

反応がない。

「サマー！ つま先を動かせる？」

つま先がもぞもぞ動いた。

カテリは足を拭いたあと、タオルで覆った。「指先だけじゃないの。その……」サマーから離れて、声を潜めた。「ねえ、緊急事態でなければ電話しないわ。このままだと彼女は……図書館に来られる？」

「また厄介事に巻きこまれたの？」そう言いながらも、レインボーが上掛けをはねのける音が聞こえた。「もう、カテリ。寒いわ。外はもっとよ。窓の外を見た？　氷だらけよ。そんななか出てこいと言うの？」蒸気機関車のごとくかっかしながら着替えている。「やれやれ、あなたはそうしたのね。どうかしてるわ」

「そうね」

レインボーが深く息を吸いこんだ。「わかった。教えて。その女性の指はどんな様子なの？」

「爪の下の関節で切断されている。どうにか皮膚がかぶさっているけど……状態がいいとは言えないわ」

「救急車を呼びなさい」

「それはできない。約束したから」

「表沙汰にはできないってわけね」レインボーはすぐさま状況を理解し、それを尊重した。「わかった。鎮痛剤があるから、持っていくわ」

　さすがレインボー。「早く来て」カテリは煙草のにおいを感じ、レイシーが吠えるのを聞いた。「わたしの手には負えないの。低体温症を起こしていて、なんだか……」

サマーをちらりと見た。

　サマーは静かにじっと横たわっていた。顔が青白く、見開かれた茶色の目は虚空を見つめている。

「死んでる！」カテリは電話を放りだした。

　サマーのそばにひざまずいていた年老いたカウボーイが振り向き、カテリの目を見た。〝この子は生きている。きみが助けてくれれば死なない〟そして、立ち上がってカテリのために場所を空けた。

　レイシーがゆっくりとサマーに近づいて、彼女の動かない腕に頭をすりつけた。

　カテリは電話の向こうから聞こえてくるわめき声を無視した。急いでサマーのもとに戻ると、首に指を当てた。

　かすかだが脈はある。

「しっかり。しっかりして！」カテリはサマーを抱きしめた。全身で抱きしめて、自らの命を動かない体に吹きこもうとした。「死ぬためにこんな遠くまで来たわけじゃないでしょ。さあ！　目を覚まして！」サマーの口に耳を近づける。

息をしていない。

カウボーイが言った。〝助けてやってくれ。きみならこの子を守れる。だからきみのところに来たんだ〟

ふたたびかすかに煙草のにおいがした。カテリは彼を信じるしかなかった。自分のことも。

だから、サマーの口に口を押し当て、肺に息を吹きこんだ。

29

テイラーは霧のかかった野原をさまよっていた。時間は存在せず、人生は輝かしい喜びと絶望に彩られている。ずっとここにいたかった。〝お願い……とてもつらい人生だったから〟ここにいさせて。いなければならない。

そのとき、誰かが彼女の腕に触れた。

「やめて」テイラーは突き飛ばした。「放っておいて!」

女性の元気な声が聞こえる。「どうしてあたしがこんなことしなきゃならないの?」

「わたしにはできないからよ」別の女性の穏やかな声。

「はいはい、低体温症も彼女も厄介だわ」今度はテイラーの足に触れた。

テイラーは思いきり蹴った。「わたしを殺す気? やれるもんならやってみなさい」

誰かが咳《せ》きこみ、あえいだ。元気な声が言う。「わかった。もう手加減しないから」

テイラーの腰に座って、シャツのボタンを外した。

テイラーは怒りが引き、シャツを引き裂こうとした。「取って。取って!」腰の重みが消えた。元気な声がきく。「どういうこと?」

「調べたんだけど」穏やかな声が答えた。「服を引き裂こうとするのは、低体温症の奇妙な症状だそうよ」

テイラーはシャツを半分脱いだ。それから、ズボンのウエストバンドを引き裂こうとした。

「あたしを殺そうとしたのは?」元気な声がさらにきく。「あれも症状のひとつなの?」

「ヴァーチュー・フォールズの住人の半分があなたに殺意を抱いているわ」穏やかな声が笑った。

この声には聞き覚えがある……テイラーはしばらく耳を澄ました。

穏やかな声が言葉を継ぐ。「そうよ、レインボー、怒りも低体温症の症状のひとつ。あなたは年上なんだから我慢して。彼女は死にかけていて、自分で自分の指を切ったのよ。ほら、拭いてあげて。震えているわ」

テイラーは金属たわしでこすられるような感触を覚えた。

抵抗したくてもそんな力がなかったので、悪態をついた。

誰かに顔をなめられた。

テイラーは殴りかかった。

犬がキャンキャン吠えた。

テイラーは目を開けようとした。こう言いたかった。〝いい子ね。ごめんなさい〟どうにか目を開け、言葉にならない声を出した。

ブロンドのきれいなコッカー・スパニエルがゆっくりと近づいてきて、テイラーの隣にある枕に頭をのせた。テイラーは少しずつ、苦労して手を持ち上げ、そのやわらかい頭を撫でた。なんとなく気分が落ち着き、目を閉じておとなしく毛布にくるまれた……。

しゃべることも、考えることもできなかった。自分がどこにいるのかも、どうしてここにいるのかも思いだせない。肌がひりひりする。

レインボーが言う。「脈と呼吸が弱いのが心配なの。病院へ連れていくべきよ。図書館で死んだらスキャンダルになるわ」

穏やかな声が言い返した。「死なないわ」

テイラーはその声の主を思いだした。「カテリ」氷の世界から現れた天使。

「あら」レインボーが言う。「あなたのことをちゃんと覚えているみたいね」

「ええ、わたしたちが彼女を死なせない」

「わたしたち？　あたしが手伝うと決めてかかっているのね」

「いいえ、わたしとレイシーのことを言ったのよ」

犬が吠えた。

レインボーは一瞬、驚いたあと、大声で笑った。「うぬぼれていたみたい」

「誰かに手伝ってもらわないと」カテリがすりきれた絨毯《じゅうたん》の上を歩行器で移動し、車輪がきしむ音がした。「ウォッチマン先生を呼ぶわ」

テイラーは叫んだ。「やめて！　約束したでしょ！」

「何か言ってるわよ」レインボーがテイラーをのぞきこんだ。「だめね、聞き取れない。カテリ、年老いた馬医者を呼んでどうする気？」

「ウォッチマン先生はかくしゃくとしているわ。部族の人たちが酔っ払ったり、刺されたり、撃たれたり、殴られたりしたときはいつも治療しているのよ」カテリの声が遠ざかった。

「でも、ウォッチマン先生は人間の医者じゃない。獣医よ」

「人間も馬《ホース》も似たようなものでしょう」カテリがそっけない口調で答えた。

「いやなやつなら大勢いるけどね」

カテリが含み笑いをした。「そうね……今回の場合、肝心なのは、ウォッチマン先生なら当局に報告しないということ」

テイラーは肩の力を抜いた。

「ウォッチマン先生はネイティブ・アメリカンで、患者もネイティブ・アメリカンだから」レインボーが言った。

「そして、わたしもネイティブ・アメリカンだから、先生はわたしを密告しない」

「ネイティブ・アメリカンとのハーフでしょ」

「それにわたしは、神に触れられたから」

「はいはい」レインボーが茶化した。けれども、どことなく戒めるような響きもある。

神に触れられたって、どういうこと？ テイラーは尋ねようとしたが、ふたりとも

テイラーには目もくれなかった。〝どうして聞いてくれないの？〟

きっと危険な状態に置かれているのだ。マイケル・グレーシーが追いかけてきたに違いない。ふたりとも殺されてしまう。わたしのせいで。

テイラーはあらがった。逃げなければ。みんなで。

レインボーがテイラーに毛布をきつく巻きつけて押さえこんだ。

レイシーが哀れっぽく鳴き、テイラーの顔に頭をすりつけた。

「先生を呼んだわ」カテリがふたたび近くに来た。「サマーをこの部屋には置いておけない。もうすぐ子どもたちもやってくるから。事務室にベッドを用意したの。毛布をストレッチャーとして使えば、そこまで引きずっていける？」

間に合わせのストレッチャーで床を引きずられ、関節が激しく痛んだ。テイラーは繰り返し悲鳴をあげた。

犬がワンワン吠える。

カテリとレインボーがどちらも静かにさせようとした。

そして、テイラーを事務室に運びこみ、ドアを閉めた。

「鎮痛剤を投与すれば楽になるわ」レインボーが言った。

いつの間にか眠っていたテイラーは、腕に針が刺さったのを感じて目を覚まし、パニックに陥った。

〝マイケル・グレーシー。彼に殺される〟

テイラーは抵抗したが、やがて鎮痛剤が効いてきた。

薬の効果が切れ、ふたたび目覚めると真っ暗だった。寒い。痛い。またしてもあがった。

三度目に目を覚ましたとき、セメントブロック張りの小部屋の高窓から日光が差しこんでいた。テイラーを取り囲むように、三人の女性が椅子の上に横になって眠っていた。

誰なの？　ここはどこ？

わたしは誰？

テイラーは声を出さずに泣いた。犬に寄り添われ、ふたたび眠った。

三日目、テイラーは自分が誰か思いだした。ここがどこかも。そばにいる女性たちのことも。そして、また指を切り落としたくなった。そうすれば、身動きが取れなくなることはないから。マイケル・グレーシーに捕まらないから。〝彼が捕まえに来る〟

レインボーの声が聞こえた。「あれは正気を失ってるね」恐れおののいた口調で言う。

「違うわ」カテリが反論した。「低体温症を起こしているだけ。それから、感染症も。じきによくなるわ」

テイラーはふたたび注射を打たれ、さらに眠った。

目を覚ますと、レインボーが見えた。長身で、肩幅が広く手も大きい。ごま塩頭は六ミリの長さに剃《そ》られている。左耳のうしろにぎざぎざの長い傷跡があり、その部分は毛が生えていなかった。これで怖がらないほうがおかしいだろうと、テイラーはほんやり考えた。

ドクター・ウォッチマンはネイティブ・アメリカンで、長い黒髪を編んで背中に垂らしていて、ペパーミントの香りがした。テイラーを馬のように扱い、きびきびと動いて、抵抗する余地を与えなかった。インディアンの呪医の詠唱《チャント》を唱えるのではないかと、テイラーは思った。実際はそれどころか、ひと言も言葉を発しなかった。

夜が一番つらかったけれど、カテリが常にそばにいて、医者の代わりに軽快なチャントを唱えてくれた。カテリのために、テイラーは静かにした。

けれども、なかなか食べる気になれなかった。レインボーが首を激しく振って言った。「カテリはあんたを事務室で餓死させるために助けたわけじゃないわ。カテリを困らせたくないでしょ。いいからスープを飲みなさい!」

犬が非難するように吠えた。

テイラーはおとなしくスープを飲んだ。

痛みに苦しむ日々が続き、子どもたちがクリスマス・キャロルを歌う声が遠くから聞こえてきた。

クリスマス。クリスマスまで生き延びたのだ。父は誇りに思ってくれるだろう。

カテリはテイラーに、図書館が閉まるクリスマスから新年のあいだにテイラーを図書館からカテリのアパートメントに運ばなければならないと説明した。

テイラーは移動したくなかった。

だが、選ぶ権利はなかった。クリスマスの翌日、早い夜が訪れ、通りが雨にかすむと、カテリはテイラーを毛布で顔までしっかりとくるんだうえにラグを巻きつけた。そして、肩に担いで、何度もうめき声をあげながら外に運んだ。冷たく湿った空気が布の隙間から入りこんでくる。カテリが揺れるだろうと警告した。レインボーがボルボのステーションワゴンの尾板の上にテイラーを置き、荷物のように滑りこませた。レイシーが飛び乗り、テイラーの上に身を落ち着けた。そのあと突然、威嚇するようにうなった。

なんとなく聞き覚えのある金切り声が聞こえた。「図書館のラグを盗む気?」

「ミセス・ブラニオン! 奇遇ですね! 実はこのラグはわたしのなんです。事務室で使っていたんですけど、来週イケアで買った新しいのと取り換えようと思って。ご心配ありがとうございます!」カテリがいい子ぶった口調で答えた。

テイラーはミセス・ブラニオンのことを思いだそうとした。

ミセス・ブラニオンが言う。「信じられないね。泥棒インディアンは子どもたちに本を読んであげるだけで市から金をもらってる。恥を知れ……」足音が聞こえ、声が遠ざかった。

テイラーはようやく思いだした。「いやな女」

それを聞きつけたレインボーが、笑って同意した。

アパートメントまでの道のりは険しく、テイラーは疲れ果てて意識が朦朧《もうろう》とした。けれども、そこは静かであたたかく、快適だった。時間はなんの意味も持たず、テイラーは数日間、心地よい無を漂った。長いあいだつらいことばかりで、ずっとおなかをすかせ、怯えていた。最後の勇気を振り絞って、ヴァーチュー・フォールズにたどりついたのだ。起き上がって現実を把握する気になかなかなれなかった。だがある日、リビングルームから声が聞こえてきた。

カテリと……男の声だ。

30

テイラーは立ち上がろうとした。膝ががくがくする。ベッドから滑りおり、開いているドアまで這っていくと、その横の壁に寄りかかって、じっと耳を澄ました。

「きみが思っているほどひどくはない」男性の低くて優しい声には、かすかにスペイン訛りがあった。マイケル・グレーシーの声ではない。

「嘘が下手ね。わたしが思っているより二倍ひどいわ」カテリの声は、いつもの穏やかな声ではなかった。威厳に満ちた口調で、テイラーは小学一年生のときのミセス・ウィリアムソン——厳格で子ども時代の脅威だった先生を思いだした。

反射的に背筋を伸ばし、胸を張った。

カテリが言葉を継ぐ。「わたしは司書だから、なんでも耳に入ってくるのよ」

「きみは女にしては頭がよすぎる」男性が愛情のこもった、ユーモアのある口調で言った。

ピシャリという音が聞こえた。「新米水夫《ランドラバー》は自分が何をしているかわかっていないのよ。傲慢だから学ぶこともできない。部隊長に昇進したなんて信じられないわ。どこだろうとリーダー失格なのに、よりによって麻薬密輸船が来る太平洋を任されるなんて。まさか密輸業者がモーターのついてないシーカヤックに乗っていたからって、銃の扱い方を知らないとでも思ったの？」

「実は、そんなようなことを言っていた」男性の声からユーモアが消えた。「その密輸業者はモーガン少尉の胸を撃った。銃弾は肺に命中し、内部で跳ねまわったらしい。ヘリコプターが到着するまで、もう助からないだろうとおれは思っていた。いまも予断を許さない状況だ」

カテリが突然、悪意をみなぎらせた。「ランドラバーが撃たれればよかったのに」

「やつは隠れるのがうまいんだ」男性が皮肉たっぷりに言った。「逃げ足も速い」

「攻撃を受けやすい位置に部下を配置して、自分は逃げだすのね。ああ、ルイス」カテリの絶望したような声を聞いて、テイラーは胸が張り裂けるような思いがした。

「わたしのせいだわ」

「監視船のことか？　きみがひっくり返したわけじゃない。津波のせいだ。それに、防波堤を越えて沖に出られなかったのは、アダムズのせいだ。やつがきみの邪魔をし

の舵《かじ》を取っていたのは わたしだった。指揮官はわたしだった。

た。目撃者もいる」

「この件に関しては責任転嫁できないわ。指揮官はわたしだった。舵《かじ》を取っていたのも。監視船も、部下たちの命も、わたしが責任を負っていたの。アダムズとポーカーなんかしている暇があったら――お金を巻き上げて、笑いものにする代わりに――」

「それは当然の報いだろ」

「そうね、ポーカーが下手くそなのよね。でも、そういう問題じゃなくて、ちゃんと言い聞かせればよかった」カテリがきっぱりと言う。「そうすれば、彼も少しは学んで、仲間の誰かが、いいえ、全員がうっかり殺されるんじゃないかと、わたしが毎日心配する必要もなかったのに」

テイラーはドアの向こうをのぞきこんだ。

カテリとルイスはこぢんまりしたリビングルームの短いソファに向きあって腰かけ、互いを……熱心に見つめていた。

ルイスはヒスパニックで、短く刈った黒い巻き毛と黒い目、褐色の肌を持ち、イースター島のモアイ像のような骨格をしている。沿岸警備隊のダークブルーの制服はしわくちゃで、顔に疲労のしわが刻まれ、大変な一日を過ごして慰めを必要としているように見えた。

「やつは地震で生き残った。あの津波を見た」ルイスの声は、いまもなお記憶に怯えているかのように震えていた。「きみをもう少しで殺すところだった。それなのに、全部忘れてしまったようだ。東海岸でうまくいったことがこっちでも通用すると決めこんでいて、ときどき、自分が指揮官だということを証明したがって、おれには……おれたちにはどうすることもできないんだ」ルイスが髪をかき上げた。「もしやつのおじが議員に再選されなければ、追いだすチャンスがあるかもしれない。現状では、やつは東部の指揮官に志願し続けているが、噂が広まっていて、どこも受け入れようとしない」

「ピーターの法則（階層社会の構成員は各自の能力を超えたレベルまで出世するというもの）よ。みんな能力以上に出世して、そこに留まるの」

「ハハッ」ルイスが心のこもっていない笑い声をあげた。

「おかしくないわ、本当のことだから。残念だわ」カテリがルイスの腕に手を置いた。

「わたしがいまも現場にいて、あなたたちをこき使えたらいいんだけど」

「本当にな」ルイスがカテリの手を見おろした。その顔に孤独と切望の色が浮かんだ。

「ああ、カテリ、きみの力になりたいんだ！」

カテリがルイスの腕から手を離した。「わたしはひとりで大丈夫よ」

「それはわかってる。だが、力を合わせれば、もっとよくなる」

テイラーは気まずくなり、頭を引っこめた。ふたたび壁に寄りかかって、盗み聞きするべきではないと考えた。こんなに個人的で真剣な話は。

それでも、立ち上がることができなかった。

「ねえ、ルイス。わたしたちはつきあえないわ。だって、ほら、わたしは……できないから……あれが……」カテリの声が小さくなった。

「いろんなやり方がある……あれには……」ルイスが笑った。

カテリも笑った。「変態」それから、真面目に尋ねた。「どうしてわざわざこんな体を抱こうとするの？」

ルイスが真剣な口調に戻って言った。「きみが海で叩きのめされたからって、何も変わらない。たしかにきみはスタイルがよくて、おれはそんなきみを求めた。だが、きみの体が欲しかったわけじゃない。きみが欲しいんだ」

「ありがとう。本当に。でも、沿岸警備隊の隊員を好きな女性は大勢いるわ。そのなかから選んで、愛しあって、結婚して赤ちゃんを作ればいい。あなたなら誰かいい人が見つかるわ」

「わかってる。それがきみなんだ」

沈黙が流れ、テイラーはふたたびリビングルームをのぞきこんだ。

ルイスが両手でカテリの頬を包みこみ、優しくキスをしていた。それを見たテイラーは、涙が込み上げた。

ルイスが顔を上げた。「カテリ、きみを愛してる。ベッドに連れていって、証明させてくれ」

カテリがためらった。

テイラーはそのとき初めて、ここがカテリのアパートメントで、ひとつしかない寝室のベッドに自分が寝ていることに気づいた。カテリは……どこで寝ているの？ソファで？

テイラーは罪悪感に襲われた。カテリは自分もぼろぼろに傷ついているのに、テイラーの看護をしながら、くたびれた小さなソファで眠っていたのだ。

テイラーは壁に額を打ちつけた。

思ったより大きな音が出た。

テイラーは身をすくませた。

ルイスが言う。「なんだ、いまの音は？」

「きっとレイシーよ」

「そうか。なあ、カテリ……」ルイスはふたたび迫ろうとしたが、もはやそういう雰囲気ではなかった。

カテリにその気があったのかどうかはわからない。あったとしても、テイラーがここにいる限り、ふたりがベッドに入ることはできない。

最悪。

気力を取り戻さなければならない。人生に立ち向かわなければ。一刻も早く。仕事を見つけて、新しい名前で、新しい目的を持って人生をやり直すのだ。

名前はサマー。これからは、サマーとして生きるのだ。この先ずっと。

第四部　ゲーム

31

九月は、ギャリック・ジェイコブセン保安官が一番好きな時期だ。夏に押し寄せる観光客がいなくなり、入れ替わりでそれよりは数の少ないホエールウォッチャーがコククジラの移動を見にヴァーチュー・フォールズを訪れる。夏が徐々に去り、秋が木の葉や空を鮮やかな色に染めだして、行楽シーズンのあわただしさがおさまってくると、地元の住民は残りのあたたかい日々を楽しむことに専念する。ときおり、この時期に太陽が霧の上を跳び越えると、世界がピンクに変わり、水滴が光を散乱した。

九月になると、ギャリックは広場の真ん中で不様なジグを踊りたくなる。

もちろん、学校が始まって免許取りたての高校生が運転するので、自動車事故の件数は増加する。毎日午後になると、ふてくされた反抗的なティーンエイジャーたちに、ギャリックはスピード違反の切符を切っていた。

今日は午後の仕事を終え、そのご褒美としてオーシャンヴュー・カフェに来た。すばらしい香りが漂っている。フィッシュ・アンド・チップスのコールスロー添え、シナモンシュガーを振りかけ、手作りのブルーベリージャムを添えた揚げたてのドーナツ、地元ワシントンで焙煎《ばいせん》されたなめらかな舌触りの熱いブラックコーヒー。

「いらっしゃい、保安官、あたしに会いに来たの？」レインボーがウインクをし、コーヒーポットとマグカップを手に取ると、ギャリックをいつもの席に案内した。

ギャリックは彼女のうしろを歩いていき、壁際の椅子に腰かけた。警察の仕事をしているあいだにひとつ教えこまれたのは、常に壁に背を向けることだ。「決まってるだろ。あなたはヴァーチュー・フォールズで二番目に美しい女性だ」

レインボーが腹の底から笑った。「エリザベスが引っ越してきたせいで、あたしがミス・ヴァーチュー・フォールズになるチャンスはなくなっちゃった。ブラックベリーパイがあるわよ。ダックスが今朝作ったの」

「コーヒーだけもらうよ」

「なあに？　職場ではコーヒーが出ないの？」レインボーがカップにコーヒーを注いだ。

「モナが淹れてくれる」

「モナね」レインボーが顔をしかめた。「いやな女で、役立たずの秘書《セクレタリー》――」

「個人助手《P・A》だ」ギャリックは差別にならないよう訂正した。

「役立たずの個人助手よ。フォスター保安官が雇ったの。コーヒーの一杯もまともに淹れられないなら、クビにすればいいじゃない」

　ギャリックはレインボーを見つめた。

「無理よね」レインボーが物知り顔でうなずいた。「モナは市議会議員のヴェネグラにフェラチオをしているんでしょ。スパンコール付きの膝パッドを使って」

　ギャリックは笑いをこらえた。「それについてはノーコメントだ」

「いいのよ」レインボーがギャリックの肩をぽんと叩いた。「パイをひと切れサービスするわ。オーシャンヴュー・カフェ一同は、あなたのご愛顧に感謝してるの。強盗も寄りつかないし」

　オーシャンヴュー・カフェに通うと太りそうだ。「この前強盗に襲われたのはいつだ？」

「一度もないわ。警察って優秀ね」レインボーはそう言うと、テーブルを離れた。

　ギャリックはこの仕事に退屈しているはずだと言う人もいるだろう。何しろ、自ら望んだ地位ではないのだから。フォスター保安官が死をもって辞職したあと引き継いだのだ。

ギャリックはこの職に適任ではないと言う人もいるだろう。彼がマーガレット・スミスに引き取られた痩せた孤児だった頃、マーガレットのヴァーチュー・フォールズ・リゾートで暮らし、スタッフにかしずかれ、ハイスクールを優秀な成績で卒業し、都会へ引っ越したことを覚えている人たちだ。

彼らはギャリックがリゾートで働き、大学へ行ったあと、FBI捜査官になったことは都合よく忘れている。

FBIの職務は刺激的でクールだった。一方、それがもとで離婚し、悪夢のような記憶と闘うはめになった。なんとか妻と復縁できたものの、FBIでの経験が原因で、いまでも心がつぶれそうなほど重い罪悪感を抱えている。

ギャリックはそれを乗り越えようとしていた。エリザベスが力になってくれている。科学者であるエリザベスの世界の見方は、いつも新鮮な視点をギャリックに与えてくれた。

マーガレットも助けてくれる。ギャリックの養母はもうすぐ九十四歳だが、あいかわらずしっかりしている。ギャリックは毎週日曜になると、車に養母を乗せて教会へ通った。そこで懺悔《ざんげ》をし、罪を贖《あがな》い、赦《ゆる》しを得る。マーガレットも彼のためにひざまずいて祈ってくれているのを知っている。もし彼が天国へ行けるとしたら、マーガレットの助けがあってのこと、そして、ヴァーチュー・フォールズを守ることによってだろう。

レインボーがやってきてテーブルの上にパイを置いたあと、ドアのほうを向いた。ホエールウォッチャーの午後のグループが、巨大コククジラが浮上し、潮を吹き、潜水するのを見たと興奮して話しながら列をなして入ってきた。

「いまの聞いた？」レインボーが小声で言う。「巨大コククジラだなんて、コククジラは一種類しかいないのに」

ギャリックは含み笑いをし、フォークを手に取った。

レインボーは彼らのオーダーを取りに行った。

オーシャンヴュー・カフェに来てコーヒーを飲めば、この町で何が起きているかはだいたいわかる。住人の半分がギャリックのテーブルにやってきて、近所の噂話をするか、ろくでもない仕事を頼んでくるのだ。あるいは、エリザベスの話がひと言も理解できないから、奥さんは賢い人だと言う。

ギャリックも理解はできない。少なくとも、エリザベスが地質学の調査について話しているときは。彼女は家でもテレビのなかでも、その話ばかりしている。それでもギャリックは、学ぼうとしていた。

噂話が届かないときは、こちらから年配の住人が集まっているテーブルへ行って、最近どうだと尋ねればいい。彼らはなんでも知っている。

広場の向こうの郡庁舎から、新参者のサマー・リーが出てきた。彼女が現れたのは、今年の三月のある日のことで、カテリ・クワナルトとレインボー・ブリーズウィングと一緒に通りを歩いていた。挨拶しながら、サマーはDVを受けたに違いないとギャリックは思った。痩せて、びくびくしていて、彼と目を合わせられず、自分の名前もよくわからないようで、体の一部が欠けていた。

一カ月も経たないうちに、彼女はこの町の一員となった。なんであれ、つらい体験から立ち直った。おしゃべりなタイプではなく、たいていひとりでいる。だが、その気になれば、明確に話すことができる。かつては人生の成功者だったのだろうと思わせる話し方だった。

サマー・リーはサマー・ホームズという事業を立ち上げた。ハウジング・コンシェルジュと名乗り、この辺りの別荘の手入れをしている。室内装飾を施したり、修繕の手配をしたり、セキュリティの向上をはかったりと、家を持つ人が必要とすることをなんでも引き受けていた。ハリウッドの名監督、トニー・パーンハムが新しく建てる家の工事検査官まで務めている。空き時間は、休暇に出かけている住人に代わって留守番をしていた。この規模の町では、彼女のような才能に恵まれた業者は少ないこともあって、地元の業者に頼みたがる住人の注文が殺到した。

サマー・リーはニーズを見つけ、それに応えた。なんであれ以前にしていた仕事が、この事業を始めるのに充分な土台となったのだろう。とはいえ、一度離れ業を演じ、刑務所行きになりかけた。ミセス・ウェストハイマーが使っていた防犯システムの脆《ぜい》弱《じゃく》性を証明するため、その家に不法侵入したのだ。ギャリックは通報を受けて出向いた。ミセス・ウェストハイマーは冷静になり、告訴しないことに決め、サマーに仕事を依頼した。ピッキングをどこで覚えたのか、ギャリックがこっそり尋ねると、サマーは肩をすくめ、インターネットで調べたのだと答えた。その理由をきいても、話してもらえなかった。

また彼女は、毎週土曜の午後、図書館でイーヴァ・リヴェラに読み方を教え、木曜の夜はキルト教室に参加していた。カテリにどんな恩を受けたのか知らないが、仕事で手伝いが必要なときはいつもカテリに頼み、医療費に圧迫されているカテリの家計を助けている。それに、どこでもカテリが行きたい場所へ車で送っていた。

サマー・リーは洗練された、警戒心の強い変わった存在で、実に興味深い。FBI捜査官としての経験上、ギャリックは変わった存在から目が離せなかった。エリザベスには疑い深い性格だと言われるが。

サマーが小さなショルダーバッグから車のキーを取りだした。少し体重が増えたようだ。カジュアルな格好だが、決まっている。茶色の髪を短く切り、控えめに化粧をしている。履き心地のよさそうなフラットシューズ、細身のブルージーンズ、編んだ革紐のすりきれたベルト、黒のTシャツを身につけていて、黄褐色のリネンのジャケットが腰の不審なふくらみを隠していた。

拳銃を携帯しているのだ。常に。ワシントン西部ではめずらしいことではない。開拓時代の西部の虚勢とオーガニックフード、偏見にとらわれない精神が奇妙に組みあわさった地域だ。だが、それだけでなく、彼女は週に二度カテリのトレーナーとウエイトリフティングをし、毎日少なくとも八キロは丘を走っている――まるで誰かに追われているかのように。

それほどまでに彼女を怯えさせたのはどんな男か、ギャリックは知りたかった。

サマーは車に向かって歩いている。一九六九年式のポンティアック・GTO、ツードアのハードトップを、町一番の気難し屋の老人、ミスター・シマンスキーからどうにかして巻き上げたのだ。

ギャリックは十六歳のときから、シマンスキーに車を売ってほしいと頼んでいた。

なんとオリジナル塗装のままなのだ。シマンスキーは新車で買ったあと、愛するわが子のように扱い、常にガレージに入れていた。四段ギア・フロアシフト変速機、三八九立方インチエンジン、ツーバレル・キャブレター三個、デュアル・エキゾースト・システムが搭載されている。それをあの女性が手に入れたのだ。

くそっ。ギャリックはその件でむかついていた。サマー・リーの正体が気になる。いつか突きとめるつもりだ。

それから、シマンスキーがいくらで車を売ったのかも知りたかった。彼女は銀行へは行っていない。現金で支払ったのか？　ローンを組んだのだろうか？　それとも、シマンスキーは美人に弱くて、ただで譲り渡したのか？

ギャリックはパイを食べ終え、コーヒーを飲み干した。

あらゆる噂を入手し、解決しなければならない問題が山ほどあり、カフェインを大量に摂取した。今夜は眠れないだろう。

カリフォルニアのナンバープレートをつけた車が、カフェの玄関の前を疾走した。確実にスピード違反だ。猛スピードで右折し、ギャリックの席の窓を通り過ぎたあと、違法Uターンをし、斜めに縦列駐車した。ドライバーも助手席の同乗者もおりてこない。ふたりともフロントガラスの外をじっと見つめていた。

レインボーが急いでやってきた。「保安官が見ているのに気づいてないね」

「ああ」ギャリックは立ち上がった。昼下がりのカクテルを飲みすぎた連中に、そろそろ声をかけに行くべきだ。

「バックパッカーよ」レインボーが言う。「ハイキングが趣味の若いカップル。昨日の朝出発して、ウィルダネス・クリーク登山口まで車で行って、そこで三日間過ごすって言ってたのに。何があったのかしら？」

それを聞いて、ギャリックは声のかけ方を変えることにした。「怪我でもしたのかな？」

「それなら、病院へ行くでしょ」

ようやく車のドアが開いて、男と女がおりてきた。途方に暮れたように周囲を見まわしてから、郡庁舎へ向かって歩き始めた。

ギャリックは走っていき、階段の前で追いついた。

先に女性が気づいて、連れの腕をつかんで振り向かせた。「イーサン、警察よ。ああ、よかった」

ふたりとも顔が青ざめ、ふらついているように見えた。何かとても恐ろしい目に遭ったのだ。ギャリックはできる限り穏やかな口調で言った。「保安官のギャリック・ジェイコブセンです」

　女性はそこで力尽きたように、黙りこんだ。

　男性が責めるような目つきでギャリックを見た。

　ギャリックはきいた。「どうかしましたか？」

「あの……森のなかにあるものを知っていますか？　オリンピック国立公園です。手つかずの原野や……山や……小川や……雪に覆われた山頂」男性が震える指で示した。

「あそこでぼくたちが何を見たかわかりますか？」

「さあ」ギャリックはビッグフットの目撃談でないことを願った。「話してくれませんか、ミスター……？」

「ソルター、イーサン・ソルターです」ソルターが袖で額をぬぐった。「ちょっと道を外れて……十五分くらい、道を外れただけです。ただちょっと……」

「ミスター・ソルター、それは別に問題ないですから」彼らが道を外れてセックスしようと、道に迷わない限りどうでもいい。「何を見たのか話してください」

「頭」突然、女性がしゃべりだした。「人の頭。頭だけが、岩の上にのっていて。後頭部に穴が……顔の骨が粉々になっていました。鳥が顎に止まっていて、なかをつついて……」口を覆い、きょろきょろと辺りを見まわした。

「廊下の先の右手に洗面所があります」ギャリックは言った。

女性が走りだした。

イーサン・ソルターはなすすべもなく、彼女を見送った。「具合を悪くしているんです」言う必要もないことだった。石の手すりに寄りかかり、正気を保とうとするかのように腕組みをした。「死体、男の死体です。腐ってた。マツの木の枝にぶらさがっていて、動物や鳥にところどころ……食べられて、骨が……骨が地面に散らばっていました。それで、頭が……誰かに撃たれたんですよね？」

「実際に見てみないとなんとも言えません」おそらくそうだろう。この前発見した頭蓋骨は後頭部を撃たれ、顔の骨が破壊されていて、歯による身元確認ができなかった。

「あなたはそういうのを見慣れていると思いますが、ぼくたちは……ただ……道を外れたのがいけないとわかっていますけど、まさか……」

「なかへどうぞ」ギャリックはソルターの腕を取った。「国立公園の地図があります。まずは、だいたいの場所を教えてもらえますか？」

階段を上がりながら、ソルターが言った。「この辺ではこういったことがよくあるんですか？」

「いいえ」よくあることではない。一度だけだ。つまり、これからさらに発見される可能性もあるということだ。森林警備員には、そのように陰惨で広範囲にわたる捜査が必要となるかもしれない事件を扱う能力はない。ギャリックが情報をまとめて、FBIの元上司に連絡したほうがいい。

ほかの地域でも死体が発見されているのか、あるいはワシントン州でまた難事件が発生していてギャリックが捜査することになるのか、見きわめる必要がある。

ギャリックは待ちきれない思いだった。

32

テイラー・サマーズ、別名サマー・リーは、曲がりくねった道をサッカー家の別荘へ向かって疾走していた。

永遠に〝ジャッジ〟として名を馳《は》せるであろうこのGTOを、彼女は愛していた。ラムエアⅢエンジンも、トリムリングのついていないラリーⅡホイールも、Tハンドルのハースト・シフターも、ワイドタイヤもステッカーも。とりわけ気に入っているのはリアスポイラーで、高速で走っても車が地面から離れるのを防いでくれる。サマーがジャッジを猛スピードで走らせ、ギアチェンジして巧みに操作しても、後輪が浮き上がることは一度もなかった。スポイラーが機能しているのだ。

さらに気に入っている点は、車に乗りこんでキーをまわすと、ヴァーチュー・フォールズじゅうの男たちに羨望のまなざしで見られることだ。保安官までもがこの車を喉から手が出るほど欲しがっていると、ミスター・シマンスキーが言っていた。

けれど、ギャリック・ジェイコブセンにせがまれるよりもサマーと戯れるほうがずっと楽しいからと、安く売ってくれたのだ。

サマーはアクセルを踏んでギアチェンジし、ヘアピンカーブをすばやく曲がって、山の上のサッカー家に到着した。環状の私道に車を止め、時計を確認した。かかった時間は二十三分四十二秒。自己記録を三十秒も更新した。住民の平均より七分速い。ヴァーチュー・フォールズには、何キロにもわたる幹線道路や田舎道、砂利道すべてに目を光らせるほどの警察官がいないため、これまでのところトラブルは避けられている――少なくとも、スピード違反の切符は切られていない。

サマーは二階建てのニューイングランド様式の大邸宅を見つめた。各階の特大の窓が山と湖に面していて、玄関ポーチの上がバルコニーになっている。

この家の世話をする契約は取れていない。ミスター・サッカーがヴァーチュー・フォールズの住人を雇ってセキュリティを万全にするよりも、シアトルのコンピューターセキュリティ業者の言うことを信じたことに、サマーは腹を立てていた。ミスター・サッカーがサマーが女だから信用しなかったのは明らかで、それがいっそう腹立たしい。けれども、ミスター・サッカーはふたつ間違いを犯した――シティ・セキュリティと契約したことと、シティ・セキュリティの防犯システムが盤石ではないことをサマーが証明できたら、彼女に乗り換えると約束したことだ。余裕しゃくしゃくで、そんなことは起こり得ないと確信している様子だった。

そういうわけで、サマーはこれから不法侵入するつもりだった。危ない橋を渡るわけだが、いつものことだ。やらない手はない。選択肢を検討し、大胆に行動して契約を勝ち取るのが、サマーが別荘コンシェルジュとして成功する唯一の方法だ。

それに、ミセス・サッカーはシティ・セキュリティの傲慢な経営者、クラレンス・キブルのことを嫌っていて、サマーを応援するとこっそり言ってくれた。一家の実権を握っているのはミセス・サッカーのほうだとサマーはにらんでいたので、挑戦してみることにしたのだ。

ピッキング道具とiPadをショルダーバッグに詰めこみ、アルミ梯子《ばしご》を伸ばし、二階のバルコニーに立てかけてのぼった。そして、主寝室のガラス戸と窓のセキュリティを調べた。すべてにモーションセンサーが取りつけられている。

簡単に侵入できそうだ。

次に、縦樋《たてどい》をよじのぼり、板葺《いたぶ》き屋根の上のバルコニーに上がった。これは単なる装飾ではないはずだ。自分は実際家だから、長年の実績があるシティ・セキュリティと契約したのだと、ミスター・サッカーは言っていた。実際家なら、屋根にのぼってコケを取り除いたり、暴風のあとに板を点検したりできるよう環境を整えておくはずだ。

案の定、バルコニーに小さな出入り口があり、そこにはモーションセンサーが取りつけられていなかった。サマーはピッキングを開始し、一分も経たないうちに屋根裏に侵入した。壁をくぼませて作った梯子を使って主寝室のクローゼットにおりると、部屋に出て、サッカー夫妻のキングサイズのベッドのそば、東洋風の厚い絨毯の上に立った。小さく笑いながらポケットから携帯電話を取りだして、サッカー夫妻の南カリフォルニアの自宅にかけた。

ミスター・サッカーが電話に出た。

サマーは声に笑いがにじまないよう気をつけた。「サマー・ホームズのサマー・リーです」

「ああ」ミスター・サッカーが用心深い声できく。「用件は?」

「ご報告があります、ミスター・サッカー。お宅の防犯システムに不備があることが証明できました」

ミスター・サッカーが鷹揚《おうよう》に尋ねる。「どうやって?」

「いま、お宅の主寝室にいます。シティ・セキュリティに気づかれずに入ったことが、じきにおわかりになるでしょう」

ミスター・サッカーは一瞬、唖然としたあとで言った。「嘘だ！」

「そうおっしゃると思ったので、生中継させてください」サマーは携帯電話のカメラで室内をぐるりと撮影してから、自分を映して手を振った。「ご覧いただけましたか、ミスター・サッカー？」

「いったいどうやって……？　どこから……」ミスター・サッカーがあえぎながらきいた。

心臓発作を起こさなければいいのだけれど。「お宅のセキュリティ対策が施されていない場所から入りました。これからバルコニーに出ます。警報装置が作動して、シティ・セキュリティが警察に通報し、そちらにも連絡が行くでしょう」サマーはガラス戸を開けてバルコニーに出た。「これでご納得いただけましたでしょうか。わたしにお任せいただければ、名うての泥棒でもない限り――」

「それはきみのことか？」

「ミスター・サッカー、わたしは決して名うての泥棒ではございません」腕を磨き続けてはいるけれど。「ピッキングの技術を多少身につけてはおりますが、お客様が自宅から閉めだされてしまったときに役立つ程度です。それにわたしは、どんな入り口が侵入されやすいか熟知しています。ご存じないかもしれませんが、泥棒はこの家に侵入すると一度決めたら必ずその方法を見つけるんです。あらゆる安全対策を取るべきです」

「きみのところが最善だという根拠は?」

「わたしはヴァーチュー・フォールズに住んでいますから、警報装置が作動した場合、警察よりも早く駆けつけることができます。侵入者が被害を及ぼしたとしても、ミスター・サッカーが次にいらっしゃる前に修繕しておきます」

「すぐに警察がやってくるだろう!」ミスター・サッカーの声が大きくなった。本気で怒っている。結局、賭けに負けたのかもしれない。

「少しのあいだお待ちいただけますか? いまちょうど、保安官から電話がかかってきました」サマーはキャッチホンに応答した。「ジェイコブセン保安官?」

「サッカー家に侵入したのか?」保安官は怒っているようだった。

「ええ。でも、事前にあなたに伝えておくようモナに頼んだわ」

「モナが伝言を忘れたんだ」

「あまり頼りにならない秘書なのね」

保安官はスパンコール付きの膝パッドやら何やらつぶやいたあとで言った。「いいかげんにしてくれないと、いずれきみを逮捕せざるを得なくなる」それは不本意だというような口調だった。

サマーだってそれは望んでいない。ジェイコブセン保安官に事業のことを詮索されるのはごめんだ。一方、サッカー家の仕事を獲得すれば、週に二十時間スタッフを雇うことを正当化できるようになる。「二度住居に侵入しただけよ」ワシントン州に限った話だけれど。

「普通は一度もしない！」保安官の声が大きくなった。「本当に心配なのは、きみが侵入した家の住人に撃たれることだ」

サマーはジャケットの下のホルスターにおさめてあるグロックに触れた。「そんなことにはならないよう気をつけるわ。そろそろいいかしら。ミスター・サッカーをなだめないとならないから」

「まだだ」保安官がきっぱりと言った。「母がきみに会いたがっている。エリザベスが地質学会で町を出ているから、寂しいんだ。木曜の夜の七時は空いてるかい？」

サマーは驚いたあと、怒りを覚えた。「これは脅迫？　断ったら逮捕する気ね」

「ああ」

「脅迫は犯罪よ」

「当局に報告すればいい。木曜の午後七時、リゾートで話を聞こう」ジェイコブセン保安官が電話を切った。

ふん。保安官に不審感を抱かれていることには、サマーも気づいていた。けれど、まさか脅迫されるとは思わなかった。木曜の夜は、発言に注意しなければならないだろう。

ミスター・サッカーとの電話に戻った。

ミセス・サッカーが夫のそばで笑っていた。

ミスター・サッカーは笑っていなかったが、それほど腹を立ててはおらず、サマーと契約を結ぶ約束をした。それどころか、サマーが毎回侵入せずにすむよう、鍵を送ると言ってくれた。別荘に侵入者がいることを知らせるためだろう、シティ・セキュリティからキャッチホンが入って、電話を切った。

その時点で、サマーが侵入してから三十分以上経っていた。シティ・セキュリティの担当者は弁解しなければならないはずだ。

サマーはミセス・サッカーのドレッサーの前に座り、深呼吸をして心を落ち着かせた。勝った。顧客を獲得した。事業を続けていける。カテリを雇う余裕ができる。

勝ったのだ。

このような派手なことをしたあとでいつも、自分が大きなリスクを冒し、たくさんのものを失うかもしれなかったのだと気づく。トラブルに見舞われる前に、コミュニティーに溶けこまなければならないのはわかっていた。

トラブルは近々起こる。

自ら招くのだ。

内ポケットからしぶしぶ絵を取りだして、ドレッサーの台に広げた。

ワイルドローズ・ヴァレーから逃げだしたときにバックパックを置いてきてしまったので、ケータリングで稼いだお金を失った——あのお金があればヴァーチュー・フォールズでの生活をはるかに楽に始められただろう。それから、誘拐の場面を描いた絵もなくした。だから、この数カ月のあいだに空いた時間を利用して描き直した。たいてい悪夢にうなされて目を覚ました早朝に、白黒の荒々しいタッチで描いた。

この絵は……サマーにとって特別な意味を持つ。この場面が地獄への入り口だった。カテリとレインボーの助けを借り、インテリアデザイナー時代——そして、不法侵入をしていたときに身につけた技術を利用して自活している。けれども、常に怯えていた。

左手を台に置いて、切断した薄いピンクの小指を見つめた。

どうすればこの苦境から抜けだせるのだろう。

ほかの家でもこれまで何度もしてきたように、サッカー家のＷｉ-Ｆｉとパソコンを起動してｉＰａｄを接続し、絵をスキャンした画像をアップロードして彼らのアカウントのメールに添付した。宛先をミスター・ジョシュア・ブラザーズにして、何カ月も前に世話になったお礼と、ミセス・ブラザーズが亡くなったことへのお悔やみを伝えたあと、ケネディ・マクマナスと知り合いだったら、添付ファイルを開かずに転送してほしいと頼んだ。

そして、気が変わらないうちに急いで送信ボタンをクリックした。すぐに返信があった。お悔やみのお礼のあと、その節は力になれてうれしかった、喜んで友人のケネディ・マクマナスに転送すると書いてある。

画像は開かないと約束するとは書かれていなかった。

とはいえ、ほかに選択肢はない。ケネディ・マクマナスに直接連絡しようと試みたものの、富豪の経営者は大勢のアシスタントにガードされていた。ミスター・ブラザーズに頼むしか道はなかった。

サマーは立ち上がった。今夜のキルト教室に遅刻したくない。キルトを作るのは苦手だけれど、その集まりは好きだった。みんなの話や噂話、アドバイスを求める声を聞き、カテリを手伝って軽食を出す。山で何カ月もひとりで過ごしたあと、人と親しくなる方法を思いだして、大切な友人を得た。

そしていま、メールを送ってしまったからには、気晴らしが必要だった。

あとは待つしかない。

ミスター・ブラザーズは添付ファイルをじっと見つめた。「おまえはどう思う? 彼女に言われたとおりこのままマクマナスに転送するべきか、開いて中身を見るべきか?」返事がないので、周囲を見まわした。

ロリーナがいなくなったことに決して慣れることはないだろう。

最近は楽しいことがほとんどない。少しくらい好奇心を満たしても罰は当たらないだろう。どうせ秘密を打ち明ける相手もいない。

ミスター・ブラザーズはファイルを開いた。そして、目を見開いた。「なんてことだ、ロリーナ。これは大変なことになるぞ」

33

暑い夏で、南アイダホにあるグレーシー・ブドウ園ではブドウが早く熟した。農作業者は夜明け前から仕事を始める。日中の暑さでブドウの糖分が変化してしまう前に収穫するのだ。そのあとは休憩する。ワイン醸造家のピート・ドナルドソンの一日はもっと長く、激務だった。収穫期は一年で最も忙しい時期だ。

それにもかかわらず、九月の第三週にドナルドソンは、ワイルドローズ・ヴァレーにあるマイケル・グレーシーのワインセラーの壇の上で、マイケルの味覚や室内装飾、ワインの貯蔵法を褒めちぎっていた。わざわざ時間を取って、ワインセラーの古い樽を瓶詰作業のためブドウ園へ移送し、同時に今年のワインをセラーに移す作業を指揮しに来たのだ。そして、間を埋めるためにおべっかを使っている。

マイケルは満足していた。お世辞を言われるのは楽しい。恥知らずなおだては、相手を恐れていることの表れでもある。

長身で筋骨たくましいボディーガードのバリーとノームの監視のもと、十数名のブドウ園の作業員たちが樽にチェーンをかけ、うなり声をあげながらラックからおろして台車にのせた。それを持ち上げたフォークリフトが、大きな両開きのドアを通り抜けて、トラックに通じるスロープへ向かった。

「ワインが到着したらただちに、グレーシーのラベルを貼ったボトルに詰めさせます」ドナルドソンが言う。「最高級品になりそうなワインを選びました」

「金メダルを期待してるぞ」マイケルがドナルドソンを雇ったのは、生まれつきの才能があり、カリフォルニア大学デービス校のブドウ栽培・ワイン醸造学科を出ているからだ。高い給料を払っているのだから、グレーシー・ワインが賞を取り、高く格付けされることを期待して当然だ。

「今年は厳しい年でしたから、なんとも……」

マイケルは振り向いてドナルドソンをじっと見た。

ドナルドソンがあわてて言葉を継いだ。「セラーに貯蔵されていたワインは賞を取るでしょう」

「ああ」

ドナルドソンは実入りのいい名誉ある仕事を失うのを恐れている。

涼しいセラーのなかで、作業員たちは汗をかいていた。ひとつだけ樽がからっぽなのを不思議に思っているだろう。板石に染みついた血痕に気づいたかもしれない。ピート・ドナルドソンは命のはかなさを理解していない。

一方、作業員たちは理解している。過酷な現実にも驚かない。

彼らは最後の樽にチェーンをかけて台車にのせると、ハイタッチをしあった。古い樽がすべてトラックに運ばれた。これで作業の半分が終わった。あとは、ラックに新しい樽を置くだけだ。ふたりの作業員が伸びをしてうめき声をもらした。ひとりが煙草の箱を取りだして、火をつけることを怖がっているかのようにマイケルのほうを見た。もうひとりが片手をラックに置いて腰をかがめた。すると、顔をしかめ、手をさっと引っこめて下を見た。

そして、甲高い悲鳴をあげた。ズボンで手のひらを拭いたあと、ふたたび叫んだ。

何事かと集まってきた作業員たちも、恐怖の叫び声をあげた。

「いったいなんの騒ぎだ？」ドナルドソンがあわてて階段をおりた。

マイケルが合図すると、バリーがドナルドソンを捕まえて早口で話し、マイケルのほうへ連れ戻した。

マイケルはドアを開けて、ドナルドソンに外へ出るよううながした。怒りとかすかな不安を覚えながら言った。「ネズミが出たんだ」ダッシュという名の大きなネズミが。「駆除したんだが、あいにくその死骸が転がっていたんだろう」

ドナルドソンが振り返った。「しかし、作業員は害獣には慣れているはずです。チェーザレはパナマ市の貧民区の出身ですよ！」

マイケルはドナルドソンの腕をつかんで、無理やり廊下へ連れだした。「気の毒に」ドアを閉めた。

ドナルドソンはマイケルの顔をちらりと見たあと、身震いしたように見えた。「そろそろワイナリーに戻ります。圧搾の作業中なので」

「夕食を一緒にとろう」マイケルはドナルドソンの肩に腕をまわした。「そのあと、ヘリコプターできみを送らせるから」作業員が何を見つけたにせよ、もはや隠し通せない。ドナルドソンに給料を支払っているのは誰かを思いださせて、口外しないよう警告しよう。そして、一度マイケル・グレーシーの下で働いた者は、彼が辞めろと言うまで辞められないことを優しく説明するのだ。

一回の食事とヘリコプターで目的を果たせるだろう。

34

ケネディ・マクマナスはカリフォルニア州ベラ・テラにあるセント・フランシス・カトリック学校の小さな講堂のパイプ椅子に腰かけ、『ペンザンスの海賊』の小学校版を演じるマイルズを見守っていた。マイルズは母親やおじに似て歌が下手だから、出番は少ない。それでも、痛めつけられたバイオリンのような少年の金切り声を聞く苦痛だけでなく、ほんのわずかだがおじとしての誇りを感じた。

誘拐事件から一年のあいだに、マイルズは当然、背が伸びただけでなく、ずいぶん大人になった。子どもにしては思慮深いし、大人の視点から周囲の世界を見ている。マイルズが無邪気に人を信用しなくなったことを、タビサは残念がっていた。ケネディは、十代になってからそうなって手に負えなくなるよりましだと思っていた。

タビサの手をぎゅっと握ると、彼女はかたく結んだ拳を開いて、握り返してきた。そして、マイルズの出番が終わって舞台からさがると、ケネディのほうを向いて微笑んだ。「来てくれてありがとう」

「こちらこそ。ぼくにはおまえとマイルズしかいないんだ」

タビサがうなずいた。「そうね。わたしたちがいなければ、兄さんは……ひとりぼっちね」

本当は〝孤立する〟と言おうとしたのだろう。いまよりさらに人類と無縁になると思っているようだ。実際、そうかもしれない。

ケネディ自身も少し心配になることもあった。周囲の人々がかき乱されるような感情はほとんど抱かない。人々を盛り上げることも、落胆させることも、力を与えることも逆にもらうこともない。欠陥があると妹に思われている理由がわからなかった。彼は思ったことを言い、みんな耳を傾けてくれる。目標に集中する――脇目も振らずに。友人や恋人、同僚と一緒に時間を過ごして、彼らの要求と能力を対置して評価し、どんな関係においても最大限の成果を得た。彼にとって、人生とは気まぐれや欲望の白熱した寄せ集めではなく、バランスが取れていて、前進するものだった。

マイルズが誘拐されたときだけ、平静さを失って望まない感情に襲われた。情緒不安定は仕事の邪魔になるだけでなく、不愉快だった。感情というものは過大評価されている。子どもの調子外れの金切り声を優れた音楽に変えることができるとしても。

感情は心を満たすものではなく苦しめるものだ。

それに、痕跡を残す……ケネディは毎日、テイラー・サマーズはいったいどうやって追跡をかわして姿を消したのだろうと考えていた。今日はどこにいる？　街中に隠れているのか？　何もきいてこない田舎者と結婚したのか？　外国で偽名を使って暮らしているのか？　アイダホの谷底で腐乱死体になっているのか？

論理的に考えれば、最後が最もありそうなシナリオだ。だが、ケネディはそうは思わなかった。常にあらゆる状況で起こりうる可能性を緻密に計算する彼は、テイラー・サマーズが死んでいたら直感的にわかると思っている。

非理性的で決まり悪いから、誰にも言えなかったが。

劇が終了し、子どもたちが礼をした。親や祖父母、親戚たちは立ち上がり、笑いさざめきながら軽食をとりにカフェテリアへ向かった。

セント・フランシスはマイルズにとってよい学校だ。マクマナス家がカトリック教徒だからではない——カトリック教徒だが、ケネディもタビサも熱心な信者ではなかった。セント・フランシスを運営するイエズス会士は厳格で、部外者に対して疑い深いからだ。彼らがマイルズを守ってくれると、ケネディは信じていた。そのために法外に高い学費を払い、それと同じ金額を教区教会におさめているのだ。

うまくいくならなんでもありだ。

ケネディはポンチの入ったカップを手に、数学教師がマイルズの能力を伸ばすために母親が何をすべきかタビサに話すのを聞きながら微笑んだ。タビサはマイルズと同じく頭脳明晰《めいせき》で分析力があり、ハイスクールを中退したにもかかわらず、高度な数学をたいていのノーベル賞受賞者よりも明確に理解している。

ジャケットのポケットのなかの携帯電話が振動し、ケネディはひと言断ってからその場を離れた。ジョシュア・ブラザーズからメールが来ている……意外だった。ケネディがミセス・ブラザーズの突然の死に際してお悔やみの言葉を送って以来、ずっと連絡がなかった。ケネディはメールを読んだ。

やあ。

これを転送するよう頼まれた。

役に立つといいが。

JB

なんとも謎めいた文章だ。チェーンメールでないことを願いながら、添付ファイルを開いた。そして、なんの絵か認識する前に、その筆致に気づいた。

テイラー・サマーズが描いた絵だ。

大嫌いな感情に襲われ、少しのあいだ手が激しく震えた。〝彼女は生きている〟誰にもこの絵を見られたくなかった。自分でそれを調べるまでは。だから、しぶしぶファイルを閉じて、周囲を見まわした。何人かのシングルマザーが、腹をすかせた肉食動物のような目つきでケネディを見つめている。まだ誰も口をつけていない父親という名のごちそうが残っていたとばかりに。ケネディは誰もいない講堂へこっそり戻った。そして、もう一度ファイルを開いた。

白の背景に黒鉛筆で少ない筆数で描いた絵で、テイラーは誘拐犯が車のトランクからマイルズを引きずりだした瞬間を再現していた。彼女の激しい感情が込められているのか、見るのがつらい。草原も道路も木々もベンツも、マイルズが逃げるときによじのぼった急な丘も、マイルズの恐怖、犯人の冷淡さ、目には見えずとも存在している無実の目撃者の戦慄の背景にすぎなかった。すべてを目撃し、行動を起こした女性が生みだした絵だ。

それにしても……この一年のあいだ、彼女はどこにいたんだ？　どうしていまになって連絡してきた？

何が望みだ？

ケネディはミスター・ブラザーズに電話をかけた。震える声を聞いて、胸が痛んだ。ミスター・ブラザーズは常に声が大きくて威勢がよく、せっかちだったのに、妻に先立たれて老けこんでしまったように聞こえる。それでも、楽しそうな声だった。「テイラー・サマーズのことをききたいんだな？」

「そうです」

「わたしもほとんど知らないんだ。しばらくここで、ケータリングの仕事をしていた。あの事件があった数カ月後に、ロリーナとわたしが開催したパーティーで出会ったんだ……彼女はサマーと名乗った——」

ケネディはそのことを頭に刻みこんだ。

「みすぼらしい格好で、厳しい人生を送っているようだった」ミスター・ブラザーズが悲しそうな口調で言った。「わたしは彼女の家族を知っていたから、彼女の正体に気づいたんだ。そのときには、彼女はもう姿を消していたが」

「いままでずっと連絡はなかったんですか？」

「ああ、一度も。彼女は死んだのだと思っていた」

「いいえ、彼女は生きているとわかっていました」ケネディはふたたび絵を見た。「ずっと森のなかで生活していたんだと思いますか？」

「それは不可能だと思うが。こっちの寒さは、きみがいる中央カリフォルニアの生ぬるい寒さとは比較にならない。しかもひどく腹をすかせていて……」ミスター・ブラザーズがぶっきらぼうに言った。「彼女はきみたちを助けて、そのために大きな犠牲を払った。恩返しするんだろうな」

「はい。必ず。何がなんでも」

「よかった。すべて片がついたら連絡をくれ」

「はい」電話を切ったあとも、ケネディは絵を見つめ続けた。

テイラー・サマーズはマスコミに不当な報道をされた。しかし、ケネディが調べた限りでも、彼女の評判は芳しくなかった。テイラーの母親は、恩知らずで反抗的な娘だと言った。すばらしい知性の持ち主なのに、インテリアコーディネーターというつまらない仕事をしている。それに二度も婚約破棄をしていて、熱しやすく冷めやすいタイプの女に思える。

それにもかかわらず、ケネディはテイラー・サマーズに惹《ひ》きつけられた。正義感が強いから、命懸けで見ず知らずの子どもを助けたのか？　あるいは、マイルズの誘拐を、求めてやまない刺激を得るチャンスととらえたのだろうか？

ケネディはフォトアプリを開き、テイラーの写真を集めたアルバムを見つけて、この一年毎日そうしてきたように、彼女が生まれた日から姿を消すまでの写真を見ていった。

彼女は実にうまく隠れていた。そして、ついに名乗りでた。何かを知っているのだ。情報を提供しようとしている。だが、送ってきたのは絵だけで、メッセージはなかった。彼女の望みがなんなのか、推測するしかない。彼女が見返りに求めているものがわかりさえすれば……それに応えるかどうか決められる。

突然、肩を叩かれた。

ケネディははっとし、アプリを閉じた。

間に合わなかった。タビサが息子を叱る母親の口調で言った。「また写真を見てるの？　テイラー・サマーズは死んだのよ」

「いや、生きてる」思わずそう答えたあとで、ケネディはあわてて口をつぐんだ。

タビサは何も聞こえなかったかのように言葉を継いだ。「彼女はすばらしい行いをした。テイラーがあの場にいてマイルズを助けてくれたことを、毎晩、ひざまずいて神に感謝しているわ。でも、現実は変わらない」タビサは衝撃をやわらげようとするように、ケネディの背中をさすった。「彼女は死んでしまった。もう彼女から情報は得られない。そんなに執着するなんて不健康よ」

タビサには絵のことは知らせないほうがいいだろう。誘拐犯がすぐに捕まるというような大きな期待を抱かせないほうがいい。ケネディがこの一年間執着していた女性が、どういうわけかいまになって連絡してきたことは知らせないでおこう。

ケネディは携帯電話をしまった。「おまえの言うとおりだ。さあ、早く戻らないと、キャロットケーキがなくなってしまうぞ」

タビサはだまされなかった。ケネディの顔をのぞきこんだあと、ため息をついた。

「あきらめる気はないのね？　五十年後、兄さんは年老いても妻も子も友人もいなくて、死んだ女性の写真を抱いて眠るんだわ」

「大げさだな」ケネディはタビサの肩に腕をまわして、カフェテリアへと歩きだした。

「マイルズを見つけてケーキを食べたら、ひとりにしてくれないか。シングルマザーと縁があるかもしれない」

「とてもすてきな女性がいるわよ。兄さんのタイプとは違っていて、いい変化になると思うわ」

「ぼくのタイプって？」

「死んだ女性」

タビサは一度勢いがつくと誰にも止められないが、ケネディは例外だった。「放っておいてくれたら、ぼくもおまえがひとりでこういった行事を切り抜けることについて何も言わないよ」

タビサが顔をしかめた。「兄さんの勝ちよ」

「ああ。常にぼくが勝つんだ」テイラー・サマーズもまもなく思い知ることになるだろう。

35

真夜中過ぎに、バリーはマイケルのオフィスをのぞいた。「思っていたのと違いました」

マイケル・グレーシーは書類から顔を上げた。「バリー、なかに入れ。ふたりだけで話そう」

「わかりました」バリーはちらりと振り返ってから、ワイルドローズ・ヴァレーをぐるりと見晴らせるオフィスに入ってドアを閉めた。そして、デスクに近づいていき、両手を背中にまわすと、落ち着いて待った。

マイケルはペンを置いて椅子の背にもたれた。「思っていたのとはなんだ、バリー？」

「ダッシュの脳だと思っていたんですが」バリーはマイケルのそうそうたる部下たちのなかで突出した存在ではないが、常に率直に話すのだけはたしかだ。

そのせいでいつか殺されるはめにならないことを、マイケルは願っていた。「それなら、実際はなんだったんだ？」

「誰かの指です」

マイケルは少し間を置いてから尋ねた。「どうしてうちの樽のラックの下に、誰かの指が落ちていたんだ？」

「現在調査中です。指の持ち主についても。白人の指です。爪も骨もぐしゃぐしゃにつぶれていて、腐っていました」

「つまり、しばらく前からあったということだな。セラーのなかは涼しくて腐敗を遅らせるから、時間を特定するのは難しいだろうが」

「そうか」バリーが頭をかいた。「その点には気づいていませんでした。そうですね。とにかく、指紋の一部を採取できたので、いま国のデータベースと照合しています」

「ぼくのソフトウェアを使って侵入したんだな？」

「もちろんです」

「よし。おまえが自力でやることを望んではいないからな」

「まさか、おれにはそういったことはできません」バリーは面食らった様子で、黙りこんだ。

「それから？」マイケルはうながした。

「ああ、それが、問題はですね、女の指だってことなんです。または子どもの。えらく細いんです」

「どうしてそれが問題なんだ？」マイケルはすでに答えを知っていたが、バリーにひとつひとつ説明させたかった。そうすれば、不必要な混乱を防ぐことができる。

「もし男なら、軍にいたり、国や州の仕事に従事したり、逮捕歴があったりする可能性が高い。その場合、指紋が登録されています。しかし女子どもの場合は、可能性が低くなります」

「持ち主は女だとしよう。そのほうが論理的だからな。ぼくのワインセラーで何をしていたんだ？　どうして樽の下に指が挟まった？　どうやって逃げだした？」

「それならわかっています。指は関節のところで切断されていました」バリーが片手を上げ、もう一方の手で切られた場所を指し示した。

「つまり、その女は樽の下に指を挟んで動けなくなって、誰かに見つけてもらうのを待たずに、指を切断したというわけだ」マイケルは怒りをふつふつとたぎらせた。

「どうしてそんなことをした？」

「あそこにいるはずのない人間だったから」

「それは言うまでもないが、自分の指を切り落とすとは……そこまで追いつめられるなんて、いったい何を目撃したんだ？」

「たぶん……」バリーがまるで目をそらせなくなったかのように、マイケルを見つめた。「ボスがダッシュの頭を撃ち抜くところを見たんだと思います」

「だろうな」

バリーの顔が青ざめた。

その理由を、マイケルは知っていた。刑務所で、マイケルは激怒したら茶色の目が黒くなると言われた。その目を見ると地獄をのぞきこんでいる気分になると。そのあとは決まって、暴力沙汰になった。

マイケルはいま、怒り狂っていた。

バリーが広い胸をふくらませた。「おれのミスです、ボス。おれもダッシュみたいに撃たれるんですか？　だったら、心臓にしてもらえますか？　女房が遺体を欲しがるだろうから、顔は取っておきたいんです」

突然、マイケルは邪悪な喜びに駆られた。なんとまあ、とんでもない間抜けだ。とはいえ、妻にもマイケルにも非常に忠実な男だ。だから、今回のミスは見逃すことにした。「撃つはずがないだろ」優しい声で言う。「おまえがいなければ、ぼくは刑務所で殺されていた。おまえには借りがある」

「ボス」バリーの傷だらけの顔がぱっと明るくなり、つま先が絨毯にめりこんだ。

「次の手は？」バリーが困惑した表情を浮かべたので、マイケルはゆっくりときいた。

「その指のない人物を見つけるために、次はどうする？」

「ああ、ワインセラーの入り口の防犯カメラをチェックさせています。なかにカメラがあれば、もっと簡単だったんでしょうが。セラーを見学する人はそれほど多くないですからね。それに、あそこは……おわかりでしょう」

「ああ」マイケルは感情を抑えこんで、穏やかな表情を保った。「だがもう、いつの映像を見れば侵入者を見つけられるか正確にわかっている」

「いつですか？」

「ぼくがダッシュを撃ったときだ。その人物が何者かもわかった」

「誰ですか？」

「ゲストか、ケータリングのスタッフか、家政婦のどれかだ」

「なるほど」バリーがポケットから携帯電話を取りだした。「日付を伝えます」

マイケルはバリーが電話を終えるのを待って尋ねた。「ワイナリーの作業員たちの様子はどうだ？」

「心配ないですよ。全員に多額のボーナスを支払って、うまいディナーと酒をふるまって、遺体袋に入れられて国境を越えたくなければ口外するなと言っておきました」

「よし」マイケルは作業員たちのことはそれほど心配していなかった。彼らは厳しい環境で生まれ育ち、マイケルの不興を買ったらどうなるかは承知している。わかっていないのは、あのうぬぼれた醸造家だ。「ドナルドソンは何事もなく帰ったか？」

「怯えさせたみたいですね、ボス」

「作業員の悲鳴を聞いて怯えたんだ」マイケルは感じの悪い笑みを浮かべた。「ぼくは震え上がらせただけさ」

「暴力を振るわずにどうしてそんなことができるのか、おれにはわかりません。ボスには才能があるんでしょうね」バリーが畏敬の念に満ちた声で言った。「けど、ミスター・ドナルドソンはそれでもまだ、口を閉じなきゃならないことを理解できなかった。ヘリコプターに乗ってるあいだも、パイロットを質問攻めにしていました」

「どんな質問だ？」

「ボスの出身はどこかとか。どうやって財産を築いたのかとか」昔、喧嘩でつぶされたバリーの鼻の先端が、不満で赤くなった。「だから、パイロットは高度をさげてソートゥース自然保護区域を案内したんです。ワイナリーに到着した頃には、ミスター・ドナルドソンも何も知りたくないと思うようになったみたいで、早く仕事に戻りたがっていました」

「今後一年間、やつを監視しろ。もし間違った相手に連絡したら――」

「警察ってことですか？」

「そうだ。電話をかけたり、メールを送ったりしたら、やつが目的を達成する前に、それは不適切な行動だと思い知らせてやれ」マイケルはペンを持った。「法外な給料で、上等のワインだけでなく忠誠心も買っているんだ。マイケル・グレーシーのよき従業員として、そのことを忘れてもらっては困る」

「もっともです。それからもうひとつ」バリーがドアを開け、ぼろぼろの汚れたバックパックを取ってきた。「これが何かと関係あるかどうかわかりませんが、先週、庭師が冬に備えて掃除をしていたときに、木にかかっているのを見つけたんです」

マイケルはふたたびペンを置いた。「うちの木か？」

「向こうのマツの木立です」バリーが暗い窓の外に向けて手を振った。「三メートルの高さの折れた枝にぶらさがっていたそうです」

「誰が置いた？」

「わかりません」

「いつからあった？」

「さあ。しばらく前からでしょう。濡れて、カビが生えてますから」バリーが嫌悪のまなざしでバックパックを眺めた。「例の女のものかもしれないと思ったんです。セラーにいた」

「どうかな」おそらく違うだろう。「どうしてスタッフが木にバックパックを吊すんだ？」

「スタッフじゃなくて、パパラッチが嗅ぎまわっていたんじゃないですか？　有名人のボスを狙っていて、面倒なことになった」

マイケルはかすかに微笑んだ。「なるほど、興味深い」

バリーは驚いたあと、うれしそうな顔をした。「でしょう」

「バリー、おまえは見込みがある」いまのは高度な論理的思考だ。「パパラッチというのはいいところを突いている。バックパックの中身は確認したのか？」

「ほとんどからだったと庭師は言っていました。何も盗んでいないか脅して確かめたら、ひとりがバックパックに結びつけてあったスノーシューズを返しました。それから、ふたりとも現金をポケットから取りだしました。一番惜しいのは金だろうから、それ以上は追及しませんでした。サイドポケットに靴下と手袋が入っていました。あと、底に何枚かの絵がしまってありました」バリーは自分が重要なことを言ったのに気づかずにしゃべり続けた。「すっかり濡れて鉛筆の線がにじんでいて、よく――」

マイケルは手を差しだした。「バックパックをよこせ」

バリーはバックパックに目をやったあと、マイケルを見た。「どうしてですか？」

「いいからそれをよこして、出ていけ」マイケルの表情は穏やかなままだったにもかかわらず、バリーはバックパックをデスクに置き、両手を上げてゆっくりとドアへ向かった。

バリーが出ていくと、マイケルはバックパックの金属フレームをつかんで手前に傾けた。バリーの言ったとおり濡れてカビが生え、底で紙が丸まっているだけで、あとはからだった。マイケルはその紙を取りだして、デスクの上に広げた。

しわくちゃで水が染みていて、ほとんど解読できなかった。だが、一枚は充分に見て取れた。車とふたりの男、トランクから引きずりだされる子ども……。

サインはなくとも、すぐにわかった。

テイラー・サマーズ。これはテイラー・サマーズのバックパックだ。

36

マイケルは絵を握りつぶした。

テイラー・サマーズは生きていた。この家にいたのだ。

インターホンが鳴った。

マイケルはスピーカーボタンを押した。

バリーが言う。「防犯カメラに女が映っていました、ボス。ケータリング会社の制服を着ています」

キッチンで、目を見開いてマイケルを見つめていた女を思いだした。マイケルはモニターに目を向けた。「映せ」

防犯カメラの映像――キッチンからワインセラーに通じる廊下が映しだされた。黒ずくめの女がドアへ向かって歩いていく。取っ手を引き、躊躇して周囲を見まわしたあと、ふたたび引いてそっとなかに入った。マイケルは尋ねた。「どうして警報装置が作動しなかったんだ?」

映像が停止した。

「おれも不思議に思ったんです」バリーが答える。「だから、確認してきました。オートロックはちゃんとかかったし、警報装置も作動しました」

マイケルはその答えが気に入らなかった。「じゃあ、あの夜だけ機能しなかったと言うのか?」

「現在調査中です。たぶん」バリーがそわそわしている姿が目に浮かぶようだった。「ワイン泥棒が入ったんだと思います」

その答えも気に入らない。「あの夜、泥棒が入ったうえに、ぼくがダッシュを撃つのをこの女が目撃したということか? ふたつの出来事は関連しているのか?」

「いいえ。関係ありません」

「たしかか?」

「はい」

「ということは、泥棒はうちの警備員と関係があるのか?」

「違います!」バリーがほっとした口調で報告した。「防犯カメラの映像に、ゲオルクのスタッフが映っていました。パーティーが終わったあと、図体《ずうたい》の大きな男がセラーに入っていって、五分後に箱を抱えて出てきました。そのー、カメラに向かって手を振ってるんです」

「生意気な野郎だ」マイケル・グレーシーをばかにする者は許さない。「あそこには最高級のワインが置いてある……もうなくなっているかもしれないが」

バリーが早口で説明する。「以前にコンピュータープログラムに障害があったことがわかりました。その男は事前にシステムをハッキングして、セラーを下見してから犯行に及んだようです」

「犯人の名前はわかっているのか？」

「記録によると、ブレント・ケニー、アイダホの農民です。しかし、ポカテッロ郊外に住んでいるブレント・ケニーという男がいますが、カメラに映っている男ではありません。こいつはハッカーで、泥棒で、腕がいい」

「密売されたぼくのワインを追跡しろ。売人を突きとめて殺せ」マイケルはこの話題を終わらせた。「今度は、女の顔をクローズアップしろ」

映像が巻き戻され、テイラーがセラーからうしろ向きに出てきて、ドアの前で立ちどまり、周囲を見まわした。そこで画像が拡大され、鮮鋭化された。

間違いない。マイケルの直感は正しかった。キッチンにいた女だ。

「がりがりだ。ドアの隙間からでも入れたんじゃないですか」バリーが言い訳し始めた。

マイケルは聞きたくなかった。「だが、そうじゃなかった。ぼくが直々に記録を調べて、システムがハッキングされた方法とそれに気づかなかった原因を突きとめると、コンピューターセキュリティ班に伝えておけ」声をやわらげてつけ加える。「その前に、こんなことは二度と起こらないようにしておいたほうがいいだろう」

「伝えます」

「すぐにゲオルクを連れてこい。親愛なるケータリング業者と話がしたい」マイケルはインターホンを切った。

〝ゲオルクはテイラー・サマーズと話をした。彼女と関わった〟

マイケルはマクマナスの誘拐に関するコンピューターファイルを保存していた。そのなかから、三年前に撮影されたテイラー・サマーズの写真を探しだした。モニターを分割し、仕事のPR用の写真と、パーティーの夜の拡大画像を並べた。

PR用の写真のテイラーはブロンドに染めた髪をきれいにセットしている。丸い頰はバラ色で、ファンデーションでマットな肌に仕上げられている。だが、どんなに根気強いカメラマンでも、彼女の個性を完全に消すことはできないだろう。微笑んだ唇に情熱が表れている。彼女を冒険へ誘う風の音が聞こえるかのように、頭を傾けていた。

一方、防犯カメラの画像のテイラーは痩せこけ、顔が骨張っていて美しくない。茶色の髪はサイドが刈りこまれ、トップは短く切られている。唇はがさがさだ。肌も荒れていて、緊張して汗をかいているかのように光っていた。

それにもかかわらず、キッチンで会ったとき、マイケルは彼女に目を引かれた。野生児みたいで、妙な魅力を感じたのだ。彼女に興味をそそられ、話しかけ、未成年だとからかって、自分には若すぎると思った。

若く見えたのは髪形のせいだ。それと、世界が危険や人を食い物にする者で満ちていて、自分が格好の餌食であることに突然気づいたかのように、警戒するような怯えたまなざしをしていたから。

テイラー・サマーズはまさにそのことを理解していたのだろう。ワインセラーに忍びこみ、マイケルがダッシュを撃つのを目撃して……。

だが、マイケルがダッシュを撃ったのにはもっともな理由があった。それがわからないのだろうか？

いや、わかっているだろう。どんな苦難を味わったのか知らないが、三年前の写真

に写っている穏やかで感じのいい洗練されたテイラー・サマーズは、生きるためにな
んでもする、そして実際にしてきた女に変わったのだ。その女が身を守るために自分
の指を切り落とした。

マイケルは立ち上がり、カウンターの上にかけられた金縁の大きな鏡に歩み寄ると、
自分の姿をつくづくと眺めた。

かつて、彼も似たような変貌を遂げた。

鼻筋や唇、顎、目の下、額にうっすら見える白い線をなぞった。

傷跡。彼を農場育ちのしがない麻薬の売人で、たまにポン引きもするジミー・ブ
ラックラーから、恐るべきマイケル・グレーシーに変えた日にできた傷跡だ。

ジミー・ブラックラーはものすごくうぬぼれていた。大学生で、MITの麻薬と売
春の組織を運営して稼いだ金を学費に当てていた。組織を設立するのは難しくなかっ
た。ジミーにはそれだけの頭があったし、証拠を隠すすべも知っていた。彼を捕まえ
ることができるのはひとりだけ——ケネディ・マクマナスだけだった。

しかし、ジミーは心配していなかった。ケネディは頭脳明晰な上級生で高潔な男だ
が、ジミーの友人だった。ジミーのコンピューターの知識や戦略能力、学習し、変化
に適応する速さに感心し、助長した。ケネディとジミーのオンラインゲームバトルは、

MITの学生のあいだで伝説となった。

だから、成功しているジミーの麻薬・売春組織をケネディがわざわざ調査するなど思ってもみなかった。

MITの職員に頼まれたからといって。

なんの警告もなく、友人であり、好敵手でもあるジミーを裏切るなどとは。

ケネディは高潔すぎるゆえ、なんであれ恥ずべきことにはいっさい関わろうとしなかった。裏切ったことに対する釈明をジミーが求めると、ケネディはジミーのしていることは違法でモラルに反すると、痛烈に非難した。自分がやらなくても必ず誰かがやるのだから、別にいいじゃないかとジミーが言うと、ケネディは背を向けた。

とはいえ、刑務所に入るまでは、ケネディ・マクマナスに復讐しようとは考えていなかった。頭に来てはいたが、MITにいたときと同じように、刑務所でもうまくやれると思っていたのだ。何しろ、囚人たちの誰よりも頭がいいのだから。

だが、ジミーは本当の意味で狡猾《こうかつ》ではなかった。刑務所制度の裏に下水管のごとく張りめぐらされている悪意や残酷さのようなものは、それまで経験したことがなかった。最初の週に、彼は刑務所内の市場を支配するために行動を起こした。

その報復として、麻薬の売人のシェル・バラニは、手下にトイレでジミーを捕まえさせた。手下たちはジミーをレイプし、脚の骨を折り、錆びついたカッターで顔を切りつけ、小便をかけたあと、放置した。看守がジミーを見つけるまで何時間もかかった。病院に運びこまれたときには、ジミーは意識を失っていた。

誰も気にかけなかった。

ジミーは意識を回復した。

そのときも気にかける者はいなかった。例外はジミーの祖父母だが、といっても、彼の冥福を祈るだけだった。

彼らによれば、ジミーはすでに地獄に落ちているのだから、祈っても無駄だというのに。ジミーに必要なのは形成外科医だったものの、救急救命室で意識を取り戻したとき、形成外科医はいなかった。その場にいた医師が縫合したジミーの顔を見た看護師たちは、病室から逃げだした。ジミーはケネディ・マクマナスにメッセージを送って助けを求めた。

完全に無視された。

三カ月後、フランケンシュタインのような顔をしたジミーは刑務所に戻り、ぎこちない足取りで廊下を歩いた。シェル・バラニでさえ怯んだ。それも当然だ。ジミーはもう、勝つためにはどうすればいいか理解していた。

一カ月も経たないうちに、シェル・バラニが絞殺された。

バラニの手下たちがひとり、またひとりと、ありとあらゆる残忍な方法で殺されていった。

刑務所の職員はジミー・ブラックラーを疑った。

だが、証拠がなかった。

七年後に出所すると、ジミー・ブラックラーはまるではじめから存在しなかったかのように姿を消した。

顔の形成外科手術を三回受けると、祖父母でさえジミーを見分けられなくなった。そして、マイケル・グレーシーが誕生した。マイケル・グレーシーは高貴な生まれで豪邸に住み、成功した組織をひそかに運営している。追跡されたくない人々を追跡し、ハッキングされたくない政府や企業のコンピューターをハッキングし、売春組織をまとめ、世界じゅうの麻薬や銃を、金さえ支払ってもらえれば誰にでも売る。

それでも、マイケルを疑う者はいなかった。彼のやり方は独創的できめ細かい。制度の抜け道を突く新しい独自の方法を発見することは、彼にとってこのうえない楽しみだった。その方法を導入すれば、警察にはまったく気づかれない。ときどき頭の切れる警官が偶然、組織を見つけることもあるが、その人物は仲間に加わるか……殺される。たいていが死ぬはめになった。

ケネディ・マクマナスはジミー・ブラックラーを刑務所送りにしたおかげで、七年先に会社を立ち上げることができた。

だが、マイケル・グレーシーは遅れを取り戻し、ケネディを追い越して、あらゆる方法で彼をつぶす準備ができた。ケネディの会社や家族、信用、つまるところは人生をめちゃくちゃにしてやる。刑務所での経験がなければ、ここまで冷酷にはなれなかっただろう。その点では、ケネディに感謝している。

テイラー・サマーズは……マイケルとケネディの戦略ゲームにおける、マイケルの先手を台なしにした。

死んで当然だ。

それに、殺さなければ、どこかで策略を……。

はたしてそうだろうか？　ワインセラーで交わされた会話からマイケルが誘拐の黒幕であることに気づいたに違いないのに、彼女はあれから九カ月経っても沈黙を守っている。

死んだのかもしれない。

しかし……マイケルはデスクに戻り、モニター上の二枚の画像をふたたび見つめた。

新しいテイラー・サマーズに見とれた。彼女はマイケルに似ている。死ぬはずだったところを生き延びたのだ。恐るべき存在に生まれ変わった。どうにかしてマイケルの正体を突きとめた。生き続けるためならなんでも犠牲にする。

もしかしたら、キッチンでマイケルは、彼女が毅然《きぜん》とした強い女性……好敵手であることに無意識のうちに気づいていたのかもしれない。マイケルはこれまで自分と釣りあう女性に出会ったことがなかった。テイラー・サマーズがそうなのかもしれない。

「時間の無駄でしたね」バリーは血まみれのゴム手袋を外して、プラスチックのごみ箱に放りこんだ。手袋がビシャッと音をたてた。「こいつはほとんど何も知らなかった」

「そんなことはない」マイケルはテーブルの上の死体を無感情で眺めた。「いくつかわかったことがある」

ワインセラーは涼しく、ようやく静かになった。悲鳴が壁に反響することも、必死に懇願する声の残響が残ることもなかった。いつもそうだ。人が死んだらそれらも消える。幽霊は存在しない。死後の世界は空約束で、いまこの場で重要なのは勝つことだ。

ゲオルクは負けた。もうパーティーを取り仕切ることも、スタッフに親切にすることも、妻に会うことも男の愛人と寝ることもできない。彼はこの世からいなくなった。だが、マイケルにいくつか貴重な情報を与えてくれた。「ゲオルクは、テイラー・サマーズがDVを受けている妻だと思っていて、シェルターへ連れていくつもりだった。彼女に最後に会ったのは、ぼくのパーティーがあった夜だ。彼女はドアから出ていって、二度と戻ってこなかった」

「ボスはダッシュを撃ったあとに、セラーのなかを見てまわりましたよね」バリーが無精ひげの生えた顎をかくと、血の跡がついた。メスを使ったときに手袋が切れたのだろう。「なんであんなことをしたんですか？」

「物音が聞こえた気がしたんだ。だが、誰かに見られている感じはしなかった。それが不思議だ」マイケルは誰かに見られていれば必ず気づく。刑務所で——気を抜けば苦痛や死につながる場所で過ごした過酷な七年のあいだに、直感が研ぎ澄まされたのだ。テイラー・サマーズがあらゆる障害をひそかに突破し、マイケルの殺人行為を目撃できたことが信じられない。気がつくべきだったのに。

「どうして警察に通報しなかったんでしょうか？」バリーが肉屋のエプロンを外して、ごみ箱に捨てた。「死んだのか。あるいは利口で、怯えているのか」

「念のため、生きていると想定しよう。彼女はぼくがケネディの甥を誘拐したことを知った。ぼくがダッシュを殺すのを見た。ぼくに見つかることを恐れている」当然だ。

「それで、どこへ行った？　どうやって？」

「ヒッチハイクとか」

マイケルは駐車場にあった車や、ゲストを送迎したヘリコプター、飛行場の自家用機を次々と思い浮かべた。「彼女を探す。生きているなら、必ず見つける。そして、彼女の能力を試す。冬の山中で生き残ったんだ。どうにかして生き延びたことは高く評価すべきだ」

「どうだか」バリーが喧嘩腰で言った。

「ぼくは称賛する。ぼくの計画を台なしにしておいて生きていられる人間はそうそういない。彼女はどうやってダッシュから逃れ、冬を乗りきり、ここに入りこんでぼくについて知ることができたのか？」絵を見れば、テイラー・サマーズがすべてを記憶しているのもわかった。詳細が彼女の頭のなかにしまいこまれている。「テイラー・サマーズは吟味する価値のある人物だ」

マイケルは同時に、笑いだしたい気分だった。これまでマイケルの計画を阻止できた者はいなかったのに、よりによって芸術家志望の富裕層向けインテリアデザイナーにしてやられるとは。

「そうですね、ボス」バリーがまくり上げた白い袖についた血を見て顔をしかめた。

マイケルは両腕を広げた。「ぼくにも血がついてないか？」

バリーがマイケルの全身をざっと見た。「ボスは離れて立っていたから、大丈夫です」

マイケルはテーブルをちらりと見た。「ゲオルクのことは残念だ。一流のケータリング業者だったのに。この辺で彼の代わりを見つけるのは難しいだろう」

「また誰か出てきますよ」

マイケルはドアへ向かって歩きだした。「そうだとしても、綿菓子のカップは出てこないだろう？」

バリーがマイケルのあとを追った。「注文すれば作るでしょう」

「それもそうだな」マイケルはバリーを押しとどめた。「後始末をしろ。死体を片づけておけ。今度は樽のうしろに誰も隠れていないか、きちんと確認しろよ」

37

カテリは最後まで残っていた子どもたちを図書館から追いだすと、ドアに鍵をかけた。そして、振り返ると、ぐったりとドアにもたれかかった。「とても長い一日だったわ」

ミセス・ドヴォルキンが掃除機のプラグを差しこんだ。「そうかしら。一日が二十四時間なのは変わらないんだから、長いような気がするだけでしょ」

カテリは笑うべきかうめき声をもらすべきかわからなかった。

掃除係のミセス・ドヴォルキンは、文字どおりに解釈する。

帰ろうとするカテリに、ミセス・ドヴォルキンが声をかけてきた。「今夜の予定は?」

「ギャリック——ジェイコブセン保安官に夕食会に招待されていたんだけど、今週は疲れたから、また今度にしてもらったの」

「行くべきよ。あなたには気晴らしが必要だわ」ミセス・ドゥヴォルキンは三十代の未亡人で、背が高く痩せていて、茶色の髪を短く刈っている。楽な人生ではなかったが、常に顔を上げ、背筋を伸ばして歩く。

「誰にだって必要よ。でも今夜はやめておく。あなたもさっさと終わらせて帰るのよ！」カテリはポーチに出ると、手すりを使って階段をおりた。本当はもう杖も必要なかった――医者に言わせれば奇跡だそうだ。

カテリはそれを喜んでいたものの、疲れすぎてバランスを失ったときのために、まだ杖を使っていた。

さわやかな空気や鮮やかな葉、秋が深まる前の残りわずかな太陽の光を楽しみながら、アパートメントに向かって歩いた。陸に打ちつける波の音がかすかに聞こえてきて、そのリズムがカテリの鼓動や呼吸と一致した。昼も夜も、寝ても覚めても、カテリは海の一部で、海はカテリの一部だった。

前方の暗がりの、カテリのアパートメントにつながる鉄の手すりに、背を丸めて寄りかかっている男がいた。ルイス・サンチェス。

カテリは彼に冷たく当たっていた。彼を追い返して以来、二カ月以上会っていなかった。ヴァーチュー・フォールズのような小さな町では簡単なことではない。どこにいようと彼なら気づくけれど。

ルイスがヴァーチュー・フォールズにやってきたのは、沿岸警備隊士官学校を卒業してから四年後のことで、それまではメキシコ湾の港湾保安部隊にいた。肩を怒らせて歩き、物知り顔で笑い、心臓が止まりそうなくらいハンサムで、ものすごいうぬぼれ屋だった。

けれども、太平洋の冬の嵐のさなかに海上での任務を一度経験したら、物知り顔は消え去った。物思いに沈んだ様子で港に戻ってきたルイスを見て、もう使い物にならないかもしれないとカテリは考えた。ところが、次の任務では、立派に救助作業を行った。港に戻ったときの、風を受けた彼のうれしそうな顔は忘れられない。

そのとき初めて、カテリは男性に、ルイスに恋した。

残念ながら、いまも同じ気持ちだ。

津波のあと、何カ月にも及ぶ手術やリハビリのあいだ、ルイスは友人として献身的にカテリを見舞い、励まし、力を貸してくれた。いつの間にか威張った態度は秘めたる自信に、知ったかぶりは本物の知識に変化していた。そして、悔しいけれど、いまもなお心臓が止まりそうなくらいハンサムだった。

カテリはルイスに歩み寄って頰にキスをした。「元気だった?」

「やあ《オラ》」ルイスが背筋を伸ばし、称賛のまなざしでカテリを眺めた。「元気そうで、いい感じだ。背が高くなったね」

「そう？」カテリはうれしくなって、背筋を伸ばした。沿岸警備隊に入隊したときは身長が百七十八センチで、体重は六十四キロだった。差別的なボーイフレンドに、先住民の使う手斧《トマホーク》を持って革のフリンジをつければ、古代アメリカの愛と……野蛮な処刑の女神になれると言われた。

ルイスよりも五センチ背が高かったのに、手術後はカテリのほうが低くなってしまった。ばかみたいだけれど、ふたたび追い越したかった。

「どうしたの？」ルイスが理由もなく待ち伏せしたりするはずがない。

「おれが伝えるべきだと思って――モーガン少尉が名誉除隊した」

ルイスに会えた高揚感は消え去り、次第に深まる夕闇のなか、カテリは歩道に立ち尽くして、過去を変えられればいいのにと願った。現在を変えたい。ランドラバーを崖から突き落として……。「モーガンの様子は？」

「肺活量が大幅に減少したんだ。一日に数回、呼吸療法を受けなきゃならなくて、走ることも、子どもたちと運動することもできない。落ちこんでる。奥さんはいらだっている。親戚のいるオハイオに引っ越すそうだ」ルイスが肩をすくめた。「離婚するかもしれない」

「アダムズはさぞかし喜んでいるでしょうね」いくらかでも罪悪感を覚えてくれればいいのだけれど。

「残念ながら、本当に喜んでいる。議員のおじが来ているんだ」

「これでアダムズはお偉方ってわけね」皮肉が止まらなかった。「昇進するんでしょ？」

「ああ、金の力で」

「別にいいわ、東海岸のもっと大きな管区に移ってくれるなら」カテリはルイスが同意してくれるのを待った。

ルイスは何も言わなかった。

「ちょっと」カテリは杖で手すりを叩いた。「議員のおじは、昇進を伝えるためだけにわざわざ訪ねてきたわけじゃないんでしょ？」

ルイスが身を乗りだし、声を潜めた。「たまたま書類を見たんだ。本人はまだ知らないが、ランドラバーはここに残る。議員は直接話して、ショックをやわらげるために来たんだろう」

「それで怒りんぼ大尉をなだめられると考えているのなら、甥のことをよく知らないのね」

「怒りんぼ大尉のママに頼まれたのかも。たしかなのは、少なくともあと二年はやつを押しつけられて、また何人か犠牲者が出るってことだ」

「ここは小さな管区だから。アダムズは監視船の損失に対して責任があるし、モーガン少尉の健康とキャリアを台なしにしたけど――」

「きみの健康とキャリアもだ」

「それでも、もっと大きなところで彼がもたらし得る損害に比べれば、小さな損失よ。ここにいれば大きな目立つミスを犯す可能性が低いから、転任させないんだわ」

ふたりは深まる暗闇のなか立ち尽くした。街灯が灯り、光の当たらない闇がさらに濃くなった。

カテリは言った。「あの男をなんとかしなきゃ」

「軍は復讐をよしとしない」

ふたりにできることは何もなかった。これ以上言うこともない。アダムズに関しては。無益な怒りや、苦悩や心痛に苛まれるだけだ。

だから、カテリはルイスの茶色の目をのぞきこんで、同情と悲しみを伝えようとした。そして、あえて話をそらした。「ルイス……そのまつげはずるいわ」

ルイスがまつげをはためかせた。「このまつげか？」

「ええ。それに、目もきれいすぎる……」カテリは彼の顎に触れ、午後に生えてきたざらつく黒いひげを指でなぞった。

ルイスが身をかがめてキスをした。あたたかい唇を、ラテンダンスのリズムで巧みに動かす。彼の息はコーヒーと濃厚なクリーム、そして奔放な香りがした。ぴったり抱き寄せられると、彼の体温が少しずつ染みこんできて、カテリは生まれ変わったような気がした。まるで津波のあと壊れていた自分が、別な方法で元どおりに組みたてられたかのようだった。

ルイスが唇を離したあと、ふたたび顔を近づけて、頬と頬をくっつけた。

カテリの目に涙が込み上げた。ルイスはとても高潔で優しくて、杖を突いた傷だらけのカテリを求めてくれた。カテリは欲求や感情を押し殺して、彼を拒絶した。彼はすばらしい人だから、健康な女性がふさわしい。彼とベッドの上で転げまわり、彼の子どもを産み、一瞬一瞬が満ち足りた人生を送ることができる女性。ルイスが求めているものは、彼にふさわしくない。でも、もしかしたら、彼を信じて……。「来て」カテリは言った。「ルイス、わたしの部屋に来て」

ルイスが驚いたのがわかった。カテリを抱きしめる腕に力がこもった。「カテリ、愛しい人《ミ・アモーレ》……」それから、まるでやけどをしたかのように、さっと離れて両手を上げた。「帰らないと。デートの約束があるんだ」ためらいがちに言った。うしろめたそうな顔をしている。

カテリは言葉を失った。どう答えていいかわからない。彼にほかの人とデートをしてほしいとずっと望んでいた。少なくとも、口ではそう言っていた。

ルイスが言う。「キャンセルしてもいい」

「やめて。いいのよ」カテリは先ほどの自分の言葉を払いのけるかのように手を振った。「ちょっと弱気になっただけだから」

ルイスがふたたび近づいてきて、カテリの五感を満たした。「弱気になったときのきみが好きだ」

「わたしたちがつきあうべきではない理由がなくなったわけじゃない」

「きみのほうの理由だろ」ルイスの声が鋭くなって、怒りが伝わってきた。

カテリは彼の肩に触れた。「ルイス……」

ルイスがその手を振り払った。「デートの結果を報告するよ」そう言うと、背を向けて歩きだした。

カテリは彼の姿が夕闇に包まれるまで、そのまっすぐな背中や広い肩、引きしまったお尻を、完璧な肉体をつぶさに見つめた。彼が前に進んでくれてよかった。本当に。でも……携帯電話を取りだして、番号を入力した。「ギャリック？　まだ間に合うなら、ディナーに参加させてもらうわ」

38

サマーはヴァーチュー・フォールズ・リゾートの駐車場に車を止めると、おりる前にジェイコブセン保安官と、彼の養母であるマーガレット・スミスとの会話を想定して練習した。質問をはぐらかしながら、感じよく話すことができた。この調子で本番もうまくいけばいいのだけれど……。

建物をちらりと見て、もう一度練習したあと、しぶしぶ胸のホルスターを取り外すと、グローブボックスにしまって鍵をかけた。ジェイコブセン保安官がいるディナーの席に、拳銃を持ちこむべきではない。許可証を見せるよう求められたら困る。

車からおりてドアをロックした。ヴァーチュー・フォールズでは、ドアをわざわざロックする人はほとんどいない。けれども彼らは、誘拐や殺人を目撃し、殺されないために自分の指を切り落として、マイケル・グレーシーが探しに来るのを恐れているわけではない。

ケネディ・マクマナスに連絡して、反応を待っているわけでもない。

ヴァーチュー・フォールズ・リゾートは太平洋が見晴らせる崖の上に立っていて、少し不安になるほど縁に近い。巨大な四階建ての丸太小屋のような外観で、ベランダにぐるりと囲まれている。木のドアは開けっ放しで、サマーは網戸を開けてなかへ入り、過去にタイムスリップした。

広々としたロビーは、イエローストーン国立公園にあるオールド・フェイスフル・ロッジの丸太柱を使った建築様式を連想させる。巨大なベイマツの丸木の梁《はり》が、節だらけのマツの高い天井を支えている。丈の高い石造りの暖炉の火がぬくもりと居心地のよさを生みだしていて、客が集まっていた。念入りに手入れされた二十世紀初期の家具にゆったりと座って、静かにおしゃべりしている。

とてもすてきなホテル。

フロントに誰もいなかったので、サマーは呼び鈴を鳴らした。そして、深呼吸した。グリルした肉やローストしたガーリック、赤ワインを煮詰めたソースの香りが漂っている。それから、ベーコン――プロシュートかもしれない。あるいは何かほかの豚肉の燻製《くんせい》のにおい。

暗がりから女性の声が聞こえてきた。「ミス・リー、リゾートへようこそ。ほとんどの人がまず建築様式について感想を言うの。でもあなたはきっとわたしと同じタイプだから、料理のほうに興味があるでしょう」

驚いて目を凝らすと、壁際の椅子に腰かけた背中の曲がった小さな老婦人が、生き生きとした目でこちらを見ていた。サマーは歩み寄って手を差しだした。「あなたがミセス・スミスですね」

「ミセス・スミスはわたしの義理の母よ。マーガレットと呼んで」

ほんのかすかにアイルランド訛りが聞き取れた。「美しい建物ですね。すばらしい建築です。それにふさわしく、大事にされているのがわかります」

マーガレットは両手でサマーの手を取り、全身をざっと見た。「食べる喜びのほうが大きいでしょう。わたしたちみたいに本当にひもじい思いをした経験があると、そうなるはず」

マーガレットの洞察力に、サマーはぎょっとした。手ごわい相手のようだ。

ますます大変な夜になりそうだ。

「そこにジャケットをかけて」マーガレットが年代物のオークのコート掛けを指し示した。サマーが言われたとおりにすると、マーガレットは椅子の肘掛けに手を置いて立ち上がった。片手で杖を握りしめ、もう一方の手でサマーと腕を組み、エレベーターを指さした。「四階のわたしの部屋で一杯やりましょう。眺めが最高なの。秋の名残を楽しまなくちゃ」

サマーはエレベーターのボタンを押した。「実は、冬が好きじゃないんです」ソートゥース山脈や、ワシントン州に来た当初の痺《しび》れるような寒さを思いだして、指を曲げた。

「ヴァーチュー・フォールズ・リゾートはすでに百周年を迎えたの。一九一三年にスミス家の先祖が、太平洋に張りだした崖の上にこの上品なブティックホテルとスパを建設した。そして、四平方キロの森と、製材所と、家族の住む山頂の大邸宅から成るスミス家の莫大《ばくだい》な財産にさらなる利益をもたらした」サマーを見て言った。「わたしは話し上手なの。わかるでしょ?」

「ええ」サマーは笑った。「才能ですね」

「お世辞の才能と、父に言われたわ」マーガレットが、お年寄りが遠い昔を懐かしむときにする表情を浮かべた。「その父から受け継いだ才能よ」

エレベーターの扉が開いた。ふたりが乗りこむと、エレベーターは四階まで重々しく上昇した。

「あなたが招待を受けてくれてうれしいわ」マーガレットが言う。「ギャリックとエリザベスはあなたにとても好感を持っているのよ。エリザベスは、あなたが彼女の過去をまったく詮索せずに、仕事について気のきいた質問をしてくるから、すごく喜んでるわ」

「彼女の仕事に興味があるんです。過去は関係ありません」

「ギャリックはあなたのそういうところを面白いと思っているのよ。たいていの人は詮索好きでしょ。あなたはどうして違うのかって」マーガレットが小さくて丸い鼻に触れた。「彼はFBI捜査官だったのよ」

「そう聞きました」よそ者にはふるまいに気をつけるよう厳重に注意しておくべきだと考える、ヴァーチュー・フォールズの住人たちから。

「いまは保安官をしているんだけど、ギャリックいわく、人にはパターンがあるんですって。たとえば、誰かに興味を持つと、その人がすべてを打ち明けてくれることを期待するの。わたしじゃなくて、彼の言葉よ」マーガレットが興味津々のまなざしでサマーを見つめた。「あなたはまだ洗いざらい話していないわね」

「みんなを退屈させないようにしているんです」

扉が開き、ふたりはゆっくりとスイートルームへ入っていった。

「まあ……」数々のすばらしいホテルに泊まったことがあるサマーでも、感銘を受けた。広い部屋に小さな暖炉が備えられていて、大きなベッドや座り心地のよさそうな椅子、丸いダイニングテーブルが置かれている。床も壁もカーテンも色鮮やかで豪華で、なんとも言えない安らぎを感じさせた。「すてきです」

「正直に言うと、わたしもそう思うわ。アイルランドのダブリンで生まれたマギー・オブライエンが骨を休めるのにぴったりの場所よ」マーガレットはバルコニーに通じるガラス戸を開け放つと、外に出るよううながした。「運がよければ、日が沈む前に、南へ移動するコククジラが見えるわ」

サマーはバルコニーに出ると、日が沈みかけている水平線のそばを泳ぐクジラを見渡した。「いつまでも見ていたいです」

マーガレットは椅子に腰かけた。「この眺めが心に翼をくれるの」

サマーはようやく振り返ると、部屋の向こう側の壁際にある、小さなスポットライトに照らされた木とガラス製のケースに目を留めた。「まあ、あれは！」マナーもすっかり忘れて、ケースに駆け寄った。

黒いベルベットを背景に、精巧な宝石細工が飾ってある。

「これは……」〝本物ですか？〟とききたいのをこらえた。「家宝ですか？」

「ええ、そうよ。それはさえずる鳥《シンギング・バード》。二十世紀初期にミスター・スミスが、長男が生まれたあと妻へのプレゼントとして注文したの。もちろん、ティファニーよ。不死鳥《フェニックス》の羽はエメラルドとルビーでできていて、目はアクアマリン。台座は伝説の十七カラットのエメラルドよ」

「十七カラット?」サマーは目をそらせなかった。

マーガレットがくすくす笑う。「初めてそのブローチを見たとき、わたしはダブリンのメイドだったの。ミセス・スミスの長男は第一次世界大戦で戦死して、フランスで埋葬された。ミセス・スミスはお墓参りに来ていたの」

サマーはマーガレットを見て尋ねた。「そして、あなたをアメリカに連れ帰ったんですか?」

「ミセス・スミスはあの街でひとりぼっちだった。わたしは大家族の一員で人脈もあった。わたしは役に立ったのよ」マーガレットの目がきらりと輝いた。「ここに来て、次男のジョニーと出会って結婚した。そういう経緯で、マギー・オブライエンがマーガレット・スミスになったの」

マーガレットのゆがんだ唇を見て、もっと複雑な事情があるのではないかと、サマーは思った。けれども、マーガレットがそれ以上何も言わなかったので、ケースに向き直って、深緑色のきらめくエメラルドを覆うガラスに指をかざした。「シンギング・バードを身につけたことはあるんですか?」

「まさか! わたしはただの保管者よ。そのケースは防弾の強化ガラスで、世界最新の防犯システムに守られているの」

サマーはあわてて手を引っこめた。

マーガレットが笑った。「そのくらいでは作動しないから大丈夫よ。あなたが泥棒だとは思えないけど、ピッキングの達人だとギャリックから聞いたわ」

おしゃべりな男だ。「わたしが不法侵入するのは、その家のセキュリティが甘いことを所有者に証明したいときだけです。そのあとはわたしがセキュリティを強化して、みんなが得をするんです」シティ・セキュリティは大損したけれど。

「あなたがどこでそんな技術を身につけたのかが不思議なのよ。そもそも、どうしてそんな危険でばかなまねをしようと思ったのかしら」マーガレットが顎に手を当てて思案した。「あなたが一時期、食べるものに困っていたことには気づいてる。手に大きな傷を負ったことにも」

サマーは椅子に腰かけ、短くなったピンクの小指を見おろした。「このくらいですんでよかったです」

「もちろん、何事も下には下がある」

そこへジェイコブセン保安官が現れた。「マーガレット、誰を連れてきたと思う?」

エリザベス・バナー・ジェイコブセンと、カテリが部屋に入ってきた。

「まあまあ、うれしい驚きだわ!」マーガレット・スミスがふたりを抱きしめた。

「カテリ、あなたは来られないとギャリックから聞いていたけど」

「やっぱり来てしまいました」カテリは杖を突いていて、笑顔に険があった。

「よかった! さあ、座って」マーガレットが彼女の右手の椅子を勧めた。「ギャリックが飲み物を用意するわ」

マーガレットはウイスキーを、カテリとサマーとエリザベスは水を頼んだ。

ギャリックも水を選んだ。

「エリザベス、明日の夜帰ってくるんじゃなかったの?」マーガレットがエリザベスの頬にふたたびキスをした。

エリザベスは肘掛け椅子にどさりと腰をおろした。「これ以上会議に耐えられなくなったの。地質学者は退屈だし、料理はまずいし、毎晩飲み会があるし」

ギャリックがエリザベスの椅子の肘掛けに座った。「そのうえ爺さんどもに言い寄られるし」

「そう」エリザベスがうんざりした声を出した。エリザベス・バナー・ジェイコブセンは女に嫌われる女だ。ブロンドで、澄んだ青い目を持ち、健全な男なら誰でもふるいつきたくなるような女らしい体つきをしている。けれども彼女は、彼らに無関心だった。魅力を自覚してはいても、美に価値を置いていないように見える。ギャリックは美に価値を置いているだろうが、それだけが重要とは思っていないはずだ。エリザベスは頭脳明晰で、とても率直な人なのだから。彼女と暮らしたら、男のプライドが傷つけられるだろう。

とはいえ、ギャリックはハンサムだし、警察官によくあるように、女性を命懸けで守れそうな、有能な雰囲気を漂わせている。

「帰ってきてよかった」エリザベスがギャリックの腕に触れたあと、サマーを見た。「あなたがとうとう来てくれてうれしいわ。そろそろマーガレットが招待状を出さなきゃだめかと思っていたの」

「どういうこと？」サマーは尋ねた。

「九十四歳の女性の頼みをあっさり断れる人はそうそういないだろう」ギャリックが答えた。

サマーはうなずいた。「ご家族全員、脅迫が得意なのね」

「いい先生に恵まれたんだ」ギャリックはマーガレットのそばへ行き、頬にキスをしたあと、エリザベスのもとへ戻り、手を取って口づけた。

彼はくつろいでいて人当たりがよく、普段の強面《こわもて》の保安官とは似ても似つかなかった。ここでは妻を愛し、家族や友人と楽しむただの男だった。

「この年になって得られるメリットなんてそれくらいよ」マーガレットがきっぱりと言った。

「なあ、サマー、ジャッジの調子はどうなんだい？」ギャリックがさりげない調子できいた。

サマーはだまされなかった。

ギャリックはひどく妬《ねた》んでいるのだ。

「わたしの車のこと？」サマーは言った。「うまく乗りこなしてるわ。すごく性能がいいの。カーブにぴったり沿えるし、加速もほかの車とは全然違う。マニュアル車を運転するのは初めてだったけど、レインボーが教えてくれたのよ」

ギャリックは思わず口走った。「レインボー？　レインボー・ブリーズウィングに運転を習ったのか？　そのうちスピード違反で捕まるぞ」

マーガレットが笑った。「心配性ね、ギャリック。サマー・リーはジャッジの能力を最大限には発揮させられないかもしれないけど、きちんと制御はしてるわよ」

「それならいい」いいと思っているようには聞こえなかった。

女たちは笑みを交わした。

「レインボーといえば」ギャリックが尋ねた。「最近見かけたか？」

「また森を歩きまわっているんじゃない？」カテリが言った。

「そのようだ。もう三日も仕事を休んでいる。ダックスは代わりのウェイトレスを雇わなきゃならなくて、めちゃくちゃ怒ってる」ギャリックがサマーに説明する。「レインボーはときどきいなくなって、しばらく姿を消したあとふらっと帰ってきて、何事もなかったようにいつもの生活に戻るんだ」

「行き先は誰も知らないの？」サマーはきいた。

「森のなかをさまよっているんだと思う。だが今回は、もう時季が遅い。いつ冬の最初の嵐が来てもおかしくないのに」

やれやれ、とサマーは思った。ギャリックはレインボーの心配をしている。彼に好感を持ってしまう。友人よりも厳格な保安官を相手にするほうが発言に注意できるのに。やはり来るべきではなかった。

「レインボーの心配をする必要はないわ。自分の面倒は自分で見られる人だから」カテリが水を飲み干した。

「心配しているわけじゃない」ギャリックがからになったカテリのペットボトルを取り上げて、カウンターに置いた。「なんていうか、用心しているんだ……森林で死体を発見してから」

39

サマーはぎくりとした。

あわてて周囲を見まわした。

誰にも気づかれなかった。みなギャリックに注目している。

息を吸って、声を落ち着かせてから言った。「大きなニュースを聞き逃していたみたい。森林で死体が発見されたの?」

「オリンピック国立公園に死体が二体遺棄されていたの。あそこなら発見されないと思ったんでしょう」エリザベスが答えた。「ぞっとするわね」

「飛行中の密閉された飛行機のドアを開けることはできない」カテリが説明する。

「だから、たぶんヘリコプターから捨てたのね」

ギャリックがうなずいた。「だろうな。だって、誰にも気づかれずに飛行機が離着陸できる場所なんてあるか?」

サマーはその答えを知っていた。アイダホでひそかに乗りこんだ飛行機は、ヴァーチュー・フォールズから車で約二時間の場所にある、木に閉ざされた孤立した飛行場に着陸した。サマーが飛行場を出て、幹線道路につながる人けのない一車線の道路を歩いていたとき、意識を失いかけていて、直感だけで進んだ。風と冷たい雨のなかを歩き続けると、農家のトラックがうしろから走ってきた。老夫婦が車に乗るよう勧めてくれて、サマーはそれまで一度もヒッチハイクをした経験がなかったにもかかわらず、その申し出をありがたく受けた。ほかに選択肢はなかった。そのまま歩いても、そう遠くまで進めなかっただろう。荷台の防水シートの下に潜りこみ、ヴァーチュー・フォールズに到着した頃には、低体温症で死にかけていた。

飛行場の場所はわからない。それに、そのことを教えるつもりもなかった。そんなことをしたら、答えられない質問を招くだけだ。「殺されてから捨てられたの?」

「射殺されていた。ふたりとも」ギャリックが腕を振って山のほうを指し示した。「オリンピック国立公園は広い。三千九百平方キロ近くある。遺体はもっとあるだろう。どこかに」

エリザベスが尋ねた。「トム・ペレスと話はしたの?」

ギャリックが説明した。「トム・ペレスはおれがＦＢＩにいたときの上司で、いまも連絡を取っているんだ。国立公園に死体が遺棄される事件は、ほかでは起きていないそうだ」

サマーは何度か深呼吸し、水を飲んでから、さらに深呼吸した。「死体の身元は判明したの？」

「あとに発見されたのは、ワシントン州東部のワイン醸造業者だった。捜査報告書によると、このところ奇妙な言動が見られたそうだ。ノイローゼにかかったような。やがて姿が見えなくなって、周囲は出ていったんだと思った。ところが、オリンピック国立公園で死体となって発見された」ギャリックは暗い表情をしていた。「何が起きたのか、彼の両親にもわからないそうだ」

「ワシントン州東部のワイン醸造業者？」ダッシュではなかった。

「名前はピート・ドナルドソン。転職したばかりだった。以前はアイダホのワイナリー……」

ギャリックの声が耳に入らなくなった。

アイダホのワイン醸造業者が殺害され、森林に捨てられた。ピート・ドナルドソンは、グレーシー・ワイナリーで働いていたに違いない。

マイケル・グレーシーから逃れられると思っていた自分が愚かだった。サマーは彼の飛行機に乗った。オリンピック半島のどこかにある飛行場に着陸した。密輸業者がカナダから品物を運んできて、入り組んだワシントン沿岸を利用して隠れて活動している。マイケル・グレーシーがそのビジネスについて説明していた。ここにつながりがあるのだ。けれども、ヴァーチュー・フォールズで彼や手下たちを見かけたことはなかったから、サマーは警戒を緩めていた。

本当にばかだ。

固定電話が鳴った。

サマーははっとした。

ギャリックが電話に出て、誰かと話をして切ったあと、マーガレットに腕を差しだした。「レストランの準備ができたようだ。行きましょう」

ヴァーチュー・フォールズ・リゾートのレストランはエレガンスの極みだと、カテリは常々思っていた。ぴかぴか光る金の壁に鏡が飾ってある。テーブルには糊《のり》のきいた白のクロスがかけられ、その上でクリスタルガラスや銀製品がきらめいている。正装したウェイターと男性給仕助手《バスボーイ》がなめらかかつ控えめに動きまわっている。幅広の窓は海に面していて、厨房のごちそうで手なずけられたカモメが、ホテルからもれる光のなかで飛びまわっているのが見えた。

沿岸警備隊の部隊長だったとき、カテリはこの部屋で幅をきかせていた。重要人物で権力があり、誇りを持っていた。いまでは誇りしか残っていない。傷ついた姿をよく見れば、いまもなお美しいことがわかる。けれども、わざわざそんなことをする男性はルイスしかいないし、そのルイスは……デート中だ。

給仕長が隅の五人掛けのテーブルに案内した。

マーガレットは部屋全体を見渡せる席に座った。「ここだと従業員の仕事ぶりがよく見えるから」サマーに言った。

「わかります。わたしも状況を把握したいタイプなので」サマーがマーガレットの隣の、壁際の椅子に腰かけた。

ギャリックはマーガレットの反対隣に座った。

エリザベスは自然とギャリックの隣を選んだ。

カテリは中央の大きなテーブルをちらりと見たあと、背を向けた。ジェンセン上院議員とヴェネグラ市議会議員とその妻たち、第十三管区沿岸警備隊司令官リチャード・リッチー少将……そして、沿岸警備隊の士官服に身を包んだランドン・〝ランドラバー〟・アダムズを見ていられなかった。

やはり来なければよかった。こうなることは予想できたはずだ。この辺りで上院議員とその甥が食事をする場所といえば、ヴァーチュー・フォールズ・リゾートの五つ星レストランしかない。

カテリは給仕長に椅子を引いてもらい、腰をおろしてから杖を渡した。給仕長はそれを、マーガレットの杖と一緒に壁に立てかけた。それから、カテリの膝にリネンのナプキンを仰々しく広げた。カテリはそれを撫でつけながら言った。「ここのレストランはいつもおいしいから、今夜も楽しみだわ」

マーガレットが愛想よく応じた。「期待していてちょうだい」

ウェイターたちがぞろぞろと来て、水とワインとメニューを配った。

マーガレットが言う。「今日、トニー・パーンハムから連絡があったの」

カテリが会話のボールを受けた。「映画監督のですか？　すごい。なんの用事だったんですか？」

「リゾートでハロウィン・パーティーを開きたいそうよ。友人や仕事仲間や、町の住人を招待して」

「こ、この町の？」ギャリックが信じられないというような表情をした。「ヴァーチュー・フォールズに彼の知り合いがいるのか？」

「監督はいま、イーグル・ロードに家を建てているの」サマーはマーガレットの話にまったく驚いていない様子だった。「この町になじみたいと思っているのよ。取っつきにくそうに見えるかもしれないけど。芸術家で、お金じゃなくて物語に関心があるのよ」

「電話ではとても愛想がよかったわよ。ヴァーチュー・フォールズの人たちをわたしが選んで招待していいって。何もかも一流のパーティーにしたいから、パーティー・デザイナーを送りこむそうよ」マーガレットの目が輝いた。「楽しくなりそうね」

その後、会話はよどみなく続いた。

リゾートの支配人のハロルド・リドリーが、不足がないか尋ねに来た。ウェイターはよく気がつき、料理は最高で、前菜からメイン料理に移る頃には、カテリの緊張もほぐれていた。

そのとき、ギャリックがささやいた。「来るぞ」

カテリの右側で、アダムズの憎たらしい声が聞こえた。「こんなところでお会いできるとは、カテリ。外に出られるようになったんですね」

カテリはゆっくりと顔を上げた。

アダムズは典型的な金持ちのお坊っちゃんだ。色白でブロンド、歯にかぶせ物をし、ジムでウエイトリフティングをするので手にタコができている。上流階級のボストン訛りと物腰に、カテリは初めて会ったときからいらついた。けれども、当時はカテリが上司だったから、たいした問題ではなかった。カテリのほうが地位が上で、一枚上手で、勝てる相手だと知っていた。

だが、残酷な運命によって、自負心は粉々になった。

アダムズは頬を紅潮させ、悪意に満ちた目をしていた。すでに新しい任務について、おじから話を聞いたに違いない。

だから、カテリは言った。「上院議員が町に来るなんて、一大事ね。いい知らせでもあった？」

「今度少佐に昇進することになったんです」アダムズが胸をふくらませた。

「じゃあ、転任してここを出ていくのね？」カテリはにっこり笑った。

「いいえ！　もうしばらくここにいることになりそうですよ」アダムズが微笑み返した。怒ってはいるが、勝ち誇った顔をしている。

カテリは皮肉を言う喜びが消え失せるのを感じた。ルイスが間違っていて、アダムズがどこかへ行ってくれることをひそかに願っていた。大将の副官にでもなって、使い走りをしたり、伝言を受け取ったり、晩餐《ばんさん》会に出席したりして暮らしてくれれば、二度と沿岸警備隊員に被害をもたらさずにすむから。

願ったからといって悪い知らせが消えるはずもないのに。

大きな手がカテリの肩に置かれた。「カテリ？　カテリ・クワナルトか？　やっぱり。元気そうでよかった！」

顔を上げると、第十三管区沿岸警備隊司令官リチャード・リッチー少将がそこにいた。「ありがとうございます、おかげさまで元気です」

カテリが裁判にかけられたのは軍の慣習の問題で、罪を前提としたわけではなく、船の損失をめぐる状況を公式に記録するためだった。政府はランドン・アダムズの証言を聞き、カテリは無能だと非難され、リッチー少将が責任を問われた。少将はカテリのせいだとは思っていなかったはずだ。だが、アダムズのおじから圧力をかけられ、カテリが軍事刑務所に入れられないよう四苦八苦していた。

その後、証人が現れ、アダムズがカテリの進行をさえぎっていたと証言した。おかげでカテリは無罪放免になった。アダムズは故意の妨害行為の罪にも、偽証罪にも問われることはなかった。どちらも確実に有罪なのに。

来世は政治的権力を持つ家に生まれたいと、カテリは思った。見てきた限り、そのほうがずっと楽な人生を送れそうだ。

そしていま、少将はアダムズのおじであるアメリカ合衆国上院議員をはじめとする要人たちと、アダムズ本人と夜を過ごしている。公平に見れば、カテリに挨拶したのは称賛に値する行動だ。

カテリはそれに応えようとした。「お孫さんが生まれたそうで、おめでとうございます。楽しみですね」

中身のない社交的な会話が続いた。上院議員の一行が席を立って出ていくと、部屋じゅうが安堵の息をついたような気がした。ハロルドとウェイターたちが急いで出てきて、各テーブルにトリュフ・チョコレートを補充した。

エリザベスがトリュフを取ってひと口かじったあと、手に吐きだしてため息をついた。「病気にかかったみたい。疲れているし、チョコレートは変な味がするし、ワインを飲もうとすると吐き気がするの」

沈黙が流れ、全員がエリザベスを見た。

エリザベスはみんなの顔を見まわした。「何?」

「ねえ」マーガレットが落ち着いた口調で尋ねた。「妊娠しているんじゃない?」

エリザベスが信じられないというような表情を浮かべた。その後、怒り、嫌悪へと変化し、ふたたび不信の表情に戻った。「あり得ないわ!」

ギャリックが首を横に振った。「エリザベス……本当にそうか?」

「理論上はたしかに可能性はあるけど……わたしはずっと……ピルをのんでいたのに……」一同が笑いをこらえているのを見て、エリザベスが言った。「笑いごとじゃないわ!」

「ごめんなさい、でも」カテリは言った。「あなたは咽頭炎にかかって、抗生物質をのんだでしょ。科学者なら、抗生物質がピルの効果にどんな影響を及ぼすかはわかるわよね」

「ええ、でも……」エリザベスは本当に怒っている様子だった。「一度だけよ!」

全員が噴きだした。

マーガレットが身を乗りだして、エリザベスの手を握った。「子どもが欲しくないの?」

エリザベスが初めて考えるかのように思案した。「そうね。欲しいかも」ギャリックにきく。「あなたは?」

ギャリックが小さく笑った。「もういるんじゃないか」

「でも、タイミングが悪いわ」エリザベスが言う。「発掘が休みの冬に妊娠中で、忙しい夏に赤ん坊が生まれるなんて!」

「わたしの経験では」マーガレットが言う。「子どもというものは不都合の塊よ」

ギャリックが立ち上がってエリザベスの腕を取った。「向こうで話しあおう」

マーガレットはレストランを出ていくふたりの背中を見送ったあと、サマーとカテリを見た。「ああやってふたりきりになるから、こんなことになったんじゃないかしら」

サマーが笑って立ち上がった。「ごちそうさまでした。ジェイコブセン保安官とエリザベスにもお礼を伝えてください。お料理も、お店の雰囲気も、何より、みなさんとお話しできて最高の夜でした」

「またいらっしゃい。あなたもよ、カテリ」マーガレットがハロルドの腕に手を置くと、ハロルドがマーガレットを立ち上がらせ、エスコートしてレストランから出ていった。

「来てよかった?」カテリがきいた。

「そうね。ギャリックは父親になる話で頭がいっぱいみたいだから、わたしが家まで送っていく?」

「ありがとう、助かるわ」

ところが、サマーがジャケットと杖を持って戻ってくると、カテリの姿が見当たらなかった。

ウェイターが顎でベランダを示した。「あちらにいらっしゃいます」

サマーはそっとベランダに出た。新鮮な潮風が顔に吹きつけ、髪をかき乱し、腕に鳥肌が立った。「肌寒いわね」手すりのところにいるカテリに近づいて言った。

カテリはじっと夜の海を見つめている。

サマーは自分のジャケットを着てから、カテリの上着を肩にかけてやった。見えない水平線を見やり、両腕で自分を抱きしめた。「何してるの？」

「聞いてるの」

サマーも耳を澄ました。カモメの鳴き声と、屋根の上のアメリカ国旗がはためく音、そして、崖に当たって砕け散る波のとどろきが聞こえた。

「何が聞こえるの？」カテリがきいた。

「はるか北で、冬の最初の嵐が起こる音がする。海のエネルギーも聞こえる。厳かで、恐ろしい」

カテリがサマーのほうを向いた。ホテルからもれる明かりのなか、瞳孔が開いていて、疲れきった魂に開いた穴のように見えた。「あの山を見たら、ほとんどの人がきれいだと思う。海の音を聞いて、砂浜やナツメヤシの話をするの。自然が死をもたらすことをわかっていない」

「わたしも前はわからなかった」

「わたしもよ」カテリがサマーの腕に手を置いた。苦悩のにじんだ、おどけた口調で言う。「ときどき海へ行って、カエルの神にきくの。わたしをどうするつもりなのって。わたしをめちゃめちゃにして、すっかり変えてしまったのにはきっと理由があるはず。単なる気まぐれでこんな試練を与えるはずないでしょう？」

サマーは左手を握りしめて、短くなった小指のなめらかな感触を確かめた。「すべてに意味があるとわたしも思いたい」

ふたりは広大で厳しい太平洋に背を向け、駐車場へ向かった。ドアロックを解除し、車に乗りこんだ。サマーはギアを入れて、リゾートとヴァーチュー・フォールズを結ぶ海岸沿いの道路に入った。スピードを出しすぎている車や、不審物がないか確認しながら慎重に運転する。ところどころ濃い霧がかかっていて、街灯はひとつもなかった。

町まであと半分というところで、バックミラー越しに赤と青の点滅するライトが見えた。サマーは狭い路肩に車を止めた。

ジェイコブセン保安官が運転するパトカーが、猛スピードで通り越していった。

ヴァーチュー・フォールズの路地で、図書館から帰宅途中のミセス・ドヴォルキンが車にひかれたのだ。

ドライバーはそのまま逃走した。

40

秋のすばらしい一日が過ぎ去り、また一日、やがて一週間が過ぎても、サマーは待ち続けた。雨が降りだすのを、ケネディ・マクマナスが現れるのを……殺されるのを待っていた。ところが何も起こらず、余計にぴりぴりして、恩知らずだとレインボーに言われた。サマーはそのとき初めて、自分が怒りっぽくなっていたのに気づいた。それから、いらだちをコントロールして……さらに待った。

そしていま、海岸沿いの道路を運転してイーグル・ロードへ向かい、環状の私道を通って、ハートマン家の裏に車を止めた。

この海に面した大きな窓のついた広い平屋の住宅は、五十年以上前に建てられた。三百七十平米ほどしかなく、富裕層の別荘としては狭すぎる。だが、魅力はそのロケーションにあった。絶え間ない風にねじ曲げられた美しいイトスギの木立が、家を取り囲んでいる。曲がりくねった長い小道が水景を取り入れた庭を通り、がたがたの細い階段につながっている。それをおりていくと、家族でピクニックや散歩ができる広々としたプライベートビーチがあった。

ハートマン家はサマーの最初の顧客だ。昨日、別荘を貸しだしたから準備をしてほしいと連絡があったのだ。ハートマン家は一度苦い経験をしてから、知らない人には別荘を貸さないはずなので、サマーは不思議に思った。でも、トニー・パーンハムのハロウィン・パーティーに出席するために、友人が来るのかもしれない。

ヴァーチュー・フォールズは、パーティーの招待客に関する噂で持ち切りだった。著名人や映画スター、ハリウッドの黒幕たちが集まるのだ。招待客は羨望と噂の的だった。サンフランシスコのケータリング業者を雇うほかに、地元民からも給仕を募集していて、二十五歳以下の俳優志望者は全員応募していた。

サマーは幸運だった。誰もが欲しがる招待状を手に入れたのだ。社交的な催しに参加するのは一年以上ぶりだから、思いきり楽しむつもりだ。

裏口の前で鍵束からハートマン家の鍵を選びだし、洗濯室に入って暗証番号を入力した。家のなかに入ると、警報装置をセットし直し、サーモスタットを二十二度に設定した。海辺で湿気が多いから、シーツとタオルは除湿機のなかに保管してある。滞在者の人数は確定していないとのことだったので、シーツを五枚、五つあるベッド全部の分を取った。寝室を調えたあとで、タオルを取りに戻ろう。

家のなかは静まり返っていて、サマーはミセス・ドヴォルキンがいないことを残念に思った。いつも彼女が掃除をしてくれていたからだけでなく、ひとりで寂しかった。

ミセス・ドヴォルキンはようやく退院したばかりで、脳震盪《のうしんとう》から完全には回復しておらず、全身すり傷だらけだ。とはいえ、彼女のとっさの判断によって、それくらいですんだのだ。車が加速する音が聞こえた瞬間、ミセス・ドヴォルキンは路地に向かって走った。車は左へ急カーブして追跡し、れんがの壁に激突してから、彼女を吹き飛ばした。ミセス・ドヴォルキンはプラスチックのごみ箱にぶつかったあと、道路に当たって跳ね返った。目撃者がアパートメントから急いで出てくると、車はバックして路地を抜け、猛スピードで走り去った。車はブラウンのスバル・フォレスターで、ワシントン州のナンバープレートの三桁の数字からも、手がかりは得られなかった。ワシントンではよく見られる車種で、ナンバープレートは盗まれたものだというのが、ジェイコブセン保安官の見解だ。

そういうわけで、ミセス・ドヴォルキンが元気になるまで、サマーがひとりで家の準備をすることになった。静けさを埋めるためにリビングルームへ行って、ステレオのスイッチに手を伸ばした。そのとき、背後で物音がした。

サマーはシーツを落とし、ジャケットの下のホルスターにおさめた銃をすばやく抜いた。そして、暖炉のそばの安楽椅子から立ち上がった男に向けた。

男は両手を上げて、何も持っていないことを示した。

サマーは大きく息を吸って鼓動を鎮め、銃をおろした。「ケネディ・マクマナス。ようやく来たのね」

ケネディ・マクマナス。彼に見つかった。彼が探しに来た。実物を、生きて呼吸している彼を見て――吸いこまれそうな青い目にじっと見つめられて……この瞬間がついに訪れたことを自分が喜んでいるのかどうかわからなかった。ただ、なんでもないことのようにふるまうつもりだ。この瞬間を予期していなかったわけではないけれど、なんでもないことであるはずがない。

サマーは言った。「あなたが来るとわかっていてよかった。そうでなきゃ、あなたの胸の真ん中に穴が開いていたわ」

「テイラー・サマーズ」ケネディが両手をおろした。その手は震えていなかった。「早撃ちだな」

サマーはインターネットで彼の声を聞いていた。同じ声だったものの、名前を、みんなが知らない名前を呼ばれてぞっとした。「サマー、いまのわたしの名前はサマー・リーよ」

「サマー・リー」ケネディが言った。

「ハートマンさんの友人なの？」

「友人の友人だ」

ケネディほどの人脈があれば、当然だろう。「わたしからのメールを受け取った？」

「ジョシュア・ブラザーズが転送してくれた」

「どうやってわたしを見つけたの？」

「ぼくの得意な戦略的データ検索によってだ。それには出発点が必要だが、きみのメールが情報を与えてくれた」ケネディの黒い髪はきちんと整えられていた。黒いスーツに白いシャツ、赤ワイン色のネクタイという、株主総会に出席するビジネスマンのような格好をしている。

だが、洗練された装いは隠れみのにすぎない。あつらえのジャケットと糊のきいたシャツの下に、港湾労働者やレスラー、兵士のような肉体が隠れている。頭のいい女性ならそのギャップに気づいて、彼の扱いに注意するだろう。

サマーはとても頭のいい女性だ。グロック26ジェネレーション4の安全装置をかけてホルスターにしまうと、ジャケットのしわを伸ばした。「手編みのマフラーのようなものね。一本の糸を引けば、すべてがほどける」身をかがめてシーツを拾った。

ケネディが出し抜けにサマーの目の前に立った。

サマーは背筋を伸ばした。

彼は背が高く筋肉質で、手も足も大きい。それなのに、どうしてそんなに速く、静かに動けるの？

ケネディが両手でサマーの肩をつかんだ。彼女の驚いた顔を見おろし、強い口調できいた。「いままでどこにいた？」サマーに答える暇を与えず、抱き寄せた。まるで姿を消した恋人か、海で死んだと思っていた妻、あるいは人生で一番大切な人が戻ってきたかのように。

サマーは用心深く体をこわばらせ、彼の気持ちや、その行動の理由を読み取ろうとした。サマーを驚かせようとしているのか、傷つけようとしているのか。それとも、ただの変人なのか？

彼はただ……サマーをそっと抱きしめている。彼のぬくもりに包まれ、サマーは徐々に肩の力が抜けていった。困ったことになった。一年以上誰かを抱きしめたりはもちろん、触れたりもしていなかった。体が愛情に飢えている。「何してるの？」恐る恐るきいた。

「一年だ。一年間ずっと、きみは生きていると信じて、どこにいて、何をしているのだろうと考えていた。それがいま、ここにいて――」ケネディは感情に圧倒されたかのように、声を詰まらせた。

「わたしたちはお互いのことを知らない」サマーは彼に言い聞かせるようにきっぱりと言った。「初めて会ったのよ」

「ぼくはきみのことを知っている」ケネディがサマーの首筋を撫で上げ、短い髪に指を差し入れると、頭を彼の肩に押しつけた。

サマーはされるがままだった。

突き放す力はなかった。「じゃあ、わたしに関するニュースは信じなかったのね？」

ケネディが鼻先で笑った。「きみがマイルズを誘拐した犯人のひとりだって話をか？　ぼくはばかじゃない」

「あなたがばかだとは思っていないけど、マイルズは転倒して脳を損傷したとニュースで言っていたから、わたしの無実を証明できないかもしれないと思っていたの」

「それは嘘だ。マイルズは軽い怪我ですんだ。脳損傷の話をでっち上げたのは、逮捕につながるような情報をマイルズは提供できないと、犯人に思わせるためだ」

「甥っ子さんが無事でよかった」サマーはほっとした。

「マイルズがきみは無実だと教えてくれた」ケネディがサマーの首筋を揉《も》んだ。気持ちがいい。「よかった。でも、それならマスコミがわたしを叩くのをどうして放っておいたの？」

「マイルズの安全のためだ。事件の記憶はまったくないと公表した。きみが事件に関与しているという警察の推理を否定することはできなかった。ぼくがきみの無実を信じていることに、きみが気づいてくれるよう願っていた」

「あの報道のせいで隠れるはめになったのよ」

「そのせいでぼくは、きみに何があったのか知りたくて、頭がおかしくなりそうだった」

サマーは嫌味《いやみ》を言いたくなった。「それはお気の毒さま」

ケネディは口ごもり、作戦を変更した。「すまなかった。評判を台なしにされて、つらかっただろう」

「つらい？」つらいなんてものじゃない。「目の前で起きていることが信じられなかったわ。あんな嘘をつかれて……実の母に。『ドクター・フィル』に出演するなんて」もはや関係は修復できない。

「申し訳ない。すべて片がついたら、イメージを回復しよう」

「もちろんよ」

「どうしていまになって連絡する気になったんだ？」

「あなたは理性的で、とても誠実だといろいろなところで書かれていたから、わたしは無実だと納得させることができると思ったの。万一わかってもらえなかったとしても、わたしを保護するよう取引できるし、あなたは約束を破らないだろうって」

「ぼくは約束を破ったことがない」

「知ってる」サマーは気力がくじけないうちにきいた。「甥っ子さんを誘拐した人物を知りたい？」

「もちろん。教えてくれるのか？」

「ええ。でも条件があるの」

「わかった」ケネディの聞き分けのよさに、サマーは驚いた。主導権を握らせてもらえるとは思わなかった。

インターネットで彼の写真を見て、分析好きな厳格で情け容赦のない冷たい男性だと、絶対に関わりたくないタイプだと決めつけていた。だいたい合っていたけれど……抱きしめられて、冷たいとは感じなかった。もしこの優しさが感情表現でないとしたら……どんなたくらみがあるというの？　何を得ようとしているの？

いいにおいがする。

サマーはそっと息を吸いこんだ。マツや柑橘《かんきつ》類のような香り。プレゼントやサプライズが待っているクリスマスの気配のような。

そんなことはどうでもいい。彼の意図や戦略を見抜かなければならない。

ケネディがサマーの頭に頬を預けた。

サマーは目を閉じて吐息をもらした。

もし彼に悪意があるのだとしたら、それを優しさと、罪深い魅惑的な香りでうまく隠している。

ケネディがサマーの顎を持ち上げてキスをした。サマーがはっと息をのんだ隙に、舌を入れてきて……。

〝ちょっと待って〟

サマーは彼を突き飛ばした。急いであとずさりし、唇を手でぬぐった。「やめて」抱擁なら友達同士でもする。でも、ディープキスは話が別だ。「どういうつもり？」

ケネディは息を切らしながら、両腕を広げて訴えた。「ぼくは決してあきらめずにきみを探しだした。きみは生きているとずっと信じていた」

見方によっては、うれしくも気味悪くも思える。

サマーはケネディを見つめた。額に無造作に垂れかかった黒い髪やきらきら光る青い目は、実務一辺倒の人間らしくなかった。

だから……うれしいと思うことにしよう。「そうは言っても」サマーは彼だけでなく、自分に言い聞かせるように言った。「出会ってから二分も経たないうちにディープキスをしてもいいってことにはならないわ」玄関に、逃げ道に向かってあとずさりする。彼が結局、レイプ魔や頭のおかしな人だったときのために。

あるいは……誘惑すればサマーを支配できると思っているのかもしれない。きっとそうだ。孤独につけこんで、支配しようとしているのだ。「絵が送られてくるたびに、その女と寝るの？」

「いや、きみだけだ」

バリトンの声を聞いて、歌声もきれいだろうと思った。「でも……わたしたちはつきあってないわ」

「ぼくのキスはよかっただろ」

サマーは膝が震え、サイドテーブルに寄りかかった。「だからといって、わたしは近づいてくる男全員と寝たりしないわ」

「知ってる」

それでも、サマーは彼を信用できなかった。一度決めたらすばやく行動する人だ。

「どうしてわかるの？」

「この一年、ぼくは毎日、毎晩きみの写真を眺めていた。きみのメールや、仕事のメモを読んだ。きみが誰と寝て、誰と寝なかったかを知っている。婚約破棄した理由も。父親の葬儀に参列しなかったとしても、その死にひどくショックを受けていることも」

ケネディに調査されるのは予期していたが、心のなかまでのぞきこまれるとは思っていなかった。「よくもそんな——」

ケネディがきらきら光る真剣なまなざしでサマーを見つめた。「高校生のときの日記を読んだんだ」近づいてはこなかった。

それなのに、彼の言葉や、大きな体や態度に追いつめられ、身動きが取れなくなったかのように、サマーはテーブルに寄りかかったままじっとしていた。「どこで手に入れたの？」

「きみのお母さんから。金を払った」

お金を受け取った母以上に、プライバシーを侵害したケネディに裏切られた気がした。母には最初から何も期待していない。「あなたはもっとモラルのある人だと思っていたのに」

「会ったことはなくても、きみの写真を初めて見たときから、きみがどういう人間かわかった」

「ひとりで生きる方法を知っている女だと気づいたのね」

「そうかもしれないと思った」説得力のある低い声を聞いて、サマーは膝の力が抜けていった。「だが、ぼくと仲よくする方法は知らないみたいだ」

「わたしがあなたに求めるものは身の安全だけよ」それ以外のものは危険すぎる。

「セックスするかどうかに関係なく、きみの安全は保障する。ただ、これだけは聞いてくれ」ケネディがゆっくりと近づいてくる。サマーに逃げる隙を与えるように。

サマーは逃げなかった。逃げるつもりはない。

ケネディが言う。「きみについて知らないことがふたつだけある。この一年、どこにいたのかと、ぼくとセックスで燃え上がれるかどうかだ。ひとつ目の疑問にきみが答えてくれるかどうかはわからないが、ふたつ目の答えはイエスだろう」

「あなた、何かに取りつかれているんじゃない？」サマーはぞっとした……と同時に、不覚にも体が熱くなった。

「ああ」ケネディがサマーの手を取り、互いの手のひらを合わせたあと、ゆっくりとなまめかしく指を絡みあわせた。それから、身を乗りだして、唇と唇を触れそうなくらい近づけた。彼の息がサマーの鼻孔を満たした。彼から熱気があふれでている。

「執着とはどういうものか見せてあげよう」

41

サマーは目を閉じた。

この流れに乗れば、ケネディ・マクマナスに身を任せれば、サマーは支配権を譲ることになるだろう。そのために地獄をくぐり抜けてきたわけではない。

目を開けて彼の手を振り払い、突き飛ばした。この一年のあいだに、適応すること、すばやく決断することを覚えた。出来事がテイラー・サマーズを形作るのではない。彼女が出来事を引き起こすのだ。

ケネディの胸をつかんで、目をのぞきこんだ。できる限りそっけない口調で言った。

「絵はiPadに入ってるの」

彼の目になんらかの感情がよぎった。すばやく抑えこんだ怒り？　違う。誘惑が失敗したことに対するいらだちだろう。

「取ってくるわ」サマーは廊下を歩いて洗濯室を通り抜け、裏口から出た。そして、車のトランクからブリーフケースとダッフルバッグを取りだすと、家に戻った。

ケネディが戸口に立っていた。かきむしった黒い髪が乱れている。写真でおなじみの険しい表情でサマーを見ていた。

「何?」そうきいたものの、サマーはケネディの考えていることがわかった。サマーが逃げだすと思ったのだ。

彼はわかっていない。もう逃げるのはやめたのだ……マイケル・グレーシーが追いかけてくるまでは。

ドアへ、ケネディへ向かって落ち着いた足取りで歩いた。

ケネディが脇へよけた。

重苦しい沈黙のなか、リビングルームに戻った。

サマーはコーヒーテーブルにブリーフケースを置いてiPadを取りだすと、隠しファイルを開いてからケネディに渡した。「どうぞ。目を通していて。わたしは……手を洗ってくるわ」

来客用のバスルームへ行き、言ったとおり手を洗った。何度も。鏡を見つめて、衝動的なセックスはろくな結果にならないと自分に言い聞かせた。少なくとも、サマーの場合は常にそうだった。

それでも、サマーは求めていた。長いあいだスキンシップに飢えていた。情熱的に抱きしめられ、男性の体に酔いしれたかった。ケネディ・マクマナスの香りはピュアな恋を思いださせた。独身最後のパーティーに登場するストリッパーのような体つきに、五感を刺激された。

体をうずかせる彼を憎たらしく思った。

サマーはよく手を拭いたあと、ドアを開け、廊下を歩いてリビングルームへと戻った。

ケネディがサマーをにらみ、ｉＰａｄを差しだした。「きみのもとの生活と評判を取り戻させるという協定書にサインしてほしいのか？」

自信満々の口ぶりできかれたので、サマーはからかわずにはいられなかった。「できないの？」

彼の目に怒りが浮かび、胸が——すばらしくたくましい胸が波打った。「くそっ、きみには逆らえない」

サマーは一瞬遅れて理解した。「甥っ子さんが誘拐されたのはあなたのせいだから？　そうだとしても、わたしに助ける義務はなかった。木立に隠れて、何も見なかったふりをすることもできた。警察に通報して、一生罪悪感を抱えることも。だから、それについては、あなたに責任はないわ。わたしが自分で選んだことなの」声が詰まった。「自分で」

「わかってる。きみはぼくの甥を助けることを選んだ。すばらしいことだ」ケネディが近づいてきて、サマーの左手を取ると、小指を親指と人差し指でつまんだ。「それに、マイルズを助けたことで、ぼくの想像以上の犠牲を払ったようだ」

サマーは手を引っこめて拳を握った。

小指を失ったことを犠牲とは思っていなかった。生き延びるための手段だった。でもいまは、彼に罪悪感を持たせようとしているみたいで、決まり悪くなった。「人生を取り戻したいの。評判を回復したい。もうびくびくして暮らすのはいや。わたしの選択に対する代価を請求しているのよ」

ケネディがサマーの目を見て言った。「必ず払うよ」シャツのポケットからタッチペンを取りだして協定書にサインしたあと、ｉＰａｄをコーヒーテーブルに置いた。

「全力を尽くす」

「あなたはケネディ・マクマナスよ。期待できるわ」サマーは餌をちらつかせた。

「じゃあ、ジミーという人物の正体を突きとめて。あなたの甥を誘拐した男よ」玄関に向かって歩きだした。

ケネディがついてきた。「ジミー？　なんてこった、知り合いにジムもジェームズもジミーもたくさんいるぞ。だが、ぼくに敵意を持つ人物はひとりもいない」

なんとも無邪気なものだ、とサマーは思った。「あなたは成功者よ。それだけで敵意を持たれる理由になるわ」

「そんなばかな」

無邪気で、実にケネディらしい。彼について書かれた記事を読んだ限りでは、複雑な技術的問題は理解できても、人間の本性についてはあまりわかっていないようだった。彼と議論しても、いらいらさせられるだけだろう。裏口のドアを開けた。「これだけは信じて。あなたはなんらかの形でその男を本気で怒らせた……あなたは友達だったと言ってたわ。信用していたのに裏切られたと」

ケネディは車までついてきた。「どこへ行くんだ？」

「家の準備をするようハートマンさんに言われたのよ。冷蔵庫にストックする基本的なものを入れたクーラーボックスを取りに来ただけ」

「その必要はない。ぼくたちはここには滞在しないから」

サマーはこうなることを予測していた。「もちろん、わたしはしないわ。町にアパートメントがあるから」

「ヴァーチュー・フォールズではきみの安全を保障できない。カリフォルニアへ行こう。うちのセキュリティチームにきみを預ける」

〝そんなのごめんだわ〟「わたしの安全を保障してほしいなんて頼んでないわ。自分の身は自分で守るから」サマーは腕時計を見て言った。「二時間後に建物の検査をしに行かなきゃならないから、冷蔵庫を補充できるのはいまだけなの。ほかにもやることがあるし」

ケネディが壁のごとく立ちはだかった。「もとの生活を取り戻したいと言っただろう。ここでの仕事にどうしてこだわる?」

サマーは車に片手を置いて身を乗りだした。「ヴァーチュー・フォールズでの生活を気に入ってるからよ。別荘コンシェルジュの、建築コーディネーターの仕事が好きなの。自営業で需要がある。数年のあいだにほかの沿岸部、オレゴンや北カリフォルニアまで事業を拡大するつもりなの。人生を取り戻したいと言ったのは、本名を使えるようになりたいという意味。それか、サマー・リーに法的に改名したい。偽の身分証でびくびくしながら飛行機に乗りたくないの。それから、友達にも会いたい。人殺しの誘拐犯だと悲鳴をあげて逃げられる心配をせずに。怯えずに暮らしたいのよ」

「きみの言うとおり、ぼくは誰を相手にしているのかわかっていない。だが、そのジミーという男が何者にせよ、カリフォルニアのほうがどちらにとっても安全なのは間違いない」

「最近は誰にも殺されかけていないから、カリフォルニアには行かない」サマーは作り笑いをした。「さあ、どうするの？　冷蔵庫を補充してほしい？　それとも、カリフォルニアに戻って、ジミーを見つけて逮捕する方法を考える？」

「どこにいようと、必ず見つける」

サマーは彼の目を見つめた。

ケネディが降参した。「ここに残るよ」

「そう」サマーはトランクからクーラーボックスを取りだした。「食料品の袋を運んでくれる？　一緒に準備しましょう」

ケネディが袋を持ち、サマーのあとについて歩きだした。「このあとの仕事にもついていく」

「絶対にだめ」サマーはクーラーボックスを置いて、ケネディが家のなかに入るのを待った。

「きみをひとりにはさせられない。ぼくは財産家だから、テロリストから身を守る授業を受けていいるんだ」

「わたしもそういう本を読んだし、授業も受けたわ。オンライン授業だけど、ために
なった」ケネディが家のなかに入ると、サマーはドアを閉めて鍵をかけた。「でも、
わたしが生きていることをジミーが知ったら、スナイパーを雇うだろうから、どうし
ようもないわ」
ケネディがいらだたしげに拳を握ったり開いたりしながら、そわそわと歩きまわっ
た。
「それに、あなたと一緒にいたらもっと危険だわ。ジミーはたぶんあなたを監視して
いて、ヴァーチュー・フォールズに来た理由を考えているはずよ」
「誰にも言わずに来た」
「ジミーは監視しているのよ」サマーは繰り返した。「それに、抜け目がないから、
あなたがここにいることを知っているはず。休暇か仕事で来たと思ってくれればいい
けど。だから、あなたを引き連れて、わたしが生きていることを知らせるわけにはい
かないの」キッチンへ行った。「とにかく、ひとりにはならないから。建設現場には
作業員たちもいる。基礎工事は完了したんだけど、あとから家のオーナーがワインセ
ラーを造りたいと言いだしたの。岩をくり抜いてできた壁に見えるようにコンクリー
トを流しこむんだけど、技術がいるのよ。別荘にしては大きなセラーで、最大で二千

本のボトルを貯蔵できるんだから。そろそろ行かないと。午後に注入作業が予定されていて、現場監督に許可を与えなければならないの」

ケネディは知ったかぶりをしなかった。「さっぱりわからない」

サマーはクーラーボックスを開けた。「わたしは鉄筋を検査して――鉄筋ってわかる？」

「コンクリートを強化する長い鉄の棒のことだろ」

「そう。補強材。作業員がコンクリートを流しこむ前に、鉄筋のサイズと間隔を検査して、建設業者が安上がりな方法を取っていないか確認するの」サマーは冷蔵庫の補充を終えると、ケネディのほうを向いた。

ケネディは彼だけが理解できる秩序だった方法で戸棚に食料品をしまっていた。

「ここは地震が起きやすい。手抜きをしたら……危険じゃないのか？」

「そのとおりよ。地震が多くて、規模も大きいから、鉄筋の配置や量が重要なの。骨組みも同じよ。きちんとしていないとだめ。景観設計家《ランドスケープ・アーキテクト》が重機を使って、大きな木を移動させているの。すばらしい邸宅になるわ」サマーはわくわくしていた。パーンハムの別荘は、サマーが初めて基礎から完成まで関わった住宅だ。

ケネディが食料品の入っていた袋をたたんでサマーに渡したあと、時計を見た。

「二時間後に仕事があるなら、いま話を聞きたい。最初から話してくれ。マイルズが誘拐された日のことをひとつ残らず。きみはどうしてあそこにいた？　何を見た？　何を聞いた？　何があった？　どうやって逃げたんだ？」

42

サマーの生き生きとした表情が目に見えて暗くなった。

「いいわ。じゃあ、本題に入りましょう」ケネディに背を向け、リビングルームへ移動した。

ケネディはあとを追った。「わからないな。あちこち旅してパリや東京やタージ・マハルを見てきて、ファッション界の一流インテリアデザイナーたちのもとで働いていた女性が……どうしてコンクリートの洞窟造りや、間柱や結構《トラス》や継手に夢中になれるんだ？」

「わかってくれなくて結構よ。わたしだって、人のパソコンの中身を探ったり、追跡したりする面白さは理解できないもの。あなたが変人だと言ってるわけじゃないから」

ケネディは自分が失言をしたことに気づいたが、何が悪かったかまではわからなかった。「ぼくもきみが変人だと言いたかったわけじゃない。説明を求めただけだ」

サマーが安楽椅子に座り、膝の上で両手を組みあわせた。「女があなたに言いたいことをわかってもらおうとしても、みんな失敗しそう。あなたは自分にとって論理的なことしか理解できないのよ。理解力がないってこと」

ケネディは自分にとって論理的なことはつまり論理的なことだと指摘しようとしたが、その前にサマーがマイルズの誘拐事件について話し始めた。

ケネディは少し離れたところへ移動した。サマーは短い髪が似合っていて、顔がはっきり見えた。表情豊かな顔に、決意や恐怖や不安が次々とよぎる。事件を明確に記憶している一方で、感情を切り離して話していた。

ケネディはそのことに驚いた。彼女について徹底的に調査したと言ったのは事実だ。そして、いくつかの結論に達した――彼の甥を助けたテイラー・サマーズは欠点が多く、たいして好きではない仕事をしていて、感情の起伏が激しくてすぐに恋に落ち、そのあとで婚約破棄をする。思考と感情が分かれておらず、しかも絶えず変化するような女性だった。

ところが、彼女が予想に反してきぱきと動く姿を見て、自分の名前を訂正する声を聞き、長いあいだ研究してきたテイラー・サマーズが焼け死に、サマー・リーとして不死鳥のごとくよみがえったのを知って、ケネディは喜びに包まれた。そして、彼女を抱き寄せて……キスをした。彼女が誘惑に負けていたら、セックスをしていただろう。もう落ち着きを取り戻したが、あんなふうに愚かなまねをした自分が信じられなくて、不安が込み上げた。まるで魔法をかけられたみたいだ。

サマーの言葉を聞いて、ケネディは物思いから覚めた。「誘拐の主犯はシーモア・〝ダッシュ〟・ロバーツよ。知ってる?」

ケネディは彼女から見える場所に戻った。「ああ。たしかなのか?」テイラー・サマーズはかわいらしい女性という感じで、フットボールファンには見えなかった。

「ダッシュはランニングバックよ」サマーが言う。「あんなに足の速い人を見たのは初めて。わたしを撃とうとしなければ、わたしは捕まっていたわ」

「どうしてダッシュ・ロバーツがぼくの甥を誘拐するんだ?」

「ボスに命令されたから」サマーが真剣なまなざしでケネディを見た。「ダッシュが姿を消したのは知ってる? ジミーの部下は、失敗は許されないの」

ケネディが初めて聞く情報だ。「殺されたと思っているのか?」

「殺されたのよ。目撃したの」

ケネディは今度こそ本当に驚いた。「殺された。ダッシュが殺されるところを見たのか?」

「銃殺刑みたいに、頭を撃ち抜かれたの」サマーの口調は冷静だった。「誘拐事件から数カ月後……その日がわたしがワイルドローズ・ヴァレーにいた最後の日になった」右の手のひらで左手の小指をそっと包みこんだ。

「ジミーにか?」

「ダッシュはそう呼んでたわ。ジミーって」

いったい誰だ? サマーは——ケネディも、とんでもない凶悪犯に目をつけられたようだ。銃を携帯するほど彼女を怯えさせるとは。彼女はおまけに武器にもなりそうな革のベルトをつけている。「焦らなくていい。その話はあとまわしにしよう」などめるような口調になった。

ところが、サマーはいらだった目つきで彼を見た。「焦ってなんかいない。あなたの質問に答えただけ。でも、二度と話が本筋からそれないよう気をつけるわ」

おかしなところで腹を立てるものだ。

サマーは山を駆け上がり、洞窟に飛びこんだところまで話すと、急に口をつぐんだ。

「それから?」ケネディはうながした。

サマーは口を開け、ふたたび閉じた。息を吸って話そうとしたが、声が詰まった。

目に涙が込み上げ、首を何度も横に振ったあと、ようやくかすれた声で言う。「ごめんなさい」

「ダッシュが追いかけてきたのか？」

サマーがかぶりを振った。

「コウモリか洞窟魚でも――」

サマーが緊張をやわらげようとするかのように喉に手を当てた。「大丈夫だった。そこに隠れていたの……ひと晩じゅう。外に出たけど、暗くて。ただ……暗くて」

つらい体験をしたのだから、心的外傷後ストレス障害《PTSD》を発症して当然だ。だが、恐ろしい誘拐について説明したあとで、安全な洞窟の話でためらうのは実に奇妙だ。ケネディは腕時計を確認した。暗闇に対する恐怖の話は省略しても問題ないだろう。あと一時間と少ししかない。それに、これ以上サマーといると、理解できない感情、この自分が抱くとは夢にも思わなかった情熱にのまれてしまいそうだった。「洞窟の部分は飛ばそう。洞窟から出て、車のところへ戻って……」

サマーが話を引き継ぎ、爆発のあと山に逃げこみ、ダッシュに見つかって殺されるのではないかと怖かったと言った。「でも、見つからなかった。わたしのほうがダッシュを先に見つけて、ダッシュがわたしに気づいたのは……」ふたたび手のひらで短くなった小指を包みこんだ。「弾が当たる直前に、わたしを見たような気がするの」

「それはいつのことだ?」

「十二月のはじめ」

「八月から十二月までソートゥース山脈にいたのか?」

サマーがまっすぐ前を見た。そして、うなずいた。

「厳しいところだ」ケネディはずっと気になっていたことをきいた。「十二月まで、いったいどうやって生き延びたんだ?」

「仕事を変えたの」サマーがかすかに笑った。「泥棒になったの」

ケネディは子どもの頃の殺伐とした記憶がよみがえり、心底ぞっとした。両手を、財布を抜き取ったりダイヤル錠の金庫を開けたりするのが得意な器用な指先を見おろした。「泥棒になった。つまり……物を盗んだんだな」

「食料やサバイバルグッズを」サマーが笑った。

陽気な態度に、ケネディはいらだった。

サマーが言葉を継ぐ。「一軒目は、警察に通報するつもりで不法侵入したの。食事が先になったけど。ものすごくおなかがすいていたから。それで、パソコンを見たら、わたしが誘拐犯にされていて……身動きが取れなくなった。どうしたらいいかわからなくて、ただ……わかるまで生き延びようと思ったの」首を横に振る。「山のなかで生き続けることなんてできない。ねぐらも、食料も、人との触れ合いもなくて、孤独で頭がおかしくなりそうだった。実際……おかしかった……幻覚を見たの」

ケネディは言い訳に心を動かされなかった。「一軒目と言ったな。複数の家に押し入ったのか？」

サマーがうなずいた。

「技術がないと泥棒にはなれない。訓練が必要だ」

「なんでもインターネットで学べるわ」サマーがジャケットを脱いだ。汗をかいている。緊張しているのだ。罪悪感からか？

ケネディはそうであることを願った。

サマーが言う。「生き延びるには家に押し入るしかなかったの」

「ほかにも方法はあったはずだ」

サマーがケネディを見て、目をきらりと光らせた。「たとえば？」

「ぼくに連絡すればよかった」

「そんなことできたと思う？」彼女の声に皮肉がまじった。「あなたはお金持ちだから、スタッフに守られている。ヴァーチュー・フォールズに来て数カ月経った頃に、あなたの会社に電話をかけてみたけど、用件をしつこくきかれたの。すぐに切ったわ。メールをあなたの会社のメールアカウントに直接送ることも考えたけど、ほかの人も読むかもしれないし、ジミーが侵入する可能性もあるからできなかったのよ」

不愉快な考えだ。「まさか」しかし、ジミーはあのきちんとした女性、ヘレン・アレンを買収できたのだから、サマーの言うとおりかもしれない。

「わたしはあなたが欲しい情報を持っている。でも、あなたの問題に関わったせいで二度も殺されかけたの。失敗から学んだわ。わたしの居場所や個人情報を与えないほうがいいって。だから、わたしが殺されたり、逮捕されたりせずにあなたの注意を引けそうな方法で連絡できると確信するまで、行動しなかった。あなたの敵との争いごとで、わたしが無駄死にするはめにならないという保証が欲しかったの」

「ぼくの敵。ジミー」ケネディは窓辺へ行って海を眺めた。「モーティマーだったらよかったのに」

「ええ?」サマーの声が大きくなった。

「ジミーは大勢いるから」

サマーが立ち上がった。顎を上げ、両手をまっすぐおろし、拳を握りしめて彼のほうを向く。「ジミーがいま使っている名前を知っているの」

ケネディはぱっと振り返った。「なんて名前だ？」

「マイケル・グレーシー。知ってる？」

ケネディは口を開け、ふたたび閉じた。嘘だろ？　そうだとしたら、ばかばかしい大嘘だ。「何年か前に、投資を考えていた会社の株主総会で会ったことがある」サマーに考え直す気配はないか、その顔をよく見た。

「マイケル・グレーシーを調査したの。彼が監視しているかもしれないから、深く探る勇気はなかったけど、自称どおりの人物に見えたわ。さまざまなところから利益を上げる億万長者」サマーは衝撃的な事実を打ち明けることを楽しんでいた。「でも、本名はジミーで、あなたを心の底から憎んでいる」

「彼がぼくを憎む理由はない」

「きっとあるのよ。あなたが忘れているだけで」サマーが身をかがめ、ジャケットを取って羽織った。「さて、わたしが持っている情報はこれで全部よ。もうわたしは必要ないでしょ。カリフォルニアへ戻ってチームと調査を始めてちょうだい」

だめだ。ケネディはサマーを完全に信じたわけではなかった。それでも、離れる気になれなかった。まくしたてるように言った。「従業員を使うことはできない。ぼくの甥を誘拐した人物――ジミーだかマイケル・グレーシーだかは、善人をも買収する驚くべき能力の持ち主だとわかっている」故意にせよ不注意にせよ、社内でさらに裏切り行為が発生していないか気をつける必要があることに、いま気づいた。「部下を使ったら、ジミーが警戒するかもしれない。ぼくひとりでやらなければならない」サマーは彼に帰ってほしいという本音と、公平な意見のあいだで葛藤している様子だった。ようやく、しぶしぶといった感じで言った。「それだと時間がかかるんじゃない？」

「ああ」ケネディは認めた。「だが、ぼくが一番有能だ。どんな状況でも真実を見つける」

マイケル・グレーシーを一刻も早く倒す方法をケネディに見つけてほしいとサマーが望んでいるということは、マイケル・グレーシーこそ彼らの敵だと彼女が心から信じているということだ。「それならいいわ」サマーが背を向けて出ていこうとした。

「すべて解決して、わたしが普通の生活を送れるようになったら連絡して」

「待て！」ケネディは彼女の腕をつかんで引きとめようとした。

サマーが両の拳を振り上げた。

彼女が拳銃を抜かなかったことを喜ぶべきだろう。「きみの助けが必要だ。それに、きみだってぼくの助けが必要なはずだ」

サマーの顔に疑念の表情が浮かんだ。ケネディは表情を読み取った自分に驚いた。彼は権力者で、他人に顔色をうかがわせ、要求をくみ取らせることに慣れていた。他人の気持ちを読み取る必要はなかった。だがいまは、なんらかの妥協をする必要があるようで、妥協しなければならないのは彼のほうらしい。「仕事に行ってもいいが、戻ってこい。頼む。戻ってきてくれ」

ケネディの胸が波打った。サマーは突き飛ばしたいのか、平手打ちしたいのか、キスしたいのか判別のつかないまなざしで彼を見つめた。「わかった。検査をすませたら、ここに戻ってくるわ。でもこれだけは忘れないで——わたしはあなたがいなくてもいままで生き延びることができたのよ。わたしが今日死んだとしても、ぼくが助けようとしたのに、わたしが聞き入れなかったせいだなんて思わないでね」

「きみはすでに死んだことになっているじゃないか」実際に会う前から、ケネディはサマーのことを心配していた。彼女の腕の数センチ上で両手をとどめたまま、身を乗りだした。「きみが必要なんだ」ささやくように言ったあと、そばにいてほしいという思いを込めてキスをした。

ケネディが唇を離すと、サマーはごくりと唾をのんだ。まばたきしながら目を開け、彼を見つめた。

女性とつきあうとき、ケネディは適度な距離を注意深く保ってきた。だが、サマーの性格をまだ充分に理解しきれていないにもかかわらず、彼女とは距離を置きたくなかった。

「わたしたちには共通点がひとつもない」サマーが言った。

「ひとつある。ふたりともひどい親を持った。信用できず感情的で、支配的な親を」

サマーが驚いた顔をした。

ケネディも自分に少し驚いた。気になる相手だからこそ、いろいろ見抜けるのだろう。

サマーが体を引いて、ジャケットのついてもいないしわを伸ばした。「あなたは――ここで仕事をしていて。でも気をつけてね。マイケル・グレーシーはスパイ行為の天才だから」

「ぼくがスパイ行為をしないからといって、その才能がないことにはならない」ケネディは彼女を安心させたいというよりも、感心させたがっていた。「透明人間になって、インターネットを使う方法がある」

「それならいいけど」サマーが唇をなめた。「町には行かないで」

ケネディはその警告を気に留めなかった。「電話番号を教えておいたほうがいいな。

名刺を渡すよ」

サマーがジャケットのポケットに手を入れた。ふたりは用心深い他人同士のように名刺交換をした――意思に反して求めあう男女ではなく。

「どのくらいで戻ってくる？」ケネディは尋ねる権利があると思った。

彼女もそう思ったらしく、素直に答えた。「三時間くらい。もしかしたら四時間かかるかもしれない。建設現場はほんの数キロ先なの。アパートメントに服を取りに行って、それから、ピザか何か買ってくるわ」

「ぼくが料理してもいい」

サマーがじっと彼を見つめた。

「簡単なものしか作れないけど」

ケネディはうれしくてよろめきそうになった。心から。

サマーが初めて微笑みかけてくれた。

「わかってる」サマーは指をひらひらさせて出ていった。「気をつけて」

そして、環状の私道を猛スピードで走り、イーグル・ロードに車を乗り入れた。

自分も仕事に取りかかったほうがよさそうだと、ケネディは思った。マイケル・グレーシーの正体を突きとめる必要があるだけでなく、サマーがふたたび忽然《こつぜん》と姿を消して、またしても彼女を探すことに人生を費やすはめになるのではないかという不安を忘れたかった。

43

　サマーはワインセラーの壁をコンクリートで固定する鉄筋ケージを見まわした。

「かっこよくなりそうね」

　現場監督のバーク・ムーアが身震いした。「完成しても、こんなところには入りたくない。洞窟が嫌いなんだ。どれだけワインがあろうと好きにはなれない」

　サマーはにやりと笑い、自分の意見は差し控えた。自分も洞窟は嫌いだと、みんなに触れまわってもしかたない。

　バークが言葉を継ぐ。「おれはビールのほうが好きなんだ。よかったらこのあと、オハラズ・パブで一杯やらないか。おごるよ」

　あまりにも意外だったので、サマーは考える前に答えていた。「お酒は飲まないの」

　そのあとで、デートに誘われたことに気づいた。さまざまな感情に襲われた――彼に興味を持たれていたことに対する驚き、自分はまったく興味がないことから生じる憂鬱、今朝のケネディとの熱いキスを思いだした羞恥、そして、バークと気まずくなりたくないという焦り。「ごめんなさい」あわてて言った。「あそこのフィッシュ・アンド・チップスはすごくおいしいんでしょう」

「クラブケーキにキャベツとパクチーのサラダがついてくるんだ。いくらでも食える」ベルトの上にのったおなかをさすったあと、まるで何事もなかったかのように仕事の話に戻った。「それじゃあ、もう注入作業に入れるな。建て方大工《フレーマー》を呼んでこないと」

「間柱二本置きくらいに、もっと釘を打つ必要があるわ」

「怠け者のピーター・パクストンがやったんだ。なんでクビにしないのか自分でもわからない。いつもやり直しさせるはめになるのに」

「お子さんが大勢いるんじゃない？」

「ああ」バークのあとについて穴から地下室に出て、階段を上がった。

裏口になる予定の場所から出ると、現場を見渡した。

ケネディに話したとおり、すばらしい邸宅になるだろう。三階建ての骨組みは、太平洋を見晴らす崖の上に組まれ、北端に奇抜な円塔がそびえたっている。敷地のどこにいてもとどろく波の音が聞こえ、崖から見おろすと、歯のごとく突きでた巨大な花崗岩や、鳥やアザラシやアシカが見える。「トニー・パーンハムから連絡は来た？町に来る予定だから、進捗状況を確認したいはずよ」

「町に来るのか？　くそっ！　連絡はないが、ふらっと立ち寄る気だろう」バークがうんざりした様子で首を横に振った。「教えてくれてよかった。助かった」

「どういたしまして。連絡がないなんて驚いたわ。親切そうなのに」

「そういう変わった客がいるんだよ。おれが客の家のリクライニングチェアでビールを飲んでる現場を押さえようと思ってやってくるんだ」

その家は二ヘクタールの森に囲まれている。巨大な掘削機がのんびりと走って、敷地の東側にあるヒマラヤスギの並木へ向かってゴトゴト移動していた。「あれは何をしているの？」サマーはきいた。

バークが掘削機をちらりと見た。「さあな。木を抜くんだろう」

サマーは眉根を寄せた。「トニー・パーンハムはヒマラヤスギを残したがっているのよ」

「ヒマラヤスギか」バークがばかにしたような口調で言った。「アレルギーのもとだぞ」

サマーはバークを見た。

「とはいえ、きみの言うとおりだ」バークがあわてて言った。「金を払ってるのはパーンハムなんだから、本人が残したいって言うんなら残そう。あれを運転しているのはジャック・アーレスタッドだ。腕がいい。あいつを雇えて運がよかったよ。刑務所から出たばかりなんだ」

「運がいい？」

「心配しなくていい」バークが安心させるように言った。「あいつの奥さんでない限りは。元奥さんは欲張りな女で、ジャックは攻撃的になった。それで、接近禁止命令を出されて、酔っ払ってバットで家の窓を叩き割ったんだ」

サマーはぞっとした。「奥さんを傷つけようとしたの？」

「家の価値をさげるためだと言っていた。売ったときに奥さんに大金が入らないように。だが、あまりいい結果にはならなかった。何カ月か刑務所で過ごすはめになった。損害賠償金やら何やらで元奥さんに多額の借金があるから、頼めばいつでも働いてくれる」掘削機の運搬容器《バケット》がヒマラヤスギの手前の地面に食いこむのを見ながら、バークが言った。「造園設計図を持ってるか？」

「ここに入ってる」サマーはｉＰａｄを振った。

「よし、確認して……待て。聞こえるか？」バークが首を曲げて道路を見た。「検査がぎりぎり間に合ってよかった」

コンクリートミキサー車がワインセラーに向かって私道を走ってきた。

バークがサマーの腕をぴしゃりと叩いた。「ずいぶん早く来たな！　木について調べたら知らせてくれ。あっちがすんだらジャックに話す」小走りでワインセラーへ向かった。

「でも……」注入作業がすむのを待っていたら、手遅れになってしまう。

サマーは身震いした。今日は気温がほとんど上がらなかった。十一度で止まったままで、じめじめした冷たい風が吹き、空はどんよりと曇っている。ケネディから逃げるようにして出てこなければ、ハートマン家の上着を借りてきたのだけれど。彼にメールして、何かわかったか確かめたほうがいい……いや、やっぱりやめておこう。すぐにまた会うのだし、生き延びるすべについて説教されるのはごめんだ。彼は死に直面したことがないから、あんなに批判的になるのだ。

どんな状況であれ、ケネディ・マクマナスは厳しく批判するだろうけれど。

気にする必要はない。

それでも、気にしてしまう。

サマーはヘルメットをかぶり直すと、私道の端、二台のピックアップトラック——

屋根職人の新車フォードF350と、ダッジ・ラム1500――と一緒に止めてあるGTOへ向かって歩き始めた。ドアロックを解除し、運転席に乗りこんでエンジンをかけた。ヒーターが足元に冷たい風を吹きつける。「あたたかくなって」サマーはつぶやいた。「早く」

ケネディが天才だというのなら、サマーが戻る頃にはマイケル・グレーシーの正体を突きとめていて、サマーはケネディと別れて二度と会わずにすむかもしれない……すばらしいセックスをするチャンスもなくなる。

サマーは掘削機をちらりと見た。

運転席にいるジャックは、手に持った紙をじっと見つめていた。手が震えているように見える。掘削機の振動のせい？

iPadに入っている造園設計図を表示したものの、画面が小さすぎてよく見えなかった。拡大すると、敷地の周縁部を見失った。サマーは車からおりてトランクを開け、造園設計図の青写真を取りだした。

ジャックは木の根元を掘るのをやめて、大きなヒロハカエデが生えている空き地の外れに向かって掘削機を走らせていた。高い木で、太い枝が広がって常緑樹を押しのけている。葉を落とすと散らかるから、抜くことになっているのだろう。とはいえ、手違いの可能性もある。トニー・パーンハムはロサンゼルス周辺の砂漠に住んでいるから、ワシントン沿岸に広がる緑樹をことのほか好んでいる。すでにヒロハカエデの根元を掘った跡があった。バケットで強く押すだけで、木立のほうへ倒れるだろう。

サマーは運転席に戻った。ヒーターがあたたまっていて、凍えた足がほぐれ始めた。指を屈伸してから、ハンドルの上に青写真を広げた。ヒロハカエデは抜くことになっていた。一方、ヒマラヤスギはやはり残す予定だった。

サマーは顔を上げてジャックと目を合わせた。サマーから話してもいいだろう。手を上げて振った。

ジャックが恐ろしい目つきでサマーをにらんだ。

サマーは目をそらした。うつむいて青写真を見ているふりをする。離婚で負った傷のせいで、すべての女を憎む男のひとりになってしまったのだろう。話をするのはバークに任せたほうがいい。

家のほうから作業員の叫び声が聞こえてきた。そちらを見やると、三階にいるフレーマーたちがわめきながら両腕を振り、サマーを指さしたあと、その向こうを指し示した。

サマーは彼らが指し示すほうを見た。

ジャックがカエデの裏側に掘削機を乗り入れ、バケットを幹に押しつけて倒そうとしていた——サマーを目がけて。

44

木がゆっくりと傾き、根が地面から引き抜かれた。そして、重力に任せて勢いよく倒れてきた。

サマーは愚かにも一瞬、ぽかんと見とれた。それから、ようやく反応して青写真を放りだした。ギアを入れ、クラッチペダルを踏んで、砂利を跳ね飛ばしながら車を急発進させる。横滑りしながら六メートル進んだ。

抜けだせた。助かった！

次の瞬間、一本の枝がジャッジのトランクを直撃して、前輪が地面から持ち上がった。サマーは屋根に頭をぶつけた。反動で車が前へ飛びだし、サマーはつんのめってハンドルに肋骨《ろっこつ》を打ちつけたあと、座席にドサッと倒れた。乗り手を振り落とそうとする荒馬のような動きにどうにか耐え、ハンドルにしがみつき、アクセルをふたたび踏みこんだ。枝が金属にこすれる音をたてながら滑り落ちる。さらに六メートル走って停車した。

倒れた木の幹が、サマーの車の横に止まっていた二台のピックアップトラックの運転席を叩き壊していた。サマーは横を向いた。ジャックが掘削機からおりようとしているところだった。地面に飛びおり、サマーをちらりと見て目が合うと、片手を上げて近づいてきた。

サマーは息をのんだ。

だがそのとき、ジャックがサマーの背後を見て、目を見開いた。そして、踵《きびす》を返して森のなかへと逃げこんだ。

サマーはショックと恐怖に震えた。もう大丈夫。安全だ。

作業員たちが叫びながら駆け寄ってきたが、耳鳴りがして聞こえなかった。

そのなかのふたりが、怒って怒鳴りながら全速力でサマーの横を通り過ぎた。

ピックアップトラックの持ち主たちだ。

バークがジャッジのドアをぱっと開けた。何やら大声で言っていて、怪我はないかきいているのだろうと、サマーは思った。

「大丈夫よ」少なくとも、死ななかった。ヘルメットを取った。「でもこれをかぶっていなかったら……」

バークがかがみこんで車のなかをのぞきこんだ。

彼の言葉を、サマーは今度ははっきりと聞き取った。

「なんてこった。屋根をへこませたな」

サマーはオウム返しに言った。「わたしが……屋根をへこませた？」

「見ろ！　なんてことをしてくれたんだ。それだけじゃなくて外装も……」サマーの目つきを見て、バークは車が傷ついたことに対する悲しみを抑えこんだ。「本当に大丈夫か？　顔が真っ青だぞ」

〝頭が痛い。首が痛い。手が痛い。ハンドルがわたしの胸を押しつぶした〟「びっくりした」サマーはそう言って車からおりた。

作業員のひとりが言った。「そりゃそうだろうよ。だが、あんたはぼんやりしていなかった。あんな離れ業初めて見たぜ。やるな」

彼の称賛を勝ち取ったようだ。サマーは震える脚で立ち、湿った冷たい風をほてった頬に受けた。

「なあ」バークがそっとサマーの腕を取った。「見ないほうがいい。動揺するだろうから」

哀れむような声を聞いて、サマーは膝の力が抜けた。車に寄りかかり、さらなる悪い知らせに備えて心の準備をした。「今度は何？」

「枝が車のトランクをめちゃくちゃにしたんだ」

「トランク？」目の前を赤い斑点が飛び交い、気絶するのではないかと思った。

「気持ちはわかる」バークが言う。「わかるよ。こんな最高の車に、あの野郎がしたことは犯罪だ。だがいいか、おれのいとこがアバディーンで修理工場をやってるんだ。腕がいい。一流だ。あいつならジャッジを直してくれる。充塡剤《じゅうてん》なんて使わずに、へこみをならして、塗装して、新品同様にできる」

サマーは顔から地面に倒れこまないよう、深呼吸した。

バークが体を寄せて言葉を継ぐ。「この車は沿岸じゅうに名をとどろかせているから……無料で直してくれるんじゃないか。おれがそう言ってたとは言うなよ。ただ、覚えておくといい」

サマーはぼんやりとうなずいた。

「おれにしてやれるのはそれくらいだ。そろそろ行くよ。ジャックに何があったか突きとめないと。あのばか野郎」バークが歩きながら言った。「チャンスを与えてやったら、クラシックカーを壊された」

サマーはボンネットに寄りかかった。金属の冷たさが体に染みこむ。トランクを見に行って、運転するのに支障がないか確かめるべきだろう。頭が混乱して、何が起きたのか理解できなかった。どうして自分がこんな目に遭ったのかわからない。

作業員たちが動きまわっていた。

「ジャックのやつ、何考えてんだ？」

「逃げやがった」

「当然だ。オリーとチャックを見たか？　ハンマーを持って追いかけてったぞ」

「酔っ払ってたんだな」

「いや、ドラッグだ」

「離婚のせいだろ」

「だけど、どうして彼女を殺そうとしたんだ？」作業員が顎でサマーを示した。

そのとき、サマーははっとわれに返った。

現実を直視した。

ジャックはサマーを殺そうとした。彼女をまっすぐ見て、その方向に木をわざと倒した。

ヴァーチュー・フォールズに来てから数カ月のあいだに、警戒心が薄れかけていた。用心してはいたものの、何もかも、誰も彼もを疑うことはしなくなった。けれども、たったいま、誰かがサマーを殺そうとした。実に突飛な方法だが、たしかに殺そうとして――あと少しで成功するところだった。

マイケル・グレーシー。

まさか。彼がケネディ・マクマナスと同時にサマーを見つけるなんてあり得ない。ケネディを追っていたのでない限り。ケネディより賢くなければ。

サマーはそっと頭を振ってすっきりさせようとしたけれど、ずきずき痛んで両手で抱えた。周囲を見まわすと、そばには誰もいなくなっていた。

作業員たちは向こうへ行って、倒れた木や大破したピックアップトラックを見ている。ひとりかふたりは仕事に戻っていた。だからといって、サマーのことを気にかけていないわけではない。彼女の事情など知る由もなく、サマーが大丈夫だと言ったから、それを信じただけだ。

本当は大丈夫ではなかった。サマーは怯えていた。ショックを受けていた。

どうして単に銃で殺そうとしなかったの？

ケネディの話をしていたときに、マイケル・グレーシーが言ったことを思いだした。

〝それでは簡単すぎる。あいつから家族も友人も仕事も全部奪ってやる。あいつが勝ち取ったもの、愛するものすべてを〟

マイケルは同じようにサマーを傷つけることにしたのだろうか？

オリーはジャックを追って森に入っていった。

チャックはサマーのほうへ戻ってきて言った。「あの卑怯者《ひきょう》、びびって逃げやがった」

「知ってるわ」ジャックは国境を越えるまで逃げ続けるだろう、とサマーは思った。そういえばあのとき、何を見ていたのだろうか？

痛みと恐怖を振り払い、足を引きずりながら掘削機へと歩いた。運転席をのぞきこむと、汚れた灰皿のような悪臭がした。床に握りつぶした紙コップがあふれている。座席の横の狭いスペースに、かたくねじった一枚の紙があった。サマーはそれを取って、震える手で広げた。

サマーの写真だった。最近、ヴァーチュー・フォールズで撮られたものだ。

その下に、〝サマー・リー〟と書かれていた。

45

「あなたが大丈夫だと思うなんて、作業員たちはとんでもないばかね」カテリは自宅の狭いリビングルームを行ったり来たりした。

「血が出たわけじゃないし、わたしが大丈夫だと言ったから……」サマーが肩をすくめたあと、顔をしかめた。

「男って単純なんだから」カテリは言った。

女たちはそろってうなずいた──トップスを脱いだブラジャー姿で、背もたれのまっすぐなキッチンチェアに腰かけているサマーと、サマーの肋骨や背中や首を調べているドクター・ウォッチマン。それからもちろん、心配そうに彼女たちを見守っているレイシーもいる。

ドクター・ウォッチマンに肋骨を押されるあいだ、サマーは動かずにじっとしていた。「わたしが現場から帰るとき、車が無事に動いたら、作業員たちは歓声をあげたわ。車のほうが心配だったのよ」

カテリは腰をさすりながら窓辺へ行った。「どうやってトランクを閉めたの？」

「作業員がゴムロープで留めてくれたの」

レイシーまでもが鼻を鳴らした。

時刻は午後四時、雲が太陽を覆い尽くし、海風が吹きつけて、通りを行く人々はうつむいていた。最初の冬の嵐が近づいてきている。カテリは体じゅうの関節が、人工関節までもが痛んだ。おかしな話だ――人工関節には神経がないのだから。医者から幻肢痛やら脳の錯覚やらの話は聞いたけれど。

〝信じられない〟「レインボーに帰ってきてほしいわ」

「本当にね」サマーがドクター・ウォッチマンに無言でうながされ、頭を左右に順番に傾けた。「心配だわ」

「ふん」カテリはサマーの言葉をはねつけるように手を振った。「レインボーの心配なんてする必要ないわ。彼女ほどしっかりした人はいないし、森にひとりきりでいたら怪我するかもしれないわよと忠告したって、むきになるだけよ」

ドクター・ウォッチマンがもごもごと同意した。

「それはともかく、レインボーは町で起きたことは全部聞きつけるから、この二週間のあいだにふたりの女性を傷つけたふたつの〝事故〟」カテリはここで、両手の人差し指と中指を二回曲げた。「――が起きた理由も知っているはず」めったにしゃべらないドクター・ウォッチマンの発言は聞くに値する。「そのふたりは、サマーと、サマーに似た女性ね」

サマーが体をこわばらせた。

カテリは歩くのをやめた。

ドクター・ウォッチマンがサマーの背筋をしっかりと撫で上げた。「何？　誰も気づかなかったの？」

「ええ。誰かがサマーを狙っているのだとしたら、気に入らないわ」カテリはサマーを見つめた。視線が否応《いやおう》なしに小指に引きつけられた。

ドクター・ウォッチマンがサマーのこわばった肩をマッサージした。「脳震盪は起こしていない。骨が折れていたら自分でわかるでしょう。ただ、打撲傷を多数負っている。明日はさらに悪化するわ。市販の鎮痛剤をのんで、交互に冷やしたりあたためたりしなさい。上手なマッサージも凝りに効果がある。めまいや腹痛がしたら、ドクター・フラウンフェルターに診てもらって。そうすると約束して。いいわね？」

「わかった。約束する」サマーが小声で答えて立ち上がった。「ハートマン家に泊まって留守番をするの。わかってると思うけど、みんなくれぐれも気をつけてね」

カテリはレイシーと一緒にサマーを見送るために狭い玄関ポーチへ出ると、話がドクター・ウォッチマンに聞こえないようドアを閉めた。「あなたが怖がっていた男。マイケル・グレーシー？　その男に見つかったのね」

サマーが恐怖に目を見開いた。「どうして名前を知ってるの？」

「あなたがヴァーチュー・フォールズに来て倒れたときに、うなされて名前を叫んだのよ」

「どうしよう」サマーがひざまずいて、レイシーの耳を撫でた。「あなたのところに来るべきじゃなかったけど――」

「もちろん、来るべきだったのよ。わたしはすでに一度死んでる。溺れて、カエルの神に食べられた。これ以上悪くなりようがないでしょ？」

サマーが痛々しい笑みを浮かべた。「あなたが一度死んだのはわたしのせいじゃない」

「もしどこかの男がわたしを殺そうとしたら、悪いのはそいつよ。とにかく」カテリは太平洋を指さした。「わたしは大きな苦しみを経験したから、もう何も怖くないの。楽しむことはできなくても、乗り越えることはできる。あなたもそんなふうに思えない？　一度とてもつらい体験をしたんだから、もうなんにでも立ち向かえるって」これを理解できるのは、知り合いのなかでサマーだけだと思った。

「ええ、思えるわ。でも、だからこそトレーニングして、用心して、覚悟するのよ」サマーは最後にレイシーの顎の下をかいてから、鉄の手すりにつかまって立ち上がった。

レイシーが階段の最上段の縁に立って、通りを見渡した。

カテリはサマーが変化を遂げようとしているのに気づいた。サマーがカテリの家のリビングルームで立ち上がり、もう家のなかでびくびくしているのはやめて、外に出てヴァーチュー・フォールズの一員になると宣言した日から計画していたことだった。

カテリが膝を曲げてさするのを見て、サマーが言った。「今日は調子が悪いみたいね」

カテリは片手を揺り動かした。「ちょっとね」

「お医者さんはなんて言ってるの？」

「わたしがここまで回復したのは奇跡で、ぶり返すのは当然だから、アスピリンを二錠のんで朝になったら電話で様子を知らせるようにって」

「アスピリンというのは嘘でしょ？」

「ええ。医者は通りで売れるような強い鎮痛剤を処方するの。たまにはのむけど、依存するようになったらいやだから」

「ああ、カテリ」サマーがそっとカテリを抱きしめた。「わたしは問題を抱えているけど、少なくとも解決できる可能性があることをあなたが気づかせてくれた」

「そうだけど、まだ解決できていないわ」

「彼から隠れることはできない」サマーの敵、マイケル・グレーシーのことを言っているのだ。「彼はカエルの神じゃないけど、狡猾で残酷なの。ハンサムで人を惹きつける。すごくハンサムで……魅力的なの。うっとりするくらい。行く先々で、人の心も体もめちゃくちゃにするのよ」

「〝ハンサム〟というのを別にすれば、カエルの神と似ているわね」カテリはサマーの魅入られたような口ぶりが気に入らなかった。

「もう居場所を知られてしまったから、隠れることはできないわ」サマーが両手で黒い手すりを握りしめた。マイケル・グレーシーの話をするサマーの瞳は、恐怖のためか心酔のためか輝いている。その両方かもしれない。

「一度は逃げられたでしょ」

「わたしがある場所にいてあるものを目撃したことを、彼が知らなかったおかげよ」

サマーがポケットに両手を突っこみ、ジャケットを体に巻きつけた。「とにかく、今日は命拾いできたんだから、明日も生き延びるつもりよ」にやりと笑う。まるで生きることはゲームみたいなもので、いつ終わりになってもおかしくないと言わんばかりに。「ハロウィン・パーティーには行くの？」

カテリは顔をしかめた。「行かない。マーガレット・スミスは沿岸警備隊員を招待したのよ」

「でしょうね。若くてたくましい軍人さんは楽しめると思うわ。ランドラバーに会いたくないのはわかるけど、会いたい人だっているでしょう？」サマーが深まる夕闇のなか、カテリの顔をのぞきこんだ。「ルイス・サンチェスとか」

カテリは手すりを蹴飛ばしたい気分だった。でも、骨を折りたくはない。「わたしがルイスに気があることを、みんな知ってるの？」

サマーがためらった。

それで充分、答えになった。カテリは手すりを蹴った。そっと。「もう！」

「通りでキスしてたでしょ」

「それくらいで噂になるとは思わなかったわ」

「みんなが噂を信じているかどうかはわからないけど。事故のあと、ルイスがあなたにとても尽くしたって話は聞いたわ。でも、誰も――」サマーが言いよどんだ。「ハンサムで健康な男が、体が不自由な年増《としま》のわたしをわざわざ選ぶとは思わないって言うんでしょう」残念ながら、カテリも同じ意見だった。「そこが問題なのよ。事故の前なら、わたしはパーティーへ行ってその場を支配できた。背が高くて頭もよくて、タフできれいだったから。でもいまはパーティーなんかに行っても、みんなわたしを見たら目をそらしてしまう。わざわざ話しかけてくれるのは昔からの友人か、自分は差別しない人間だと証明したい人くらいよ」

ありがたいことに、サマーは否定しなかった。「でも、ごちそうや音楽を楽しむチャンスをプライドのために捨てるなんてばかげてるわ」

カテリは傷ついた。「そうね、でももうプライドしか残っていないの」ため息をつく。「彼にはもうガールフレンドがいるし」

「ルイスに？　まさか！　彼はあなたを愛してるのよ」サマーが心から驚いているのを見て、カテリは少し傷が癒えた。

「彼も男だから。ねえ、招待状をミセス・ブラニオンに売って、そのお金で遊びに行かない？　メキシコとかハワイとか、ベラ・テラとかトスカーナとか」

「この一年で一番うれしいお誘いだわ」サマーが最後にもう一度レイシーを撫でてか

ら、車に向かって歩きだし、途中で振り返った。「でも、ひとつ問題があるわ」

「何？」

「招待状を渡したら、ミセス・ブラニオンを喜ばせることになる」

カテリは割れた風船のごとくしゅんとなった。「それは最悪ね」


レインボーは五日間キャンプをして、放棄された第二次世界大戦時の飛行場に目を光らせていた。徐々に涼しくなってきて、風も冷たくなった。明日の朝にはあきらめてテントを片づけ、ヴァーチュー・フォールズに戻ろうと決めていた。すでに不審な物事を充分目撃した。ギャリック・ジェイコブセンに報告すれば、対応してくれるだろう。

日が沈んだ直後、一台のトラックがガタガタ走ってきた。そして、黒のつなぎを着たふたりの男がおりてきて、いまにも壊れそうな古い建物に入っていき、ドアを閉めた。

レインボーは背が高すぎてあまり軽快には動けないが、走るのは速い。木から木へとダッシュし、窓のなかが見える場所まで近づくと、ひとりの男が無線機で話し、もうひとりが何かのスイッチをいじっているところだった。

頭上から飛行機の轟音《ごうおん》が聞こえてきた。

男がスイッチを入れると、滑走路を縁取る一連のライトがぱっとついた。着陸灯をぎらぎら輝かせながら、ジェット機が急降下する。硬着陸し、逆推力装置を使って速やかに減速すると、建物のほうへ滑走し、エンジンを切った。

無線機で話していた男が飛行機に近づいていくと、ドアが開いた。

身なりのいいハンサムな紳士と、ふたりのパイロットが階段をおりてきて、建物に向かって歩き始めた。

レインボーは紳士を見失った。そのとき、右手で物音がして、ぱっと振り向くと、逆光を受けて浮かび上がる人影がレインボーに銃を向けていた。

レインボーは急いで地面に伏せた。

銃弾がヒュッと通り過ぎた。

レインボーは起き上がって走りだし、全速力で逃げた。

予感が当たったようだ。

46

サマーはハートマン家の私道にジャッジを止めると、助手席に置いていた中華料理の入った箱を持った。

家に入りたくなかった。傷だらけで体じゅうが痛い。何があったか話したくないし、さらに悪いことに、遅くなったことに罪悪感を覚えていた。まるで仕事帰りにバーで一杯飲んできた妻のように。今朝は、怒りに駆られて家を飛びだした。ケネディはサマーを信用しないいやなやつだった。

そしていま、サマーは夕食を買って帰るのが遅くなったことを申し訳なく思っている。彼は料理をしてもいいと言っていたのに。

支離滅裂な女だ。

でも、女なんてみんなそう。

性別のせいにしよう。真実ではないけれど、そのほうが楽だ。

サマーはのろのろと車からおりた。戻ってくるのはやめようかとも考えたが、ケネディがサマーのアパートメントを探すために町へ出てきて、ヴァーチュー・フォールズの住人の前に姿を現すことになるのが想像できた。カリフォルニアに戻って調査してくれればいいのに。なぜそうしないのかわからなかった。サマーを説き伏せてセックスをするつもりなのだとしか思えない。

おあいにくさま。

裏口のドアが開いた。

サマーはぱっと振り返った。

洗濯室の明かりが私道を照らした。戸口にケネディ・マクマナス——理想的な男性の完璧なシルエットが浮かび上がる。広い肩、引きしまった腰、長い脚、ピアニストのように器用で大きな手。「持とうか?」彼が大声で言った。

「大丈夫! 持てるわ」車を見られたくなかった。〝だから言っただろ〟みたいなことを言われるだろうから。こんな一日を過ごしたあとに聞きたくない。たとえそれが真実だとしても。

ところが、ケネディが階段を駆けおりてきて、長年の夫のように身をかがめてサマーにキスをした。

サマーは一度も夫を持ったことがないけれど、これほど時間をかけた熱いキスが結婚生活によってもたらされるのなら、損しているような気がした。年寄りみたいに体の節々が痛まなければ、中華料理を放りだして彼に抱きつき、恐怖も苦しみも忘れるまで求めただろう。

ケネディがゆっくりと体を引いた。サマーを見おろし、親指で彼女の下唇をぬぐって微笑んだ。ぼんやりした口調で言う。「信じられないほどきれいだ」

きれい？　化粧もしていないし、さんざんな目に遭って、涙の跡が残っているのに？　暗くてよく見えないのだろう。サマーにとっては好都合だ。

ケネディが箱を三つ持った。「マイケル・グレーシーについて何がわかったと思う？」家に向かって歩き始める。

ケネディ・マクマナスはひとつのことに熱中するとほかは目に入らなくなるという評判だが、サマーはそれが本当だと知った。彼は車の傷に気づかなかった──そのことで大騒ぎしなかった唯一の男性だ。彼の点数が上がった。

サマーはもつれる足であとを追った。「何？」

「何も怪しい点はないということがわかった」ケネディがサマーのために開けたドアを押さえた。「彼の経歴は非の打ちどころがない。全部本当だった」

サマーはいらだちを覚えながら、家のなかに入った。「でも、本当の名前はジミーよ」ケネディはサマーの言うことを信じていないのだろうか？

「何もかも完璧だ。普通は都合のいい嘘はばれる。人は争いごとで自分に非がないことや事故で過失がないことを証明したり……自分をよく見せたりするために話をでっち上げる。マイケル・グレーシーが自称する欠点のない自分は完全な真実に見えるが」ケネディがキッチンへ向かった。「かえって疑わしく思える」

サマーはほっとした。「かなり怪しいってことでしょ？」

「ああ」ケネディが箱を置いて開け始めた。「何を買ってきたんだ？」

「あなたの好きなものがわからなかったから、少しずついろいろ買ってきた。多すぎると思ったけど、明日のお昼にしてもいいし」

「全部好きだよ。それにこの潮風が食欲をかきたてる。パソコンの画面を眺めるのに飽きたときに、海辺を走ったんだ」

サマーの脳裏に半ズボン姿で砂浜を走るケネディの姿が浮かんだ。背後で波が砕け散り、頭上をカモメが飛んでいて、彼の波打つ胸に夕日が金色の光を投げかけている。事業が立ち行かなくなったら、コマーシャルを制作する仕事に転職してもいいかもしれない。オレンジジュースとか保険とかドッグフードとか。女性のＥＤ治療薬とか……ないのが残念。

サマーは咳払いをした。「成果はあった？」

「まだない」ケネディが食器を取りだして、料理の箱と一緒にトレイにのせた。たった一日で、自分の家にいるようにくつろいでいる。

ケネディが言った。「マイケルの写真と、従業員のジェームズ、ジム、ジミーの写真を照合した。誘拐事件があった一年前から始めて、さかのぼった。退職した従業員も含めて」ケネディがリビングルームへ移動した。

サマーはふたたびあとを追った。

「創業以来、ジェームズや、その短縮形の名を持つ社員は五十二名いた。女性はふたりだ」ケネディはコーヒーテーブルにトレイを置くと、サマーを見た。「女性も候補に入れるべきか？」

「マイケル・グレーシーが性転換した可能性があるかってこと？」目に見えそうなくらいの彼の男性フェロモンを思いだして、サマーは笑った。「ないわ。彼は生まれながらの男性よ」

ケネディは何かが気に入らないといった様子でサマーをじろじろ見た。

出会ってから少ししか経っていないのに、そんなふうに何度も見られた。サマーは彼と目を合わせて、こわばった笑みを浮かべた。「気取りがなくて、魅力的な男性なの」

「そうか。ゲイでも、性転換者でもないんだな」ケネディはサマーに肘掛け椅子を勧め、自分はソファの彼女に近い端に座った。「調査の手を広げて、これまでに仕事をしたことのある会社にいるジェームズまで含めたら、幾何級数的に増えて、さらに探すのが難しくなる」

サマーは箱の中身をざっと見たあと、焼き豚チャーハンと牛肉の黒コショウ炒めを皿に盛った。「うんざりするわね」

「ビジネス街で白いシャツとダークスーツを着ていない男を探すようなものだ。結果は、ひとりもいない。ビジネススーツというものについて考えさせられるよ」

サマーは声をあげて笑った。

ケネディは驚いた顔をしたあと、うれしそうな表情を浮かべた。あまり人を笑わせた経験がないらしい。「そのあと、顔認識プログラムで顔を照合した。いまも実行中で、これで敵が見つかるはずだ」

「見つかるはず、、、？」

「ジミーが整形手術を受けているとしたら、顔認識ソフトの母集団《パラメーター》の範囲を狭める必要があるかもしれない」ケネディは料理の種類は気にせず、箱の中身を無頓着に皿に盛って、箸で食べ始めた。「うまいな」驚いたように言った。

「エビの卵炒めも食べてみて」サマーは勧めた。「ガーリックが嫌いじゃなかったら」

ケネディがサマーをまっすぐ見た。「きみは？」

「大好きよ」

「食べてみよう」

まるで……デートみたいだ。感情や結びつきを感じて、サマーはとまどった。

「じゃあ――最初から範囲を狭めればいいんじゃない？」

「そうするとさらに時間がかかる。それに、整形なんて、そこまでする人間がいるとは思えない」

「あなたをだますためじゃなくて、ほかに理由があったのかも」サマーはマイケル・グレーシーを、その姿や洗練された物腰、表情豊かな顔、内なる光で輝く目を鮮明に記憶していた。最初にひと目見たとき、神のようだと思った。その後、ダッシュを撃つ場面を目撃して、むしろ堕天使ルシファーに近いと気づいた。彼の力や知性を恐れていた。椅子の背にもたれ、肋骨の打撲傷の痛みに身をすくめた。「あなたと同じくらい頭がいいと思うの」

「その可能性はある。完璧に過去を隠蔽している。その可能性は高いと言ってもいい」ケネディが皿を置いた。そして、オットマンに置いたサマーの足を持ち上げ、オットマンに腰かけると、膝の上に足をのせてマッサージをし始めた。土踏まずから踵《かかと》やつま先へと親指を滑らせ、ゆっくりと丁寧に揉み続ける。

あまりにも親密な行為で、張りつめた沈黙が流れた。サマーは拒もうとした。でも、緊張がほぐれていって……拒む気がなくなった。

ケネディのかすれた優しい声が聞こえた。「きみは慎重に動いている。それに、車が壊れていた。何があったか教えてくれ」

47

ケネディは、サマーが今日あった出来事について話すタイミングを自分で選べると思わせておいた。それで、食事と会話でサマーを完全にリラックスさせたあとで爆弾を落とした。

サマーは身動きしたかったけれど、痛くて無理だった。「誰かがわたしの上に……木を倒したの」

ケネディは表情を変えなかった。「わざとか？」

「犯人は掘削機から飛びおりて逃げだした。わたしの知っている限りでは、まだ逃げ続けているわ」口に出して言うことで、現実感がわいてきた。「考えられる唯一の説明は、マイケル・グレーシーがわたしを見つけたってことね」

「医者には診てもらったのか？」

「交互に冷やしたりあたためたりするよう言われたわ。あとは鎮痛剤と、マッサージも効果があるって」ドクター・ウォッチマンが獣医師だということは言わないほうがいいだろう。「でも、アスピリンをのむだけにしておくわ。薬をのんで体の自由がきかないときに彼に攻撃されたらたまらないから。マッサージも受けない」〝あなたがいましてくれているのは別だけど……だからやめないで〟

「どうして？」

「台の上に裸でうつぶせになるなんて、無防備だわ」

「そうだな。ぼくもきみにそんなことをしてほしくない」ケネディが立ち上がってキッチンへ行った。

サマーはバッグから自分の写真が載っている紙を取りだした。

ケネディがコストコサイズの鎮痛剤の瓶と、タオルを巻きつけた氷嚢《ひょうのう》を手に戻ってきた。

「どこを冷やせばいい？」

「肋骨」サマーは氷嚢を受け取って、シャツの下に滑りこませようとした。

ところが、ケネディがオットマンに腰かけ、シャツのボタンを外して紫色になり始めているあざを調べた。歯を食いしばって、一番ひどいあざに氷嚢をそっと置いたあと、アスピリン二錠とペットボトルの水を渡した。「それはなんだ？」

サマーは紙を渡した。「掘削機の運転席で見つけたの」

「無能な殺し屋だな」ケネディはインターネットに載っている写真と同じ顔をしていた——冷静でよそよそしい。

でもいまは、サマーのためにその並外れた論理的思考力を働かせているのだと思うと、励まされた。けれども、とてつもなく優秀な頭脳を持つ人間と情熱的な恋人を両立させるのは難しい。「ずっとスナイパーを恐れていたの」サマーはアスピリンをのんだ。「いつ弾が飛んできてもおかしくないと思っていた。どうして……どうしてこんなまねを。ひき逃げなんて」

「ひき逃げ？」

思わず口が滑った。「先週、わたしに似た人が車にひかれたの。わたしを狙ったんだと思う。でも、マイケル・グレーシーは腕の立つ殺し屋よ。どうしてそんな面倒なことをするのかしら？」

「グレーシーの正体を知らないから、動機を推しはかるのは難しい」ケネディの頭が働いて評価し、整理して、結論を下すのがわかった。「詳しく話してくれ。グレーシーが人を殺す場面を、きみが目撃することになった経緯を」

サマーは頭痛がして、こめかみを指でさすった。「ソートゥース山脈にいたとき、冬が来ると、家に侵入するのも難しくなった。でも、ついていたの。あるパーティーに紛れこんで、仕事を得ることができた。サンヴァレーのゲオルクのケータリング会社で働いたのよ」

「なんの仕事だ？」

「給仕係。調理もした。現金でお給料をもらったの。でもね、山でテント暮らしをしていると、お金を使う場所なんてないのよ。欲しいのは残り物だった。ゲオルクがいなければ、わたしは死んでいたわ」サマーは小さく笑った。「わたしがＤＶを受けている妻だと、ゲオルクは思っていたのよ。わたしをシェルターに連れていってくれる予定だったの。そこからどうにかしてあなたに連絡を取って、もとの生活に戻るつもりだった。でも、その計画はだめになった」

「マイケル・グレーシーに出会ったんだな」

「そうよ。彼の家で開かれたパーティーで仕事をしたの。そこでダッシュを見かけた。ミスター・グレーシーと一緒にいて、わたしは……ダッシュが彼を殺そうとしているんだと思ったの」

「それで、心配になったのか？」

心配だった。マイケル・グレーシーに崇高なものを感じ取っていたのだ。ほんの少し言葉を交わしただけで、彼に魅了された。彼のことを考えると、恐ろしいだけではなく……感情が揺さぶられた。彼の顔や声を思いだすと、胸がときめいた。サマーはうつむいて、氷嚢を別のあざに移した。「死んでほしくなかったの」

「他人なのに、どうしてそんなに気になったんだ？」

この冷静な男性に、チャンスをつかめと父の幻覚に言われたなどと話すつもりはなかった。ケネディの反応はだいたい想像できる。それに、サマーがワインセラーへ行った理由はそれだけではなかった。「たとえ他人でも、命を救うために努力する義務はあると思わない？」

「きみはマイケル・グレーシーを助けることになると思っていたんだな」ケネディがサマーの手を取って持ち上げ、短くなった小指を目の前に突きつけた。

「ばかだったわ。彼はダッシュの頭を撃ち抜いた。わたしはそれを目撃して、身動きが取れなくなった。指を切り落とさなければ逃げられなかったの」サマーはしぶしぶ言った。

ケネディは間を置いた。サマーの軽率さについてひと晩じゅう語る用意があるとでもいうように。「詳しく話してくれ」

サマーはダッシュとマイケル・グレーシーのあとを追ってワインセラーへ行ったと

ころから、飛行機の箱に隠れて密航するまで、思いだせる限りのことを話した。「グレーシーは抜かりがなかった。死体を捨てる方法を確立していたの。それでも、前科はついていない。あなたを狙ってる。あなたの家族のことも」ケネディの指先をつかんだ。「彼を捕まえて。そうしないと、わたしたち全員、殺されてしまう」

ケネディが手をひっくり返して手のひらを合わせた。「一緒にカリフォルニアへ来てくれ」

「もう手遅れよ」サマーはぐったりと椅子の背にもたれた。「すでに見つかってしまったんだから。わたしが助かる唯一の方法は、彼をやっつけること。彼の正体を、彼がしていることを突きとめて、逮捕させるのよ」

「カリフォルニアなら、きみを守る手段がある」

サマーはかぶりを振った。「それを信じられたら行くと思う。でも無理よ。それに、殺されるならここで死にたい。わたしを受け入れてくれた町で」

「きみの友人たちを危険にさらすことになる」

「彼は同じミスはしないでしょう。今度殺そうとするときは、もっと正確に狙うはず」今後はサマーがあらゆる出来事を念入りに調べて、マイケル・グレーシーが罠を仕かけているかどうか……サマーを殺そうとしているかどうか見極めるしかない。

ケネディが立ち上がり、デスクの上のパソコンに近づいていった。

サマーはその姿を見送ったあと、目を閉じた。頭が痛い。体も。疲れていた。怯えるのにも、隠れるのにも疲れたけれど、その前にただただ疲れている。ベッドに入って眠りたかった。そして、太陽の光と鳥の鳴き声で、ディズニー映画のような世界で目覚めたかった。

うとうとしていたのだろう。ケネディがふたたびオットマンに腰かけたとき、サマーははっとした。目を開けて彼を見つめた。ディズニーの王子様ほど気高くはないけれど、とてもすてき。

ケネディは笑わなかった。彼女は微笑んだ。「ケータリング業者について調べた。何か情報を得られるかもしれないと思って」

「ゲオルクを巻きこまないで。危険な目に遭わせたくない」

「二週間前に姿を消していた」

サマーは胃がむかむかしてきた。

「アイダホ州ケッチャムで、犬が人間の大腿骨《だいたいこつ》を持ち帰った。昨日、遺体の残りが発見された。ほとんど残っていなかったようだが、料理人をしている人によくある手をしていた」

サマーは思いだした。「ゲオルクは指先が欠けていた」

「まだＤＮＡ鑑定の結果が出るのを待っているところだが、従業員がゲオルクだと確認した」

48

サマーは思わず泣きだした。

ケネディはすばやく行動した——サマーを抱き上げ、椅子に腰かけて膝にのせた。ジーンズのポケットに入っていた白い清潔なハンカチを渡し——いまどきハンカチを持ち歩いている人なんているの?——サマーを抱きしめ、背中をさすった。

サマーは抗議しようとした。けれども、口を開こうとするたびに嗚咽がもれて、恥ずかしかった。とうとう小さく丸まり、彼のシャツをつかんで、生まれたての子牛のように泣きわめいた。ゲオルクを失った悲しみ。恐怖。永遠に続く悪夢を見ているような感覚……長いあいだ抑えこんでいた感情がついにあふれでた。さらに悪いことに——最悪なことに、はなをかむはめになった。彼のハンカチで。大きな音をたてて。

ケネディはただサマーを抱きしめ続けた。

ようやく泣きやんでも、サマーは顔を上げる勇気がなかった。カテリと同じように、プライドがあった。誕生日の風船のごとくふくらんで赤くなった顔を見せたくない。

「ごめんなさい」シャツに顔をうずめたまま言った。

「あまり泣かないほうか？」ケネディが尋ねた。

「ええ」サマーははなをすすった。

「泣いたほうがいい」

肩を鼻水だらけにされてもかまわないというの？　このまま甘やかされ続けたら、恋に落ちてしまいそうだった。

そう思ったら、赤かろうと腫れていようと、顔を上げないわけにはいかなかった。

動揺しながら彼を見つめた。

ケネディが見つめ返した。「どうした？」

「帰らないと」

「だめだ。ここに泊まって、ぼくと一緒に眠るんだ」

「セックスはできないわよ」

ケネディが微笑んだ。唇がかすかに震えている。まるで面白がっているかのようだ
――セックスができないことを。「ぼくは絶倫だという噂だが、禁欲できるんだ。誰にも言わないでくれよ。努力してそんな評判を確立したんだから」

彼は冗談を言える——セックスができないことについて。いったい何者なの？「わかったわ」サマーは弱々しく答えた。

ケネディがサマーを立ち上がらせた。「主寝室のベッドを調えておいた。あの部屋にはガス暖炉がある。火をつけてみたい」サマーの体に腕をまわして、支えながら歩いた。「ぼくはカリフォルニア出身だから、暖炉に憧れているんだ」

ケネディがベッドを調えてくれた。暖炉に火をつけたがっている。次は添い寝すると言いだすだろう。「女性の扱い方について書かれた本を読んだことある？」

ケネディがひどい侮辱を受けたと言わんばかりに、背筋を伸ばした。「このぼくが？」

「そうよね。ごめんなさい」サマーは微笑み、足を引きずりながら寝室に入った。

ドクター・ウォッチマンの言うとおりだった。

翌朝、サマーはコーヒーの香りで目を覚ますと、ベッドから出ようとするときに大変な思いをするだろうと言われたことを思いだした。

そのとおりだった。体の節々が痛む。よろよろとバスルームへ行き、肩と背中に熱いシャワーを浴びせた。少しは楽になった。肋骨が鮮やかな紫色になっていた。ナスビにも負けないくらいに。それでも……心地よい眠りを得られた。寝返りを打つたびに目が覚めたけれど、ケネディがそこにいて抱きしめてくれた。さらにうれしかったのは、彼の股間が反応していたことで、セックスができない欠乏感を覚えていると確認できた。それによって得られる自信を、サマーは朝食やアスピリン以上に必要としていた。

トレーニングウェアを着て、裸足《はだし》でリビングルームに入っていくと、ケネディが恐ろしい目つきでパソコンの画面を見ていた。

ケネディがサマーをちらりと見て言った。「生まれてからこれまでに出会ったすべてのジミーを調べたが、一致しなかった。パラメーターの範囲を狭めなければならない」

「どれくらいかかりそう？」

「二日くらい。プログラムを立ち上げたあとで、正確にわかる」

「残念」サマーはキッチンへ行ってカップにコーヒーを注いだ。「あなたももう一杯飲む？」

返事がない。

サマーはコーヒーポットを持ってリビングルームに戻った。「ケネディ？」

ケネディは声をかけられたことに気づいていなかった。「ふたつの方法で取り組んでいるが、どちらもうまくいっていない。ぼくの知っているジミーを探すと同時に、マイケル・グレーシーについて調べている。虚偽の経歴のほころびを見つけるのは得意なんだが、グレーシーの場合はどこからが本当でどこまでが嘘なのか特定できない」

サマーはふたたびキッチンへ行き、コーヒーポットをガスコンロに置いて戻ってきた。「家族は見つかった?」

「子どもの頃に孤児になって、いまはもう亡くなったシカゴの裕福な高齢の親戚に、人目に触れないように守られて育てられたと言っている。否認する人間がいなければ、架空の経歴を作るのは簡単だ」

サマーは思わず言った。「あなたはわざわざ架空の経歴を作ったりしないわよね」

ケネディの口が不快そうにゆがんだ。「ああ。ぼくは泥棒と詐欺師の家に生まれた」

サマーはそのことを知っていた。ケネディは出生届が出されなかったことも、両親が重罪犯であることも、子ども時代に罪を犯したことも隠していなかった。インターネットで何度か調べただけで、知ることができた。けれども、嫌悪でこわばった顔をひと目見れば、彼が過去を憎んでいるのがわかった。

サマーはケネディの向かい側の椅子を引いて座った。「じゃあ、過去を全部消すことができるのに、そうしなかったの？」

「痕跡をすべて消すことはできない。どこかの誰かが何かを知っている。どこかに写真や新聞の切り抜きや、スピード違反切符がある。マイケル・グレーシーに関する事実を見つけてみせる。真実が思いがけず暴かれると、大きなトラブルを招く可能性がある。ぼくの場合は、過去をさらけだしている。誰もぼくを恐喝することはできない」ケネディがめずらしく動揺を示し、両手で椅子の肘掛けを何度もさすっていた。

「ぼくの母親だけは例外で、ときどき恐喝しようとしてくるが」

サマーの頭のなかで警報が鳴り響いた。「お母さんは何を要求するの？」

「刑務所から出ること」

「助けるつもりはないの？」サマーはどう考えればいいのかわからなかった。

「ああ、自分たちは生きていくために盗まなければならなかった、どんなことをしても暮らしを守らなければならなかったんだと、母は言う。ぼくが戦略分析者としていくら成功しようと、ビジネスマンとしていくら稼ごうと、ぼくが家業を手伝い続けていれば父はいまも生きていたと母は思っているんだ」

「お父さんが死んだのをあなたのせいにするの？」生々しい話だ。「お父さんはどうして亡くなったの？」

「十年前のある金曜の夜、盗みに入るために学校の屋上にのぼって、天窓から誰もいない六メートル下の教室に落下したんだ。脚と背中の骨を折って……週末ずっと、月曜の朝、用務員に発見されるまでそこに横たわっていた」

サマーはぞっとして、口に手を当てた。

「監禁病棟に入れられて、一週間後に死んだ」ケネディはなんの感情も示さなかった。羞恥も悲しみもまったく。「母は悲嘆に暮れた。本当に悲しんでいたと思う。愛情を抱いていたんだ。簡単に操れる相手だったからかもしれないが」

「お母さんが……お父さんを操っていたの？」

「周りの人間全員を操るんだ」

サマーは確信を持って言った。「あなた以外の人を」

「いや、ぼくもだ。子どもの頃から、両親をよく観察していた。母が色仕掛けを使ったり、罪悪感をあおったり、指図したりして父を操っているのに気づいて、父を軽蔑していた。だが、自分が操られていることには気づいていなかった。母が……妹にしていることを目にするまでは。タビサが二歳になる頃には、母はハンドバッグから財布を盗むことを教えていた。早期教育を信奉していて、タビサはぼくと同じように優秀だった」ケネディはデスクの上のペンと手帳を動かして斜めに置いたあと、平行に並べ直した。それから、手を見つめたあと、デスクの縁をつかんだ。「タビサは失敗した。ぼくと同じように。母は驚いたふりをして、被害者の優しい女性に謝って、タビサをうちの教会に連れていって牧師と話をさせると言ったんだ」

「教会を持っていたの？」

ケネディがフンと笑った。「まさか。母はそういう人なんだよ。警察に捕まらないために大げさな芝居をする。だがタビサはそのとき初めて、自分のしていることがゲームじゃないことに気づいた。タビサに財布を盗まれたその女性は、泣いていた。貧乏だから、ぼくたちに金を盗られたら本当に困るって。タビサはまだ小さかったけど、その女性の子どもたちを見て、貧しさを理解して、もう盗みをしたがらなくなった」

「お母さんは無理やり――」

「違う！　強制したことはない。タビサを操るんだ。タビサには失望させられた、家族はみんな仕事をしている、家族のことを一番に考えないなら、タビサは落ちこぼれだと言って」ケネディはそんな人が自分の母親だと認めるのがつらそうだった。「前にも聞いたことがある台詞《せりふ》だった。ぼくが反抗したとき、被害者に同情したとき……

学校に通いたいと言ったときに」

サマーは止めていた息を吐きだした。「学校に行っていなかったの？　全然？」

「自宅で〝教育〟されたんだよ」ケネディが皮肉たっぷりに答えた。

「でも、MITに行ったのよね。試験で入ったんでしょ？」

「うちの家族は生まれつきIQが高くて、理系の才に恵まれているんだ。親の保護下から抜けだしたら、すぐに遅れを取り戻すことができた」

サマーはうなずいた。「でしょうね」ケネディが成功できた理由もわかった。機能不全家族に生まれた子どもしか持ち得ない動機や、通常教育の領域の外側で育まれた精神のおかげだ。

「哀れな父や小さな妹と同じように、ぼくも母の操り人形だったと気づいたときに感じた屈辱は一生忘れない」ケネディがサマーの肩にそっと触れた。「母親に抱いていた愛情のようなものは、とっくの昔に消え去った。だが、責任は忘れていない。ぼくはきちんと責任を果たしている。といっても、母を刑務所から出す手伝いをするつもりはない。そんなことをしたら、母が損害を与えた人たちに……申し訳が立たない」

「わかるわ。大変だったわね」サマーはほかに言葉が見つからなかった。「かわいそう」ケネディの子ども時代について書かれた記事を読んで、彼が成功した理由を見抜くことができた。けれども、詳しいことはわからなかったし、彼を作り上げた苦悩も感じ取れなかった。すっかり忘れ去られていたコーヒーカップを置くと、身を乗りだして彼を抱きしめた。

ケネディは抱きしめ返さなかったものの、抱擁を受け入れた。

「妹さんにはどんな影響があったの？」サマーはきいた。

ケネディがサマーの両腕をつかんで、ふたたび椅子に座らせた。「タビサの話はしたくない」

「わかった」サマーは彼の気持ちが理解できた。だが同時に、身のほどを思い知らされた。

「さっきも言ったように、ぼくは責任を必ず果たす。だからいまも、すべきことをする」ケネディは感情をいっさい表に出さずに両親の話をした。

「何をするの？」

「きみと結婚する」

49

「ええ？」脳の損傷が思っていたよりもひどかったのだろう、とサマーは思った。幻聴が聞こえた。

「きみと結婚する。いますぐ。ラスヴェガスへ行って手続きをすませよう。きみがそうしたければ、ひと晩泊まってもいい」

脳がやられてしまったのは、ケネディのほうだったようだ。「マイケル・グレーシー」サマーは言った。「忘れちゃった？　あれほど説明したのに、彼に追跡されないと思ってるの？」

「きみはグレーシーを高く評価しすぎている。あるいは、ぼくへの評価が低すぎるのかもしれない。ぼくなら彼をまくことができる」

「そもそも、どうしてこんな話になるの？」サマーは思わず両腕を広げたあと、痛みに顔をしかめた。「こんなの……ばかげてるわ。いったいどうしてわたしと結婚しようなんて思うの?」

「知ってのとおり、ぼくはきみを抱きたいという抑えがたい衝動に駆られているし、きみも情熱を感じているようだから」

「情熱?」

「それに、きみは保護される必要がある。結婚したいだろう」

「なんですって?」

「ほかの男たちは——」

「ほかの男たち?」サマーは髪の毛が逆立つのを感じた。

「元婚約者たちだよ。彼らはきみに考える時間を与えすぎた」

「何について?」

「結婚だ。生涯続く関係に潜む危険性に気づいたんだろ。気持ちはわかるよ。危険が存在することは、離婚率の高さが証明している。だが、ぼくたちはふたりとも聡明な人間だから、どんな問題も解決できると思うんだ。マリッジカウンセラーの手を借りることになったとしても」ケネディは尊大な態度で話し続けた。サマーが怒りを募らせていることにも気づかずに。「きみが充足感を得られないのは、深い関係になるのを恐れているからだ。父親を突然亡くしたせいで傷つき、臆病になった。そして、無関心な母親のせいで、心に壁を築くことを覚えたんだ」

サマーは視界が真っ赤になった。「わたしの考えることはお見通しってわけ？　わたしの感情も？　わたしよりわかるの？」

「前にも言ったように、きみのことを調べたんだ。常に当たるわけじゃないが、ぼくの仮説はたいてい正しい」

サマーは努めて冷静な口調できいた。「ごめんなさい。聡明な人間と言われて悪い気はしないけど、あなたの基準に達していないのは明らかだわ。〝サマー、安全だからカリフォルニアへ行こう〟って話がどうして〝サマー、お互いに寝たいと思ってるから結婚しよう〟ってことになるのか、さっぱり理解できない」

「悪かった、説明不足だった」まるで重大な罪を犯したとばかりに、ケネディは心配そうな顔をした。「ぼくとしたことが」

ケネディは、サマーが彼の基準に達していないと言ったのを暗に認めたことになる。サマーは両腕を振りまわしたあと、ふたたび顔をしかめた。「くだらないわ！　わたしの元婚約者のことなんて、あなたには関係ないことよ。わたしが婚約破棄した理由が、あなたにわかるわけがない。うぬぼれないで」

「前にも言ったように――」

「わたしのことを調べたんでしょ。わたしはそれほど深くあなたのことを調べなかったから、教えて。この結婚のメリットは何？　永遠の幸福でないのは明らかよね。すでにマリッジカウンセラーに相談することまで考えているんだから」

「永遠の幸福などどんな関係にも存在しそうにないが、ぼくたちは生涯をともにできると思う」

「セックスの相性がいいから？」

「きみの安全のためでもある」

サマーはわけがわからなかった。「こんなくだらない会話はしたことがないわ」

「結婚したら、きみはここに残るために頑張らなくていい。仕事の心配をする理由はなくなるんだから」

「どうして？」

「ぼくは裕福だ」

サマーはまじまじと彼を見つめた。彼を引っぱたきたい衝動に駆られながら、目がひりひりするまで見つめ続けた。「お金持ちの男の考えることって同じね――女はお金に弱いと思ってる。二番目の婚約者は、たぶんあなたと同じくらいお金持ちだったけど、それでもわたしのほうから振ったのよ」

「彼はずいぶん年上だったから——」

「あっちのほうが満足できないと思った？　全然問題なかったわ！　彼はイタリア人よ。すごく上手だった。でも、あなたと同じように、結婚したらわたしは仕事なんてどうでもよくなると思っていたの。仕事がわたしの生きがいなのに」

ケネディがようやく身勝手なうぬぼれから目を覚まして、サマーが動揺していることに気づいた。「きみがそうしたいなら、カリフォルニアでまた一から始めたっていい」

サマーは立ち上がった。怒りのあまり痛みも忘れて、ジャケットを羽織った。

ケネディも立ち上がった。「どうした？」

「もう行くわ」

「だめだ、外にはグレーシーがいる」

「でも、ここにはあなたがいるし。とにかく、あなたはわたしほど彼のことを恐れていなくて、あなたによれば、あなたが正しいんでしょう。それに」サマーはケネディの目の前で人差し指を振った。「わたしを殺したいんなら、この家に焼夷弾《しょういだん》を投げこむだけで殺せるわ！」

サマーの激しい怒りに、ケネディは驚いた様子だった。「何かまずいことを言ったか？　ロマンティックなプロポーズじゃなかったのはわかっているが、こんな厳しい状況じゃ――」

サマーはケネディのほうを向いた。「ロマンティック？　わたしがそこにこだわっていると思ってるの？　今日、わたしは殺されかけたのよ。二週間前には、わたしに似た女性が車にひかれた。十カ月前、わたしは低体温症で死にかけた。その直前に」左手を彼に突きつけた。「自分の指を切って殺人者から逃げだした。その前は、約四カ月間、厳しい山のなかで暮らした。わたしが結婚しないと生きていけない女だと思う？　仕事を大事にしていることが、結婚に持ちこむための手だと思ってるの？」

「まさか。ただ――」

「あなたは両親が犯罪者で、自力で成功しなければならなかったから、つらい人生を送ってきたと思っている。わたしと結婚することが、わたしを助けることになると。でも、少なくともあなたは両手の指がそろっている。生き延びるすべについては何も知らないでしょう」サマーは胸を叩いた。「わたしは生き延びる。もし生き延びることができなかったとしても、マイケル・グレーシーに殺されても、あなたが責任を感じる必要はないわ。自分は結婚を申しこんだのに、わたしがその恩恵を理解できないばかだったせいだと思えばいい」怒った足取りで裏口へ向かった。

ケネディが追ってきた。「ぼくの保護下に置いたほうが、きみに注意を払いやすくなる」

「そうね、あなたが世話しているサマーが、市長の財布や、老婦人のダイヤモンドの結婚指輪を盗んだら大変だものね」サマーはドアを開けたあと、ぱっと振り返ってケネディと向きあった。「わたしが家に押し入ったのは生き延びるためよ。そうしなければ死んでいた。つらい子ども時代だったかもしれないけど、あなたはそんな選択を迫られたことはないでしょう。それで、よくもわたしを批判できるわね」もう止まらなかった。「頑固なうぬぼれ屋」

ドアをバタンと閉めた。

もう一度閉めたかった。

だからそうした。

50

夢の始まりは安らかで、いい感じだった。サマーは海辺を裸足で歩く、上半身裸の罪深いほどハンサムなケネディを見つけた。彼に駆け寄って、背後から抱きしめた。ケネディが振り返り、胸がときめくような深いキスをした。ふたりは砂浜に寝転がり、サマーが上になってキスし続けた。ケネディが言った。「愛してる、結婚してほしい」サマーはとてもうれしかった。これを求めていたのだ。義務感からではなく、愛しているからプロポーズされることを。

サマーはささやいた。「はい」ケネディはサマーを愛撫《あいぶ》し、時間をかけて絶頂に導くと、彼女の上になって笑った。「サマー、幸せにするよ」

サマーは彼を見上げた。そこにいたのは、ケネディではなかった。マイケル・グレーシーがのしかかっていて、微笑みながらサマーの目をのぞきこみ、あらがう彼女を抱きしめた。波がふたりに打ち寄せ、サマーは砂浜に、暗闇に押しこまれた。地中に、洞窟に埋められ、息ができない。

サマーははっと目を覚ました。汗まみれで、毛布に絡まっていた。あえぎながら毛布を引きはがすと、体を起こして膝を曲げ、両手で頭を抱えた。

わかりやすい潜在意識だ。すでに知っていたけれど、認めていなかったことを表している。ケネディとマイケル・グレーシーはどちらも才気にあふれ、カリスマ性を持ち、ハンサムでひたむきだ。コインの表と裏みたいに。

ケネディは光のなかにいて堂々と活動し、あらゆる犯罪行為をひどく軽蔑している。鉛筆をたった一本盗んだ人間も解雇するのではないだろうか。彼は善人だ――人の弱さを理解しようとしないけれど。頑固で傲慢で、妥協しない。

マイケルは陰で生きていて、本当の自分を、自分のしていることを隠して、人を殺しても捕まらない。彼は悪人だ。それでも、献身的な部下がいる。ワインセラーにいた男たちはどんな命令にも従っていて、それは彼を恐れているからだけではないようだった。彼はゲオルクのスタッフにも優しかった。乳がんの研究のためにパーティーで十万ドルを集め、個人的に同額を寄付した。善行をしている。不純な動機があるのかもしれないが、善行であることに変わりはない。

サマーは両方に惹かれていた。

ケネディ・マクマナスを完全に信用してはいない。サマーと、妹と甥のどちらかを選ばなければならない状況に追いこまれたら、ケネディはサマーを見捨てるだろう。

それでも、サマーは彼と出会ったその日にキスをした。彼と寝たいと思った。

マイケル・グレーシーにも同じ感情を抱いているのだろうか？　彼が人を殺す場面を目撃した。彼から逃げるために自分の指を切り落とした。それなのに、キッチンで頬に触れられ、見つめあった瞬間が忘れられなかった。彼の苦悩する心を垣間見た気がした。

それ以上に、マイケル・グレーシーの内にある何かが、サマーに呼びかけているように感じた。そうでなければ、マイケルがサマーを選んだはずがない。サマーの孤独を感じ取ったのだろうか。彼女に盗みを働き、孤立して生きることを余儀なくさせた恐怖や欠乏を。優しく触れられたあの瞬間、サマーはマイケルのものだという烙印《らくいん》を押され、誘拐や脅迫や殺人を犯す恐ろしい男だとサマーがいくら自分に言い聞かせようと、精神的なつながりは切れなかった。

論理的には、マイケル・グレーシーが苦悩に苛まれているのかどうか、サマーが気にするべきではない。

けれども、感情面では……気になってしかたがなかった。彼を助けたかった。

なんてこと。サマーがふたり目の婚約者を振った理由は、ただのお飾りにされそうだったからだ。つらい選択だったけれど、結局はとても満足していた。

その後、子どもを救うために命を危険にさらし、普通なら死んでいてもおかしくない長い試練を乗りきって、新しい生活を築いた……無敵だった。

でも、マイケル・グレーシーは例外だ。サマーをおとしめようとしている男性。サマーはどうやら苦悩する心を持つ男性の格好のカモのようだ。そしてサマーは、愛でサイコパスを変えられると信じる女らしい。自滅型だ。

刑務所にいる連続殺人鬼にラブレターを書くタイプ。

サマーは自己嫌悪に陥りながらも……マイケル・グレーシーとつながっているという確信は揺るがなかった。

玄関のドアをノックする音がした。

サマーははっとし、顔を上げた。思考で彼を呼びだしてしまったの？〝彼〟って、どっちの彼だろう？

サマーはベッドからおりて狭いリビングルームへ行った。のぞき穴をのぞいたあと、安堵の息をついてドアを開けた。「カテリ。どうしたの？」

カテリは歩行器でサマーを押しやった。のろのろと部屋に入ると、サマーのほうを向いた。「パーティーの衣装を用意しないと」

サマーはカテリの心変わりに驚いた。「行くことにしたの？」

「わたしが参加しなかった仮装パーティーで、恐ろしい騒動のさなかに沿岸警備隊員たちが死んでいく幻視《ビジョン》が見えるの。だから、行くわ」

サマーはカテリを注意深く見た。黒い髪がもつれて逆立ち、目の下にくまができている。そうしないと立っていられないとばかりに、歩行器に寄りかかっていた。カテリのビジョンはときどき現実となるため、みんな真剣に受けとめている。「あまり調子がよくなさそうね」

「あなたも人のことは言えないわよ」

サマーは顔をさすったあと、バスルームへ行って冷たい水で顔を洗った。「ふたりとも悪い夢を見たのね。わたしはパーティーには行けないわ」

カテリがあとを追ってきた。「彼が来るから？」

サマーはふたりの男性を思いだした。「彼って？」

「マイケル・グレーシー。ほかに誰があなたに悪い夢を見せるの？」

「わたしが勝手に見てるのよ」タオルで顔を拭いた。

「ねえ、わたしの考えでは、彼はあなたがここにいることを知っている。あなたを殺すつもりなら、パーティーで実行すると思う？」

「いいえ。そんなことをしたら大騒ぎになるし、警察に捕まるわ」サマーは引き出しを開けて下着を取りだした。

「でしょ。だから、あなたがひとりのときを狙って殺すと思うわ」

「ありがとう、それを聞いて安心したわ」

「あなたを安心させたいわけじゃない。確率を考慮して、正しい結論を導きだしてほしいの」

「それと、パーティー会場まで車で送ってほしいんでしょう」

「そうよ」

サマーはカテリの眼前でバスルームのドアを閉めた。そして、Tシャツとジーンズに着替えて外に出た。「マイケルはうぬぼれているの。人を殺しても一度も捕まっていないし、人を死ぬほど怖がらせるのよ」

「あなたも怖い？」

「ええ。悔しいけど。彼に人生を支配されるのはもううんざり」ケネディとマイケルにそれぞれ別の方向から引っ張られて、サマーは子どものようにぐずった。「人ごみのなかにいると落ち着かないけど、町の半分の人がリゾートに集まるときに、ひとりで家にいても安心できないわ」

「わたしもそう思うの。家にいたら、マイケル・グレーシーに狙いをつけられやすくなる。パーティーへ行けば、彼にチャンスはないわ」

「お告げがあったの？」

「いいえ。どっちを選んでもろくなことにならないけど……パーティーへ行ったほうがましな気がするの」

「それなら、一緒に仮装パーティーに出席しましょう」


ケネディは家の警報装置を操作して、コードを設定し直した。難攻不落にするのは不可能だが、安全を強化した。そして、ほかにやることを探して周囲を見まわした。何もない。会社にも連絡したし、Ｗｉ‐Ｆｉを凄腕《すごうで》のハッカーくらいしかアクセスできないよう応急的に設定し、壊れていたモーションセンサーのワイヤーを直した。そこで、パソコンの前へ行き、識別プログラムが彼の知っているジミーたちの写真を一枚一枚、マイケル・グレーシーの正面を向いたビジネス用のプロフィール写真と比較する様子を眺めた。

画面を見ている必要はないのだが、ブルーライトは意識を集中させてくれる。いまは、意識を集中させる必要があった。サマーに。そして、自分自身に。

ビジネス界では、ケネディは交渉の達人として知られている。それなのに、どうしてプロポーズは大失敗したのだろう。サマーは激怒していた。サマーは金や贅沢が好きだとケネディが考えたせいで。彼女の経歴を調べた限りでは、確実な想定のはずだった。

ビジネスの拠点を移せばいいと、ケネディは提案した。どっちで仕事をしようとかまわないだろう？　そうすればケネディも立ち上げに協力できる。

何より、ケネディが心の傷について推測したことが、彼女を猛烈に怒らせた。わけがわからない。女は理解されたいのだと思っていた。女はみなそう言う。

プログラムは三分の二のジミーを調べ終えたところで、ケネディが生まれた時点までさかのぼるのにかかる推定時間は二十時間だった。

あと二十時間……。

自然と、意識は目の前の問題に戻った。

サマーは身の安全について、屈折した感覚を持っている。人が射殺される場面を目撃したことが心の傷となり、マイケル・グレーシーに死体を捨てる手段があるらしいことに不安をかきたてられているに違いない。グレーシーが全能だと彼女が考えているのは、よくて誇張しているだけで、最悪の場合でも妄想に取りつかれているのだろう。ケネディが彼女を守ると、信じるべきだ。

なぜ信じない？

ケネディは切望のまなざしでパソコンを眺めた。コンピューターなら理解できる。あそこに彼の疑問に対する答えが入っていればいいのに。だが、苦い経験から、答えはそこにはないと知っていた。だから、人間関係で悩んだときにいつもすることをした。

妹に電話をかけた。

数時間後、ケネディの気持ちがやわらいだ頃、玄関をノックする音がした。ケネディはすぐさま立ち上がって、窓の外をのぞいた。クッキーを売りに来たガールスカウトか、クリスマス用の包装紙を売りに来た小学生だろうと思った。だが、玄関ポーチに立っていたのは、何枚かのクリーム色のカードを持った痩せたティーンエイジャーだった。

ケネディはドアを開けた。

「ミスター・マクマナスですか？」

「ああ」

「お手紙です」少年は封筒を一枚ケネディに渡すと、階段を駆けおりて新型のフォルクスワーゲン・ビートルに向かって走っていった。そして、車に乗りこむと、急いで走り去った。

ケネディは封筒を開け、優美な筆跡で書かれた文章を読んだ。

マクマナス様

明日の夜、ハロウィン・パーティーを開催します。ご出席いただければ幸いです。開始時刻は午後八時、場所はヴァーチュー・フォールズ・リゾートです。仮装してお越しください。時間厳守でお願いします。

マーガレット・スミス

ケネディがここにいることは、誰も知らないはずだ。

マーガレット・スミスとは何者だ？　ケネディが町にいることをどうやって突きとめた？

ケネディはコーヒーテーブルの上のタブレットを取って検索し、マーガレット・スミスとヴァーチュー・フォールズ・リゾートをただちに見つけた。よかった。ひとつはきちんとやれることがある。

51

ギャリックはほとんど客のいないオーシャンヴュー・カフェで、強い風にあおられて舞い落ちるヒロハカエデの黄色い葉を眺めていた。最初の冬の嵐が、真夜中近くに海岸に上陸する予定だ。ヴァーチュー・フォールズに豪雨をもたらし、山には雪を降らす。天気予報によると、気温が急激にさがるそうだ。

うなりをあげる風や激しい雨、雷の脅威が、今夜のハロウィン・パーティーに趣を与えてくれるだろう……そして、準備やら招待客の交通手段の手配やら、何もかもがさらに大変になる。だからギャリックは、できる限り離れているつもりだった。

「お代わりはいかが、保安官?」コーヒーポットとカトラリーを持ったレインボーがやってきた。

「結構だ」

「そう」レインボーがギャリックのカップにコーヒーをなみなみと注いだ。

「やれやれ……」

レインボーがギャリックの向かいの席を指さした。「座ってもいい？　休憩時間だし、足が痛くて」三脚台をテーブルに置いてその上にポットをのせ、カトラリーもおろしてから、椅子に腰かけた。

ギャリックは眉を上げた。どうも様子がおかしい。レインボー・ブリーズウィングは、ずっと昔からオーシャンヴュー・カフェでウェイトレスをしている。それだけでなく、ヘイト・アシュベリーで有名なヒッピーアーティストの子として生まれた自由に生きる女性で、黙って姿を消しては、好きなときに戻ってくることで知られている。そして当然、ギャリックを子どもの頃から知っていて、彼を好いているにもかかわらず、彼が象徴する社会的権力を認めてはいない。

つまり、レインボーに言わせれば、ギャリックは警察官で、信用できない相手だ。それなのに、彼の向かいに座って、やましいところのある子どものようにそわそわしている。

「スピード違反切符をためているのか？」ギャリックはきいた。

「ええ、たっぷり」レインボーが身を乗りだし、真剣なまなざしでギャリックの目を見た。「あたしがときどき山を歩きまわるのは知ってるでしょ？　母なる自然に触れて、星空の下で眠って、文明の悪臭を体から消し去るために」

「ああ」たいていはそのためだろうと、ギャリックは信じていた。

「そうするときどき、知らないほうがいいことに出くわすの。いつもは放っておくのよ。州が課税したがる何かを誰かが育てていようと、あたしには関係ないから」

「そのとおり」レインボーがその違法栽培された大麻を吸おうと、ギャリックには関係ない。「知らないほうがいいことに出くわしたせいで撃たれないよう気をつけろよ」

「わかってる。オーシャンヴュー・カフェにはあたしがいないとね」レインボーがこれまで見せたことのないような真剣な表情をした。「でも、今回はそうじゃないの。森林に死体が捨てられていたのを覚えてる？」

ギャリックは警戒態勢に入った。「忘れたくても忘れられない」

「FBIは身元を突きとめたの？」

「手がかりがないんだ」これからレインボーが与えてくれるのだろう。

「そう」レインボーがつついたカトラリーが、音をたてながらテーブルの上を滑った。

「死体が発見されたあとで、何年か前に朝食を食べに来た男女のふたり連れを思いだしたの。徹夜したみたいにひどい顔をしていた。パイロットだった」

「どうしてわかった？」

「会話を盗み聞きしたの。それに、あたしはパイロット好きだから、専門用語を使っているのがわかった。そのふたりは制服を着ていなかったから、自家用機のパイロットね。箱に入っているものを自分たちが処理する義務があるかどうかについて話していた。拒否したがっていたけど……怯えているように見えた」

「なるほど」

「とにかく、パイロット好きとして、その男と寝たの」

これは当てにできそうだと、ギャリックは思った。「ふたりはどこから来たんだ?」

レインボーが人差し指を振った。「それがわかればね。当時は気にも留めなかったの。ふたりはときどき町にやってきた。あたしは彼とよろしくやって、そのあとふたりは帰っていった。たいしたことじゃない。ここにはいろんな人が来ては去っていくから」

ギャリックは話の先が読めたが、FBIに報告する前に詳細を知っておきたかった。

「どのくらいの頻度で来ていた?」

「不規則だった。実を言うと、死体が発見されるまで、ふたりについてあまり考えたことがなかったの。このふたつを結びつけるのにも時間がかかったわ」レインボーは自分でも驚いている様子だった。

「そういうときもある」

レインボーは話の核心に近づいていた。「オリンピック国立公園の南にある古い飛行場を覚えてる？　日本が西海岸に爆弾を落とすと考えられていたときに、第二次世界大戦中に建設された飛行場よ」

ギャリックは興奮がじわじわとわき上がるのを感じた。レインボーは突きとめたのだ。確実に。「幹線道路から一・五キロほど外れたところにあるやつか？　高校生のときにガールフレンドを連れていったよ。静かで気味の悪い場所だ。ずっと昔から放棄されている」

「放浪中にあそこの建物に泊まったことがあるの。すっかり老朽化していた。第二次世界大戦中のだからね。だけど雪が降っているときは、外にいるよりましなの」

「それで、今回はそこへ行ったのか？」

「そうよ。いまも放棄されているみたいだった。でもなんと、あのパイロットが――」

レインボーの背後で常連客が叫んだ。「おい、レインボー、お代わりはまだか？」

レインボーは振り返らずに中指を立てた。

ぶつぶつ言う声が聞こえてきたが、それ以上レインボーに声をかける勇気のある者はいなかった。

「とにかく」レインボーが言う。「そこへ行って、調べてみたの。最初は予感が外れたんだと思った。建物はあいかわらずいまにも倒れそうだったから。でも、滑走路を歩いたとき、舗装し直されていることに気づいたの」

ギャリックはレインボーの肩をつかんで、さっさと要点を話せと言いたかった。だが、そんなことをするほどばかではない。一般市民の困ったところは、単刀直入に説明できないことで、邪魔をすれば詳細を忘れるか、また最初から話しだすかのどちらかだ。そんなことをしている余裕はない。

レインボーが言葉を継ぐ。「どっちかだと思ったの。政府の仕業か――あたしの知る限りではあそこはいまも国のものだし、国民を監視するために、いつもくだらないことをこっそりやってるでしょ」

「まあな」政府が躍起になって一般市民にいやがらせをしていると、レインボーは信じている。

「それか、あの死体を捨てた犯人がやったんだと」

ギャリックはこらえきれなくなって尋ねた。「政府が森に死体を捨てているとは思わないのか？」

「それは違う。ユタに焼却する施設があるから」

きかなければよかった。

「それで、見えないところにキャンプを張って、見張ったの。そしたら案の定、ある晩に、プライベートジェットが超高速でおりてきた。まるで撃ち落とされたみたいに」蛍光灯の真下で、レインボーがシャツをめくって肋骨を見せた。「わかる？ 弾丸がかすったの」

カフェがすいていることを喜ぶべきだろう、とギャリックは思った。裸になることにワシントン州が寛容なことも。レインボーがシャツをおろしたとき、ギャリックは心から喜んだ。

ほかの客もこちらに注目し、耳を傾けている。

ギャリックは彼らに話を聞かせたくなかった。身を乗りだして小声で言った。

「じゃあ、政府じゃないんだな」

「たぶんね」レインボーはしぶしぶ認めた。

「撃たれたのか。どうして気づかれたんだ？」

「頭上から見つけられる可能性があることを考えていなくて。飛行機に乗ってきた男が——抜け目のないやつよ」レインボーは目を細めて記憶を呼び覚ました。「『GQ』

に載ってるモデルみたいな男が飛行機からおりてきたの。両手をポケットに入れて気取っていて、魅力的だった。仲間に話しかけるのを、あたしは見ていた。そしたら突然、照明が消えて、あたしのいる木立をスポットライトが照らしたの。だから走って逃げだした。銃弾を浴びせられながら」ため息をつく。「キャンプ道具は置いていくしかなかった」

そんなことはどうでもいい。「死ななくてよかった！」レインボーの身に何かあったら、ギャリックはエリザベスに殺されるだろう。町じゅうの人間に八つ裂きにされる。それに、ギャリック自身も、レインボーに怪我をしてほしくなかった。「じゃあ、飛行機で乗客と死体を運んでいるってことか。乗客――おそらく、州内に散らばっている犯罪者が全国をこっそり飛びまわっているんだろう。死体はそいつらが運んできて、森に捨てているんだ」

「そんなところだと思う」

ギャリックは計画を立て始めた。ＦＢＩの元上司のトム・ペレスに連絡して警告しよう。それから、飛行場へ行って、自分の目で調べる。空から降ってくる死体にまつわる事件を即座に解決し、老朽化した飛行場を改築し、ギャリックの友人である一般市民を撃ったその魅力的な殺人者を逮捕してみせる。

「まわり道したから、ヴァーチュー・フォールズに戻ってくるのに二日もかかったの」レインボーがうんざりしたように口をすぼめた。「彼女はどこから来たんだろうって不思議に思っていたのよ」

突然話題が変わって、ギャリックは面食らった。「彼女って？」

「サマー・リー。突然現れた謎の女性。この辺の人じゃなくて、ひどい状態で、恐怖のあまり取り乱していた。でも、立ち直って事業を始めて、爺さんを魅了して車を手に入れた……人を動かす力がある。だけど、いまも死ぬほど怯えてる」

「彼女が捨てられた死体だと言うのか？」

「まだ生きてるけどね。あの男が何者にせよ、いまも彼女を狙っているのよ」

52

パーティーの夜、サマーは海岸沿いの暗い道路を外れて、ヴァーチュー・フォールズ・リゾートの駐車場に車を入れた。窓を開けて案内係に招待状を見せ、駐車位置を指示されてうなずいた。そのあと、指示を無視して暗い隅まで行き、ハマー・リムジンとフォルクスワーゲン・ビートルのあいだに車を止めた。

サマーが車を目立たない場所に止めるのを、カテリは放っておいた。車を壊されないに越したことはない。すばやく逃げるために必要になるかもしれないし。

サマーがエンジンを切った。「駐車場はほぼ満杯ね。盛況だわ」

ふたりは視線を交わした。

「彼は来ていると思う?」カテリはきいた。

「マイケル・グレーシーのこと?」サマーが短く刈った髪を撫でつけた。「わからない。彼の策略を見抜こうとするのに疲れたの。いまはさっさと実行してほしいとさえ思うわ」

カテリは窓をおろした。移動する人影を見まわし、風を味わい、パーティーの興奮や卑しい執念、恐怖を嗅ぎ取った。「何かが近づいてきている。それが彼なのか、嵐なのか、近くにいる人たちの邪悪な感情がまじりあったものなのかはわからないけど」

「ハロウィン・パーティーにふさわしいわね。なんにせよ、立ち向かいましょう」サマーがウエストをまさぐった。「ベルトがないと落ち着かないわ」

「あれは武器なんでしょう？」カテリはずっと前から気になっていたのだが、ようやく尋ねるのに絶好の機会が訪れた。

サマーがうなずいた。「投石器よ。ダビデとゴリアテみたいでしょ。十五メートル離れたところからでも相手を倒せるわ」

「本当に？」カテリは感心した。「すごいわね」

「打つだけなら、もっと離れたところからでもできる。練習不足だから、腕が落ちているけど。誰にも気づかれずに持ち歩ける武器でわたしが知っているのは、あれだけだったの」暗闇のなかで、サマーの目がきらりと光った。「この世のマイケル・グレーシーたちと戦うのに便利よ」

「わたしにも教えてほしいわ」

「いいわよ」サマーがたっぷりしたスカートを少しずつ引っ張って、車からおりようとした。

「待って、手伝うから」カテリは身を乗りだして、サマーの腕をつかんだ。「サイドブレーキに引っかかってる。紫色のシルクが破れてしまうわよ。保証金が戻ってこなくなっちゃう」

サマーがうんざりした声を出した。「マレフィセントはこんな服をどうして着こなせるのかしら？」

「彼女にはカラスや奴隷たちがいるから」カテリはスカートとペチコートをそっと車の外に出した。「キャットウーマンの黒いレザーの衣装でもよかったわね。あっちのほうが楽だし、とても似合っていたわ」

「あんな半分裸みたいな格好で歩きまわって、これ以上問題を増やしたくないわ」

「そうね、注目を集めるでしょうね」

「そうね、注目を集めるでしょうね」サマーがまねをした。「なんにせよ、『眠れる森の美女』の悪い魔女の格好をしていると、強くなった気がする。マイケル・グレーシーが現れたとしても、ドラゴンに変身してやっつけてやるわ」身をかがめ、その考えをものすごく気に入ったと言わんばかりに、カテリを見て微笑んだ。

カテリはサマーの胸の谷間を指さした。「そうね、その胸を見せずにキャットスーツを着るなんて絶対にだめだもの」

「見せつけるほどの胸はないわ」

「そうね。男はみんなサイズを気にするでしょうね。でも、沿岸警備隊員から聞いた話では、口に入りきらない分は無駄だそうよ」

「枕に刺繍《ししゅう》すべき格言ね」サマーはかさばる衣装を振り広げると、仕事に取りかかった。トランクを押さえつけていたゴムロープを外して、カテリの歩行器を取りだし、助手席まで押していった。

カテリはディズニーのテーマに沿って、クルエラ・ド・ヴィル（『一〇一匹わんちゃん』の登場人物）の衣装を選んだ。黒のドレスは補正下着のごとく体にぴったりしていて、サマーはゆったりしたコートをカテリに着せながら笑っていた。白黒の毛皮がすごみのある個性を作りだすと同時に、今夜はどうしても手放せない歩行器を隠してくれる。「髪はどう？」

「最高よ」サマーが断言した。

その日の午後、カテリの肩まで伸ばした黒髪の半分を、ふたりで白く染めた。グリーンのアイシャドーをたっぷり塗って、赤い口紅と赤い手袋をつけている。シガレットホルダーは目を突き刺せるほど長かった。カテリはランドン・アダムズが来ていることを願った。彼に試すチャンスだ。「お先に」カテリは歩行器に寄りかかって車からおりると、煌々《こうこう》と照らされたリゾートに向かって歩きだした。腰が痛かった。膝も。今夜を乗りきるために鎮痛剤をのんできた。それでももちろん、楽しむつもりだ。

「すぐに行くわ」カテリに追いついたサマーは、角状のかぶり物と立てた襟をつけ、杖を持っていて、実に悪い魔女らしくなっていた。

マレフィセントの衣装とセットになっていた杖はボール紙製で、柄にクリスマスボールを貼りつけたものだった。サマーはそれをばかにして笑い、コスチューム店から戻る途中でSF・ゲーム・コミックブック店に立ち寄って、ガンダルフ（『指輪物語』の登場人物）の杖に似た彫刻が施された、クルミ材の重い杖を手に入れた。カテリは個人的には、おとぎ話とトールキンの物語をごっちゃにするのは冒瀆《ぼうとく》だと思った。けれどもサマーは、もしマイケル・グレーシーとその手下たちに襲われた場合に、その杖で膝の裏を打ってやっつけられるからと言い張った。

カテリは反論できなかった。

サマーがカテリの腕をつかんだ。「聞こえる?」

カテリにはなじみのある音だった。沿岸警備隊時代から知っていて、津波が発生したときに自分が救助されてさらに身近になった。ヘリコプターがこちらに向かっている。

サマーの手に力がこもった。「近づいてきている」

カテリは駐車場の端の、ライトに縁取られた何もない場所を指さした。「あそこが間に合わせのヘリポートよ。たぶん、ハリウッドから来る人たちは、リムジンじゃ不満なんでしょう」

「なるほど。そういうことね」サマーはそう言いながらも、まだカテリの腕にしがみついていた。

小型のヘリコプターが着陸し、ヘンリー八世とその妻のひとりの仮装をしたカップルがおりてきた。すばやく仮面をつけて、玄関へと歩きだす。ヘリコプターがふたたび飛びたった。

「グウェン・ルファーヴルとカラボラよ」カテリは言った。「すごい!」

「そうね……」サマーは有名人たちを見つめ、ドレスの裾に足を引っかけた。「もう!」足を振りまわし、視線を上げたあと、ふたたびつまずいて、二台の車のあいだに倒れこんだ。

「サマー！」カテリは身をかがめた。「大丈夫？」

サマーはゆっくりと静かに膝をつき、マツダ・ミアータの窓からのぞいた。「彼がいる」小声で言った。

カテリはサマーの視線の先をたどった。

金の肩章がついた十九世紀の軍服を着た肩幅の広い長身の男が、ポーチの階段を駆け上がっていく。立ちどまって黒のシンプルな仮面をつけてから、リゾートに入っていった。

カテリは声を潜めた。「あれがマイケル・グレーシーなの？」

サマーが立ち上がった。「いいえ、ケネディ・マクマナスよ」

〝どういうこと？〟カテリは歩行器をサマーに突きつけた。「ケネディ・マクマナスって、いったい誰なの？」

「マイケル・グレーシーが心の底から憎んでいる相手」

「善人ってことね」カテリはサマーをにらんだ。「じゃあ、どうして隠れる必要があるの？」

「それは……」サマーが口ごもった。

「以前の生活でつきあいがあった人なの？」

「そういうわけじゃなくて」薄暗い明かりの下でも、サマーが動揺しているのがはっきり見て取れた。「わたしがマイケル・グレーシーの情報を提供するために彼に連絡したら、会いに来たの。わたしを助けるために」ふたたびリゾートに向かって歩きだそうとした。

カテリはだてに沿岸警備隊の部隊長だったわけではない。駆け引きの仕方を知っている。もう一度歩行器でサマーの行く手をふさいだ。「ここに？　町に着いたばかりなの？」

「そうでもないわ」

「何日前に来たの？」

「一日。二日かな」

カテリはいきなり核心を突いた。「彼は少し前から町にいて、あなたたちはいい仲になったけど、うまくいってないってこと？」

サマーがうしろめたそうにうなずいた。

カテリは完全に裏切られた気分だった。「わたしに黙ってるなんて！」

「あなたはできるだけ知らないほうが、面倒に巻きこまれる可能性も低くなるから」

カテリは怒りがわいてきた。「正論を言わないで。マイケル・グレーシーを捕まえる計画なんて別に知りたくないわ。わたしが知りたいのは、ほとんど知らないそのケネディ・マクマナスという男と、どうして深い仲になったかっていうこと。出会ったばかりなのよね？」

サマーが周囲を見まわした。「このまま駐車場に突っ立って話さなきゃいけない？
「なかに入って話してもいいけど、人に聞かれるわよ」

サマーがリゾートを見やった。「彼が来るとは思わなかったの。誰にも気づかれないように家にいるはずだった。彼がパーティーのことをどうやって知ったのかすらわからない。でも、驚くことじゃないわね。彼はなんでも調べられると言っていたもの。わたしはなかに入るのはやめておくわ」

「彼は仮装して、仮面をつけている。あなた以外、誰にも気づかれないわ。あなたは彼を避けることができる」カテリの怒りがあふれた。「それに、わたしたちも仮装している。何が問題なの？」

「最後に話したとき、気まずい別れ方をしたの」

「どうして？」

「彼が独善的な堅物だからよ」サマーが背筋を伸ばしたあと、ミアータにもたれかかった。「どうしよう。入っても大丈夫かしら?」

「わたしたちは仮装していて、仮面をつけている。この駐車場の様子からすると、控えめに見積もっても会場に数百人はいるでしょうね。大丈夫かどうかはわからないけど、このまま家にこっそり帰るなんて、臆病者のすることよ。だから、入りましょう」カテリはサマーをじっと見つめた。

「あなたの言うとおりね」サマーが宝石で飾った紫色のキャットアイマスクをつけた。

「行くわ」

カテリも白黒の羽根飾りのついた仮面をつけた。「楽しみましょう」

53

リゾートに足を踏み入れる前から、音楽や笑いさざめく声が聞こえてきた。まだパーティーは始まったばかりなのに。トニー・パーンハムは人気があるに違いない、とサマーは思った。あるいは、成功者だからか。あるいは、上等のお酒を出すのかもしれない。ドラッグは出していないといいけれど。そんなことをしたら、マーガレット・スミスに剣を突きつけられて追いだされるだろう。

開けっ放しのドアを通り抜ける前に、カテリが言った。「顎を上げて胸を張りなさい。自分が誰か忘れないで。ディズニー・悪役《ヴィランズ》史上最悪のマレフィセントなのよ」

サマーは、全身を覆う白黒の毛皮と赤い手袋を身につけ、派手な化粧を施し、白黒の髪をした友人を見つめてにやりとした。「あなたもとても恐ろしいわ」カテリは歩行器や体の障がいではなく、彼女自身に注目してもらうためにその格好をしたのだ。

もくろみは成功していた。

ふたりは広々としたロビーに入った。給仕の案内でレストランに向かう。

サマーは会場に足を踏み入れる前に深呼吸をした。マレフィセントの格好をし、かぶり物と宝石で飾った仮面をつけていても、背筋がぞくぞくした。

ケネディは気づくかしら？　駐車場の薄暗い明かりのなかで、うしろ姿でも、サマーはケネディを簡単に見分けられた。

マイケル・グレーシーは来ているの？　今夜のパーティーは罠かもしれない。とはいえ、二週間前にサマーが夕食会に招かれた時点で、マーガレット・スミスはパーティーのことを知っていた。マイケル・グレーシーがそんな先のことまで準備するだろうか？　ひき逃げが失敗すると考えていたとも思えない。

サマーはこの論理で自信が持てた。仮面の位置を直してから、レストランに足を踏み入れた。

ダイニングテーブルは片づけられていた。正装したウェイターの代わりに、黒とシルバーの服を着た骸骨が飲み物と前菜をのせたトレイを持って歩きまわっている。向こう側の壁の片引き戸《ポケットドア》が開けられ、次の部屋とつながって広さが倍になっていた。壁に張られた鏡や金箔《きんぱく》がさまざまな色を反射している。けばけばしい赤や黄。あざのような青や紫。ぎらぎら輝く金や銀。

道化の衣装や王女のドレス、スーパーマンの全身タイツ、メイド服のミニスカートを着た招待客たちが大声で笑い、甲高い声で話し、おおいに飲んでいた。豪華なティアラや見事な指輪、精巧なネックレスの宝石がきらめいている。全員仮面を――ぴかぴか光るスパンコールやこめかみから伸びる鳥の羽根、マネキンのような不気味な人面をつけていた。

騒音や色、お祭り騒ぎに気圧《けお》され、サマーは引き返したくなった……そして、その気持ちこそがサマーを人ごみのなかへ送りだした。

カテリの言うとおりだ。恐怖に人生を支配されたくない。

それに、ケネディ・マクマナスがこのなかのどこかにいて、軽蔑のまなざしで凡人たちを観察し、自身の高い基準で判断している。サマーは彼のような孤独で孤立した人間になりたくなかった。パーティーに参加して、傍観するのではなく、人生を楽しむのだ。

トレイを持った骸骨のウェイターがさっと現れた。「シャンパンをどうぞ」白い顔の上顎についた腐った歯や、黒い眼窩が、死と狂気を連想させる。実に印象的で、サマーとカテリは呆然と見つめたあと、首を横に振った。

「何をお持ちしましょうか？」ウェイターの声にはかすかに南部訛りがあった。

「水を」カテリが答えた。「ふたりともお酒は飲まないの」

「すぐにお持ちします」ウェイターが人ごみのなかに姿を消した。

ドアの横の巨大な玉座のような椅子に腰かけていたマーガレット・スミスが立ち上がり、杖を突きながら近づいてきた。「いらっしゃい」上機嫌な声で言う。「豪勢でしょう？」

「本当に」サマーは答えた。

天井からつりさげられた花瓶に深紅色の花が飾られ、吹き流しが空調装置の風に吹かれてはためいている。部屋の隅でバンドが演奏していた。キーボード、トランペット、クラリネット、ドラム、それから、チターのような楽器が、目まぐるしい曲を奏でている。

「あなたもすてきです」カテリが言った。

マーガレットは『ダウントン・アビー』のシーズン1に出てきそうな衣装――小さなレースの帽子、ひだ飾り、パールの豪奢《ごうしゃ》なネックレス――を身につけていた。「義理の母が社交界に出た年に着ていたドレスなの」得意げに言う。「形見の服ではしゃぎまわっていいものかどうか悩んだけど、ほかに使い道なんてないでしょう。腐らせるよりいいと思って」

サマーは笑った。「そうですね。本当にお似合いです」

ウェイターがトレイに炭酸水の入ったフルートグラスをのせて戻ってきた。

三人の女性たちはグラスをひとつずつ取ると、乾杯をしてからひと口飲んだ。

カテリが顔をしかめた。「味がついてる」不平がましく言った。

サマーは笑った。「こんなところで水道水が出てくると思う？」

「なんでもお好きなものをお持ちしますよ」ウェイターが言った。

「これでいいわ」サマーは答えた。

ウェイターはお辞儀をしてその場を離れた。

誰もそのウェイターに声をかけないことに、サマーは気づいた。フレーバーウォーターはシャンパンほど人気がないのだろう。

マーガレットがグラスの半分を飲み干した。「ジョニー・デップが来ているのよ。指にキスされたわ」血管が浮きでたしわだらけの手を掲げた。「もう死んでもいい」

カテリが首を伸ばした。「どこにいるんですか？」

「キャプテン・ジャック・スパロウ（『パイレーツ・オブ・カリビアン』の登場人物）の格好をしているの」

サマーは室内を見まわした。「どれですか？　少なくとも三人はいます」

「一番ハンサムな人よ」マーガレットが仮面の下の目を輝かせた。

「エリザベスは?」カテリがきいた。

「二階にいるわ。調子が悪いの」マーガレットの表情が曇った。「妊娠中だから」

「残念です」サマーは言った。「よろしくお伝えください」

「ええ」マーガレットがドアをちらりと見た。「そろそろギャリックが来る頃なんだけど。息子が保安官だと困るのはこういうところね。いつも遅刻するんだから。子どもが生まれたら変わってもらわないと。さあ、あなたたちはもう行きなさい」ふたりを追い払った。「仮面を取ったらだめよ。できるだけ大勢の人と話して、思いきり楽しんでね。何かあったらいつでも言って。そこの椅子に座っているから」新たな客が到着し、マーガレットは挨拶しに行った。

サマーとカテリは壁沿いに歩いて奥へ進んだ。

前菜の皿とカクテルナプキンを持ったウェイター――さっきのウェイターだろうか?――がふたりの前に現れた。ふたりが前菜を取ると、ふたたび姿を消した。

カテリが身震いした。「あのウェイター、なんだかぞっとするわね」

「ええ、笑っているように見える頭蓋骨がね。それを言うなら、どのウェイターもぞっとするわ」どこを見ても人の流れが絶えず、ヘビのごとく部屋を滑るように進んでいて、その動きを鏡が反射して増幅させていた。「まるで振り付けどおりに動いているみたい」

　カテリが声を潜めた。「やっぱり来ないほうがよかったかも」

　サマーはほっとした。自分の殻を破ってパーティーに来た。フレーバーウォーターを飲んでカナッペを食べた。もう充分だ。「じゃあ……そろそろ帰る？」

　そのとき、大きな声が聞こえた。「部隊長！　クワナルト部隊長！」四人の沿岸警備隊員が近づいてきた。

「ちょっと挨拶してくるわ」カテリが二本の指でグラスを持ち、歩行器に寄りかかった。「それがすんだら、帰りましょう」

「急がなくていいわ」サマーは壁際へ行って杖を立てかけると、水を飲みながらダンスを眺めた。不気味だけれど、大勢の人が仮面をつけて、明日のことを考えずに自由奔放にふるまう姿は壮観だった。告解火曜日《マルディグラ》と禁酒法時代と世界の終わりがいっしょくたになったような騒ぎだ。

　右側にいた男が話しかけてきた。「きみは間違いなく、このなかで一番美しい女性だ」

　サマーは振り向いたあと、二歩うしろにさがった。背後の捨て置かれたトレイにグラスを置いて、杖を両手で握りしめる。

男は身長約百八十センチ、細身で肩幅が広く、ロマンス小説のヒーローのような格好――ひだ飾りのついた白いシャツの胸元をはだけ、黒のブリーチズとロングブーツをはいている――をしていた。仮面は片側が黒のベルベットで、反対側が光沢のある白のシンプルなもので、顔が半分だけふくらんでいるように見えた。

マイケル・グレーシーかもしれない。

この男がマイケル・グレーシーだと、サマーは思った。髪は明るいブロンドだけど。マイケルの髪はアッシュブラウンだった。それにもっと背が高くて……確信はないけれど……彼のそばにいたのは一瞬だけだし、恐怖のあまり記憶がゆがんでいた。

サマーはようやく言った。「こんばんは」

「こんばんは?」男がいやらしい笑みを浮かべた。「この美女だらけのなかできみが一番美しい女性だと言ったのに、返事はそれなの?」

「わたしはゆったりしたドレスを着ているうえに、かぶり物と仮面をつけているし――」

「その杖でぼくを殺せる」男が怯えるふりをした。

サマーは微笑んだ。彼がマイケル・グレーシーだとしたら、全然恐ろしくないマイケルだ。「褒めてくれてありがとう」

飲み物をのせたトレイを持ったウェイターが通りかかった。

ロマンス小説のヒーローがグラスをふたつ取って、ひとつをサマーに差しだした。サマーが断る前に、別のウェイター――最初に会ったウェイター？――がやってきて水の入ったフルートグラスを差しだした。サマーはそれを受け取ってひと口飲んだあと、ハリウッド監督が開いた最高級の刺激的なパーティーのさなかに、ソートゥース山脈の孤独を懐かしんでいる自分は変わり者だろうかと考えた。

ヒーローが体を寄せてきた。「女性は仮面をつけているときに本当の美しさがわかるんだ。心で判断できる」

「わたしは心を見せていないから、あなたにわかるはずないわ」この人はマイケル・グレーシーではない。口説き文句もありきたりだし、普通すぎる。

「ぜひ見せてほしいな」ヒーローが手を差しだした。「踊りませんか？」

サマーは迷わず答えた。「いいわよ」ケネディを見つけたからだ。しかめっ面で、いらだっている様子だった。困ったことに、将校服姿が決まっている。そして、サマーのいるほうへ歩いてくる。

この女たらしと踊って、ケネディ・マクマナスを避けるつもりだった。

ヒーローが杖をウェイター――あのウェイター？――に渡したあと、サマーをダンスフロアへ連れだした。バンドはワルツを演奏している。サマーはケネディの視線を感じた。ヒーローにくるくる回転させられて笑ったあと、退廃的な行為も好きになれそうだと思った。それでケネディ・マクマナスをいらいらさせられるのなら。

ケネディは間違いなくいらだっていた。

54

沿岸警備隊員たちはカテリを笑顔で迎え、彼女の衣装を絶賛し、優しく抱擁した。カテリは彼らをきつく抱きしめ返して、無駄だとわかっていても、自分は脆《もろ》くないのだと伝えようとした。

マーク・ブラウン少尉とキース・ドーソン少尉、タイラー・コヴァヴィッチ兵曹は、カテリが部隊長だったときの部下だ。レイラ・モンロー一等水兵は新人だが、カテリの噂——津波が発生した日、カテリの迅速な断固たる行動によって沿岸警備隊の監視船三隻のうち二隻が助かったことと、カテリが津波を生き延びたこと——は聞いていて、仲間と同じようにうやうやしい態度で接した。カテリは、自分はそのように崇拝されるに値しない人間だと思っていた。けれども、溺れて体が不自由になるのにも値しないから、軽く受け流せた。

挨拶がすむと、カテリは周囲を見まわして、残りの隊員を探した。ルイスを。「ほかのみんなは？」

沈黙が流れた。四人の隊員たちは視線を交わしたあと、カテリを部屋の隅へ引っ張っていった。

マークがフランケンシュタインの仮面を押し上げ、声を潜めて言った。「ランドラバー大尉に任務へ送りだされました。みんなが衣装に着替えて、パーティーへ行く準備をすませたあとで、キャタワンパス湾で行われている可能性のある麻薬密輸活動を調べに行かせたんです」

「でも、嵐が近づいてきているのよ」カテリは言った。「緊急の任務ならしかたがないけど。ほら、人命救助とか」

「わかっています」キースが言った。

「風が南東から吹くと、キャタワンパス湾はまったく潮が読めなくなるわ」

「それも承知しています」タイラーが答えた。

「ランドラバーはみな殺しにする気なの？」

隊員たちはうつむいた。

レイラがつぶやいた。「大尉はおとぎ話に出てくる意地悪な義姉みたいに、比較されるのが耐えられないんです」

カテリは、スプレーを吹きつけただけに見える人魚の衣装を着た、長身のグラマラスな若い女と楽しそうに話している、白い服と小さな青い仮面を身につけたランドラバーを見つけた。毛皮の袖をまくって、彼のほうへ歩きだそうとした。

マークがカテリの腕をつかんだ。「だめです。何も言わないで、何もしないでください。ランドラバーは上の立場になったのをいいことに、いらつくと、おれたちに八つ当たりしてきます。サンチェス大佐がやめさせようとするたびに、ランドラバーは大佐を罰するんです。あなたが何か言えば、またサンチェス大佐が身代わりになるでしょう」

カテリは隊員たち——友人を、仲間を見つめた。彼らを助けるためにしてやれることは何もない。いらだちに苛まれた。「みんな、本当にごめんなさい」

「あなたのせいではありません、部隊長」マークが言った。

誰もがそう言う。ルイスも。けれども、隊員が危険にさらされるたびに、負傷するたびに、ランドン・アダムズの扱いを間違ったと、彼を海のなかで監視船に引かせてでも、太平洋の恐ろしさを教えるべきだったと、カテリは思い知るのだった。

ランドラバーが学ぶべきなのは人命を尊重することで、まずは自分の命を大切にすることを知らなければ教えられない。

「部隊長、ランドラバーのことは忘れてください。あなたに紹介したい人がいるんです」マークが、若くてかわいい笑顔の娘を連れてきた。「シエナ・モナハンです。シエナ、こちらは元部隊長のカテリ・クワナルトだ」

カテリはシエナと握手したあと、マークとシエナを順に見た。「初めまして。あなたたちはつきあってるの？」

一同がはやしたてた。

マークの顔が赤くなった。「そうだったらいいんですけど。シエナはルイスと来る予定だったんです。それが、おれたちと過ごすはめになって」

カテリは体をこわばらせた。例のガールフレンド？　シエナが？

シエナがマークの腕に触れた。「あなたたちがわたしを押しつけられたんでしょう。沿岸警備隊員が大好きなきれいな女性が大勢いるのに、他人のデート相手を連れて歩かなきゃならないんだもの」

「そのとおりよ」レイラが言う。「彼女たちににらまれるのに疲れたわ。あなたたちを狙ってるのよ。ダンスを申しこんできたら？　わたしとクワナルト部隊長がシエナについているから」

男たちは形だけの抗議の声をあげたあと、おいしそうな獲物を見まわした。

タイラーが崇《あが》めるような口調で言った。「こんなに大勢のセクシーな女性を一度に見るのは生まれて初めてだ」そして、一直線に歩きだした。

キースとマークもそれぞれ別の方向へ向かった。

女たちは部屋の隅に取り残された。

カテリはわれに返った。そして……激しい嫉妬に駆られ、ものすごく機嫌が悪かった。クルエラ・ド・ヴィルの格好に似つかわしい感情だ。

シエナは美人ではない。でも、かわいい。健康的で純朴なかわいさがある。大きな青い目の持ち主で、透き通った肌に赤褐色のそばかすが散っている。頬はバラ色で、ストレートの髪は燃えるように赤い。華奢で小柄で常ににこにこしていて、やわらかい頬にはえくぼが……つまり、どこから見ても若く健康で、幸せそうだ。

カテリはシガレットホルダーを突き刺したい衝動に襲われた。

ところが、シエナがカテリの手を握った。「突然こんなことを言ったら失礼かもしれませんが、ヴァーチュー・フォールズに来てから、あなたのお噂をいろいろうかがっていて、あなたの勇気と知性に敬服しました。ルイスはあなたのことが大好きです。沿岸警備隊の人たちは全員。あなたのような大人になりたいと思います」

「ありがとう」たぶん。「ぜひお近づきになりたいわ」真っ赤な嘘だ。「ルイスとはどこで知りあったの？」カテリは金切り声をあげずに、普通に話していられる自分が信じられなかった。映画俳優組合に入れるかもしれない。

シエナとレイラが顔を見合わせて笑った。

レイラが答えた。「わたしたち、ミシガン州立大学の一年生のときにルームメイトだったんです。最初はシエナのことが気に入らなかった。だって、わたしは黒い巻き毛と、きらきらした茶色の目と、アスリートみたいに鍛え上げた体の持ち主で――」

「巨大なエゴもお忘れなく」シエナが口を挟んだ。

「当然でしょ。それで、注目を浴びていた。だけど、シエナと一緒に住むようになったら、男の子たちはわたしを無視してシエナの前に列をなすようになったんです」

「それは嘘よ」シエナが髪をかき上げた。「わたしの美しさに慣れたあとは、あなたに群がったじゃないの」

「あなたが振った男たちよ！」レイラがうんざりした口調で言った。

「誰にも興味を持てなかったの。ニキビだらけで、エゴが肥大化したいやなやつばかりで」シエナはカテリに言った。「まあ、十八の男の子なんてそういうものです」

カテリは頬を叩かれたような衝撃を受けた。シエナがそんなことを言ったのは……

カテリがその年頃のことを思いだせないほど年を取っていると思っているからだ。それどころか、カテリにもそのくらい若かったときがあるなどと想像もできないのだろう。カテリは三十歳にして、高齢者の仲間入りをしたようだ。どうでもいいけど。カテリはグラスを飲み干した。「あなたたちは同級生だったのね……いま二十三歳？」

「シエナは二十二です」レイラが答えた。「高校を早期卒業して、十七歳で大学に入ったので」

十七歳でミシガン州立大学に入学……シエナがばかかもしれないという希望はついえた。それどころか、ルイスはカテリのことが好きだからシエナに興味を持ったのかもしれないという希望も。ふたりはまったくタイプが違う。

オペラ座の怪人がベランダのほうから現れた。レイラに微笑みかけて手を差しだす。「踊りませんか？」

レイラは飛び跳ねんばかりに喜んだ。「誘ってもらえるなんて思わなかった」音楽のリズムに合わせて弾むような足取りで去っていき、カテリはルイスのガールフレンドとふたりきりになった。

カテリは通りかかったウェイターにからのグラスを渡してから、シエナに話しかけた。「ヴァーチュー・フォールズで何をしているの？」

「六月にレイラを訪ねてきて、この町に恋したんです」

「町だけじゃないでしょう」カテリは皮肉を言った。

シエナは皮肉には気づかず、熱っぽく話し続けた。「そうなんです！　この州に、半島全体に恋しました。山でハイキングとか！　ビーチでホエールウォッチングとか！　リゾートも町の人もヘルシーな食べ物も新鮮な空気も……」

「わたしに売りこむ必要はないわよ」

シエナが頬を赤らめた。「ここの出身なんですか？」

「そんなところ」カテリは頭痛がした。サマーが帰ろうと合図してくれるのを期待して、室内を見まわした。ところが、サマーはハンサムな海賊とダンスフロアで踊っていた。

逃げ道はない。カテリはシエナに向き直った。「それでヴァーチュー・フォールズに越してきたの？」

「両親には変わり者だと思われています。サウスカロライナに住んでいて、住むのに適した場所は世界でそこだけだと思いこんでいるんです」シエナが目をぐるりとまわした。

「士官学校時代の春休みに訪れたことがあるわ。きれいなところよね」〝地元へ帰れ〟

「でも、ここの美しさとは別物です。ここにいると、自然が魂を高揚させてくれる気がするんです」

シエナが正しいのかもしれない。たぶんカテリは年を取ったのだ。何かにそれほど夢中になることはもうなかった。

「ここに来てすぐ、生計を立てる――独立する手段を探し始めました。わたしは経営学を学んだんです。何か見つけだせるとわかっていました。よく言いますよね――需要を見つけて満たせって」

「聞いたことがあるわ」シエナの弾んだ声を聞いているうち、頭痛がどんどんひどくなってきた。

「観光客がハイキングに持っていくお弁当を欲しがっていることに気づいたんです。観光客が帰ってしまっても、地元の人だって食べるものは必要です。それで、ベイヴュー・コンビニエンス・ストアに話をつけて、お店の一角を貸してもらって惣菜店《デリ》を――」

「ああ」カテリはそこで気づいた。「シエナズ・サンドイッチね」

「ご存じだったんですね！」シエナが顔を輝かせた。「サンドイッチだけじゃないんです。サラダもクッキーもサイドメニューも用意しています。パッケージにも凝りました。リサイクルできる箱に、プラスチックのカトラリーを蝶結びでつけて。お料理はすべてオーガニックで、ベジタリアン、ヴィーガン、グルテンフリーにも対応しています」

「知ってる」カテリは平日や、立っていると関節が痛くて料理が大変なときに、シエナの店で買っていた。ミセス・ゴロボヴィッチはいつもキルト教室にそこのサンドイッチの盛り合わせとクッキーを持ってきて、自家製だと嘘をついている。みんなそのサンドイッチを食べたいから、嘘を信じているふりをしていた。

「わたしと従業員ひとりで始めて、いまはパートとフルタイムを合わせて八人雇っています。観光シーズンが終わったら減らす必要があるでしょうけど。春に観光客が戻ってきたときのことはまだわかりません。でもいまは……希望にあふれているんです」シエナの青い目が輝いた。

「きっと成功するわ」カテリは頭が痛かった。めまいがして、視界がぼやけた。すでに充分気分が悪くて苦しんでいるのに。〝いったいなんなの？〟「ルイスとはどこで知りあったの？」

「ああ」シエナの表情豊かな顔に愛情が満ちあふれた。「レイラを飲みに誘おうと、職場へ行ったんです。そこに彼がいて。彼ってかっこいいのに、つっけんどんで近寄りがたくて、楽しませてあげる必要があると思ったんです。それで話しかけたんですけど、彼を笑わせることができるのはわたしだけだと、あとでレイラに言われました」シエナは明るくて生き生きとしている。ルイスはさぞかし元気が出ただろう。

カテリは歩行器をうしろへやり、座席をおろしてそこに腰かけた。

シエナが言葉を継ぐ。「だから、ルイスに会うたびに、彼を笑わせることを目標にしたんです。それからすぐデートに誘われて。年上の男性に興味を持たれるなんて思ってなかった――」

ルイスはカテリより一歳年下だ。

「でも、さっきも言ったように彼ってかっこいいから、オーケーしたんです。いまでは彼のいない人生なんて考えられません」シエナが眉をひそめた。「彼がアダムズ部隊長にどうしてあんなに嫌われているのか、さっぱりわかりません」

55

サマーは一度目のダンスを終えたあと、次から次へと男性に声をかけられた。気楽におしゃべりして笑いあい、衣装や美しさや会話のセンスを褒められた。ミステリアスで大胆な、魅惑的な女になった気分だった。一年以上ぶりに、未来や生き延びる方法を心配せずに社会に溶けこめた。

心配しようとはした。心配しないのはなんだか間違っている気がした。今夜は用心しなければならない理由がある。どの男性もマイケル・グレーシーに見えた。同性のパートナーに腕をまわしている男。柱に寄りかかって、空想上の猛禽類《もうきんるい》の格好をした女性と話している男。吸血鬼の歯をつけた、光沢のある肌をした男……。

マイケル・グレーシーの特徴に当てはまる男性が大勢いる。それでも……彼を見たらすぐにわかるはずだと、サマーは心の奥で確信していた。人を惹きつける、危険な男。バラでいっぱいのクリスタルの花瓶に潜んだ毒ヘビ。

マイケルほど危険ではないけれど、ケネディ・マクマナスがすぐそばにいる。怒りに燃えた視線が、サマーに気づいていることを示していた。そして、裁いているのだ。彼の得意技だ。

ケネディの傲慢な態度を見て、サマーは楽しもうという決意を強めた。それはたやすいことだった。バンドはマルディグラの精神で、クラシック・ロックや目まぐるしいワルツを大音響で演奏した。トランペット奏者とクラリネット奏者が交互に独奏し、スパンコールや房飾りをつけたきらびやかな女の子がステージに飛びのってマイクをつかむと、『アメリカン・アイドル』で楽々優勝できそうな歌声でジャズの定番を歌い始めた。

ハンサムなパートナーと次々と踊るうちに、サマーは積もり積もった不安が消えていくのを感じた。

だが、若いガンダルフと踊っていたとき、ケネディがサマーを奪い取って、部屋の向こう側へ連れていった。サマーは啞然とすると同時に、困ったことにうれしかった。ケネディが来てくれた。奪い去ってくれた。

「いったい何をやっているんだ？」ケネディがきいた。

「あなたこそ何をしているの？」うまい切り返しとは言えないが、サマーはうれしすぎてぼうっとしていた。「家から出ない約束になっていたでしょう」ようやく調子が出てきた。

逆効果だったかもしれない。「人にあれだけ用心しろと言っておきながら、ここに来て、誰とでも見境なくダンスをするなんて」

「わたしは家にいたら危険なの」ふたりはくるくるまわりながらダンスフロアを横切った。ケネディがサマーをぴったり抱き寄せて、息もつけないようなワルツをリードした。

とはいえ、音楽とは対照的に、ケネディの口調は厳しかった。「きみの話は全部でたらめだったのか？　ぼくの感情を操作したのか？」

「違うわ！　どうしてそんなふうに思うの？」

「母が証明したように、ぼくは女に操られやすい」

サマーは怒りに駆られた。「あなたを操ってなんかいないわ！　いつ……どうしてそう思ったの？」

「プロポーズしたらきみは怒った。なのに今日は、手当たり次第に男とダンスして、いちゃついている」

「パーティーなのよ。わたしは一年間ずっと、身の危険を感じながら生きてきた。今夜は……楽しみたいの」

「ぼくの母にそっくりだ」ケネディが蔑むように言った。「自分をよく、か弱く見せるために、次のカモを引っかけるために、話をでっち上げるんだ。今度のカモはぼくみたいだな」

「わたしはそんなことしない。したこともないわ。いったいどうしたらそんなふうに思えるの？」

「きみはいまも嘘をついている。酒を飲まないと言ったのに、飲んでいる。ドラッグをやっているのかもしれないが」ケネディがダンスフロアの真ん中で立ちどまり、サマーの仮面をはぎ取った。「その目を見てみろ。瞳孔が開いている」

「水しか飲んでないわ！」

ケネディはサマーの仮面を放り捨て、彼女を置き去りにした。サマーはダンスフロアの中央で震えながら彼の背中を見つめ……じっと立っているのに、部屋がくるくるまわりだす。

どうして？

音楽や笑いさざめく声にまじって、衣擦《きぬず》れの音や切望の吐息がかすかに聞こえた。みんな戯れながら、恋愛やお金、セックス、成功を夢見ている。

サマーは耳をふさいだ。

それでも感情や希望、空想が聞こえてきた。

サマーは息を吸いこんだ。エキゾチックな香りが漂っている——トケイソウ、ユリ、オレンジ、ストロベリー、シナモン、ショウガ。すれ違った色を感じることができた。肌をかすめたあらゆる色がぼやけて血流に吸収される。サマーにささやきかける。走れ、飛べ、解き放て……。

どうしてこんなに香りがはっきりしているの？　どうして色を感じられるの？　まるで酔っ払っているか、ハイになっているかのようだ。

まさか！　水しか飲んでいない。絶対に！　だって……。

サマーは周囲を見まわした。いまも男たちが彼女のほうへ押し寄せていた。今夜、彼らはずっとサマーのジョークに笑い、スタイルを褒め、サマーとダンスをする権利をめぐって争った。人生で一番もてた夜だった。サマーは決してパーティーで追いかけまわされるような女ではなかったのに。

ケネディの言うとおりだ。何かがおかしい。ものすごく変だ。

水。水しか飲んでいない。でも……炭酸水だった。味もついていた。薬がまぜられていたとしても……。

サマーはふらつきながら、集中しようとした。

差しだされたトレイから適当にグラスを選んだ。薬がまぜられていたとしたら、どのグラスもそうだったはずで、同じトレイの水を飲んだ人は全員……。

入り口のほうから悲鳴が聞こえてきた。

サマーははっと振り向いた。

マーガレット・スミスが倒れて、床に大の字になっていた。招待客やスタッフが駆け寄って、彼女を取り囲んだ。

マーガレットも……あの水を飲んだ。

カテリも……。

サマーはカテリの姿を探し、歩行器の座席に座っている彼女を見つけた。目を閉じて、苦しそうな表情を浮かべている。

ケネディが正しかった。

みんな薬をのまされていた。

誰がこんなことをするの？　こんな冷酷なまねができる人は。

サマーを殺したがっているのは。

ひとりだけ。マイケル・グレーシー。

時間がない。なんとかしなければ。いますぐ。ケネディ。ケネディに話そう。サマーを、サマーたちを助けられるのは彼しかいない。

サマーはケネディのほうへ歩きだした。

ウェイターが――あのウェイター？――目の前にぬっと現れた。唇に張りついた笑みがグロテスクだが、本物の笑顔はさらに不気味だった。現実となった悪夢だ。「何かお持ちしましょうか？　また水になさいますか？　カナッペはいかがですか？」

「あなた……犯人はあなたね！」サマーはウェイターをよけてケネディに近づこうとした。

「ようやく気づいたのか」ウェイターがサマーの腕を取った。「こっちへ来るんだ」声が変わっていた。かすれていて、訛りはない。

「マイケル？」サマーはあらがい、彼の手を振り払おうとした。「いいえ。マイケルじゃない。ジミーね」

「上出来だ、サマー」ジミーが体を寄せてきた。「きみはぼくを知っている。ぼくを恐れている」

「ええ……」ジミーの顔をのぞきこむと、頭が混乱し、冷たく輝く目しか見えなくなった。混乱と恐怖に襲われた。杖はなくしてしまった。ベルトは家に置いてきた。身を守る道具がない。だから、拳を固めて彼に向かって振りおろした。しかし、当て損ね、一回転したあとよろめいて転んだ。

視線を上げると、こちらを見ていたケネディと目が合った。〝お願い〟サマーは声を出さずに口を動かして言った。

ケネディは背を向けた。

サマーが切実に助けを必要としているときに、ケネディは背を向けた。

ジミーがサマーを助け起こした。そして、サマーの手を唇に持っていき、短くなった小指にキスをした。「かわいそうに。ぼくから必死で逃げようとしたんだな。だが、単なる時間稼ぎでしかなかった」

サマーはあらがった。

サマーのダンスパートナーたちが集まってきた。けれども彼らはもう、求愛者ではなかった。ジミーのボディーガードだ。彼らがサマーを押さえつけ、ジミーが角状のかぶり物を脱がせた。それをボディーガードに手渡したあと、サマーを腕に抱えた。

サマーは悲鳴をあげた。それを聞きつけた男が大声で言った。「幻覚を起こしてるんだ。パーティーではよくあることさ」

群衆が散り散りに分かれた。

ケネディの姿が見えた。サマーは両手を差しだした。

ジミーがドアに向かって歩きだした。「あんなやつは放っておけ。あいつは過去の記憶にとらわれている。両親の犯罪や、母親に操られたことに」

「わたしたちはみんな……過去にとらわれている。あなたも……そうでしょう」

「ああ。だがあいつは、目の前にあるものが見えていない。数年前、ぼくはあいつと偶然出会うよう仕組んだんだ――もちろん、偶然なんかじゃない。だがあいつは、ぼくだと気づきもしなかった」ジミーが剃刀の刃のごとく鋭い笑みを浮かべた。「ぼくがどんな気持ちになったと思う？」

「自分をちっぽけに感じた」サマーは言った。「ケネディはみんなをそういう気持ちにさせるの」それが彼の致命的な欠点だ。

「いまならぼくを思いだすだろう」

ふたりがドアを通り抜けるとき、マーガレットの周囲は大騒ぎになっていた。

「よくも彼女にこんな仕打ちができたわね」サマーはつぶやいた。自分がきちんと話せているかどうかさえわからなかった。「彼女は……死ぬかもしれないわ」

きちんと話せているようだ。ジミーが肩をすくめた。「高齢者だからな」サマーの頭のてっぺんにキスをした。「だが、きみは心配しなくていい。実行する前に調べたんだ。きみは何も処方薬を服用していない。きみは死なないよ」

サマーは彼を引っぱたきたかった。けれど、腕に力が入らない。頭が彼の胸にだらりともたれかかった。ジミーは立ちどまり、サマーを抱え直すと、ふたたび歩きだした。

おかしな考えがサマーの頭のなかを駆けめぐった。ジミーはサマーを気にかけてくれている。サマーを支えてくれている。ケネディと違って。サマーを求めている。ケネディと違って。

ふたりは外へ出た。冷たい潮風や、ヘリコプターの羽《ブレード》が空気を切る音が、サマーの意識を回復させた。サマーはふたたびあらがったが、ジミーのボディーガードに押さえつけられ、そのあいだにジミーがヘリコプターに乗りこんだ。ボディーガードはサマーを無造作に引き渡した。まるで荷物のように……あるいは、死体のように。

ドアが閉められた。

ヘリコプターが離陸した。

ジミーがサマーを脇に抱えた。彼女の耳にかかった髪を払いのけてささやく。「きみがこのゲームで生き残れたら、きみを生かしておいてやろう」

「ゲームじゃないわ」サマーはろれつがまわらなかったが、必死で言った。

「ルールを作るのはぼくだ。ぼくがゲームと言ったらゲームなんだ」

「ルールを作るのはケネディよ」

ジミーがサマーの腕を撫でおろし、胸に触れた。「きみは実に勇敢だな……こんな高い場所でぼくに盾突くとは」

これから森林へ連れていかれ、捨てられるのだと、サマーは思った。恐ろしい死に方をするのだろう。頭をもたげることすらできなかった。

56

ケネディはサマーが転ぶのを見た。彼に懇願するのも。そして、彼女に一歩近づいた。

そのとき、ウェイターが彼女を助け起こし、やすやすと抱きかかえた。まるで恋人同士のように。そして、誰かが〝幻覚を起こしてるんだ。パーティーではよくあることさ〟と言った。

それを聞いて、ケネディは立ちどまった。

サマーにひどい仕打ちをされた。それなのに、彼女に見つめられ、懇願されただけで、ケネディは助けに行こうとした。

今夜、どうしてここに来たのか。

サマーがいるかもしれないと思ったからだ。彼女に会って説明し、謝るチャンスが欲しかった。

ところがその代わりに、ケネディは自分がばかにされていたことに気づいた。サマーを研究し、分析して、結婚を申しこんだ。恥を忍んで実の母親から受けた屈辱を打ち明けた。そしていま、真実を見いだした。サマーは母と同様に、ケネディの弱点を利用して操り……笑っていたのだ。

ここから出なければならない。荷造りをしてカリフォルニアに帰ろう……だが、サマーの汚名をすすぐと約束した。不当な目に遭った彼女を放っておくわけにはいかない……。

サマーはマイルズを助けてくれたのだ。ケネディは彼女に約束した。約束は守らなければならない。それに、今夜の彼女の行動によって、本性を知ることができた。そのことに感謝するべきだ。

しかし……マイケル・グレーシーに関する話が嘘だったら？　彼女が話をでっち上げたせいで、〝ジミー〟が見つからなかったら？　そのときはゼロからやり直して、マイルズの誘拐犯を探すだけだ。

ケネディのアキレス腱に、ショッピングカートのようなものがぶつかった。

女性の不明瞭な声が聞こえた。「ケネディ・マクマナス」

振り返ると、サマーの飲み仲間、カテリ・クワナルトが歩行器にぐったりと寄りかかっていた。

「サマーはどこ?」カテリがきいた。「彼に捕まったの?」

「どこにいるのか知らない。ウェイターが連れていった」

「ああ、どうしよう」カテリが額に手を当てた。そして、よろめいた。

ケネディは彼女の腕をつかんだ。ケネディに支えられながら、カテリは歩行器を使って壁際の椅子へ向かった。ケネディがかがみこんでカテリを椅子に座らせると、彼女は彼の首巻き《クラバット》をつかんでねじり、喉を絞めた。そして、顔を突きあわせて言った。

「サマーは薬を盛られたの」

「楽しむために自分で使ったんだろう」

「あなたってものすごくばかなのね」カテリがきっぱりと吐き捨てた。

そんなことを言われたのは、生まれて初めてだ。

カテリが言葉を継ぐ。「わたしも薬を盛られたの。サマーも。彼はここにいる。何が起きているのかわからない。彼がサマーを捕まえて殺すために、わざわざこのパーティーを計画した理由はわからないけど、これは」腕をぐるりとまわして室内を示した。「復讐よ。お金と権力を駆使したゲームなの」

その言葉がケネディの脳に染みこんだ。そして、ある答えにたどりつき、ケネディはすっくと立ち上がった。

クラバットをつかんでいたカテリの手が離れた。

ケネディは舞踏室と向きあった。じっくり見て観察し、思いだして、理解した。ゲーム。そうだ。ゲームだ。あのゲーム。このパーティーの何もかもに、見覚えがあった。鏡。金。くるくるまわるダンス。セレブリティ。笑い声……すべてはプレーヤーを混乱させるためのものだ。舞踏室を通り抜けるあいだ、感覚を維持するためには、目標――賞品の獲得や保有――に集中する必要がある。

ケネディはいま、〈エンパイア・オブ・ファイア〉を再現した舞台装置のなかにいる。そして、かつて彼を負かしたことがある唯一のプレーヤーに操作されていた。

カテリの言うとおりだ。自分はばかだ。

振り返ってドアに向かって突進し、ロビーを通り抜けた。玄関ポーチに出たときにはヘリコプターが上空に浮かんでいて、方向転換し、雲のなかへと消えた。

ケネディは両の拳を振り上げ、激しい怒りと恐怖にわめいた。「ジミー……ジェームズ・ブラックラー！　おまえを知ってるぞ。必ず探しだして、殺してやる！」

ヘリポートにいたボディーガードたちが周囲を見まわし、拳を振りまわして怒り狂っているケネディに気づいた。すると、静かにすばやく散り散りになって、暗闇のなかへと姿を消した。

ケネディはリゾートのなかに駆け戻った。くそっ。何が起こったか見ていた人がいるはずだ。

舞踏室に入ると、パーティーは終わっていた。バンドが片づけをしている。偽の招待客が仮面やかつらや宝石を外していた。仕事を終えた俳優のように、静かに会話しながらあちこちのドアから出ていく。本物の招待客だけが取り残され、突然の変化に途方に暮れているかのように、首を横に振りながら立ち尽くしていた。

そのなかのふたりが両膝をついたあと、床に倒れた。ひとりは赤毛のかわいい女の子だ。連れの沿岸警備隊員が助けを求めて叫んだあと、卒倒した。ほかの招待客も次々とよろめいたり、傾いたりして、ひとりが片手で口を覆いながら部屋から飛びだした。

マーガレット・スミスの従業員が、ドアの近くの椅子に座っていた彼女を持ち上げた。頭がだらりと垂れていて、目の焦点が合っていない。

俳優たちが――偽の招待客は本物の俳優だ――足取りを速めた。

突然、冷たい風が部屋に吹きこんだ。風が散乱した仮面や吹き流しを奥の壁まで押し流し、薬を盛られた客たちが顔を上げた。カテリがベランダに通じる両開きのガラス戸を片方開けて、風を入れたのだ。

もう一枚の扉も開けようと奮闘している彼女を、男が手伝いに行った。

ケネディはその男に会ったことはなかったが、誰だかわかった。それほど有名な人物だ。

トニー・パーンハム。若くて恰幅《かっぷく》がよく、黒い髪のもみあげをむさくるしく伸ばしているが、生え際は後退している。中世の戦士の衣装が滑稽なほど似合っていない。アカデミー監督賞を受賞した、この地獄のパーティーの主催者だ。

ケネディはすさまじい勢いで、パーンハムに背後から体当たりした。

パーンハムはウッと息を詰まらせて倒れたあと、うつぶせで堅木の床を引きずられて叫び声をあげた。

ケネディはパーンハムの両肩をつかんでベランダに引きずりだした。それから、レザーの袖なしの短い上着《ジャーキン》をつかんで手すりの上に引っ張り上げた。ケネディが手を離せば、太平洋への死のダイブが待っている。

パーンハムが悲鳴をあげ、ケネディの両手をつかんだ。

「暴れるな」ケネディは警告した。「落ちるぞ」

パーンハムはぴたりと動きを止めた。

「さて――このたくらみの首謀者は誰だ？」ケネディはきいた。

「たくらみって？」

ケネディはパーンハムをさらにうしろに傾けた。

パーンハムの爪がケネディの手に食いこんだ。

「誰だ？」それは質問ではなかった。最後通牒《つうちょう》だ。

「落とさないでくれ」

「サイレンが聞こえるから、誰かが警察に通報したんだろう。おまえを落としても、ぼくに不利な証言をする人はいない。ここに残っている人は全員薬を盛られているから、まともに見ることすらできない。意識を失っている人もいる。信頼できる目撃者にはなり得ないし、気分が悪いから、おまえが死んだとしても気にしないだろう」

ケネディの背後から奨励の拍手が聞こえた。カテリだった。

パーンハムは涙を流しながら、恐怖に目をむいた。

「交渉の余地はない」ケネディはパーンハムを揺さぶった。少しだけ。手すりが揺れるくらいに。「首謀者は誰だ？」

「勘弁してくれ。おれがしゃべったとばれたら、殺される」

「別にしゃべらなくてもかまわない。しゃべらなければ、喜んでおまえをいますぐこの崖から突き落としてやるだけだからな」ケネディは心の底から言った。「きっかけを与えてやろう。マイケル・グレーシーだな」

パーンハムがあえいだ。「おれは言ってない。おれは言ってない！」

「どうして手を貸した？」

「借りがあるんだ。大きな借りが」

ケネディはパーンハムを引き寄せ、手すりからおろしてベランダの床に押し倒した。

パーンハムは床に思いきりぶつかりながらも話し続けた。「おれが駆け出しの頃、彼がおれの映画を観《み》て、才能があると言ったんだ。彼がお膳立てして、おれの作品を有力者に紹介して、最初の大作に投資してくれた。彼がいなければ、おれはいまも保険の外交員をやっていただろう」

ケネディはパーンハムに覆いかぶさった。「じゃあ、同意したんだな？　みんなに薬を盛って、誘拐を仕組むことに」

「しかたなかったんだ」パーンハムがケネディの肩に手を置こうとした。

ケネディはその手首をつかんで押しやった。

「わかったよ」パーンハムが言葉を継ぐ。「彼は……おれを成功させて、貸しができたと言った。おれは彼のためになんでもすると約束した。彼の恋人に役を与えるとか、そんなことだろうと思ったんだ。それも最悪だが。才能のない女を使うとどうなるか——」ケネディの表情を見て話を戻した。「とにかく、それが五年前のことで、ずっとなんの音沙汰もなかった。ところが突然、数週間前に連絡があった。彼の恐ろしい噂は聞いていた。だが……ここでパーティーを開催してほしいと言われて、おれは有頂天になった。ちょうど家を建てているところで、このパーティーで善人になれると思ったんだ。そしたら……そしたら……そしたら」パーンハムが言葉に詰まった。

「何をするか指示されたんだな」

「彼に言われたわけじゃない。おっかない手下に、招待する客のリストを渡されて、マイケルの希望どおりに踊って演じられる役者を雇うよう指示された。これは手の込んだ舞台装置で、おれは監督で、なんにせよ……悪いことが起きると知っていた」

「飲み物に何をまぜた？」ケネディはきいた。「ドラッグか？　毒か？」

「新種のデートレイプドラッグだ。ハイになって、幸せになって、むらむらする」

ケネディの背後で、カテリが言った。「わたしは幸せになっても、むらむらしてもいないわよ」

パーンハムがふたりの顔を交互に見た。「スピードみたいな効果が出るときもある。目が冴《さ》えて、べろんべろんになる。ほかになんの薬をのんでるかで違ってくる」

カテリがとげとげしい口調で言った。「体が不自由で、痛み止めの処方薬をのんでいるわたしのように？」

「ああ。申し訳ない」パーンハムがケネディに視線を移した。「本当に申し訳ない。指示に従わなければ、殺されると思った。怖かったんだ」

カテリが冷やかに言った。「ケネディ、さっき落としちゃえばよかったのに」

「それだと殺人になってしまう。ケネディはパーンハムの胸ぐらをつかんで引き寄せたあと、手すりに叩きつけた。一回、二回、三回。

頭蓋骨が三回鉄に打ちつけられた。パーンハムは白目をむいて、床にくずおれた。

ケネディは立ち上がって指先の汚れを払った。

カテリがうなずいて感謝を示す。

ケネディは脇目も振らず車へ向かった。

同じ海はふたつとないと、沿岸警備隊員なら知っている。におい、潮流、鳥、暑さ、寒さ、しぶき、嵐……嵐は特にそうだ。

カテリはベランダに立ち、大きなうねりを押し分けて海岸に突き進む嵐に耳を澄ました。風のうなりや、避けられない破壊の気配にまじって、カエルの神がささやく声るだろう。

が聞こえた。神は不満を抱いていて、その状態が続けば、ふたたびカテリが罰せられるだろう。

カテリは手すりを握りしめて叫び、仲間を——酒とドラッグに苦しんでいる者と、海の上にいる者たちをお守りくださいと神に請うた。頭のおかしな人に見えるだろう。それはわかっていたけれど、風が彼女の体を支え、体内に取りこまれたドラッグが抑制を取り去った。

だから、カテリは叫んだ。もう一度。さらに叫ぶ。

誰かが腕に触れた。

カテリはぱっと振り返った。

マークがまるで彼女に怯えているかのようにうしろによろめいた。「大丈夫ですか、部隊長？」

「ええ」マークの姿がゆらゆらとぼやけて見えた。「あなたは？」

「大丈夫です。男どもより、レイラとシエナがダメージを受けています。体重の関係でしょう。それと、ひとつご報告しておきたくて——先ほどルイスから連絡がありました。何も問題はないそうです。だから、そのー、もう叫ばなくていいですよ」

「報告しなさい、少尉！」

マークが反射的に背筋を伸ばした。「潮流にぶつかって監視船が一時的に危険にさらされ、隊員が負傷しました。すり傷や打撲程度ですが、ひとりは手首の骨を折りました」

「麻薬を見つけたの？」

「影も形もなかったそうです」マークが振り向いて、うつぶせに倒れているランドラバー・アダムズをちらりと見た。「酔いつぶれています。死ぬことまでは期待しませんが、明日は一日じゅう二日酔いでいてほしいです」

今夜、アダムズはルイスを危険な場所へ送りこんだ。彼だけでなく、大勢の沿岸警備隊員——アメリカの水路を国内外の脅威から守ると誓った人々を。カテリも同じ誓いを立てた。いまもなおその誓いに縛られている。「誰かがアダムズをなんとかしないと」カテリは言った。

「そうですね。でも、誰が？」

カテリは満面に笑みを浮かべた。「わたしよ」

57

ケネディは、病人の世話をし、救急隊員を案内するリゾートの従業員たちに指示している老紳士を見つけた。

名札には〝ハロルド・リドリー、ヴァーチュー・フォールズ・リゾート支配人〟と書かれている。

ケネディはその支配人にドラッグについてわかったことを伝えたあと、こう言った。

「トニー・パーンハムがベランダで倒れている。転んで頭を手すりにぶつけたみたいだ……三回も。誰か見に行かせてくれ……時間があれば」

ハロルドが敵意に満ちた口調で言った。「もしこれでマーガレット・スミスが亡くなるようなことがあれば、ミスター・パーンハムは回復なさらないかもしれません」

「ぼくはそれでもかまわない」ケネディは運びこまれるストレッチャーを押し分けて、外に走りでた。駐車場は大勢の救急隊員と救急車二台、消防車二台、霊柩車《れいきゅうしゃ》一台がひしめきあい、サーカスのように照らしだされていた。

ケネディは霊柩車のドライバーを捕まえた。「誰か死んだのか？」

ドライバーが顔をしかめた。「いや、小さな町だから、救急車が足りないんだ」

「なるほど」ケネディは自分の車、シアトルでレンタルした新型のセダンに駆け寄り、ドアハンドルに手をかけたところで動きを止めた。

サマーのレンタカーが爆破され、アイダホの森に穴が開いた事件は、まだ記憶に新しい。ケネディは手を引っこめてあとずさりし、車の周りを一周した。おかしなところはないように見える。ドアはロックしてあるし、ハンドルに引っかいた跡はない。キーホルダーにつけているミニ懐中電灯のスイッチを入れて、車の下を調べた。液体のたまりを見つけた。ブレーキオイルかATオイルかラジエーター液かガソリンか。車に詳しくなくとも、車の下に液もれの跡があるのが好ましくないことくらいはわかる。

ゲーム。〈エンパイア・オブ・ファイア〉。ジェームズはまだ最終ラウンドをプレーしたくはないだろう。ケネディを妨害して、大学時代、ジェームズが戦略、知性、スキルの面でケネディに匹敵する唯一の人間だったことを思いださせるつもりだ。〝くたばれ、くそったれ〟などと言うのは大人げない反応だ。それでも、ケネディは大声で言った。

リゾートに戻ってハロルドに声をかけた。

ハロルドは保安官との会話に気を取られながらもうなずいて、自分の車のキーを渡してくれた。

ケネディは従業員用の駐車場へ行き、ハロルドのシルバーのプリウスに乗りこむと、分別あるスピードで発進した――当然だ。プリウスはそういう車だ。

レンタカーに乗っていたら、途中で動かなくなっただろう。リゾートがあんな状況では、ケネディを迎えに来る人手はないだろうから、彼が暗い道を歩いてハートマン家に帰り着いたのでは、サマーを助けに行くのがますます遅れてしまう。それに、ゲームのルールで、明日の夜までに彼女を見つけないと、ケネディは賞品を失い、ゲームに負け、さらに命を落とすことがわかっていた。

彼女も命を失うのだろうか？　ケネディは眉間にしわを寄せた。それとも、捕虜にされるのか？　ジェームズはいつも、ケネディのものを欲しがった。サマーが欲しいのか？

そうだとしたら、サマーには望みがある。サマーにひとつ教わったのは、彼女のサバイバル能力を尊敬することだ。

それから、めちゃくちゃ嫉妬することも、感情でわれを忘れることも、過去の記憶によって判断を曇らせることも教わった。

くそっ。自分の失敗をサマーのせいにしようとするとは。

もはや自分のことがわからなくなった。

私道に車を乗り入れたとき、家は静まり返っていて、屋外の照明がついていた。警報装置はセットしてある。ケネディは家の周りを一周した。ケネディの動きを見守るため、ジェームズはおそらく監視カメラを設置しただろう。それについてはどうしようもない。家の明かりが届かない範囲に出る時間もなければ、その気もなかった。足元に気をつけながら慎重に移動し、家のなかに入ってドアを閉めた。

ゲームのルールによると、家のなかは安全なはずだ。

ジェームズはゲームのルールに厳密に従うだろうか？　たぶん従う。ケネディをもっと簡単に殺すこともできたのに、そうはせずに舞台を入念に準備し、罠を仕かけ、ケネディはゲームが始まっていることも知らずに防戦しなければならなかった。ゲームと気づいたからには、敵が容赦なく有利な立場を利用する一方で、ルールに従うと信じるしかない。

ケネディにはどんな選択肢があるだろう？　ゲームに参加しなければならない。戦う準備をしなければならない。そのためには、情報が必要だ。

ケネディはまずパソコンに向かった。顔認識ソフトの検索は終了していて、一致するものはなかった。そこで、ジェームズ・ブラックラーの過去と現在を調べることにした。

インターネットにつながらなかった。偶然とは思えない。家のインターネットがつながっているかどうか確かめると、問題はなかった。凄腕のハッカーくらいにしか攻撃できないようにしたとはいえ、もはや安全だとは信じられなかった。

ケネディは未使用のコネクタを取ってきて起動し、調査を開始した。

ジェームズ・ブラックラーは存在しなかった。生まれてすらいない。シカゴの学校にも通っていなかった。逮捕歴もない。ＭＩＴの卒業生でもない。

つまり、ジェームズは以前の自分をこの世から抹殺し、代わりにぴかぴかの完璧すぎるマイケル・グレーシーを誕生させたのだ。

ケネディは自分のことも傲慢だと思っているが、マイケルつまりジェームズの弱点は過大な自負心だと突きとめた。今後の戦略のために、そのことを頭に刻みこんだ。

しかし、それでは当面の問題は解決できない。大学時代のジェームズ・ブラックラーの写真が必要だ。

ケネディはデスクから離れ、携帯電話を取りだして妹にかけた。

タビサは寝ていたらしく、ぼんやりした声で警戒しながら電話に出た。「大丈夫なの？」

「ああ。ひとつ頼みがある」

一瞬の間が空いたあと、うめき声をもらしながら起き上がる気配がした。「いいわよ。何？」

「倉庫に行って、MITと書かれたファイルボックスを探してほしい」

「わかった」タビサがゆっくりと動きだした。

「四年生の最後のファイルを見てくれ」

「わかった」

「卒業アルバムがあるはずだ」

タビサが立ちどまった。「卒業アルバム？　いまじゃなきゃだめなの？」

「タビサ、重要なことなんだ」

タビサがため息をついた。「でしょうね。見てくるわ。その前にガウンを羽織らせて」足音が聞こえた。「じゃあ、そっちで何かわかったのね」

「何もかも」

「テイラー・サマーズを見つけたの？」タビサの声が大きくなった。

「ああ。それと、ジェームズ・ブラックラーも。そいつのことを調べてほしいんだ」

「ジェームズ・ブラックラー」タビサがうっとりした声を出した。「覚えてるわ。彼を連れてわたしを訪ねてきたことがあったでしょう。ひと目惚《ぼ》れだった」

「学校の勉強をもっと頑張れと励まされたんだろ」

タビサが笑い声をあげた。「そうよ。すごくかっこいい人だった。ブロンドで、目はチョコレート色で。十四歳だったわたしは、〝ああ、勉強しなきゃ〟って思ったわ」

「ぼくは何もわかっていなかったんだな」

「まあね。でも、わたしには兄さんしかいなかったから」

「忙しかったんだ。すまなかった」ケネディは後悔に駆られた。「里親に預けるべきじゃなかった。ぼくが引き取ればよかった」

「児童保護サービスが認めなかったわ」

「ぼくは逃亡生活をする方法を知っていた。おまえを連れ去って、居場所をわからなくすることもできた。仕事とアパートメントを見つけて、おまえを学校に入れて……」当時、ケネディは自分が正しいことをしていると思っていた。

「でも、そんなことをしたら、大学を卒業して事業を始めることはできなかったでしょう。兄さんには目標があった。計画が。わたしはただ、もうあの家にはいられなかったの」ケネディがもう一度謝って、妹が家出しなければならなかったことを嘆く前に、タビサははきはきした口調で言った。「別にたいしたことじゃないわ。わたしは生き延びた。街の暮らしに通じていたし、マイルズも生まれた。それで充分よ。でも……ジェームズはわたしに優しかった。彼が助けに来てくれて、わたしを連れ去って結婚してくれることを空想したわ。最初の真剣な恋だった。もちろん、ジャスティン・ティンバーレイクを別にしてね」

「どうしてだ？」女たちがジェームズに夢中になる理由が、ケネディにはさっぱりわからなかった。

タビサが十四歳に戻ったかのように、弾んだ口調で答えた。「不良っぽいところがいいのよ。あの声。あの目つき。いかにも女を悦《よろこ》ばせる方法を知っていそうだった」

「なぜそう思ったんだ？」ケネディはどうしても知りたかった。かすかな不安を感じた。サマーとジェームズ。

「だって」タビサが地下室の階段をおり始め、声がコンクリートの壁に反響した。「彼はきちんとわたしを見てくれた。わたしの話を聞いてくれた。心をのぞきこまれているような気がしたわ。わたしの個性を認めてくれているような」

ケネディはリビングルームを行ったり来たりし始めた。「やつに何かされたのか？」

「口説かれたかってこと？」タビサは笑った。「まさか。わたしはその気だったけど、彼はあなたを崇拝していた。わたしみたいな妹が欲しかったと言ってたわ」箱を動かし、ページをめくる音が聞こえてきた。「あった。卒業アルバム。これをどうすればいいの？」

「ジェームズの写真を探して、スキャンして送ってくれ」ケネディは電話を握りしめた。「ジェームズはおまえみたいな妹が欲しかったと言ったんだな。そのー……マイルズを誘拐したのはやつなんだ。今度はサマーを連れ去った。だから――」

タビサが先まわりして言った。「わたしのことも奪いに来ると思うのね。そうすれば、あなたの妹を手に入れられるから」

「ああ。うちの会社の誰かが、ジェームズに内通している」

「誰？」

「まだわからない。拳銃を持っているか？」

「二階にある。弾も入ってる。それから、家のあちこちにナイフを隠してあるわ」

何年かの家出生活で、タビサは多くのことを学んだのだ。「手元に置いておけ。マイルズを家から出すな。ぼくがもう大丈夫だと言うまでは」

「わかった」ふたたび箱を動かす音が聞こえた。「ナイフを持ったわ。すぐに写真を送るわね」

ケネディは少し安心した。「待っているあいだに、刑務所時代のジェームズを知っている人物に連絡を取ってみる。刑務所長とか」

「それじゃあうまくいかないわ。ジミーに何があったにせよ、刑務所長にとって不名誉なことだったでしょうから。看守とか、刑務所の常連に当たってみたら」

「それもそうだな」ケネディは言った。「タビサ――ありがとう」

タビサは地下室のドアに鍵をかけた――マイルズが階段から落ちて、コンクリートの床にぶつかって首の骨を折るなどということがないように。それから、キッチンへ向かった。そして、悲鳴をあげた。

ケネディの開発チームの主任がキッチンに立っていた。ブランドン・ウェッツェルは背が高く、優しい青い目をしたハンサムな男だ。鍛え上げた体と大きなエゴの持ち主で、タビサは奥さんを気の毒に思っていた。

ブランドンの浮気されたかわいそうな妻のことが、ますます気の毒になる予感がした。

ブランドンが人差し指を唇に当てた。「しぃっ。ケネディに頼まれたんだ。トラブルが発生したから、きみとマイルズを安全な場所へ連れていくようにって」

ブランドンがもう一方の手を背中にまわしたままでいることに、タビサは気づいた。拳銃を持っているのだ。タビサが少しでも抵抗したら、その銃を突きつけて……この男はコンピューターおたくだ。銃の扱い方を知っているとはとうてい思えなかった。だから、目を見開いて怖がっているふりをし、すばやく近寄った。「マイルズを起こしてくるわ。荷造りをする時間はある？　ガウン姿で出かけたくないし」ブランドンの前に立って、ガウンの腰紐を緩めた。

ブランドンの視線が胸の谷間に吸い寄せられた。集中力を失い、タビサに手を伸ばす。

タビサはナイフでブランドンの太腿を刺した。卒業アルバムを持ったまま。

58

頰の上で冷たい雪片が溶けるのを感じて、サマーは目を覚ました。

〝ここはどこ？〟

恐怖で体をこわばらせながら目を開けた。目だけを動かして周囲を見まわすと……花崗岩が見えた。顔から三十センチメートルしか離れていない場所に、灰色の大きな花崗岩がある。サマーは目をしばたたいた。頭にぱっと浮かんだ考えはひとつだけだ。

〝起きて。逃げて！〟

サマーは立ち上がろうとしたが、何かに包まれていて、身動きが取れなかった。パニックに襲われ、横転した。山に降りしきる雪の向こうの荒野を見つめた。

〝どうしてこんなところにいるの？〟

ヴァーチュー・フォールズで過ごした十カ月は夢だったらしい。サマーはいまもソートゥース山脈にいて、飢えと孤独に苦しみ、完全に正気を失ったのだ。

いいえ。それは違う。ここがどこであろうと、ソートゥース山脈ではない。何もかも違う。空気も。雪も。サマーはこれまで一度も行ったことのない、樹木限界線の上にいた。

体をひねって自分の姿を見おろした。顔だけが出る寝袋に入っていた。花崗岩の巨石は……突きでた岩壁の下で眠っていたのだ。誰かがサマーをここに運んだ。誰かが……。

ある顔がぼんやりと頭に浮かんだ。

マイケル・グレーシー……ジミー。

サマーは手探りで内側のファスナーを探して急いで引きおろすと、寝袋を脱ぎ捨てた。あわてて立ち上がり、周囲を見まわす。

やっぱり。ここはどこかの山の上だ。古い雪が溶けてところどころ地面が見えているが、その上にまた新しい雪が積もり始めている。

サマーは舞い落ちる雪に見とれた。

〝金の壁に輝く鏡。仮面をつけたきらびやかな人々がくるくる踊りまわる。ダークブラウンの目を持つ、恐ろしい顔をしたウェイター。その顔が徐々に消えて、マイケル・グレーシーが現れた。ジミー……〟

サマーは思いだした。薬を盛られたのだ。ジミーに。ジミーはサマーを連れ去るためにパーティーを計画した。そして、ここに置き去りにしたのは……死なせるため？

そんなのわけがわからない。ただ殺せばいいのに。

これはゲームだからだ。ジミーはそう言っていた。

〝サマーは震える冷たい手を差しだして、ケネディに懇願した。

ケネディは背を向けた。

ジミーの剃刀の刃のごとく鋭い気取った笑み……〟

サマーは岩の縁から身を乗りだして、胃のなかがからっぽになるまで吐いた。ドラッグと記憶のせいで吐き気がした。

しっかりしないと。ここがどこだろうと、抜けださなければならない。目の前の課題に集中しなければ——町に戻る道を見つけるのだ。自分ならできる。自分は山を、生き延びる方法を知っている。なるべく早く山をおりることができれば、助かる。

サマーは状況を把握しようとした。

まず、あたたかい。初めて見る服を着ていた——防雪性があり、体温を逃さない冬用のアウトドアウエア。ビニールに入れたブーツと靴下が置いてあった。サマーは突きだした岩の下に潜りこんでそれらをはいた。不快な考えが頭に浮かんだ。

昨夜は紫のシルクの衣装を着ていた。失われた数時間のあいだに着替えたのだ。どうやって？　誰かに着せられた？　サマーは額をさすって思いだそうとした。

〝サマーはヘリコプターのガラス越しにブレードを見ていた。ブレードは繰り返し雲を叩き切っている。無駄な行為だ。雲は切れ目なく形成されたが、ときどき真夜中の空に輝く星がちらりと見えた。「きれい」サマーはつぶやいた。

男がサマーのそばにひざまずき、衣装のファスナーを探り当てて引きおろすあいだ、サマーは笑っていた。

「セックスする？」

「お望みなら」男が答えた〟

サマーは思わずぱっと立ち上がり、頭を岩にぶつけた。その反動でひざまずき、両手でこぶを押さえてうめき声をもらした。「まさか、そんな」昨夜何があったのか、ジミーに何をされたのか……思いだせない。思いだしたくもなかった。

それに、もっと大事なことがある。空は薄い灰色だった。いまが何時かわからないけれど、日が暮れて気温がさがり、道なき荒野で迷う前に山をおりなければならないのはわかる。岩壁に小型のバックパックが立てかけてあった。

サマーはそれを引き寄せて、中身をあさった。水が入った水筒。朝食用の生のイチゴとグラノーラと牛乳。昼食と夕食用の乾燥食品。

ジミーは一日分の食料を用意していた。

〝一日分あれば楽勝……なわけないでしょ〟

ダウンコートと手袋も入っていた。

「方位磁石は……入ってないの？」サマーは焦ってバックパックのなかを引っかきまわした。

〝あいつ〟サマーは居場所がわからなかった。オリンピック山脈の可能性が高いが、昨夜は薬を盛られて意識を失っていたのだから、ここがアルプス山脈でもおかしくない。どちらの方向へ進めばいいのかわからない。ここがオリンピック山脈だと想定すれば、西の海岸へ向かうのが最善だろう。そうだとしても、方位磁石がなければ、あるいは太陽が見えなければ――嵐は明らかに強まっている――どちらが西か知るすべはない。

サマーは突きだした岩の下でうずくまった。グラノーラを食べ、牛乳を飲んだ。季節外れのイチゴは、旬のと変わらないくらい甘く熟れていた。これが前もって計画されていたのだと思うと不安になり、自分が後手にまわっていることに気づいた。

これはゲームだと、ジミーは言っていた。それなら、サマーは駒だ。頭脳と感情を持つ駒。チェス盤の上でサマーを自由に動かせるとジミーが考えているのなら、驚かせてやろう。

イチゴを食べ終えると、小さな紙の容器の底に、ビニール袋に入れられ、封をされた薄い羊皮紙が入っているのを見つけた。サマーはその紙を開いて読んだ。

愛《いと》しのサマーへ

日が暮れる前に、きみは山をおりて救出地点に到着しなければならない。それがルールだ。残酷だと承知しているが、ぼくがルールを決めたわけではない。ケネディ・マクマナスが作ったルールだ。

親愛なる人、ぼくはきみを信じている。本当だ。きみは知らないはずのことを知っている。死ぬはずのところを生き延びた。誰も知らない本当のぼくに気づいた。愛しい人、ぼくはきみを信じている。今日は強さと決意、知識、運が必要となるが、きみはすべて持っている。きみならできる。ぼくの信頼をたしかなものとしてくれ。またすぐに会おう。

きみの忠実なるしもべ、ヴェノムより（ジミーでもマイケルでもかまわない。きみの好きなほうで）

サマーはこれを読んでも興奮したり、喜んだり、励まされたりしなかった。怒りがわいた。

西から卓越風が吹いているのに気づいた。風が顔に吹きつける。サマーは立ち上がり、樹木限界線に向かって、嵐に逆らって歩き始めた。

ひたすら下った。一時間に何センチも雪が積もるなかを歩き続けた。人けのない小道に、三十センチ、四十五センチ、六十センチ、それ以上に降り積もる粉雪を踏みしめながら。何時間も過ぎた頃にようやく立ちどまり、昼食をやっとのことでのみこむと、またすぐに出発した。永遠とも思えるほど長いあいだ、よろめきながら山をおり続けたのに、正しい道を進んでいることを示すものはまだ何も見えなかった。正しい道が何かもわからないけれど。

肩甲骨のあいだがむずがゆかった。スナイパーに狙われているような気がした。暗くなる前に山をおりられなければ、マイケル・グレーシーはなんらかの方法でサマーを殺すつもりだ。その方法を想像することでやる気を保った。ライフル、仕掛け線、夕食に致死量の毒が仕込まれている可能性もある。

このままずっと道がわからなければ、喜んでそれを食べるかもしれない。

そのとき、穴に足を引っかけて、顔から転んだ。両手で顔を引っ張り上げ、雪と一緒に涙もぬぐった。

ふたたび立ち上がった。進み続けなければならない。

薄明かりに変化はなく、時刻は見当もつかなかった。何時に出発したの？　どのくらい歩き続けた？

だけど……サマーは吹雪に目をしばたたいた。平坦《へいたん》な場所に立っていた。山のカーブに沿った長い道。足を引っかけた穴はわだちだった。約一・八メートル離れた場所にもうひとつ……。

道路だ！　道路に行きついたのだ！　そして、最近誰かがこの道を車で走った！　誰かがどこからかやってきて、どこかへ行く用事があったのだ。どちらへ行けば町に出られるのだろう。どちらに曲がればいい？

進路を変える理由は見当たらなかった。風に逆らって歩いた。ここを通った車は大型車だ。タイヤの跡が広く、雪が穴を埋め始めていても、わだちのなかを歩くほうが楽だった。

死ぬわけにはいかない。ソートゥース山脈で孤独な月日を乗り越えたのに、ワシントン州の山を一日歩いただけで、大人の男たちの命を懸けたゲームの駒にされて死ぬなんてまっぴらだ。
ケネディ・マクマナスを捕まえたら、首を絞めてやろう。だって……。
何？
あれはなんだろう？　道路の前方に、何かある。
テントだ。蛍光オレンジの小さなひとり用テントが、路上に張ってある。
気持ちがはやり、雪をかき分けながらできるだけ急いで進んだ。
テントの周囲に足跡がついていた。大きさからして男性の足跡だ。サマーはテント
に積もった雪と服についた雪を払い落とすと、ファスナーをおろしてなかに入った。
そこには魔法瓶と小さな保温バッグ、なんらかの装置、そして、メモが置いてあった。
メモ。ジミーがイチゴの容器に残したのと似たような。そこで初めて、これが罠か
もしれないことに気づいた。サマーはそのメモをさっとつかんだ。シンプルなヘルベ
チカのフォントで書かれている。署名を見て、メモを胸に抱きしめた。
ケネディのサイン。
偽造された可能性もあるけれど。
メモを読んだ。

サマー、これを読んでいるということは、ＧＰＳのついたテントを見つけたということだな。すぐに起動しろ。ぼくたちが迎えに行く。

ケネディの文章だ。ジミーの美辞麗句と比べれば、間違いない。

サマーはＧＰＳ発信機を拾い上げると、説明書に従って起動した。それから、熱いコーヒーをカップに注いだ。

ケネディが早く来てくれれば、今日を生き延びられるかもしれない。

明日の心配はそのあとすればいい。

59

遠くからエンジンの鈍い音が聞こえてきた。

違う、木の葉がさざめく音だ。

音が大きくなった。

雪崩？ この世におさらばする方法としては、滑稽だ。

ようやく確信が持てた。やはりエンジンの音だ。サマーはフードをかぶって、テントから這いでた。

シルバーのハマーが、カーブを曲がってこちらに向かってくる。

サマーは両腕を振りながら飛び跳ねた。ケネディが乗っていることを願った。ジミーではないことを。けれど、実を言うと、誰だろうとかまわなかった。車のヒーターさえあれば。

車がスピードを落とした。

停車する前に、男がひとり飛びおりた。黒髪。鮮やかな青い目を長い黒のまつげが縁取っている。長い脚。角張った顎。間違いない。ケネディだ。

ドライバーもおりてきた。オレンジ色の、企業が宣伝のために無料で配る野球帽をかぶったずんぐりした男は、ジョン・ルダだ。いい人で、町の外れに住んでいる。数年前に殺人鬼に妻を殺された。長距離トラックの運転手だから、運転を頼まれたのだろう。ケネディのようなカリフォルニアの人は、雪道に不慣れだ。

ジョンがテントに向かって歩きだした。

ケネディもサマーに近づいてくる。

だが、ふたりの男は、サマーが服を脱ぎ始めたのを見て立ちどまった。「話すと長くなるの」サマーは言った。「何か着替えを持ってきてくれた？」

ケネディの目が細くなった。彼の優秀な頭脳が高速で回転しながら事実をつなぎあわせる様子が目に見えるようだった。それから、ケネディは車に戻って後部座席のドアを開けた。「なかにある」

ジョンが都会の人間はとかなんとかつぶやいたあと、ふたたびテントへ向かった。

サマーがケネディの横を通り過ぎようとすると、腕をつかまれた。そして、すばやく抱きしめられた。

サマーは抱擁に耐えた――救助してもらえたのはうれしいけれど、救助されなければならなかったことに腹が立った。それから、車に乗りこんだ。清潔で豪華であたたかい、すてきなハマーに。

車内はとてもあたたかかった。これから裸になるのだから、重要なことだ。「乗っても乗らなくてもいいから」サマーは言った。「とにかくドアを閉めて」

ケネディはサマーのあとから車に乗りこむと、バックパックからサマーの服や毛布を取りだした。

もう一度抱擁しようとはしなかった。

「その服は外に捨てていこう」ケネディが言った。

そのときちょうど、ジョンが後部ドアを開けた。「だめだ」とがめるような口調で言う。「ここはワシントンだ。おれたちの山を汚すわけにはいかない」テントを放りこむと、ドアを閉めた。

ケネディはジョンが運転席に乗りこむのを待ってから言った。「ゲームのルールによると、ぼくたちが日が暮れる前に見つけなければ、サマーは死ぬことになっていた。だからサマーは、服に日没後に爆発する爆弾が仕込まれているかもしれないと心配しているんです」

「おい、そのゲームを始めたって男は、彼女の服に爆弾を仕かけるようなやつなのか？」ジョンが車を発進させた。

「はい」「ええ」ケネディとサマーは同時に答えた。

ジョンが時計を見た。三時半。もうすぐ日が沈む。「急いでこっちに渡せ。おれが捨ててくる。春になったら天気のいいときに戻ってきて、探してみる。見つからないとは思うが」

「恩は必ず返します」ケネディは言った。

「わかった」

サマーが服を脱ぐあいだ、ケネディが毛布を広げて隠した。そして、サマーが脱いだ服を前に放った。

ジョンが速度を落としてドアを開け、雪の吹きだまりに服を捨てた。

凍えるような風に身震いしながら、サマーはケネディからショーツを受け取ってはいた。

ふと視線を上げると、ケネディがサマーの胸をじっと見ていた。

サマーはかっとなって尋ねた。「嘘でしょ？　胸を見せなきゃ助けてもらえないの？」

ケネディがぱっと視線を上げてサマーの顔を見た。「胸を見るチャンスがあるなんて知らなかった」

ジョンが言った。「おれも協力したんだから、その権利はあるな」

サマーは毛布の端から顔をのぞかせた。「また今度ね、ジョン」

サマーは座席に座り直すと、しかめっ面のケネディを見た。ユーモアを解する心を持つよう言いたかった。ケネディは人差し指でサマーの顎に触れ、向こうを向かせた。

「何？」サマーは髪や耳、首や肩を触った。「何か変？」

ケネディが手を引っこめた。サマーがふたたび彼を見ると、さらに険しい表情をしていた。「あとで話す」

ジョンは徐々に加速し、時速三十キロくらいで走った。ハマーは雪道でもスリップしない。ジョンは本当に運転がうまい。

数分も経たないうちにジョンが車を止め、外に出てドアを閉めた。

サマーは毛布を体に巻きつけると、床の真ん中の隆起部に滑りおりて、暖房の噴き出し口の前で丸くなった。「ジョンは何してるの？」

ケネディがスキーパンツとフード付きの防寒ジャケットを脱いで、長袖の格子縞《こうしじま》のウールシャツとジーンズ姿になった。よく似合っている。飾らない感じで、ブローニーのペーパータオルのパッケージに描かれている男性みたいだ。「きみがどこからおりてくるかわからなかったから、発信機付きのテントを道路沿いに一・五キロごとに設置したんだ。それを回収しなければならない」

サマーはこのたくらみについて考察する余裕がいままでなかった。「そもそも、どうしてここだとわかったの？」

「ぼくたちはゲームをプレーしているんだ」

「説明して」

「わかった」ケネディは真剣だった。「ぼくはまず、ここワシントンでゲームをプレーすることになると想定した。それから、ジェームズはゲームをあっさり終わらせたくはないだろうから、ぼくが救助できる場所にきみを置くはずだと考えた。ゲームでは、一番高い峰が最初の課題に関係していた。ワシントン州のオリンピック山脈で最も高い山は、オリンポス山だ。だがゲームのなかの最高峰は、そんな名前じゃなかった。だから、ほかの峰を調べたら、アンダーソン山の西《ウエスト・サイド》の峰が、オリンピック山脈の水路学上の頂上だとわかったんだ」

「もちろんそうよ。昨日そう言ったでしょ」ケネディは少し遅れて冗談だと理解すると、機械的に微笑んだ。彼にもユーモアを解する心があるのだ。とはいえ、目の前の課題にひたすら集中している。いまはそのことを喜ぶべきだろう、とサマーは思った。その集中力のおかげでサマーは命拾いをしたのだから。

ケネディが言葉を継ぐ。「ウエスト・ピークから、川は太平洋、ファンデフカ海峡やフッド・カナルに流れこむ。この山もゲームに登場するものと名前は違うが、特徴が同じだ。だから、ウエスト・ピークを選んだ。それが正解だった」

「一か八《ばち》かに賭けたのね」

「賢明な選択だった」

ジョンが後部ドアを開けて、テントを片づけた。

「いくつ設置したの？」サマーは尋ねた。

ケネディはジャケットからタブレットを引っ張りだして確認した。「今朝、夜明け前に出発して、十四箇所に設置した」

サマーはがっかりした。「町に戻るまでどれくらいかかりそう？」

ジョンが運転席に乗りこんだ。「この天気だし、まだだいぶ片づけなきゃならないから、夜通しドライブすることになるだろう」

ケネディが言った。「ヴァーチュー・フォールズへは行かない。ハートマン家に戻るんだ。話しあわなければならないことがある」

「いま話せばいいでしょ」

ケネディがジョンの後頭部をちらりと見た。

ジョンはふたりの話がよく聞こえるよう、座席にもたれかかっているように見えた。

サマーはきいた。「ジョン、ヘッドホンはある？」

「ああ」ジョンが手を伸ばし、ヘッドホンをつかんで持ち上げた。「おれにつけてほしいのか？」

「そうしてもらえると助かるわ」

ジョンがヘッドホンをつけて、大声で言った。「ボリュームを上げとくよ！」

サマーはケネディにうなずいた。「どうぞ。わたしが薬を盛られて拉致されて、殺されかけて、裸でハマーに乗っている理由を、早く聞かせてちょうだい。説明して。全部！」サマーは自分を示したあと、雪に覆われた山腹を指さした。「わたしはこんなところで何をしているの？　あなたとマイケル――ジミー？――のあいだのことにどうして巻きこまれたの？　彼は何者なの？」

60

「ジェームズ・ブラックラー。MITの下級生で、当時は友人だった」ケネディがサマーにブラジャーを渡した。

サマーは毛布から手を離して、ブラジャーのストラップに腕を通した。「どうしてわかったの？」

「ぼくたちはゲームをプレーしているんだと気づいたからだ」ケネディが手を伸ばしてホックを留めた。

「自分でできるわ」

「きみに触れたかった」

サマーは彼の欲求などどうでもよかった。ネイビーブルーの長袖のTシャツをつかんで、頭からかぶった。「ゲームだというのは知ってたわ」

「いや、特定のゲームのことだ。〈エンパイア・オブ・ファイア〉」ケネディは正面の暖房の噴き出し口に、サマーの長ズボン下をかざしてあたためた。「ネットで調べると、ジェームズ・ブラックラーという人物は存在しないことがすぐに確認できた。ぼくが個人的に知っていた男の記録が、この世から完全に消えていた。だから、妹に電話して卒業アルバムの写真をスキャンして送ってもらって、それで検索をかけたら、マイケル・グレーシーと一致した」

「あなたの知り合いのジミーなのに、どうして抜け落ちていたの？」

サマーは長ズボン下を受け取ってはいた。あたためられた黒のシルクが、冷えきった太腿やヒップを滑る感触が心地よかった。

「ぼくにとっては、ジェームズ・ブラックラーは刑務所に入った時点で死んでいた。だが、それだけじゃない。うちの役員が共通の知り合いで、ジミーは服役中に死んだと言っていたんだ。ぼくはブランドンを信じた。信じていたのに」

「言い訳はそれだけ？」サマーは脚を伸ばした。長ズボン下は、間違いなく男の欲望を減退させる代物だ。

ところが、ケネディの場合は違った。青い目がうれしそうだ。とはいえ、それだけではなく、すまなそうでもあった。

当然だ。ケネディは謝るべきだ。けれども、彼がすまないと思う理由は、サマーが謝ってほしいこととはきっと違う。

ケネディは、ジミーの復讐にサマーを巻きこんだことを申し訳なく思っているのだ。しかし、サマーが忘れられないのは、パーティーで彼に手を伸ばしたときに背を向けられた瞬間のことだった。

ケネディが言う。「ぼくは都合の悪いことは忘れていた——きみの言うとおりだ」

「いま、わたしが正しいって言った?」サマーは驚いたふりをした。「この瞬間を胸に抱きしめて、大事にしまっておくわ」

「嫌味だな」

「そのとおりよ」サマーは座席からジーンズを取ってはいた。

車のスピードが落ちた。「回収地点だ」ジョンが大声で言ったあと、ヘッドホンを取って車から飛びおりた。

「その役員のことはどうするつもり?」サマーはケネディにきいた。

「もう捕まえた。ブランドンはタビサとマイルズを誘拐しようとしたんだ。タビサがブランドンを刺した」ケネディが苦笑いした。「妹にはちょっかいを出さないほうがいいぞ。きみに似ている。身を守るためならなんでもする」

サマーはほっとした。「じゃあ、タビサとマイルズは無事なのね?」

「ああ。ブランドンは逮捕されて病院にいる。すでに彼のこれまでの行動をたどっている。ほかにも背信行為が見つかるだろう」ケネディがひと息ついてから続けた。「刑務所で長い時間を過ごすことになる。忠誠心はぼくが従業員に一番に求めるものだ。この男を無闇に信用していたことで、きみに嫌味を言われたとしてもしかたがない」

「誰だって信用する価値のない人を信じてしまうものよ」サマーは意味ありげに言った。

ケネディが怯んだ。

「そうよ。それに、あなたが裏切りの兆候に気づけるわけないでしょう。普通の人より対人スキルが低いんだから」

開いた後部ドアの向こうから、ジョンが言った。「お嬢さん、ちょっとひどすぎるんじゃないか。命の恩人だぞ」

サマーはふたたび毛布を体に巻きつけて、身震いした。「あなたには感謝してるわ、ジョン。でも、そもそもわたしが拉致されたのは、ケネディのせいなのよ。わたしが彼の基準を満たせないとわかったとたんに、わたしは弱くて、不誠実だと決めつけたの」声が大きくなった。「彼のお母さんと同じだと。わたしをすぐに信用しなくなった。だから彼には、わたしを助ける義務があったのよ」

「わかったよ」ジョンがテントを放りこんで、後部ドアをバタンと閉めた。

ジョンが運転席に乗りこむと、サマーはケネディの目を見て言った。「それから、ジョン、ケネディがいなければ、このくだらない……ゲームが存在しなければ、わたしはここにいなかったわ」

「わかったよ」ジョンがふたたび同意した。

ケネディがやけに冷静な口調で言う。「それについては反論できないが、きみがぼくの甥を助ける代わりに木立に隠れていれば、この件には巻きこまれなかっただろうことも指摘しておきたい。それにきみは、自分の行動に対して責任を取ると言った」

サマーはこれには言い返せなかった。「ゲームについて説明して」

「ぼくは大学生のときに目標を立てた。まず、三十になる前に、財産を築きたかった。そのために、事業を起こして成功させるつもりだった」ケネディが歯を食いしばった。

「ぼくには目標を達成するための計画があった。世情から、実業界や国家の変動を読み取り、調査するビジネスの需要があるとわかっていた。それを満たすためには、有能なチームが必要なことも。だから、ロールプレイングゲームを開発したんだ」

「〈エンパイア・オブ・ファイアア〉ね」サマーはケネディから色褪《あ》せた赤いトレー

ナーを受け取ると、噴き出し口であたためた。「あなたの経歴に載っていた。学生時代に友達とプレーして、卒業後はそれを売って、そのお金で事業を立ち上げたのよね」

「そのとおり——だがそれだけじゃない。ぼくがMITに行ったのは、世界一の工科大学だからだ。友人たちは全員知能が高く、集中力があった。とはいえ、ぼくの事業に必要とされる能力をみんなが持っているわけじゃない。それに、能力があるだけじゃなくて、最高の人材をぼくは求めていた」

「でしょうね」彼はそういう人だ。

ケネディが言葉を継ぐ。「だから、ぼくたちは全員で〈エンパイア・オブ・ファイア〉をプレーした。〈エンパイア・オブ・ファイア〉の世界と常に変化する課題を理解できるのは誰か、最高最速の戦略家は誰か、じかに見ることができた」

サマーはぞっとした。「ゲームを面接に利用したのね」

「ああ」

「あきれた。心がないのね」

ケネディは驚いた様子だった。いいえ、間違いなく驚いている。「どうしてそんなことを言うんだ？　ぼくにとっては理にかなった計画だった。大きな成果があった」

「でも、友達には言わなかったんでしょう?」サマーはトレーナーを頭からかぶった。

「面接だってことを」

「それを言ったら、逆効果になる」

「ゲームの改良にも利用したんでしょう」長袖を二枚着たら、トレーナーの下に着ているTシャツの袖が肘のところでもたついた。

「ああ」

ケネディは理解してさえいない。ゲームを使って友人をテストし、役に立つかどうか判断して、価値のない人間は切り捨てて優秀な人間を集めることが、人の道に外れた行為だということを。これを教訓にしよう、とサマーは思った。「ゲームについてもっと説明して。わたしたちがプレーしてる部分を。あなたは戦士なのよね。ほかの戦士たちとは敵対している」

「そうだ」ケネディはいらだった様子をまったく見せずに、サマーが袖を伸ばすのを手伝った。袖を伸ばし終えたあとも、手を離そうとしなった。

サマーはその手を振り払った。「それで、このゲームにおけるわたしの役割は?」

「賞品だ」

嘘つき。「駒でしょ」

「そうとも言える」ケネディが認めた。「だが、賞品は物じゃなかった――今回もそうだ。人なんだ。ゲームではプレーヤーのなかから無作為に賞品を選んだ。そして、賞品に選ばれたときこそ、そのプレーヤーの価値に対する明確な見解が得られた」

「どうして？」

「賞品はゲームの流れを変えるんだ。あらゆる手段を使って、自由にゲームを支配できる。同盟を結ぶことも、それを絶つことも、戦士たちを操って争わせることも、敵を全員負かして最終的に勝つこともできる。賞品は戦士たちと対戦するから、最も難しい役なんだ」

「その賞品と同じように、わたしもあなたやジミーと敵対しているのね」

「そうだ」

サマーはじっくり考えた。「面白いわ」そのあと、正気を取り戻した。「でも、そういう問題じゃない。どうしてそのゲームが現実になったの？」

「ジミーがしたことだ。ゆうべ看守から入手した情報によると、刑務所で叩きのめされて、顔をめちゃくちゃにされたそうだ」

「だから、彼を見ても気づかなかったのね」サマーはお尻が痛くなったので、しぶしぶ噴き出し口から離れた。座席に腰かけてシートベルトを締めたあと、靴下と靴をはいた。「どうして刑務所に入ったの?」

「大学とその周辺で、麻薬と売春の組織を運営していたんだ」

「ああ」サマーは合点がいった。「あなたが罪を暴いて通報したのね」

「ぼくが暴いたわけじゃない。学内で麻薬と売春の問題が大幅に増加したから、誰が黒幕か突きとめてほしいと大学から頼まれたんだ」ケネディが窓の外を見つめた。迫り来る夜に雪が舞っている。「ぼくはまったく疑っていなかった。ジミーを高く評価していたんだ。ものすごく優秀で、唯一のライバルだった」

「ゲームのなかで」

「いや……すべてにおいてだ! ジミーを雇いたかったが、あいつなら自分で事業を始めるだろうと思っていた」ケネディがサマーに視線を戻した。「すでに始めていたとは知らなかった」

サマーはケネディを見た。

一瞬の間のあと、ケネディが言った。「そうだ、ぼくが通報した」

「それで、ジミーに見切りをつけて、あとは忘れてしまったのね」

「そうだ」

「密告したあとで会ったことはある?」

「一度だけ。ぼくが裏切った理由を、ジミーは知りたがった。裏切られたのはぼくのほうなのに。あいつは自分のしたことが違法でモラルに反することだと理解できないようだった。ぼくの目が節穴だったんだ。あいつはサイコパスだった——いまも」

「彼に唾を吐きかけたのね」

「そんなことはしていない」

「比喩的によ」

ケネディは躊躇なく答えた。「ああ」

ジョンは何度も乗りおりしているうちに、ヘッドホンをつけ忘れていた。サマーはバックミラー越しに、ジョンと目が合った。

ふたりは首を横に振った。

サマーはケネディに向かって手を振った。「わかったわ。じゃあ、ジミーが入れられていた刑務所の看守の話に戻って」

「ジミーは公的記録に残っていないから、彼を覚えている人に話を聞く必要があった。簡単なことじゃなかった。あいつは自分を知っている人を全員始末するか、脅して黙らせていたから」

自分の顔をはぎ取るジミーの映像が、サマーの脳裏に浮かんだ。

〝サマーは悲鳴をあげ、両手で顔を隠し、恐怖でむせび泣いた。モンスターは実在する。そして、目の前のモンスターはサマーをヘリコプターから投げ捨てようとしている。

モンスターが笑った。サマーの手首をつかんで言う。「ぼくを見て」

サマーはおののきながら言うとおりにした。

すると、モンスターは魅惑的なジミーの姿に戻っていた。彼は本性を現したのだ。

いいえ、あれが本性というわけではない。彼は複数の顔を持つ怪物、キマイラだ。その心は堕落し、腐っている。

サマーに体を寄せてキスをし……〟

それでも、彼のキスは堕落の味はしなかった。甘く清らかで、サマーがその気になると、洗練された巧みなキスに変化した。

サマーは気分が悪くなった。

「大丈夫か？」ケネディがきいた。「顔が赤いぞ」

サマーはせっせと毛布を脚にかけた。「ドラッグのせいで……効果がまだ抜けきっていないの」

「おれの車のなかで吐かないでくれよ！」ジョンがあわてて言った。

ケネディが水のペットボトルを取ってサマーに渡した。

「ありがとう」サマーは水をひと口飲んだ。吐き気がおさまるし、ケネディの視線を避ける口実になるし、いやな記憶から目をそらすのにもちょうどいい。ものすごく役に立つ水だ。「ジミーは自分のことを吹聴《ふいちょう》しそうな人たちを殺したと、看守が言っていたの？」

「ああ」

驚きはしない。サマーは血も涙もない殺人者とキスをしたのだ。それはわかっている。ジミーが人を、友人を殺すのを見た。ダッシュの脳を吹き飛ばしたのを……〝だめ！　考えちゃだめ〟サマーは会話に意識を集中した。「じゃあ、どうして看守はあなたに話したの？」

「余命が少ない。がんなんだ。治療に金がかかる。ぼくが治療費を支払って、奥さんに毎月金を渡すと約束した」

「失うものがないってわけね」サマーはその感覚を知っていた。だけどいまは、生きるために闘っている。またしても。正気を保つために。「徹夜したんじゃない？」

「ああ」目の下にくまができているとはいえ、ケネディは疲れているようには見えなかった。

ずるい。サマーはどっと疲れが出て、気が滅入ってきた。「刑務所で殺されかけたあと、ジミーに何があったの？」

「あいつは回復すると、競争相手を排除して、刑務所にはびこる不正行為を牛耳るようになった。出所した時点で、資本金と事業計画ができていた。服役中に囚人を配達係やギャングのボスとして使って、将来の従業員を選んでいたんだ」ケネディがサマーの目を見た。「あいつは面接だと説明していたかな？」

サマーは笑った。しぶしぶだけれど。「あなたたちがコインの表と裏だということはわかっていたわ」

「顔色が悪いぞ」ケネディが言った。「スープを持ってきたんだ。飲むか？」

スープで記憶を振り払えるだろうか。無理だ。もっと事実を知りたいのに、サマーは突然体が震えだして、いまにも倒れそうだった。「ええ」

ケネディが背後をごそごそと探って魔法瓶を取りだし、チキンスープをカップに注いだ。「これを飲んだら、シートに横になって眠れ」

サマーは座席の広さを確認した。「あなたは助手席に移動する？」

「ぼくの膝に頭をのせればいい」

サマーは疑いの目で彼を見た。

「ぼくが状況につけ入ったりしないことは、きみも知っているはずだ」

そのとおりだ。誰を相手にしているのか、思いだす必要がある。

スープを飲んだあと、気まずい思いでしぶしぶ横になった。彼の太腿は枕にするにはかたすぎたけれど、あたたかいし、サマーは疲れていた。「ジミーがわたしを舞踏室から連れ去ったとき、あなたは彼に気づいていないと言っていたわ。でもうじき思いだすだろうって」

ケネディが毛布をサマーの肩にかけた。「そのとおりだ」

「あなたはばかだとも言ってた」

「それは間違っている。弱点はあるかもしれないが、〈エンパイア・オブ・ファイア〉をプレーしたとき、ぼくたちは互角だった」ケネディがなだめるように、ゆっくりとサマーの髪を撫でた。「今度はぼくが勝つ」

「互角なら、どうして勝てると思うの？」

「賞品がぼくに味方しているからだ」

「それは違う」サマーは目を閉じた。「賞品は誰の味方でもない。自分の味方よ」

61

カテリは図書館の最後の客を追いだすと、ドアに〝閉館〟の札を出して、ほとんどの明かりを消した。いい一日だった——十二歳の少女たちが喧嘩し、四歳児が床に吐き、新米の母親が母乳が出ないと言って泣きだしたけれど。

母も姉妹もおらず、子どもを産めない自分が授乳についてアドバイスをすることに、カテリはまたしても人生の皮肉を感じた。といっても、授乳に関する本を探しただけなのだが、その哀れな母親は常におなかをすかせている新生児の世話に疲れきっていたので、カテリが代わりに読んでその手順をいちいち説明してやらなければならなかった。転職できるとしたら、どんな仕事があるだろう？　カウンセラー？　知ったかぶり屋？　カエルの神のしもべ？

その仕事にはすでについている。少なくとも、周りはそう思っていた。いずれにせよ、今日、カテリは自分がカエルの神のしもべであることを証明するつもりだった。

負傷者が出なければいいのだけれど。

「おいで、レイシー」カテリは犬を持ち上げて図書館のテーブルに置くと、目を合わせた。「三十分後にいやな客が来るの。わたしを守ろうなんて気を起こしてほしくないから、ケージに入っていて」

レイシーがうなだれた。

カテリはやわらかい耳をかいてやった。「そんな悲しい顔しないで。あなたは強い子でしょ。わたしと一緒。さあ、行きなさい」レイシーを床におろして、一緒に事務室へ向かった。

レイシーはケージのなかに入ると、ラムスキンの毛布に寝そべり、足に頭をのせた。カテリはケージを毛布で覆い、この先の騒動のあいだもレイシーが安心できるような巣を作ってやった。ランドン・アダムズとの面会がどのような結果になるかわからないが、きっと……いい結果にはならないだろう。ランドラバーが分別をわきまえられるかどうかにかかっているから、期待できない。

テーブルに戻って、図書館の必需品のリストを作成した。市議会を相手にするときは、折れたクレヨン一本に至るまで納得のいく説明をしなければならない。リストを作り終えた頃、アダムズがドアから入ってきた。「よかった」カテリは言った。「少なくとも、時間厳守という命令には従えるのね」

アダムズの顔が信号のごとくぱっと赤くなった。

ユリのような色白の難点だ。

けれども、いまいましいことにアダムズは落ち着いていた。「身体に障がいを持つ女性を困らせたくはないですから」

一本取られた。カテリが壊れた体をどれだけ嫌っているか、アダムズは町じゅうの誰よりも理解している。

ただ、その発言でカテリが決意をいっそう強めたことはわかっていない。「気遣ってくれてありがとう。座って」今日の午後、ミシェル・デローザの赤ん坊が見事なうんちをして汚した椅子を勧めた。もちろん掃除はしてあるが、それでも、アダムズの非の打ちどころのないたくましい体が傷だらけの赤いプラスチックの椅子におさまるのを見て、大きな満足感を得た。カテリはテーブルの上で両手を組みあわせた。

「ヴァーチュー・フォールズの沿岸警備隊の元部隊長として、あなたがわたしの部下の命と健康をないがしろにするのをこれ以上見過ごせない」

「わたしのって？　もうあなたの部下じゃないでしょう」

「あなたの怠慢に対する非難を無視するの？　わたしがいまでも隊員を部下だと思っ

ているというだけで?」

「こんなくだらない話にはつきあっていられない」アダムズが立ち上がって、ドアへ向かった。

カテリも立ち上がり、アダムズを思わず振り向かせるような鋭い口調で言った。

「帰らないほうが身のためよ」足を引きずりながら、テーブルの向こう側へまわる。

「一年も経たないうちに、あなたは隊員ひとりを障がい者にし、ひとりに重傷を負わせた」

アダムズがカテリの全身に視線を走らせた。「それから、あなたの問題もぼくのせいにするつもりですか?」

「いいえ。わたしは指揮官だったから、監視船の損失もわたしの怪我も、わたしの責任だった。でもいまは、あなたに心を入れ替えてもらうために必要なことをするのがわたしの使命よ。あなたが今後、沿岸警備隊の任務において相当な注意を払うと約束しないならね」カテリはアダムズに憎しみを覚えつつも、考えを改めるチャンスを与えなくてはと考えていた。

アダムズがにやにや笑った。「約束しなければ?」

「強硬手段を取るしかないわね」

「上司のところへ行って、ぼくを解任するよう説得するつもりですか？　解任などできないでしょうね。そんなことをしたら、おじが黙っていませんから」アダムズがカテリに近づいてきた。「それとも、新聞記者にカテリのお涙ちょうだい話を聞かせますか？　毛並みのいい人間に指揮権を奪われた、傷ついた哀れなインディアン娘の話を」

「どっちも考えもしなかったわ」

「現実を見てください。あなたは無力な障がい者で、愛する沿岸警備隊員たちのためにできることは何もないんです」

「そうかしら」カテリはアダムズの手首をつかんだ。「こんなこともできるけど」息を吸いこんで黙りこんだ。大地と風、海、カエルの神の力に呼びかけて……地球を動かした。

最初の震動で、アダムズはきょろきょろと周囲を見まわした。「地震だ！」カテリの手を振り払い、テーブルの下に飛びこんだ。

カテリの手がアダムズから離れると、すぐに震動はおさまった。

カテリはアダムズに手を差しだした。「地震が怖いみたいね」

アダムズはその手を取らずにテーブルの下から這いでると、膝の汚れを払い落とした。「誰だってそうでしょう」カテリはじっと立ったまま、冷やかなまなざしでアダムズを見ていた。「掃除したほうがいいですよ。床が汚れている。この白いのはなんですか？　チョークか？」

「そうね。子どもが吐いたあとにわたしがまいた粉かもしれない」

アダムズが青ざめ、消毒してほしいと言わんばかりに指を差しだした。

カテリは笑わず、アダムズに近づいた。

そして、ふたたび手首をつかんだ。「わたしの部下たちの命に関して、責任ある行動を取ると約束する？」

アダムズは壁を見渡し、部屋の隅を入念に調べた。「録画しているんでしょう？ぼくに何か不利なことを言わせて、それを利用するために」

「そんな小細工をする必要はないわ」カテリはふたたび静かに集中し、大地と空のあらゆる要素に触れた。すると、地面が揺れた。

今度はアダムズもテーブルの下に潜りこむのは恥ずかしかったらしく、そのまま耐えた。揺れがおさまると、ばかにするような口調で尋ねた。「インディアンには妙な噂が山ほどある。みんな超自然現象や神々を信じているんでしょう？」

「神はひとりだけよ」カテリは言った。「カエルの神。海に住んでいて、その気になれば太陽まで跳び上がって、世界じゅうの地面を揺るがすことができるの」

「じゃあ、あなたはいまの地震を引き起こしたふりをしているんですか？　それほど大きな地震じゃなかったから、ぼくを怖がらせるつもりだったのなら、失敗でしたね」アダムズが目をぐるりとまわした。

「ふりなんてしていないわ」

「本当のことを言いましょう」アダムズが身をかがめ、カテリと鼻を突きあわせた。

「ぼくは隊員のことなんてどうでもいいんですよ。向こうだってこっちのことなんて気にかけちゃいない。あいつらはどれだけあなたのことが好きだったかぐずぐず言うばかりで、あなたの身に起きたことをぼくのせいにするんです。だからそのたびに、あいつらを殺すために任務に送りだすんですよ」

「あなたは病気よ」

「いいえ。ぼくは責任者です。実は、これから基地に戻って、あなたのお気に入りの隊員を選んで――最愛のルイスは外せませんね――達成の見込みがまるでない任務を考えだして、彼らを送りだすつもりなんです。ハイになった麻薬密輸業者をどこかから呼び寄せればいい。運がよければ全員死んで、ぼくは新人たちとゼロからやり直せる」アダムズは至極ご満悦の様子だった。「どう思います？」

カテリはアダムズに視線を釘付《くぎづ》けにし、手を伸ばして彼の手首をつかんだ。そして、脚や内臓、心、精神からパワーを生みだした。まず、金属製の本棚がガタガタ揺れた。窓ガラスが流れる小川のごとくうねり、軽量コンクリートブロックの壁がきしみをあげた。

揺れが強まる。

本棚から本が落ちた。壁にかかっていた子どもたちの絵も。

揺れがさらに強まる。

梁から埃が落ちてきて、カテリが生みだしたつむじ風がまき散らした。

轟音が鳴り響いた。

アダムズがカテリの手を振り払って、机の下に潜りこもうとした。

カテリは難なく押さえつけた。

アダムズが目を見開く。震えている――地震によって赤ん坊のおもちゃのように揺り動かされ、さらに恐怖で身震いしている。

カテリはさらに深く掘り、地球の中心から火を、海の底から寒気を、自らの中心から、残酷で悪意に満ちたこの男に対する怒りを呼び起こした。それらをまぜあわせ、指に力を込めて、火と氷の強力な一撃をアダムズの手首から全身へ送りこんだ。

アダムズはうしろに吹き飛んで、壁にぶつかった。

地震が弱まり、やがてやんだ。

しかし、カテリはさらに強くなっていた。床に倒れているアダムズに近づいて見おろす。「警告したでしょ」普段より低い、奇妙な声が出た。「これでもう、わたしの部下をきちんと大事にするわね？」

アダムズがあわてて立ち上がり、手首についた黒い跡を見つめた。「あなたがやったんだ」

「地震のこと？　そうよ」

「ぼくを燃やした。凍らせた。あなたが……地震を起こした」

「そう。わたしの部下を大事にすると誓って。とどめの一撃を食らいたくなければ」

アダムズが震える指をカテリに突きつけ、あとずさりした。「その目。顔。あなたがやった」

カテリはアダムズを追いかけた。「わたしがやった」

アダムズがふたたび手首を見た。「ぼくは……あなたを告発してやる！」

カテリは立ちどまった。「告発？」あまりのばかばかしさ、さもしさに驚いて、目をしばたたいた。

「あなたが地震を起こしたと、保安官に言ってやる」

「それは楽しみね」カテリは嘲るように言った。「わたしのような障がい者が地震を起こせると信じる人がいるかしら」

「逮捕状を出してもらう。ぼくは沿岸警備隊の将校なんだから」アダムズは本につまずき、それを蹴飛ばしながら出口へ向かった。「ぼくは良家の紳士だ。みんなぼくを信じるだろう。信じないなら——この手首を見せてやる」

　カテリは笑いが込み上げた。「わたしがあなたの手首を傷つけたと、保安官に言うつもり？」

「あなたのその目を見れば、ぼくを信じるだろう。一生刑務所から出られないようにしてやる」アダムズはカテリから絶対に目を離さないようにしながら、うしろ向きにドアの外へ出た。「ぼくにこんなことをして、後悔させてやる、カテリ・クワナルト」

ドアがバタンと閉められ、カテリは散乱した古い本のあいだに取り残された。

「まったく」想定外の結果だった。これからどうなるか見ものだ。それにしても、カテリを見たときに、アダムズが恐怖の表情を浮かべたのが気になった。

　図書館の狭いトイレに入って、古ぼけた鏡をのぞきこんだ。すると、カエルの神の緑と金の目がにらみ返してきた。

うわっ。たしかにこれは恐ろしい。

見つめているうちに神が消えて、もとの焦げ茶色の目に戻った。

カテリは静かに笑った。

実に面白い夜になりそうだ。


山のなかの雪道で、地面が揺れだした。

「ちくしょう！」ジョンがアクセルを踏んだ。「地震だ！」

ハマーが飛び跳ね、横滑りしたあと、速度を増した。

サマーははっと目を覚まし、ケネディの脚にしがみついた。「ジョン、地震なのにこんなにスピードを出して平気？」

「山から離れないと」ジョンが言う。

サマーは見開いた目でケネディを見上げた。

ケネディは当然、正しい結論を下した。「地震は雪崩を引き起こす」

そういうことか。サマーは言った。「急いで、ジョン。もっとスピードを上げて」

62

二時間後、誰かがカテリのアパートメントのドアをノックした。

レイシーが吠えてカテリの膝から飛びおり、ドアに駆け寄ると、短い尻尾を振った。訪問者は危険人物ではないということだ。

カテリはテレビを消してドアの前へ行き、のぞき穴からのぞいた。そして、笑みを浮かべながらドアを開けた。「こんばんは、保安官」

交通違反切符とペンを持ったギャリックが、ドアの外に立っていた。

「歩行器を速く押しすぎたかしら」

「ハハッ」ギャリックがうわべだけの笑い声をあげた。

カテリはうしろにさがった。「入って」

ギャリックはかがみこんでレイシーを撫でてから、リビングルームに入ってきた。

「マーガレットの具合はどう？」カテリはきいた。

「大丈夫そうだ。トニー・パーンハムに切れてる」

「ケネディとマーガレットのことを考えると、パーンハムになりたくはないわね」

「自業自得だ」

「エリザベスは？　調子が悪いんでしょう？」

「ああ。ものすごく」ギャリックが疲れた声で答えた。「フラウンフェルター先生は脱水症を心配している。このまま回復しなければ、入院して点滴を打つ必要がある」

「まあ！　頑張ってと伝えておいて」

「ああ」ギャリックはカテリが勧めたソファに腰かけた。

レイシーがギャリックの膝に飛びのり、得意げにカテリに笑いかけた。

ギャリックがレイシーの頭を撫でた。「カテリ、おれがどうして来たか、心当たりはあるか？」

「図書館にランドン・アダムズを呼びだして、怒らせたからでしょ。通報すると言ってたけど、あなたは今夜は忙しくて来られないと思っていたわ。地震やら何やらあったから」カテリは嘘はつかずにうまく対処しようとした。

「たしかに忙しい。地震の被害はごくわずかだったが、数年前に大きなのを経験して以来、ヴァーチュー・フォールズの善良な住人たちは地面が揺れるたびにパニックを起こすんだ」ギャリックが切符の帳面で耳のうしろをかいた。「無理もない」

「そうね。ビールを飲む？」

「公務で来たんだ」ギャリックがやけに早口で言った。「アダムズの言い分では、きみが彼を脅迫し、彼がきみの理不尽な要求を拒んだら、きみが今日の地震を起こして無理やり従わせようとしたことになっている」

「彼を従わせるためにわたしが地震を起こした？」カテリは眉を上げた。「そうよ。ほかには？」

「きみが凍えるような手で彼の手首をやけどさせたと言っている」

「ええ。そのことで、男の人にいつも文句を言われるの」カテリは両手を差しだした。

「手錠をかけて連行する？」

「そうすべきだな。きみがほかの人をフライにしないと約束してくれないなら」

カテリは椅子にドサッと腰かけた。「わたしがフライにしたい人がいるとすれば、ランドン・アダムズだけよ」

「あいつはいやなやつだ」ギャリックがうんざりした口調で言った。

「軍にはいやなやつなんて大勢いる」カテリは怒りに満ちた冷ややかな声を出した。

「問題は、彼を止めない限り、わたしの部下が殺されてしまうということよ」

ギャリックが眉をつり上げた。「だから、きみが何かしたのか?」

レイシーはふたりを交互に見守ったあとで、ようやく鞍替《くらが》えする決心をした。ギャリックの膝から飛びおりて、カテリのところへ行った。

カテリは言った。「わたしはランドン・アダムズに図書館に来てもらって、話をした。そのとき、地震が起こった。アダムズはテーブルの下から這いでたとき、正気を失っていた。精神崩壊とかいうのかしら。そういう家系なの?」

「それは遠慮して尋ねなかった。カテリ、もしきみが本当に地震を起こしたのだとしても、きみを罪に問うのは無理だから、友人として頼む——もうやめてくれ」

「ランドン・アダムズを脅すためにこれ以上地震は起こさないと約束する」

「ありがとう。ランドン・アダムズには、地震はおれの管轄外だが、国家安全保障上の問題だから、沿岸警備隊の司令官にきみの力について話してみたらどうかと勧めておいた。軍が必要だと考えれば、きみの身柄を確保するだろうと」

「その場面をこっそり見てみたいわ」

ギャリックが初めて微笑んだ。「それにしても」カテリの全身をざっと眺めた。「地震を起こすことはきみに合っているに違いない。元気そうに見える。うまく歩いてるし、髪まで」頭の近くで指をひらひらさせた。「光り輝いている」

「ありがとう。すごく気分がいいの。溺れる前よりいいかも」

「それはよかった」ギャリックが立ち上がった。「天候が合ってるんだろう」

カテリは微笑んだ。「何かが合っているのね」

レイシーが玄関までギャリックにつきそった。

ギャリックがカテリのほうを向いた。「なあ、おれは一生保安官をやるつもりはない。エリザベスの状態を考えると、予定より早くここを離れることになるかもしれない。ずっと考えていたんだ。きみの体調がこのまま回復したら、きみが適任だと思う」

「わたしが？」カテリはあっけに取られた。「保安官に？」

「ああ。きみは軍隊の訓練を受けている。銃の扱い方も、緊急時の対処法も知っている。きみは生まれながらのリーダーだ。ネイティブ・アメリカンの血が入っていて、どうやら彼らの多くがきみのことを一種の……」ギャリックが口ごもった。

カテリは助け船を出した。「予言者だと思っている」

「そんなところだ。だから、そっちの方面からの敵意をいくらか緩和できるかもしれない。それに、きみには別の一面もある。図書館で働いていて、町じゅうの人と知り合いだ。みんなの問題を把握している。ほとんどの人がきみを好きだ」

「ミセス・ブラニオンを別にすれば」

「あれは人じゃない」

ふたりはにやりと笑った。

「とにかく、給料は安いし勤務時間は長すぎるが、ヴァーチュー・フォールズの司書よりは稼げるはずだ」ギャリックがドアを開けた。「考えてみてくれ」

カテリは返事をしなかった。

ギャリックが外に出てドアを閉めた。

カテリはひとりになって、それについて考えずにはいられなかった。

63

サマーは深い眠りから目覚めると、目を開ける前に拳を振りまわした。
その拳がケネディの肩をかすめた。
ケネディがサマーの腕をつかんだ。「おい、大丈夫だ。ぼくだ」
サマーはまだぼんやりしていて、彼をじっと見つめた。「ケネディ」
「いったい誰だと思ったんだ？」
〝ジミー〟
サマーはゆっくりと体を起こして、周囲を見まわした。
眠っているあいだに空が晴れていた。日がのぼっている。澄みきった初秋の朝だ。
ハマーがハートマン家の前で停車した。
「無事に戻ってきた」ケネディが言った。
サマーは目をこすってうめき声をもらした。「わたしは、ええと、アパートメントに帰りたかったのに」

「一緒に戦略を練らないと」ケネディはあいかわらず警戒している様子だった。「きみのアパートメントはふたりで過ごすには狭すぎる」

サマーはまだふらふらしていたけれど、どうにか彼をにらみつけて、開いたドアににじり寄った。

「待って」ケネディがサマーに両手をまわして持ち上げ、車からおろした。

「いいのに」サマーは口のなかが乾いていた。ずっとケネディの膝の上で、いびきをかいて眠っていたのだろう。よだれを垂らしながら。別にかまわない。こんな目に遭った日――もう昨日のこと？――は、最悪の自分を見せる権利がある。

ジョンはとろんとした目をして、疲れきった様子で車の脇に立っていた。悪路を二十四時間運転し続けたのだ。サマーは申し訳なさそうな目で彼を見て、声をかけた。

「どうもありがとう」

「ああ。無事でよかった。気をつけろよ」ジョンは手を振ってふたたび車に乗りこむと、走り去った。

ケネディがサマーを抱き上げ、家の裏口に向かって歩き始めた。

快適な家。太陽の光。花壇の乾いた植物。何もかもが非現実的に思えた。危険なものにすぐ近くから見られているような気がした。「ここは安全なの？」サマーはきいた。

「どこにいようと同じだ。ゲームとしては、ジェームズがぼくたちより有利なスタートを切った。だが、ルールに従ってプレーするだろう。正々堂々とぼくに勝てると思いたいだろうから」ケネディは階段を上がると、サマーを立たせた。そして、サマーの腰に片腕をまわしたまま防犯システムを確認し、暗証番号を入力して――サマーが設定したのと違う――ドアを開けた。

「勝てるの？　あなたたちは互角だったと言ったわよね」

ケネディはサマーをふたたび抱き上げて家のなかに入ると、足でドアを閉めた。

「互角だと思う。ぼくと運命をともにするよう、賞品を説得することができれば」

「いい戦略ね。どうやって説得するつもり？」

ケネディがサマーを見おろした。ひと房の黒い髪が額に垂れかかっている。唇をゆがめて、厭世的《えんせいてき》なまめかしい笑みを浮かべた。

どうしよう。サマーはそれを見ただけで、ふたりのキスや激しい欲望を思いだした。でも、サマーにはモラルがある。節操がある。彼のせいで失いかけているけれど。

「ねえ、セックスを期待しないでね」

ケネディは廊下を歩いてリビングルームへ向かった。

サマーは言葉を継いだ。「だって、すぐに忘れられそうにないから。助けを求めたのに、あなたに背を向けられて、ジミーに拉致されて死のヘリコプターに乗せられて――」

ケネディがサマーをさっとおろして壁に押しつけ、キスをした。

サマーは彼を押しやろうとした。

ケネディはわずかに体を引いた。退廃的な笑みは消え、激しい怒りの表情が浮かんでいる。「あいつはきみを傷つけたのか？」

サマーは驚いて言った。「傷つけたって？　わたしの体を見たでしょう。裸を。怪我はしてないわ」

「ぼくがききたいのは……あいつが……」

サマーはようやく理解した。「わたしをレイプしたかってこと？　あまり覚えてないんだけど」さらに記憶がぼやけている。「レイプはされていないと思うわ」

「なら、それはなんだ？」ケネディがサマーの首を指さした。

サマーは落ち着かない気分で肩をすくめた。「なんのこと？　わからないわ」

ケネディがサマーの肩をつかんで装飾が施された鏡の前に連れていき、トレーナーをずらした。

　首と肩のやわらかい境目に、小さな丸いキスマークができていた。ジミーのしたことが信じられなくて、サマーはトレーナーをさらに引きさげてよく見た。

〝最低〟激しい怒り、そして、恐怖に襲われた。力いっぱい、ケネディの腕を殴った。

「あなたたちはなんなの？　わたしを使って、ティーンエイジャーみたいに張りあってるの？」ふたたびケネディを殴ったあと、首を指さしながらきいた。「そのくだらないゲームで、キスマークはどんな役割を持つの？」

　ケネディがサマーの拳をつかんだ。そして、まくしたてた。「なんの役割もない。ジェームズはいつもぼくのものを欲しがった。あいつはきっとぼくに伝えたかったんだ――」

「わたしをレイプしたって？　されてないのに。セックスはしなかった」サマーはケネディの目を見て言った。「わかった？」

「わかった」ケネディが落ち着きを取り戻した。少しだけ。

「それから、二度と変なことは言わないで」サマーは怒りをあらわにした。「わたしはあなたのものじゃないから！」

　ケネディが何か言いかけたのを見て、サマーはもう一方の手を握りしめた。

ようやくケネディが口を開いた。「あいつはきみがぼくのものだと思っているんだ」

「それか、わたしのファンだからかもしれないわよ」声が大きくなった。「わたしが強さと決意と知識と運を持つ女だと思っているからかも。わたしが死ぬはずのところを生き延びて、知らないはずのことを知っていて、誰も知らない本当の彼に気づいたから、わたしを信じているのかも」

サマーのしゃべり方がどこかおかしかったのだろう。ケネディがうしろにさがり、すべてを見通すような目でサマーをじっと見た。「どうしてそう思う?」

サマーはもちろん、ジミーの手紙から引用したのだ。軽率だった。手紙をケネディに見せたくない。あれを読んでもケネディは喜ばないだろうし、ジミーとはなんの関係もないにもかかわらず、サマーはばつが悪かった。「さあ」鋭い口調で言った。「きっと妄想ね」

ケネディが真面目な口調になった。「ジェームズの言うとおりだ。きみはそのすべてを持っている。それを否定するようなきき方をしてすまなかった」

「本当にそうよ。あなたたちにはもううんざり。まるで命を懸けたゲームで遊んでいる子どもよ」サマーはトレーナーを引っ張った。「シャワーを浴びてくる」

ケネディがあとからついてきた。サマーが客用の寝室に入ろうとすると、ケネディがサマーの腕をつかんだ。「頼む。ぼくは……必要なんだ……」

サマーは彼を振り払いたかった。

でも、彼の指が震えている。

「わかった」サマーは言った。「言ってみなさい。何が望みなの？」

「きみが必要なんだ。ぼくの心臓が鼓動し、肺が呼吸する必要があるのと同じように。きみがいなければ生きていけない」涙が彼のまつげを濡らした。「サマー……愛してる」

サマーは片手で彼の口をふさいだ。「黙って」ささやくように言う。「何も言わないで」

濡れた大きな青い目が懇願している。

サマーはささやき声で言葉を継いだ。「ジミーが言っていた。ワインセラーで。わたしは聞いたの。彼はあなたの家族も友人も仕事も、あなたが勝ち取ったもの、愛するものすべてを奪うと言っていた。ケネディ、わたしのために戦って。そうしてくれないと困る。でも、愛さないで。お願いだから。あなたに愛されることは死刑宣告と同じよ」

ケネディは口をふさいでいるサマーの手を取って、指を絡みあわせた。「手遅れだ」

「まだ間に合うわ」サマーは周囲を見まわした。「盗聴されていないかもしれないし」

「そんなことは関係ない。あいつは知っている。気づかないわけがないだろう。あいつはずっとぼくを監視していて、ぼくは一年以上前からきみのことで頭がいっぱいなんだ。あいつがきみを賞品に選んだのは、どうしてだと思う?」

「一年なんて、ジミーにとってはたいしたことないわ。彼はこんなに長いあいだ、復讐の時を辛抱強く待ち続けたのだから」これもまた、ジミー・ブラックラーの恐ろしいところだ。

「ぼくも辛抱強く待っていた」ケネディはサマーの腰に両腕をまわした。身をかがめて唇を耳に近づける。「ぼくを許さなくていい。愛さなくていい。だが、きみを抱かせてくれ」

「だめ」

「ぼくが現実を忘れさせる。昨日と明日のことを。きみを楽しませたいんだ」

サマーは体をこわばらせて抵抗した。「だめよ」

「ぼくはきみを楽しませることができる。シャワーを浴びたいんだろう。ぼくが奉仕するよ。きみはあたたかいシャワーの下に立っていればいい。ぼくが足元にひざまずいて、香り付きの石鹸とぼくの手で洗ってあげる。つま先から、上のほうへ」彼の声が低くなり、深みを帯びた。「きみのなめらかな素肌に両手を滑らせて、丁寧にマッサージしよう。キスをして、なめて、悦ばせてあげる。体の隅々まで触れて、踵も、敏感な膝の裏も、太腿のあいだも……」

サマーはごくりと唾をのみこんだ。

「ゆっくり。ゆっくりやるよ。ぼくは我慢できる。きみを充分に満足させることがぼくの悦びだ。きみの姿を見て、きみの香りを嗅ぐだけで満たされる。クリトリスを洗って、シャワーですすごう。口でいかせてあげるよ」

彼の舌使いのうまさは、そのしゃべりが示していた。

「指も使って。最初はそっと触る。軽くかすめるくらいに」ケネディが指先でサマーの耳に円を描いた。「それから、どんどん強くしていく。きみがぼくの名前を叫ぶまで。もっととせがむまで。そのとき、ぼくがどうするかわかるか？」

サマーは首を横に振った。

ケネディが今度は舌で耳に円を描いたあと、ささやいた。「きみに従う。きみにもっと与える。きみは両手を壁について腰をかがめる。ぼくはきみの美しいお尻を撫でまわす。もちろん、忠実なしもべのようにきみの体を洗うけど、それは前戯だ。快楽への期待で、きみをもだえさせる」

「ああ」サマーは息が荒くなった。

「きみの背中を下から上へ、椎骨をひとつひとつたどって洗う。首と肩をこする。手のひらにシャンプーを取って頭皮を揉んで、緊張を取り除いて、その代わりに」ケネディが髪に顔をうずめて息を吸いこんだあと、ささやいた。「欲望をかきたてる」

サマーは唇をなめた。

「きみが早く来てとせがんでも、ぼくはまだ入れないだろう?」ケネディが返事を待つかのように黙りこんだ。

サマーはうなずいた。

「だって、きみの体を洗うと約束したから。全身を」

「でも……洗うのは……そのあとでもいいわ」

「ああ。そうだな。だけど、まだ入れない。まず、きみにぼくのほうを向かせる。ぼくの胸に石鹸をつけて、きみの美しい乳房にこすりつける。ぼくたちは濡れて、熱くて、泡だらけでぬるぬるになる。ぼくは体のあいだに両手を滑りこませて、きみのあんなところや……こんなところをつかんで、きみを感じさせて、あえがせて、叫び声をあげさせて、絶頂へ導く」

サマーは息ができなくなった。

ケネディが体を引いた。青い目が生き生きしている。「一緒にシャワーを浴びたいか?」

サマーはトレーナーの裾をつかんで、頭から脱いだ。それを床に投げ捨て、バスルームへ向かった。「ついてきて」

その日の正午、ケネディはベッドに仰向けに横たわり、片方の腕を投げだし、もう一方の腕で腕枕をしながら、二日間の眠れぬ夜と、午前中の時間をかけた激しい――約束どおりの――セックスの疲れを取っていた。

一方、サマーは昨夜車のなかで睡眠をとっていたので、眠くなかった。気怠《けだる》げに伸びをしたあと、ケネディの腕のなかからそっと抜けだした。考えなければならないことがある。たとえば……ケネディに愛していると言われたことについて。

本当であってほしくなかった。信じたくなかった。けれど、信じるしかない。ケネディは冷静沈着な知性派だ。生まれて初めて恋に落ちたかどうかはわかるはずだ。

彼を愛しているかどうか、サマーは自問した。

愛していない。

愛している。

わからない。

ケネディに対する感情は、猫が遊ぶ毛糸玉のごとくもつれている。ケネディは一年間サマーを調査し、探し続けていて、サマーが連絡したらすぐに、ヴァーチュー・フォールズまで飛んできた。サマーの話を信じた。サマーを助けると誓った。そして、問題の兆しが見られるや、サマーを疑った。

ケネディが物事を白か黒かで判断する理由を、サマーは理解できた。彼の両親や泥棒生活の話には、胸を締めつけられた。彼らのせいで、ケネディは人を完全に信用することができなくなったのだ。それでも、彼は助けると約束したのだから、サマーを見捨てたことの言い訳にはならない。

あんな裏切り方をされて、どうして許せるだろう。ケネディに不当に軽蔑されたせいで、サマーはまた恐ろしい夜を過ごし、昼間は命懸けで歩き続けるはめになったのだ。よくわからない破壊的なゲームの駒にされて。

それだけではない。

ジミーはサマーをレイプしなかった。だが、ケネディがサマーに背を向けたせいで、ジミー・ブラックラーは、ケネディに代わって恋人になるチャンスをつかんだ。サマーの心のなかだけで。セックスはしなかったと言ったのは事実だ。

とはいえ、ヘリコプターのなかで、ジミーはサマーの衣装を脱がせた。サマーがドラッグで動けなくなっているのをいいことに、胸や脚のあいだに触れ、一生の屈辱だが、サマーは彼にしがみつきながら達した。激しく。二回も。

そのたびに、彼は笑った。

サマーは寝返りを打ってケネディから離れると、丸くなって膝に顔をうずめた。それでも、心に刻まれ、自信や自尊心を奪った記憶から目をそらすことはできなかった。自分の取った行動について言い訳することはできる。ドラッグのせいだ。ドラッグはすべての抑制を取り払う。しかし、それだけではなかった。サマーは自分が死ぬと思っていた。サマーの体を操ったあの男に、ヘリコプターから投げ捨てられると。ヘリコプターから落ちる想像と、おなじみの、底なしの洞窟の岩棚から落ちる恐怖がまじりあった。

生き延びるために用意された品々。美辞麗句が連なるメモ。支持する言葉。

屈辱。悪夢。死。

ジミー・ブラックラーのふたつの面。

サマーは彼を恐れていた。彼は殺人者で、泥棒で、想像し得る限り最悪の人間だ。でも……薬を盛られ、魅了され、誘惑されて、彼が欲しくなった。さらに肝心なのは、彼に触れたときのことを覚えていた。彼はサマーにゲームに勝たせたいとささやいた。サマーに生きていてほしいと。自分に釣りあう女はサマーしかいないと。サマーを求めていた。

ケネディは約束を果たした。数時間、何もかもを忘れさせてくれた。けれども、恐怖を完全に消し去るすべはない。

〈エンパイア・オブ・ファイア〉のなかでのジミーの名前は毒《ヴェノム》だが、サマーはその理由を知っていた。彼はサマーの世界を、邪悪な空想や耐えがたい恐怖で汚染した。

ケネディが何をしようと、サマーの恐怖は消えない。サマーが自分の力で克服しなければならないのだ。

サマーは賞品だ。選択肢はふたつある。

勝つか、死ぬかだ。

64

アドレナリンに突き動かされ、ケネディは目を覚ました。ベッドから起き上がった。サマーがいない。

上掛けをはねのけ、寝室を飛びだしてリビングルームへと走った。入り口で滑りながら立ちどまると……デスクのパソコンに向かっているサマーが見えた。ケネディのスウェットスーツを着て、コーヒーを飲みながらメモを取っている。

サマーが顔を上げ、ケネディの裸体を鑑賞した。「誕生日おめでとう、わたし」

ケネディは驚き、頭が混乱した。「きみの誕生日か？」

「いいえ。でも、そういうことにしたっていいでしょ」サマーが微笑んだ。そして、メモに視線を戻した。「〈エンパイア・オブ・ファイア〉について調べているの。何かあなたが見落としていることはないかと思って。着替えてきたら？　遅い昼食を作るから、食べながら話しましょう」

気がきいていて、理にかなっている。だが、愛情や色気は感じられなかった。

ケネディは寝室に戻った。

服を着ながら、過去につきあった相手に愛していると言われたときのことを思いだした。ケネディはそのたびにありがとうと返したが、ついにこう言われた。〝ただ、ぼくも愛してるって言えばいいのに。嘘もつけないの?〟

ケネディは嘘をつけなかった。嘘でも言ってほしいという気持ちが理解できなかった。

そしていま、必死で抵抗したにもかかわらず、サマーに対して抱いている感情が単なる執着でないことを、認めざるを得なかった。これは愛だ。一途《いちず》で激しい、幸福感に満たされた愛。だから、自分を抑えられなくて、彼女に愛を伝えた。

サマーは感謝すらしなかった。

それどころか、よそよそしかった。午前中ずっとサマーを抱いて、彼女が傷つけられていないことを、ケネディのものでないのなら、少なくともジミーのものでもないことを確かめた。ケネディは彼女を楽しませた。そして、一緒に眠って、目を覚ましたら……これだ。

黒いTシャツとジーンズ、ランニングシューズに着替えてリビングルームに戻ると、コーヒーテーブルに缶詰のトマトスープとトーストしたチーズサンドイッチが並んでいて、サマーは安楽椅子に座り、膝の上に置いた皿の料理を急いで食べていた。

ケネディの腹が鳴った。何時間も愛しあえば、腹が減るのが普通だ。「きみはシェフにもなれるね」サマーの頭のてっぺんにキスをしてから、彼女の向かいのソファに腰かけて、サンドイッチにかぶりついた。顔を上げると、サマーが笑顔でこちらを見ていた。

ケネディは少し気持ちがやわらいだ。あれは愛情の表れだ。「何かわかったか？」

「ええ、いくつか。わたしの理解するところでは、ゲームに勝つためには、ジミーの隠れ家を見つけて彼を負かす必要がある。だから、仕事で得た情報から、隠れ家になっている可能性がある家のリストを作っているの」

「いいね。このスープ」サマーは少量のバジルを加えていた。「きみの計画も。収穫はあったか？」

「それが結構あるのよ。ありすぎるくらい。二十世紀初期に、海岸沿いに奇抜な家がいくつも建設されたの。ほとんどはもうないけど、まだ何軒か残っていて、廃墟になっている。城もふたつある。どうにかして絞りこまないと」

「隠れ家の目星をつける前に、ジミーが選んだ役を知っておく必要がある」

「ヴェノムよ」

「あいつがそう言ったのか?」

サマーが少しためらったあとで答えた。「ええ」嘘をついているのか?「ヴェノムは岩の下のヘビ、不用心な戦士を待ち伏せして攻撃する毒ヘビだ。狡猾さと毒で殺す」〝ジミーはどうにかして、サマーの心をケネディに対する憎しみで毒したのか?〟

「ネットで読んだわ」サマーが両手でマグカップを握りしめた。険しい顔でスープをじっと見たあと、カップと皿をテーブルに置いた。「あなたはなんの役なの?」

「ケルトだ」

「いつも?」

「ああ」

サマーが眉根を寄せた。「いつも同じ役を選んだら、弱点にならない?」

「役を理解していないプレーヤーなら、弱点になるだろう。ケルトは粗野なリーダーで、リュートを弾《ひ》き、戦争と失恋の甘いバラッドを歌うんだ」ケネディは、サマーがその意味を理解するのを待った。

「知ってるわ。ネットに書いてあった。でも……」サマーが思案した。「わかった。ケルトは二項対立ね。見せかけの文明とメロディの下に、戦士の残忍性を隠し持ってる」
「残忍性ではない。冷酷さだ」
「どっちでもいいけど。わたしは駒で、賞品。生き残るためには、知識が必要にな
いる」
「〈エンパイア・オブ・ファイア〉の世界に関して、必要なことは全部教えるよ」
「当てにしてるわ。ゲームを観察してわかったのは――いまもプレーしてる人がい
るって知ってる？――世界が広すぎて、何カ月も研究したりプレーしたりしないと、
わたしには理解できないってこと。それより、わたしが理解しなければならないのは
あなた。本当のあなた。そして彼。本当の彼のことよ」サマーが身を乗りだした。
「あなたと知りあう前、ジミー・ブラックラーはどんな人間だったの？　どうやって
ＭＩＴに入ったの？」
ケネディは軽蔑を隠せなかった。「つまり……あいつが貧民街生まれの恵まれない
かわいそうな少年だったと言わせたいのか？」
「そんなつもりはないわ」サマーは鋭い口調で言った。「誘導尋問なんてしていない。
どういう人なの？　どこの出身？」
なぜか、サマーの焦りを見て、ケネディは落ち着きを取り戻した。「シカゴの南に

ある小さな牧場で、祖父母に育てられた。裁判のあと、ハリーとルースに一度会ったが、教会に通うクリスチャンで、いい人たちだった。ジミーがどうしてこんなことになったのかわからないと嘆いていたよ」

「もう亡くなっているの？」

「どうだろう」彼らの身に起こったことを想像すると、ケネディはぞっとした。「ジミーがふたりの存在を消してしまった」

「ジミー・ブラックラーを消し去ったように？」サマーが胸に手を当てた。「生きていたことを示す記録がないの？」

「彼らは消えてしまった」ケネディは立ち上がって皿を集め、キッチンへ運んだ。サマーがあとからついてきて、ドアの枠に寄りかかった。

ケネディは食器洗い機に皿を入れながら言った。「母親は広告業界の重役で、夫はいらなくとも、子どもを欲しがった。それで……どうにかしてジェームズを産んだあと、あいつが三歳のときに亡くなった。祖父母は農場を継ぐよう育てたが、ジェームズはいやがったそうだ。母親も同じだったと言っていた。野心的で、変化を求めていて、いつも地平線を眺めていたと」

サマーがガスコンロの上の鍋を集めて、ケネディに渡した。「つまり、ジミーは優秀で意欲的な少年だったということね。悲しい過去があった——母親を乳がんで亡くして、自分を理解してくれる唯一の人がいなくなり、孤独だった」

ケネディは驚いてサマーの顔を見た。「どうして知っている？」

「ジミーがお母さんの話をするのを聞いたのよ。彼は……感傷的になっていた」実のところ、ジミーが資金集めのパーティーでしたスピーチを思いだすと、サマーはいまでも胸が締めつけられた。彼がどんな人間であろうと——殺人者、麻薬密売人、ポン引き、精神障がい者だろうと、母親を愛していたのだ。そして、彼の孤独がサマーの琴線に触れた。たぶん……サマーも母親から愛情や支えを与えられなかったせいだろう。父を失ったことが、自覚している以上に深い心の傷となっているのかもしれない。

サマーはこのことについて、ケネディと話したくなかった。鋭い頭脳を働かせて、ジミーの弱点を分析し、彼に対する武器として利用してほしくなかった。ケネディにジミーの母親の思い出を汚す権利はない。「ジミーは農場での暮らしがいやだったのかもしれないけど、つまり、健全な環境で育ったってことよね」

「たぶん。ブラックラー夫妻はいい人そうだったが、どの家庭も舞台裏の実態は他人にはうかがい知れない。ぼくの両親も、ぼくが行動を起こせるくらい大きくなるまで、子どもたちの親権を奪われなかった」

サマーは思案してから言った。「ジミーは農場で育ったのよね。でも、ダッシュといたとき、シカゴで子どもの頃に車を盗んだと話していたわ」

「ティーンエイジャーになる頃には、祖父母を説き伏せたんだ。冬のあいだはシカゴで高校に通って、夏になると農場に帰っていた」ケネディは食器洗い機を閉めて、ふきんをかけた。「車泥棒の話は知らなかった。ブラックラー夫妻も知らなかっただろう」

「じゃあ、一度も捕まらなかったのね」

「あるいは、捕まったが、裁判にかけられる前に証拠を揉み消したのかもしれない。昔からハッカーの才能があったから」

「逮捕されたのは一度だけ。二度と同じ過ちは繰り返さなかった」サマーは洞察力を働かせ、ジミー・ブラックラーの人物像を巧みに描いている。

「きみはこういうことが得意なんだな」ケネディは言った。「ジェームズの性格を武器として利用して、あいつを負かそうなんて考えたこともなかった」

サマーが首をかしげた。「技術に対抗するには直感ってわけ。あなたは技術者。一方、わたしがしていることは、FBIのプロファイリングと同じ。ジミーのことを知れば知るほど、わたしが生き残る——勝つ可能性は高くなる」冷蔵庫から水のペットボトルを取りだして、一本をケネディに差しだした。

ケネディはそれを受け取ったあと、サマーの手をつかんだ。

サマーは振り払わなかった。だが、指を絡みあわせることも、手を握り返すこともせず、しばらくしてから手を引き、ペットボトルの蓋を開けて水をごくごく飲んだ。

ケネディの直感は正しかった。何かがおかしい。

きくべきか、きかざるべきか？　この種のジレンマに陥ったのは、生まれて初めてだった。ただひとつわかるのは……彼女を追いつめる必要はない。

ケネディはリビングルームに戻った。

サマーがついてきた。ケネディのそばにいたいからではないだろう。情報が欲しいのだ。それでも……ついてきた。

「ジミーはどうやってＭＩＴに入ったの？」サマーが尋ねた。

「ぼくと同じだ。ＭＩＴを目指したんだ。試験に合格した。家に大学へ通わせられるほどの金はなかったから、奨学金をもらった。それでも足りなくて、あとは自分で払った。地元のレストランで案内係をして、大学の図書館でも働いた」ケネディは厳しい口調で言った。「学費を払うためだと、ぼくは思っていた。だが実際は、仕事を通じて買い手を見つけ、業者と連絡を取っていたんだろう」

「あなたは彼のことを高く評価していたのよね」

「高潔で立派な男だと思っていた。これっぽっちも疑わなかった」ケネディはソファに腰かけ、ジェームズの首を絞めるかのように、靴紐をしっかり結んだ。

サマーはそばに立って、見るともなく見ていた。物思いにふけっているような、ぼんやりした声で言う。「彼はいまでは、別の顔を持っている。でも、ずっと自分を偽って生きてきたのね――農場でも、シカゴでも、MITでも。自分がどういう人間なのか、本人でさえわかっていないんじゃないかしら」

「ヴェノムは悪で、こっそり脅かして殺す。あいつがしてきたことを考えれば……ぴったりの役だな」

「でも、ジミーは自分を魅力的だと思っているのよ。最悪の経験を乗り越え、知性と策略と決意によって成功した男だと」まるで称賛するような口調だった。「彼がヘビなら、サンゴヘビね。色鮮やかで、ひとつひとつの動きが本当の恐ろしい目的から注意をそらすために計算されたものなの」

ケネディは、サマーがジェームズ・ブラックラーに陶酔している様子にうんざりした。「きみの洞察に反論するつもりはない。だが、これだけは言える――あいつが自分のことをどう思っているかなんてどうでもいい。あいつはぼくの甥を殺そうとした。

妹を誘拐しようとした。ぼくの会社に潜りこんで、妨害しようとした。あいつが逮捕されることを望んでいるわけではない。評判を落としたいわけでも、刑務所に入れたいわけでもない。死んでほしいんだ」

サマーが激しい口調で返した。「当然だわ。わたしだってそうよ。生きていたらどうなるかはわかってるもの。刑務所に入れられたとしても、そこでまた手下を見つけて、有意義に過ごすでしょう。すぐに出てきて、わたしたちやあなたの家族には一生危険がつきまとう」まるで慰めるように、片手をケネディの肩に置いた。「わたしたちを放っておいてはくれないわ」

「ああ」ケネディは窓の外を見た。日が沈むまであと三時間ある。「いますぐ調査を開始しよう」

「そうね」サマーがスウェットパンツを引き上げた。「いったんアパートメントに帰って準備をしないと。ジミーは次はどうすると思う？」

ケネディはレザーの手袋をつけて、黒のレザージャケットを羽織った。「エンディングまで早送りするはずだ。ゲームを終えるためには、向こうの城を占領して、完全に破壊しなければならない。城を襲撃すれば、正面攻撃で勝てる可能性がある。ほかの戦士が向こうの防御を妨害することもある。向こうは負けたように見せかけて、敵を城におびき寄せ、用意周到な攻撃を仕かけることもできる。敵がからっぽの城を攻撃しているあいだに包囲して、相手の城を奪取して勝つことも。これらの戦略にはバリエーションがあるが、だいたいそんなところだ」

「ジミーはどうしてここを攻撃しないの?」

「ヴェノムは人が気づかないうちに踏んでしまうへビだ。あいつはぼくたちに自分を探させようとしている。そして、ぼくたちを驚かせて、徹底的にやっつけるつもりなんだ」

「先行きは暗いわね」サマーがため息をついた。「ケネディ、結末はどうなるの?」

「ゲームでは、戦士はひとりしか生き残れない」

「じゃあ、死で終わるのね。そうよね。あなたかジミーのどちらかが死ぬ。賞品はどうなるの?」

「勝者に贈られる」

「そのあとは……?」

当然、サマーの気になるところだろう。「保有されるか、犠牲にされることもある」

ケネディはサマーの腕をつかんで、胸に引き寄せた。「だが、賞品は両方の戦士を打ち負かすこともできる。それに、どんな手段を使っても、何を犠牲にしても、きみを守ると約束する」

「信じるわ。わたしもあなたを守ると約束する」サマーが嘘偽りない言葉であることを伝えたがっているかのように、ケネディの目をじっと見つめた。「おしゃべりはこのくらいにして、そろそろ出かけましょう。まずはバックパックを取りに行かせて。さあ、やるわよ」

65

サマーとケネディは、ジミーの隠れ家をすぐに探し始めるか、まずサマーが着替えるために町へ行くかで激しい議論をした。

ケネディは、調査には時間がかかり、そのあいだにジミーが策略をめぐらすかもしれないと考えていた。いますぐ調査を開始したかった。

一方サマーは、ケネディのスウェットスーツを着ていてはジミーに勝てないとわかっていた。ふたりが乗っているのはサマーの愛車、くたびれてはいるもののなおスピードを出せる一九六九年式のポンティアック・GTOで、サマーが運転していたため、議論に勝ったのは彼女だった。

道路を北上し、町へ向かう。海岸沿いの曲がりくねった道で加速し、ケネディを異次元へと連れていこうとした矢先、爆音が耳をつんざき、地面が揺れた。

サマーは急ブレーキを踏んだ。そして、がく然とした表情でケネディを見た。「まさか、ジミーの仕業？」すばやくUターンして戻ると、ハートマン家は燃えて倒壊していて、ちょうど離れた場所にあるガレージが爆発し、焦げた破片が十メートルほど宙を飛んだところだった。

サマーはアクセルを踏んで道路に引き返し、ふたたび町へ向かった。

速度計が時速百四十五キロを示したところで、ケネディがサマーの肩をつかんだ。

「スピードを落としたほうがいいんじゃないか？」

「もう誰かが煙に気づいて、消防車を呼んだわよ。このくらいのスピードでこっちに向かってるだろうから、早く逃げなきゃ」サマーはハンドルを握りしめてカーブを切った。「ジミーはどうやったの？」

「家に爆発物は仕かけられていなかった。確認したんだ」ケネディは自信があった。

「爆弾を投げこんだのか？」

サマーは少し速度を落とした。「そうよ！　燃えている家に気を取られていたし、大量の破片が飛んでいたから危うく見逃すところだったけど、ガレージが爆発する直前に、何かが屋根を突き抜けたの」

「敵の隠れ家を破壊するのは妙手だが、ジェームズはぼくたちが出発するまで、擲弾発射器を持ってじっと待っていたのか？」ケネディは自問自答した。「ありそうもないな。ということは、あいつの隠れ家はぼくたちを見張れるほど近くにあるということだ」

サマーは顔をしかめた。「油断ならない相手ね。彼の居場所はきっと……」オハラズ・パブを通りかかった。駐車場をのぞきこんでから、車を乗り入れた。

時刻は午後三時を過ぎたところで、パブは建設作業員で混雑していた。サマーの仕事仲間だ。テーブルにビールのピッチャーやワインのタンブラーがのっていて、作業員のほとんどが陰気な顔をしてグラスのなかをのぞきこんでいた。

サマーはバーク・ムーアに近づいていき、肩を叩いた。

バークがぼんやりとサマーを見た。「よお、サマー」それから、無口で筋骨たくましいケネディを品定めした。「金を持ってそうだ。少なくともきみだけはうまくやったみたいだな」

「そうかしら」サマーは椅子を引いて座った。「どうして昼間からこんなところにいるの？　パーンハム家の仕事は？」

バークが椅子の背にもたれた。「聞いてないのか？　おれたちは解雇されたんだよ。作業員全員」腕をぐるりとまわして、絶望したような表情を浮かべている男たちを示した。「クビだ」

「じゃあ、誰が作業してるの?」

「誰も。作業は中止だ」バークがぶつぶつ言う。「はじめからきつい仕事だった。外壁全部に耐候性を持たせたっていうのに、いったいなんのためだったんだ? 腐らせるためか?」

ケネディが尋ねた。「完成した部屋はあるのか?」

「ああ。やつのスケジュールに合わせるために、臨時の作業員を雇ったんだ。昼も夜も働いたあげくが……クビだ」バークはいまだにそのことが信じられない様子だった。

「あっさりと」

サマーはジミー・ブラックラーにしかできない仕業だと気づいた。「完成したのはどの部屋?」

「それがどうした?」バークはビールを飲み干すと、恨めしげにグラスをのぞきこんだ。

「どの部屋だ?」ケネディの声がわずかに鋭くなった。

バークがはっとした。「あのろくでもないワインセラーだよ」

ケネディがサマーにうなずいた。「ダンジョンだ」彼も感づいた様子だった。

「ああ。ダンジョンみたいだ」バークが言う。「円塔の部屋だ」

「見張り塔ね」サマーは返した。「一階には崖に面したオフィスがある」

「司令部だな」ケネディが言った。「ほかには?」

「いくつかの廊下と階段に合板を張った。なかに入ると、迷路みたいだった。あれは迷宮だ」バークが無精ひげの生えた顔をさすった。「家のなかに迷路を作りたいやつなんているか?」

「ゲームをプレーしたい人なら」サマーは言った。

「どうしようもないばかだな」バークが答える。

「同感よ」サマーはケネディのほうを向いた。

ところが、ケネディはすでにそこにはいなかった。カウンターから身を乗りだして、バーテンダーと話している。札束を渡したあと、戻ってきた。

ふたりがドアへ向かって歩き始めたとき、バーテンダーが叫んだ。「そこの紳士が、失業したかわいそうなおまえさんたちにピザと酒をごちそうしてくれるそうだ。拍手!」

サマーとケネディは大きな歓声に送られて店を出た。

サマーはケネディのことを愛しているかどうかはわからなかったけれど、好きだと確信した。「粋なふるまいね」

「これくらいのことしかできない。みんなが解雇されたのはぼくのせいだ」

「数時間前なら、意地悪するためだけに、そうだと言ったかもしれない」サマーは恐ろしい笑みを浮かべた。「でも、ジミーのせいよ。もう頭に来たわ」

「いま頃か」

「わたしはとても穏やかな性格なの」

ケネディが笑った。「知ってるよ。とにかく、ビールとピザなんて安いものだ。ハロルドには新しい車を買ってやらなきゃならない」

「ハロルドって？」

「リゾートの支配人だ。パーティーから帰るときに、彼のプリウスを借りたんだ。ガレージに止めてあった」


ケネディはサマーのアパートメントの狭いリビングルームを行ったり来たりしながら、寝室で言い争っているサマーとカテリの話に耳を傾けた。

「四五口径の自動式拳銃なんて扱えないわ」サマーが言った。「壁をのぼるときに携帯できないし」

「わたしも行くわ」カテリが返した。「携帯できるから！」

ケネディは先ほどカテリに正式に紹介された。パーティーで会ったのを覚えていたが、あのクルエラ・ド・ヴィルと、長身で体格がよく、きらきら光る茶色の目と、白黒のつややかでまっすぐな髪を持つこの女性を結びつけることができなかった。

「ちょっとばかみたいに聞こえるかもしれないけど……」サマーが大きく息を吸ってから続けた。「ゲームに援軍を連れていくことは認められていないの」

「ちょっと？」カテリがきき返した。

ケネディは皮肉を聞き取った。

「わかってる」サマーの口調にはあきらめといらだちが感じられた。「わかってるってば」

「あなたのちゃちな銃じゃ、なんの役にも立たないわよ」カテリが言った。

「きちんと狙いを定めれば――必ずそうするけど、ジミーの石のように冷たい心臓にだって穴を開けられるわ」

「防弾チョッキを着ていなければね」

「じゃあ、股間を狙う」

「狙いを外して脚に当たったとしても、悪くない戦略ね。沿岸警備隊の爆薬を盗めないかしら」カテリが考えこんだ。

「監視船を損失したうえ、地震を起こしたことで取り調べを受けたんだから、これ以上政府と揉め事を起こさないほうがいいわ」

ケネディは立ちどまった。政府と揉め事だと？　何者なんだ？

サマーが言葉を継ぐ。「とにかく、武器の心配はいらないわ。わたしにはこれがあるから……」

サマーが何かを指さしたのだろうと、ケネディは想像できた。いったい何を？

「それに、いい考えがあるの」

ケネディは寝室に近づいて耳を澄ました。だが、聞こえてきたのは、「ミスター・シマンスキー」というサマーの言葉と、そのあとに続いたカテリの大きな笑い声だけだった。

「驚いた」カテリはすっかり感心していた。「とんでもないわ」

ふたりは腕を組んで寝室から出てきた。

この場にサマーがいなければ、ケネディはカテリを興味津々で眺めただろう。だが、サマーしか目に入らなかった。黒いタイトなジーンズに黒いTシャツ、ハイキングブーツというでたちだ。腰に拳銃をつけ、大工のツールベルトにフレーミングハンマーやロープにつないだ引っ掛けフック、カッターナイフ、ドライバー二本が差してある。いつも巻いている編んだ革のベルトは、中央に赤ん坊の拳ほども大きい青の丸石が、両端にはそれより小さな石がひとつずつついている。黒のジャケットを肩にかけた姿は、タフで有能に見え、静かな怒りを発していた。

「準備できたわ」サマーがジャケットをケネディに渡した。

サマーが袖を通すあいだ、ケネディがジャケットを掲げた。「携帯電話は置いていけ。ジェームズに追跡されないように」

サマーがゆがんだ笑みを浮かべた。「ハートマン家に置いてきたわ。ジミーがもう爆破した」

ジェームズはサマー・リーを恐れてはいないだろう。

愚かなやつだ。

ふたりは車へ向かった。

サマーがケネディのほうを向いた。「ベッドに登山用手袋を忘れてきちゃった。iPadも——パーンハム家の見取り図が入っているの。取ってきてくれる?」

ケネディは目を細めてにらんだ。「ぼくを置いていくつもりじゃないだろうな?」

サマーは驚いたあと、かっとなった。「いまさらわたしが逃げるとでも思っているの?」

「違う」ケネディは言った。「きみがひとりでジェームズと対決する気じゃないかと思ったんだ」

「アイルランドにこういうことわざがあるの――一瞬臆病者になるほうが、死んでしまうよりはましだって。あなたがいなければ、わたしにチャンスはない。待っているわ」

ケネディはサマーの顎に手を添え、親指で下唇をなぞった。「わかった」サマーの心を手に入れたくて、常に公正な態度を取ろうと心がけている。それなのに、たまにこのような失敗をして、すべてを台なしにしてしまうのだ。

家に戻るケネディの背中を見ながら、カテリが言った。「ケネディ・マクマナスか。興味深い展開ね」

「そうね」サマーはうろたえながら、友人の意見を求めようとした。「愛してると言われたの」

「実に興味深いわ」カテリがふたたび言った。

「わたしも愛することができそうだけど、ほかに問題があって……」

もうひとり、敵に求愛されていることは説明できなかった。自分でも理解できていないし、考えると屈辱を感じるのだ。「まあいいわ。カテリ、お願いがあるの。わたしたちが出発してから一時間後にギャリックに連絡して——保安官代理じゃだめよ。わたしたちがパーンハム家の建設現場で、殺人犯を追いつめたと伝えてほしいの。そうすれば、銃を持って応援に来てくれるはず」

「ゲームのルールはどうなったの？」カテリがばかにしたように言った。

「別にプレーすることに同意したわけじゃないわ。だから、都合のいいときだけルールに従うのよ」サマーはカテリに体を寄せた。「警察が早く来すぎたら、ジミーは逮捕されて、また刑務所から世界を支配するチャンスを与えられることになる。それどころか、彼が無実であることを示す証拠がどこかから出てきて、釈放されると思うの。そんなの許せない」

「殺すつもり？」

「ええ」殺さなければならない。

「ねえ、あなたのその意志はすばらしいと思うわ。本当に。でも、誰かに死んでほしいと思うのと命を奪うのとでは、雲泥の差がある。兵士は人を殺す訓練を受けて実際に殺すけど、トラウマに打ちのめされてしまう人が大勢いるのよ」カテリがサマーの肩に手を置いた。「あなたを止めるつもりはない。覚悟してもらいたいだけ——取り返しのつかないことをする恐怖に立ち向かえるくらい、心を強くしなければならないのよ」

「わかってるわ。でも、一年以上怯え続けて、つらい思いをしてきて、決意が固まったの」サマーは肩をすくめた。「それが応援を呼ぶ理由よ。わたしが失敗したときのため。ケネディが失敗したときの。そんなことは絶対にさせないけど、ジミーが勝ったときのために」

「レインボーが話していた男ね?」カテリがきいた。「古い飛行場を使っていたという」

「レインボーが突きとめたの」

「ギャリックに伝えるわ」手袋とiPadを持ったケネディが戻ってくると、カテリは車から離れた。「できるだけ早く報告してね」

車を発進させると、ケネディがきいた。「どこへ行くんだ?」

「ある人に、爆弾について話をしに行くのよ」

ミスター・シマンスキーは二本の杖に寄りかかりながら、愛するGTOの壊れたトランクを見つめて怒りに震えた。

脳卒中を起こすのではないかと心配になったので、サマーは急いで話して彼の苦しみをやわらげようとした。「ある男が木を倒してわたしを殺そうとしたんだけど、この車のおかげで助かったわ」

ミスター・シマンスキーの頬がまだらに赤くなった。額の薄い皮膚の下の血管が脈打っている。

サマーはケネディをちらりと見た。

ケネディは老人が倒れたときに支えるためか、片腕を半ば伸ばしていた。

サマーはさらに早口で話し始めた。「その犯人を雇った男を、ケネディと追いかけているところなの。それでね、あなたは第二次世界大戦を経験したから、何か持ち帰っているんじゃないかと――」

ミスター・シマンスキーがさっと振り返ってから、一本の杖でサマーの顔を指した。「武器を渡せば、ポンティアックにこんなひどいことをした野蛮人を始末すると約束するか？」

サマーはうなずいた。「そのつもりよ」

「なら、ついてこい」ミスター・シマンスキーが、小さな家に向かって歩きだした。

「ぴったりのがある」

サマーとケネディは、タオルにのせて段ボール箱に入れた第二次世界大戦時の手《しゅ》榴弾《りゅうだん》を車に積みこむと、シマンスキー家をあとにした。ミスター・シマンスキーの言葉が頭から離れなかった。〝いいか、五秒の導火線は三秒しか持たない。ピンを抜いて投げたら、頭を引っこめろ〟

66

建設現場まであと約一キロというところで、サマーたちは車を止めて歩き始めた。下生えに隠れ、木から木へ、イトスギからベイマツへと移動し、敷地の外周をまわって偵察した。

家を見たサマーは驚いた。作業員たちが必死に頑張ったとバークが言っていたのは本当だった。サマーが最後に来たときよりも、作業はかなり進んでいた。屋根は、トラス構造の上や壁面に合板を合わせる特別な作業を必要とするいくつかの場所を除いて完成している。外壁はすべて合板とタイベックの白い透湿防水シートで覆われていた。窓のための穴がなく、刑務所のようだ。鋲《びょう》のついた鋼鉄の両開きのドアがその印象を強めている。

敷地の北端にたどりつくと、サマーはケネディの腕に手を置いた。ケネディが立ちどまると、サマーは一枚の大きな窓の開口部が切り開かれた塔を指さした。「ジミーはあそこからハートマン家を見ていたに違いないわ」

ケネディが背後を見た。「ハートマン家に向かって直線上にある梢《こずえ》が切られているから、まず間違いないだろうな。家に照準を定めた電子兵器を取りつけた、なんらかの高性能の観測装置を使ったんだ」

ハートマン家の大切な家が爆破されたことを思いだすと、サマーはふたたび怒りが込み上げた。「あいつ。大好きな家だったのに」

「よくわからないな」ケネディが不思議そうにサマーを見た。「ジェームズはぼくの甥を誘拐し、きみを山のなかに追いこんで、きみの車を爆破し、きみの目の前で処刑し、きみの雇い主を殺し、あいつのせいできみは自分の指を切り落とした。それなのに、本気で腹が立ったのはハートマン家のことなのか？」

「ほかは全部過去のことだわ。コンシェルジュの仕事は未来の話で、わたしはクライアントをひとり失ったのよ」サマーはケネディをにらみつけた。怒りが引くと、哀れっぽい口調で打ち明けた。「あの家には、これからも続いていくものがあった。家族。浜辺で過ごす夏休み。思い出の歴史。ハートマンさんにどう説明すればいい？家一家の大切な海辺の家が、愚かなゲームのせいで跡形もなくなったなんて言えないわ」

「ぼくが代わりに――」

「いいえ、自分で伝える。でもその前に、絶対にジミーを仕留めてやる」

ケネディがにやりと笑った。「悪ぶってるときのきみが最高に好きだよ」

サマーは笑い返した。「それなら、少なくとも今日はずっと、あなたに愛されるわね」iPadを取りだして起動した。「これが見取り図よ」

「きみはここにフックを引っかけて」ケネディが画面と家を順に指さした。「窓の上の屋根にのぼる。そして、フックを外して、今度はここに取りつける」主寝室の急勾配の屋根のてっぺんを指し示す。「そこなら枠がはめこまれていないから、なんとか通り抜けることができる」

サマーはツールベルトにぶらさげたフレーミングハンマーに手を置いた。「無理だったら、穴を広げるわ」

「なかに入ったら、あとは迷路の弱点を見つけて、そこからジェームズにたどりつくだけだ」

「そして、ふたりで彼をやっつける。簡単よ」

「きみが行ってから十分後に、ぼくは司令部の入り口に手榴弾を投げる」ケネディが鋼鉄のドアを指さした。

サマーはからかった。「悪ぶってるときのあなたが好きよ」

「それはうれしいな」

サマーはうつむいた。ケネディはなんにせよ、愛の告白と受け取ったのだ。「手榴弾がいまも使えるといいけど」つぶやくように言った。

「いずれにせよ、ぼくはなかに入る」ケネディの目は澄みきっていて、氷河のごとく冷やかだった。

日没まで約一時間半、二時間後には真っ暗になる。時間がないけれど、サマーは言わずにはいられなかった。「あなたも不法侵入が得意だとは思わなかったわ」

ケネディが冷笑を浮かべた。「両親から教わった。昔はふたりとも凄腕だったが、ぼくが七歳になる頃には、自分たちの力を過信して警察を侮り、いつ捕まってもおかしくない状態だった。ぼくは自分が強盗を指揮し、戦略を立てて、時機を選ばなければならないと気づいた。そうしなければ、ぼくたちは死んでいただろう」

「じゃあ」サマーは合点がいった。「不法侵入を指揮するのは初めてじゃないのね」

「子どもの頃、ぼくはモラルがなくて、人生はゲームにすぎないと思っていた。最高の防犯技術と知恵比べをしているだけだと。システムを打ち負かすのを楽しんでいた。ぼくが一番だと知っていた」ケネディは自分をさらけだすのを恐れながらも、打ち明けずにはいられない様子だった。「タビサが盗みに失敗したとき、ぼくは十歳だった。母は妹の誠実な思いを踏みにじり、罪悪感を抱かせ、みじめな気持ちにさせた。タビサはそんなふうに生きていくことはできないと、ぼくは気づいた――決めたんだ。ぼくよりもいい環境で育つべきだと。妹にとって、ぼくたちにとって、里親に預けるのが正しい選択だと思った。だからぼくは、銀行強盗でわざと致命的なミスを犯した。そのせいで両親は逮捕されて五年の懲役が科せられ、ぼくとタビサは親の保護下から外れた」

「タビサのためにやったのね」称賛に値する行いだ。それでも、ケネディが一家の窃盗行為のブレーンだったことに、サマーは驚いた。そして、彼が冷淡に家族を裏切ったことにさらにショックを受けた。

「児童保護サービスが人手不足で、過重労働を強いられているとは知らなかった。ぼくとタビサが引き離されることも、なかにはひどい里親がいることも理解していなかった。タビサはかわいい女の子だった。状況は絶望的だった」

「虐待されたのね」

「ああ。ぼくのせいだ」ケネディがサマーの頬に触れた。「だから、きみの言ったことは正しかった。きみが生き延びるために不法侵入したことを責める権利なんて、ぼくにはないんだ。ぼくのしたことに比べれば、きみがしたことなんてたいしたことじゃない。だから、ぼくがどうなろうと、きみは生き残らなければならない。ぼくと合流できなかったときは、タビサのところへ行け。妹はきみのことを知っている。ぼくの財産は全部妹が相続する。きみを助けてくれる」

サマーはジミーと対面した瞬間より先のことを、あまり考えていなかった――サマーがジミーを殺す。あるいはケネディが。あるいはふたりで。ケネディはそれほど楽観視していないようだ。「ねえ」サマーは彼の袖をつかんだ。「死なないと約束して」

「努力するよ」

サマーはその答えが気に入らなかった。「約束して――」

ケネディが身をかがめ、激しいキスをしてから言った。「愛してる」

サマーは自分の唇に触れたあと、まるでそこにキスの跡が残っているかのように手を見おろした。顔を上げると、ケネディは姿を消していた。「待って、わたしも愛してるわ」ささやきにしかならなかった。

サマーは切望や狼狽《ろうばい》、そして、彼に二度と会えないかもしれない恐怖に襲われ、ぼうっと立ち尽くした。それから、腕時計のタイマーをセットした。持ち時間は十分しかない。気持ちはそのあとで整理しよう。家の端に向かって走り、フックを屋根の上に投げて引っかけてのぼりながら、声に出して言った。「わたしたちが生き残れる確率はどれくらい？」

ケネディにきかなくてよかったのだろう。決して高い数値ではないに違いない。

サマーは家のなかに入る道を見つけ、音が反響する不気味な窓のない二階の、部分的に組みたてられた部屋を駆け抜けて階段へ向かった。閉ざされた廊下はジグザグに続いていて、迷宮のようだった。このなかのどこかにモンスターが潜んでいて、サマーをずたずたにして骨までしゃぶろうと待ち伏せしているのだ。サマーは怖かった。ひんやりした空気のなかで汗をかきながら、耳の奥で鳴り響く鼓動が鎮まるのを願った。

それでも、うれしかった。ついにジミーと対決して、この狂気を終わらせられることを喜んでいた。

二階の部屋は、洞窟のようなリビングルームの約三・七メートル上空で突然途切れた。下へおりる手段はない。粗雑に組みたてられた階段が一階まで続いているが、遮蔽されるように造られていた。サマーは行き場を失った。選択肢はひとつしかない。

フックを合成樹脂合板の床に固定し、ロープを伝って一階へおりた。とても役に立ったとはいえ、これで限りある強力な道具をひとつ失ってしまった。フックを回収する方法はない。ジミーに踊らされているのだろうか？　ジミーはあらゆる状況を想定して計画したのかもしれない。もしそうなら——そうではないかと恐れているが、サマーは操られているのだ……またしても。

カメラに一挙一動を追跡されている可能性もある。カメラがあるかどうか暗くて確認できなかった。いずれにせよ、ジミーの不意を突こうとは思っていない。

手榴弾で驚かせるのだ。

一階におり立つと、遮蔽された通路へ向かった。合板に片手を突きながら進んでいくと、ジミーのオフィスの壁に行き当たった。入り口は遮蔽された通路のなかにある。壁を通り抜けるしかない。

合板の壁の継ぎ目を見て、サマーは声を出さずに笑った。釘は一本しか使われていない。作業員はたった一本の釘で合板を固定したのだ。サマーはハンマーの釘抜きを使って釘を抜いた。

腕時計のタイマーが振動で時間を知らせた。

二分後に、ケネディがひとつ目の手榴弾のピンを抜くことになっている。

サマーが間柱から壁をはがしたとき、バークが安上がりな方法を取っていたことに気づいた。壁は一センチもないほど薄い合板だった。これを組みたてた頃には、バークはこの仕事に不審を抱いていたに違いない。世界の悪人たちは気をつけたほうがいい。不満を持った現場監督に、邪悪な計画を妨害されることもあるのだ。

だが、壁のこちら側とジミーのオフィスのあいだは、何本もの間柱と石膏《せっこう》ボードにさえぎられていた。石膏ボードは、一センチもない安い合板よりも重くて丈夫だ。これも一本の釘で固定されていることを願うばかりだった。

ふたたび腕時計が振動した。

爆発まであと一分。カッターナイフで石膏ボードに二度、切れ目を入れた。三十秒後にハンマーで継ぎ目を叩くつもりだった。何事かとジミーが気を取られているあいだに、手榴弾がドアを爆破して——。

ドーン！　爆発音がし、石膏ボードが震えた。

サマーはうしろによろめいた。

予定より早い。ケネディは計画を早めたの？　だから、サマーに生き残れと言ったのかもしれない。ひとりで対決するつもりなのだ。

サマーは石膏ボードの角にハンマーを叩きつけた。釘が外れた。さらに反対側の角も叩いた。

オフィスのなかでケネディが叫んだ。

恐怖の悲鳴が聞こえた。

ケネディの大笑い。

〝いったい何が起きているの？〟

サマーは5×10センチの木切れを拾って、石膏ボードに打ちつけた。石膏ボードが切れ目に沿って割れた。白い埃が舞う。間柱のあいだをすり抜けてオフィスに入った。

ビジネススーツを着たジミーがデスクの脇に立っていた。真っ青な顔をして震えている。

ケネディは身をよじって笑いながら、床から手榴弾を拾い上げた。サマーを見ると、手榴弾を投げ上げて言った。「不発弾だ！」

サマーは木切れを野球のバットのように振って、手榴弾を壁に叩きつけた。

全員体をすくめた。

手榴弾は爆発しなかった。

「よかった！」サマーは叫んだ。

ケネディがふたたび笑いだした。「ゲームオーバーだ！」ジミーの反応を待たずに、近づいていって拳で顔を殴った。

ジミーの鼻が折れる音がした。

突然、ジミーがよろめき、うつぶせに倒れた。

ケネディが笑いやんだ。ジミーを見おろして言う。「爆弾は、妹を誘拐しようとしたことの報いだ。鼻を折ったのは、マイルズの分だ」

ジミーが寝返りを打った。顔は血まみれだが、血走った目でケネディを冷静に観察している。

「気をつけて！」サマーはケネディに言った。「へビよ！」

ケネディは聞いていなかった。身をかがめてジミーのシャツの襟をつかむと、ジミーが自分の体をぐいっと引き離した。

ケネディはよろめき、ジミーの上に勢いよく倒れこんだ。

ジミーがうめき声をあげる。

男たちは殴りあい、罵倒しあいながら転がった。

サマーは木切れを放りだして拳銃を抜き、ジミーを一発で仕留められるチャンスを待った。

カテリは間違っていた。サマーの手は震えていなかった。ジミーを殺せる。

ケネディが立ち上がり、ジミーを引っ張って立たせた。

ジミーがよろめいてケネディにぶつかった。

ケネディが膝からくずおれ、気絶した。

〝ヘビ。ヴェノム〟サマーはジミーの胸に狙いを定めた。

ジミーが手を唇に近づけて、何かを吹いた。

サマーは首をチクリと刺された。

視界がぼやける。引き金を引いた。

ジミーがうしろによろめいたあと、倒れかけたサマーに駆け寄って支えた。「大丈夫だよ、愛しい人」なだめるように言う。「きみが勝つよう応援しているんだから」

「もう勝ったわ」サマーはつぶやいた。

「まだだ」ジミーはサマーをそっと床におろした。「まだゲームは終わっていない」

67

サマーは凍えながら目を覚まし、暗闇を見つめた。

これは悪夢ではない。現実だ。

洞窟のなかの岩棚の上で、完全な暗闇が重石《おもし》のごとく胸にのしかかっていた。手足がやけに重く感じられる。頭が混乱した。これから落ちるのだ。底なしの……。そういえば、何かに首を刺されて……。

首を叩いて、痛みに悲鳴をあげた。ふたたび手を伸ばすと、長さ五センチの太い針が喉の右側に刺さっているのに気づいて、パニックに陥りながら引き抜いた。

冷たい涙が流れた。

だがすぐに、頭のもやが晴れた。

ジミーの仕業だ。吹き矢を使って毒針をサマーの首に突き刺し、薬を直接、血液中に送りこんだのだ。お見事。残忍で効果的だ。

〝いったい何様だと思っているの？〟

同じことをケネディにもしたのだ。だから突然、倒れた。

ケネディ……。

サマーはソートゥース山脈で、底なしの暗い洞窟の岩棚に横たわっているわけではなかった。ここはパーンハム家のワインセラーだ。そうでないと困る。落ちる心配がないから、洞窟よりはワインセラーのほうがましだ。それに、ケネディもこのなかにいる。いるはずだ……どこかに。

針をシャツに刺したあと、コンクリートの床に手を滑らせた。れんがに似せて型を押してある。やはりワインセラーで間違いない。サマーは体を起こし、片手を胸に当てて鼓動を鎮めようとした。そのとき、ホルスターがないことに気づいた。

ああ！　拳銃を取られた。ジャケットもツールベルトも身につけていなかった。フレーミングハンマーもカッターナイフもドライバーもない。

そのあと、ウエストに巻いた革のベルトと石の感触を確かめて、微笑んだ。投石器は無事だ。サマーは武器を持っているのに、ジミーはそれを知らない。

〝ジミー、あなたは自分で思っているほど賢くないわよ〟

もちろん、ここに閉じこめられて放っておかれたら、ベルトは役に立たない。飢えと脱水症状に苦しみ、頭がおかしくなって死ぬだろう。サマーは声に出して言った。

「サマー、あなたって本当についてないわね」

右のほうから、人間のものとも動物のものともつかないうめき声が聞こえてきた。

「ケネディ？」サマーは小声できいた。「ケネディ、あなたなの？」

返事はない。

ケネディも薬を盛られた。体が大きいし、ジミーに恨まれているから、サマーよりも大量に投与されたのだろう。ジミーがサマーと一緒に野生動物を閉じこめたわけではない……。

そんなことはしないだろう。サマーがトラに食べられるところを見たいなら、明かりをつけるはずだ。

サマーは四つん這いになって這っていき、冷たい暗闇に手を伸ばした。

何もない。

さらに進んで、ふたたび手を伸ばす。

何もない。

もう一度繰り返すと、指が壁にぶつかった。

サマーは小さく悲鳴をあげた。それから、そっと手を伸ばして、傾斜した壁のざらざらした感触を確かめた。

いまさら確認するまでもないが、やはりここはワインセラーだ。

サマーは捜索を続け、床に伸びたあたたかい体に膝がぶつかったときに、ふたたび悲鳴をあげた。

うめき声が聞こえる。

「ケネディ？」サマーは手探りした。

その人物はTシャツとジーンズ、レザージャケットを着ていて、まったく動かなかった。手榴弾を爆発させたかのように、火薬のにおいがする。

間違いない。ケネディだ。サマーは彼の首から顔に指を滑らせた。長さ五センチの針が頬に刺さっていた。

ジミーは最低のろくでなしだ。

サマーは針を抜いて、一本目と同様に自分のシャツに刺した。

ケネディが身動きし、ぱっとサマーをつかんで床に叩きつけた。

サマーはあえぎながらケネディの顔を探り当てると、両手で頬を包みこんだ。「ケネディ？　サマーよ」

ケネディはふたたび動かなくなり、言葉も発しなかった。だが、そのあと突然サマーを引き寄せ、両腕で抱きしめて額にキスをした。「きみが死ぬ夢を見ていた」

「わたしは無事よ。カテリに……」サマーは言葉を切った。ギャリックがこちらに向かっていることを話すわけにはいかなかった。ジミーが聞いているに違いない。「無事よ。あなたは？」

「ぼくはばかだ」

「そう言ったでしょう」〝わたしの言ったとおりね〟

「ああ。何があろうと、ジェームズはゲームのルールを尊重すると思っていたんだ」

「車泥棒で麻薬の売人でポン引きで、あげくの果てに人も殺す犯罪の達人」サマーは怒りがおさまらなかった。「そんなジミーがルールなんて守るわけ――」

「たしかに」ケネディが熱のこもった口調で言う。「勝つ自信がなければ、ゲームを始めるはずがない」

「わたしたちが勝って、ずるをされた。わたしにはわからないわ。たぶんあなたのせいよ。あなたが彼に降伏を宣言する時間を与えなかったから」

ケネディがオフィスにいたときと同様に、大笑いした。「あいつ、もらしたんだ」

「ええ？」ジミーは真っ青な顔をして震えていた。でも、まさか……おもらしをしたの？　そしていま、ケネディはその話をした。間違いなくジミーが聞いているのに。

これでもう望みはなくなった、とサマーは思った。

どうしてケネディはこんなに無頓着でいられるの？　命が惜しくないの？

ケネディが笑いをこらえて言った。「ぼくが外でカウントダウンして――」

サマーはそのときのことを思いだした。「予定より早く投げたでしょう！」

「ああ」

「同時に踏みこむんだとか、ゲームのルールを尊重するとか、あれだけうるさく言っておいて――嘘をついたのね！」

「きみを守りたかったんだ」ケネディが真面目な声で言った。「それなのに、状況を悪化させてしまった」

「ジミーは吹き矢を用意していた。最初からこうするつもりだったのよ」

「ぼくがいつ投げようと結果は同じだった」

ふたりは死の淵《ふち》に立っていた。そして、サマーはケネディにいらいらさせられて、彼を突き落としたい気分だった。

ケネディが言葉を継ぐ。「ひとつ目の手榴弾は不発だった。ぼくのほうに転がって戻ってきた。もうだめだと思ったよ。だが、ふたつ目をあのご大層な鋼鉄のドアに向かって投げたら、ぶつかる直前に爆発して、ドアが倒れたんだ」声が生き生きしている。「それで、ぼくはなかに入った」

「その前に不発弾を拾ったのね」

「ああ」ケネディが得意げに言う。「司令部に駆けこんで、ジェームズに投げつけてやったんだ。あいつは手榴弾が飛んでくるのを見て――」

「おもらしした」

「そうだ」ケネディがふたたび笑った。

サマーはケネディを殺したかった。「あなたはそれを笑った。ジミーがどうして負けを認めなかったか、本当にわからないの？　いくら人間の性質については無知だからといって」

「わからない」ケネディの声から笑いが消えた。「あいつがもらすことを期待していた。クソもらしていればいいんだ」

サマーはケネディを小突いた。「そんなことになっていたら、ジミーはワインセラーの入り口を封印するでしょうから、わたしたちが衰弱しても誰にも見つけてもらえないわね」彼を怯えさせて、黙らせたかった。

ところが、ケネディは強い関心を示した。「本当か？　ここはワインセラー、つまりダンジョンなのか？」

「そうよ」

「たしかか？」

「ええ。わたしは工事検査官だったんだから、間違いないわ」

「ドアはどこだ？」

サマーは皮肉な口調で言った。「もちろんわかるけど――」

ケネディが体を起こした。「時間を無駄にするな。早く探そう」

サマーはケネディのあとについて、真っ暗ななかをよろよろ歩きながら、男とはなんて面倒な生き物だろうと考えていた。頭のいい男が、試練を生き延びるよりも敵を侮辱することに熱中するなんて。「これはゲームじゃない」穏やかな口調で言った。

「わかってる？　わたしたちは死ぬかもしれないのよ。ここから出られずに、飢えて、脱水症状になって、衰弱して死ぬかもしれない」

「刺された針はまだあるか？」

ケネディは話を聞いていない。あるいは、どうでもいい話だと思っているのだ。

「あるわ」

「よかった。ドアを見つけたら、ピッキングするぞ」

68

サマーはケネディを押しのけてドアのそばにひざまずくと、作業を開始した。単純な構造だった。このタイプの錠なら前にも開けたことがある。とはいえ、道具は二本の長い針だけだ。プロでもてこずるだろう。

針を差しこむたびに正しいピンに触れるが、適切な速度でタイミングよく正確に動かすことができない。何度も手が滑って失敗した。

手を止めて、いらだちに震えていると、ケネディが言った。「貸してごらん」優しくサマーの手をどけて――五秒も経たないうちにドアを開けた。

彼は本当に両親の商売を学んだのだ。

サマーは階段の吹き抜けから差しこむ薄明かりに目をしばたたいた。胸の重石が取れた気がした。このまま葬られずにすんだ。自由だ。これからジミー・ブラックラーと対決しなければならないけれど、山のなかの洞窟を思い起こさせる重苦しい暗闇からは逃れられたのだから、大きな一歩だった。サマーは立ち上がった。

　ケネディがドアをふさいでいた。振り返ると、サマーの手を取って二本の針を握らせた。「きみならできる」

「なんのこと？」サマーは間抜けな質問をした。

「ピッキングだ」ケネディがキスをした。「きみならできる」サマーをワインセラーに押し戻し、ひとりで外に出ると、ふたたびドアを閉めた。

「えっ？　いや！」サマーはドアに体当たりした。「いやよ、ケネディ。聞いて。だめ。ひとりで戦わないで。ジミーはあなたを心から憎んでいるの。だめよ、ケネディ！」

　反対側の壁にかけられた二十七インチのテレビがぱっとついて、ジミーのオフィスの映像がむきだしの壁を照らした。サマーは振り返ってその映像を見た。石膏ボードを突き破ったときとは別の視点からオフィスを眺めた。

　天井に直付け照明器具が取りつけられている。うしろの壁に貼られた、赤い画鋲の刺さったワシントン沿岸の特大地図は、戦略を記録した軍用地図のようだ。地図の上の大きな掛け時計は、五時十二分を指していた。午後の五時？　気を失っていたのはそんなに短いあいだだったの？

もしそうだとして、ギャリックがまだ到着していないのなら、助かるかもしれない。右側の壁際の床に、がっしりした鉄の台がボルトで固定されている。左側の壁際には磨き上げたクルミ材のデスクが置かれ、コンピューターやモニター、キーボード、クリップの缶、ペン入れ、ページを開いた状態で伏せられたSFのぼろぼろのペーパーバックが並んでいた。カレンダー付きデスクマットが敷かれ、その上にサマーの拳銃とホルスター、ツールベルト、そして、手榴弾の不発弾が置いてある。

ジミーは黒革のデスクチェアに腰かけ、カメラのほう、サマーのほうを向いていた。鼻にテープが貼られている。そういえば、ケネディに折られたのだった。

サマーは立ち上がってジミーと向きあった——向こうから見えているかどうかはわからないが。まぶたが垂れさがり、眠そうな目をしている。黒のタートルネックセーターは高そうに見えた。おもらししたズボンをいまもはいているか確認したかった。もしそうなら、ケネディはまた笑いだし、生き延びるチャンスはなくなるだろう。

ケネディがカメラに背を向けた位置から、部屋に入ってきた。頭を傾けて言う。

「ジェームズ」

ジミーがまねをした。「ケネディ」

「条件はなんだ？」

　ジミーが膝に置いていた手を持ち上げた。グロック18を握っている。鉄の台を指さした。「そっちへ行って自分を拘束しろ」

　サマーは台に視線を向けた。先ほど見たときは、手錠を見落としていた。そんな――中世風の鉄枷《てつかせ》が短い鎖で台に取りつけられている。

「やめて」サマーはささやいた。

　ケネディはどうする気？

　ケネディは落ち着いて堂々と歩き始めた。自分を犠牲にしようとする戦士……なんのために？

　サマーは鉄枷から、ケネディから目をそらすことができなかった。

　ケネディがジミーのほうを向いた。「言うとおりにすれば、どんな見返りがある？」

「きみの妹を生かしておいてやる」

「甥もだ。それから、テイラー・サマーズも」

「手錠はひとつだけだ。取引もひとつしかしない」鼻が折れているため、ジミーは鼻声だった。

　ケネディが肩をすくめた。「それなら、取引は不成立だ。ぼくを撃て」

「やめて」サマーはずるずると膝をつき、両手を握りしめた。

ジミーがカメラに向かって微笑んだ。

やはり、ワインセラーにマイクが仕かけられているのだ。

ジミーが椅子をまわしてケネディに向き直った。「タビサとマイルズには、二度と手を出さない。放っておく。ふたりが成功したあかつきには祝福するよ。もう、ぼくたちの喧嘩には巻きこまない」

「ぼくたちは喧嘩しているわけじゃない。ぼくは犯罪者とは喧嘩しない」

ジミーが立ち上がった。まるであつらえたような、シルエットの美しいダークブルーのジーンズをはいている。ちゃんと着替えたのだ。

「そうなのか？」ジミーが言う。「犯罪者と取引はするのか？」引き出しから直径一センチ強の鉄の棒を取りだして、デスクの上に置いた。「サマーを生かしておくためなら、何をする？」

「だめ！　やめて！」サマーは振り返り、ドアに体当たりした。

〝針。ケネディは針を使って錠をこじ開けた。彼にできるなら、わたしにもできるはずだ〟

「答えはわかってるだろう」シーツの所有権について交渉する離婚弁護士のように、ケネディが無関心な口調で言った。「サマーを生かすためなら、彼女が望みどおりの人生を送れるなら、ぼくはなんでもする」

サマーは必死で錠に取り組みながら、会話を聞いていた。聞きたくなくても耳に入ってくる。

「囚人仲間に押さえつけられながら、シェルに顔を殴られ、ずたずたにされてからずっと、あることを夢見て、その考えに取りつかれていた」ジミーの声は期待と悪意に満ちていた。「おまえに同じことをしたいと」

サマーは手が震えた。息を吸いこんで震えを抑え、作業を続けた。

「なら、それで決まりだ」ケネディが言う。「サマーはおまえからも、誰からも脅かされずに自分の人生を生きる。おまえは鉄の棒でおれの顔を殴り……」

「カッターナイフで切り刻む」ジミーがデスクの上のカッターナイフを手に取り、カチカチと刃を出した。「手錠をかけた状態で」

サマーは体をこわばらせながら、耳を澄ました。

手錠がかけられる耳障りな音がした。

針が滑った。

「運がいいと思え」ジミーが言う。「ぼくはレイプされたが、おまえはされずにすむ。ぼくのタイプじゃないからな」

サマーはふたたび深呼吸して手の震えを抑えてから、作業を再開した。

「ありがたいな」ケネディが鎖をガチャガチャいわせた。

ジミーが笑い声をあげる。「楽しくなりそうだ」

針を適切な位置に置いて慎重に動かし、あと少しで開けられるというときに……。

ケネディの顔に鉄の棒が叩きつけられた。

ケネディの悲鳴が聞こえる。

サマーははっとし、恐怖に震えた。

見たくない。聞きたくない。それでも、こらえきれず、テレビ画面に視線を向けた。

ケネディは膝をつき、手錠からぶらさがっていた。頬がぐちゃぐちゃになり、鼻から血が噴きでている。

時間がない。もう失敗できない。

サマーは錠の内部を思い浮かべた。深呼吸してから、ふたたび針を差しこんだ。微妙な圧力を加えながら正確に動かす。

錠が開いた。

鉄の棒がふたたび振りおろされ、肉をつぶし、骨を砕いた。

さらなる悲鳴。

サマーはドアを乱暴に開け、階段を駆け上がってジミーのオフィスに入った。ジミーが腕を振り上げる。サマーは彼の手首をつかんだ。「やめて」

ジミーが腕を上げたまま振り返った。その顔は期待と喜びに輝いていた。

サマーは彼の目を見て言った。「やめなさい。いますぐ」

69

ジミーが襲いかかってきた。

サマーはもう一方の腕で顔をかばった。

ジミーがすんでのところでぴたりと動きを止めた。「きみは……サマーか」

サマーは恐る恐る腕をおろした。「そうよ。サマーよ」

「きみを傷つけるつもりはない」

「わかってる」サマーは信じた。ジミーはサマーを傷つけたりしないだろう──正気を失わない限りは。だが、正気を失わないとは限らない。

サマーはジミーを恐れていた。哀れんでもいる。そして、どこか通じるところがあって、惹きつけられた。

穏やかに言った。「ジミー、もうやめて。二回も殴ったのよ。ケネディが死んでしまう」

「ぼくは何度も殴られた。切り刻まれた。小便をかけられた」ジミーがロボットのような口調で言った。「それでも死ななかった」

「若かったから。丈夫だったからよ。もう満足したでしょう」

ジミーがロボットのような動きで首を曲げ、ケネディを見た。「ぐちゃぐちゃになるまで殴っても、満足できない」言葉のひとつひとつに悪意がこもっている。

ジミー・ブラッククラーはハンサムな男で、茶色の目が琥珀色に輝き、最も暗い夜に、監獄のなか、地の果てで、豊かな唇が言葉を使わずに情熱をささやく。ジミーがいると、世界は魅惑的な色に染まり、理性と狂気の狭間《はざま》に生きることになる。彼の肌に白い傷跡がうっすら残っていた。恨みがいまだに消えないのも無理はない。

ケネディが苦しそうにあえぐ声だけが、かすかに聞こえた。

サマーはそっと鉄の棒をつかんで取り上げた。ジミーに背を向けて——勇気がいった——それをデスクに置くと、白いカレンダーが血で汚れた。

ふたたびジミーのほうを向いた。

〝ジミーの気を散らさないと。ケネディから注意をそらすのよ〟「わからないわ」サマーは言った。「ずっと疑問に思っていたの。どうしてわたしを殺さなかったの？わたしを撃って、殺してしまえばよかったのに。どうして生きるチャンスを与えたの？」

「ああ、そのことか」ジミーが晴れやかな表情になった。ワイルドローズ・ヴァレーのキッチンにいた上品で魅力的な男が姿を現した。デスクに近づいていってその上に腰かけると、ジーンズの膝をつまんで引っ張った。「ぼくはきみを殺すべきだった。だがきみは、ソートゥース山脈の冬を生き延びた。ぼくから逃げるために指を切り落とし、ぼくの飛行機にこっそり乗りこんで、新しい町で人生を切り開いた。それだけでも称賛に値するが、きみはさらに、独善的なケネディ・マクマナスに、きみの——泥棒の話を聞いてもらうことに成功し、ぼくを排除する手助けをする約束を取りつけた……きみにチャンスを与えざるを得なかった。きみは逆境に負けない。ケネディと同じくらい頭が切れる。ぼくにも負けないくらい」

「それはどうも」

ジミーの目が病的な熱意に輝いた。「きみをひき逃げしようとした。ところがきみはすでに、身代わりのそっくりさんを用意していた！」

「そんなことしていないわ！」かわいそうなミセス・ドヴォルキン。サマーに似ていたせいで巻きこまれてしまった。

ジミーはサマーを無視して言葉を継いだ。「きみが簡単に攻撃をかわしたから、ぼくはもっと独創的な方法を試した――きみを目がけて木を倒した。だがきみは、車で逃れた。だから、山へ連れていって置き去りにしたんだ」ぎこちない笑みを浮かべる。「きみのサバイバル能力をもってすれば、それすらもたやすいことだった」

苦しみを軽視され、サマーはかっとなった。「冬の嵐のなかだったのよ！」

「必要なものを置いていってあげただろう。きみのことをもう好きになっていたから、死んでほしくなかったんだ。だから、きみにキスをした。覚えているかい？」

「いいえ」

ジミーがちらりとケネディを見た。

ケネディはどうにかひざまずき、片手を太腿に当てていた。台に置かれたもう一方の手は、手錠で拘束されている。顔がつぶれていて、血がジャケットやジーンズ、床や壁にまで飛び散っていた。

サマーはそちらを見るわけにはいかなかった。泣くこともできない。ジミーに集中しなければならない。うまくやらないと、死んでしまう……ふたりとも。

サマーはジミーの目を見ながら嘘をついた。「キスされたなんて知らなかったわ」

「ぼくは覚えている。きみはドラッグでぼうっとしていた」ジミーがささやくように言った。「パイロットが見てる前で、きみをものにすることもできた」

ケネディは胸を波打たせていたものの、呼吸は穏やかになっていて、ふたりの話を聞いていた。

サマーは聞かれたくなかった。

「きみは抵抗した」ジミーが言う。「ぼくを叩こうとしたが、ふらついていた。ぼくに噛みついて血を吸った」下唇の内側をサマーに見せた。「必死であがいた。戦ったんだ！ドラッグで意識を失っていてもおかしくなかったのに」

サマーは首を横に振った。二度と思いだしたくない。ジミーの勝利を、自分の弱さを思い知らされたくなかった。

「だが、そのあと」ジミーが唇に指を当てた。「ああ、愛しい人、きみは降参したんだ。ぼくにキスをした。激しく。ぼくの体に脚を巻きつけて。抱いてほしいとせがんだ」笑い声をあげる。「思いだしたかい？」

「いいえ」サマーは覚えていた。

「残念だ」ジミーはサマーをじっと見て、真実を見抜いた。「記憶は欲望をかきたてる」

話題を変える必要がある。状況が手に負えなくなる前に。ジミーがどういう人間か忘れてしまう前に。彼は頭脳明晰でゆがんでいて、壊れている。一度死んだ男で、何よりもまず、殺人者だ。「じゃあ、わたしを殺さなかったのは、あなたと同じくらい優秀だからなのね」

「それだけじゃない。きみを殺さなかったのは、ぼくの魂の伴侶《ソウルメイト》だからだ」

サマーは驚き、ぞっとした。「まさか。違うわ！　わたしはあなたのソウルメイトじゃない」違う。サマーは残酷でも邪悪でもない。人を憎んでいないし、復讐のために生きていない。父のことで母が嘘をつこうと、元婚約者がサマーに関する嘘をマスコミに売りこもうと、気にしない。サマーが最も必要としたときに、ケネディに背を向けられたことも、全然気にしていない。

ジミーはサマーの葛藤や憎しみ、苦悩を読み取った。胸を叩いて言う。「選べ。ぼくを選ぶんだ。ぼくにしろ。ぼくが死ぬまで、ぼくを愛すると約束してくれ。ぼくはきみのことをわかっている。理解している」

「嘘よ！」

「ぼくを選べば」ジミーが言う。「ケネディを生かしてやる」

「えっ？」これは選択ではない。強要だ。

「そっちを選べば……そいつは死ぬ」

「そのほうがましだ」ケネディがくぐもった声でつぶやいた。

「くだらないわ」サマーはふたりに言った。「あなたたちも、ばかげたゲームも、とんでもない選択も」

「きみ次第だ」ジミーが言った。

サマーはジミーから目をそらさなかった。その勇気がなかった。彼が次に何をするのか、見当もつかない。サマーを殴って気絶させたあとケネディを殺し、サマーを引き離して、ケネディは生きていると嘘をつくかもしれない……。サマーがどんな選択をしようと、ジミーにケネディを生かしておくつもりがあるとは信じられなかった。

「わたしに自分を犠牲にしろというのね」

「きみはすでに、ケネディの甥のために自分を犠牲にした。ヴァーチュー・フォールズの仲間を守った。自己犠牲はきみの得意分野だろ」ジミーがからかうように言った。

「きみは常に正しいことをする」

サマーは憤慨し、こわばった脚でジミーのほうへ歩いた。「そう思っているのなら、あなたはばかよ」

「今回の犠牲は、それほど恐ろしくも残酷でもない」ジミーが微笑んだ。これほど美しい邪悪な笑みを、サマーは見たことがなかった。「そうだろう?」ジミーがゆっくりと立ち上がり、片方の腕を伸ばしてサマーの腰にまわした。

まさか、ジミーは催眠術が使えるの？　見つめるだけで、サマーを意のままに従わせることができるの？

ジミーがサマーをぴったり抱き寄せた。サマーの後頭部をつかんだ……笑みをたたえたまま。

ケネディがつかえながら、くぐもった声で言った。「この……野郎」

ジミーはケネディに注意を払ってはいるものの、まるでそこにいないかのようにふるまっていた。ジミーはサマーとケネディに示しているのだ。ジミーがサマーを支配していて、サマーは完全に無力だと。何より、ケネディが完全に無力だということを。

だが、ジミーが自分の力を誇示しながらも、体をもぞもぞ動かしているのに、サマーは気づいた。サマーを求めているのだ。サマーのなかに入りたがっている。

サマーも興奮していた。恐怖ではなく欲望に駆られていることに、サマーは無力感を覚えた。ジミーはサマーを快楽で誘惑する、エデンの園のヘビだ。まるでソートゥース山脈のよう。孤立し、荒涼としていて、美しく魅惑的で、危険。死に至る危険がある。そして妙に……心が休まる。

ジミーを恐れている。

彼とひとつになりたがっている。

「あなたは頭がおかしいのよ」サマーはささやいた。

「そうかもしれない」ジミーがサマーの髪に頬をすり寄せた。「あるいは、正気かもしれない──この世でただひとり。きみを連れていって、狂気と輝きに満ちた世界を見せてあげる。欲望や苦しい快楽や、きみのすばらしい知性の新しい、きみには思いも寄らない使い方を教えてあげよう」

70

ケネディは苦悩や心配、怒りに苛まれながら、サマーがジミーに魅了されるのを見ていた。サマーがそれほど簡単にだまされるとは信じられなかった。だが……うっとりとジミーを見つめている。「そいつの……言うことを……聞くな」痛みといらだちで声がかすれた。「そいつに……ついていくな。絶対にだめだ。そいつは異常者だ。わからないのか？」

ジミーが顔を上げ、ケネディをじっと見た。そして、落ち着いた低い声で言った。「おまえが彼女のために進んで自分を犠牲にしたからといって、彼女がおまえを選ぶと思っているのか？」

「サマーは……ぼくを選ぶ必要はない。おまえのことも。彼女は……自由だ」ケネディははっきりしゃべることができなかった。ジミーに殴られ、頬骨と臼歯が砕け、神経が切断されている。それで、話すという基本的な行為も簡単にはできなくなった一方、どうにかして経路を見つけ、脳に痛みの刺激を送り続けていた。身も心も苦しくても、集中しなければならない。約束に従うよう、ジミーを説得するのだ。「おまえは……彼女を自由にすると……約束した」やっとのことで声を絞りだした。「彼女は自由だ──自由にぼくを選べる」ジミーは笑い声をあげたあと、サマーをトランス状態から目覚めさせようとするかのように、軽く揺さぶった。「きみはどう思う、愛しい人？　きみはケネディの甥のために、時間も身の安全も指も犠牲にして、もう少しで命まで失うところだった。ケネディを生《い》け贄《にえ》にして、ぼくたちの愛の礎にしないか？」

サマーはジミーの言葉や声、美しく邪悪な外見に魅了されたかのように、ゆっくりと前後に揺れていた。呆然とジミーを見たあと、ケネディにぼんやりとした視線を向ける。「ジミー。ケネディのことはどうでもいいわ。あなたのことしか頭にないの。もう我慢できない」ジミーにもたれかかり、胸を押しつけた。片手をジミーの肩に置き、もう一方の手を頬に当ててキスをする。ケネディに自分からキスをしたことはないのに。純粋な情熱を込めて、ひたむきにジミーに口づけた。

心のこもった熱烈なキスをされたジミーは、震える手を持ち上げてサマーの手に重ねた。

そのときようやく、ケネディは真実を悟った。

ジミーはサマーを愛しているのだ。

当然だ。ジミーはサマーの寛大さをばかにしたが、彼女は本当に立派だ。完璧ではない。ケネディが期待していた模範的な人物ではなかった。だが、ジミーの言うとおりだ。サマーはマイルズのために自分を犠牲にし、命を危険にさらした。ケネディとジミーのあいだに挟まれ、正気を失いかけている。

それでもなお、ケネディはサマーを信頼していなかった。それには自分なりの理由がある。貪欲で利己的な人間ばかり見てきたから。人間とはそういうものだと思うようになったから。しかし、その理由は単なる言い訳で、ケネディは誰に対しても、もちろん自分にも言い訳を許さなかった。

もう手遅れだ。

サマーはジミーを愛しているのか？　わからない。

だが、ジミーに魅了されているのはわかった。ジミーの体と言葉を使った約束にうっとりしている。彼女はジミーにケネディを殴ることをやめさせた。しかしもう、ケネディが部屋にいることをすっかり忘れているようだ。

サマーが体を引いた、そして、ジミーのアッシュブラウンの髪を耳にかけ、ぼうっとした目を見つめて微笑んだ。「ケネディを殺さないで。わたしが殺人を嫌いなのは知ってるでしょう。あなたとわたしに……わたしたちに生け贄は必要ない。いまのままで完璧な組み合わせだから」サマーの声がジミーの声とそっくりで、ケネディはぞっとした。もちろん、ジミーほど低くはないが、誘惑するようなクリームのごとくなめらかな口調が同じだった。「わたしが生け贄。あなたも。わからない？　一緒にいると……苦しくて、癒《いや》されて、完全にひとつになる」

ジミーがゆっくりとうなずいた。ジミーもまたサマーに魅了されていた。

なぜなら――ぞっとする考えだが、サマーを愛しているからだ。

ケネディは耐えられなかった。絶対に。「サマー！　しっかりしろ。言ってることが……めちゃくちゃだ」

サマーが振り返ってケネディを見た。「うるさいわね」

「あーあ」ジミーが言う。「もうまともにしゃべることもできない」

「黙って、ジミー！　わたしに任せて」サマーがケネディに一歩近づいた。「あなたはわたしを欲しがらなかったわよね。永遠には。わたしを信じなかった。マイルズを助けた〝報い〟を受けろと言った。覚えてる？　だから、いまさら高潔ぶって、わたしを大切に思っているふりなんてしないで……でも、ジミーの言うとおりね。あなたはわたしのために進んで自分を犠牲にしようとした。わたしがあなたの望むような人生を送る限りは――あなたも、ジミーもいないひとりきりの人生を」

「サマー。頼むから、やめてくれ。ぼくを置いていくのはかまわない。だが――」そのとき初めて、ケネディは勝つために何をしなければならないのか気づいた。勝たなければ、サマーが行ってしまう。ケネディはすべての女の顔にサマーを見いだそうとするだろう。だが、サマーはジミーに支配され、死ぬまで闇の世界で暮らすことになる。悪魔に支配されて。

ケネディは必死で立ち上がろうとした。「ジェームズ」

ジミーは思わず振り向いた。ケネディ……かつて尊敬していた男。ずっと追いかけていた男。ジミーの人生を支配した男。

「ジェームズ」ケネディはジミーを最後の残虐行為に駆りたてるために、どうにか声を絞りだした。「ぼくたちには共通点がたくさんある。知性。ゲーム。憎しみ。だから……ぼくを追い払うために必要なことをしろ。ぼくを殺せ。ぼくを生け贄にしろ。やれ！　ぼくを生け贄にして、おまえたちの愛の礎にしろ」

ジミーがケネディに一歩近づいた。「なぜだ？」

「そうすれば、サマーはおまえに対する幻想を捨てる。おまえから解放される」ケネディは自分の顔を指さした。「さあ、やれ。あまり時間がないぞ。心臓にナイフを刺せ。頭に銃弾を撃ちこめ。首を絞めろ。どれもやったことがあるだろう」

ジミーの目が病的な欲望で輝いた。「ああ。刑務所にいたときに全部やった。そうしなければ、生き延びることはできなかった。おまえのせいだ。おまえがぼくに人を殺すことを覚えさせたんだ」

「なら、その技術を使え」

ジミーがケネディに一歩詰め寄った。

サマーがいらだたしげに大きなため息をついた。「ケネディ、悲劇のヒーローを気取るのはやめて。さあ、ジミー、わたしたちの居場所を警察に突きとめられる前に、ここを離れましょう」

ジミーがためらった。

サマーがジミーの首に手をかけた。「狂気と輝きに満ちた世界へ連れていってくれるんでしょう。いつまで待たせるの？」

それでも、ジミーはついにけりをつけられるチャンスに執着し、ケネディをじっと見つめた。

ケネディはにらみ返した。〝そうだ、くそったれ、ぼくを見ろ。やれ。殺せ〟

サマーが怒ってうなり声をあげ、鉄の棒を拾い上げると、デスクの上を払った。本やペン、クリップが飛び散る。ふたたび鉄の棒を振りまわすと、サマーのホルスターと拳銃が転がり落ちた。キーボードとモニターが壁にぶつかり、ケーブルがプツンと切れた。火花が飛び散り、ガラスが粉々になる。

男たちは驚いて、サマーの紅潮した顔を見つめた。

ジミーのグロック18は、まだデスクの上にあった。サマーはそれをつかんで微笑んだあと、男たちににやりと笑いかけた。

男たちはあとずさりした。

サマーは安全装置を確認したあと、グロックを部屋の隅に放り投げた。「あなたたちにはうんざりしたわ」ドアに向かって歩き始めた。

くそっ。ケネディは釣り針に餌をつけ、獲物を釣って、リールを巻いたところだった。だが、サマーがあっけなくジミーの注意を引いた。ジミーに対してそれほどの力を持っているのだ。

ケネディに対しても。ケネディは低い声で言った。「サマー。頼む。きみに会う前から、きみの写真を愛していた。ぼくをひとりにしないでくれ、サマー。ぼくを置いていくな」

サマーはケネディのほうを一瞥《いちべつ》もせずに歩き続けた。

ジミーがあとを追い、サマーの腕をつかんで振り向かせた。「じゃあ、ぼくと行くんだね？」

「ケネディを殺さないと約束する？」サマーがきいた。

「殺さない」ジミーが断言した。「だが、きみは――きみは、あいつを救うために自分を犠牲にしているのか？」

「そうよ。彼を救うために自分を犠牲にしているの」しかし、サマーの体が真実を語っていた。何も犠牲になどしていない。ジミーにもたれかかって顔を上げ、キスをせがんだ。

ジミーが静かに笑ってドアを開けた。

潮風がオフィスに吹きこみ、床に落ちた書類や本のページをそよがした。ケネディは雑念が取り払われ、痛みと苦悩だけが残った。

サマーは最後に軽蔑の視線をケネディに投げかけてから、外へ出ていった。ゲームから、ケネディの人生から退場した。

ケネディはそれほど幸運ではなかった。

ジミーは出ていかなかった。ケネディのそばに来て満足げに眺めながら、低い声で言った。「ぼくはおまえを殺さないと約束した。彼女との約束を守るつもりだ。だが、ぼくはこの家を買った。建設を中止した。ここは放置される。おまえがここにいることは誰も知らない」

カテリが知っている。「おまえは……彼女に……嘘をついた」

「ついていない。真実をすべて伝えなかっただけだ。おまえは傷口から感染症を起こすだろう。痛みに悲鳴をあげながらここで死ぬことになる。高潔で立派なケネディ・マクマナスの身に何が起こったのか、誰も知ることはない」

いずれカテリが助けをよこす。「サマーは……おまえのしたことを……見抜くぞ」

「わからないのか？　サマーはおまえのことなんか気にかけていない。本気では。彼女とぼくは似ているんだ――ぼくたちはどんな手段を使ってでも生き延びる。そういうぼくたちを、おまえは見下している」

カテリがどうしようと関係ない。ケネディは自分の命などどうでもよかった。「サマーのことを……軽蔑なんかしていない」いよいよしゃべるのが難しくなってきたが、これだけは言いたかった。「愛してる。彼女を……大事に……しろ。大切に……扱わなければならない」

「彼女の扱い方を教えてもらう必要はない。彼女はぼくを選んだんだ。どうすればいいかはわかっている」ジミーがドアに向かって歩きだしたあと、振り返った。「切羽詰まったときは、小便を飲んで、耳あかを食べてみろ。少しは長く生きられると聞いたことがある。苦しみが長引くだけだが」

サマーが戻ってきて、戸口から顔をのぞかせた。「ジミー、早く。ヘリコプターが近づいてくる音がするわ」

ジミーが手を差しだした。

サマーはその手を取って、ドアの外に連れだした。ドアが重々しい音をたてて閉まり、ケネディはひとり取り残された。

がっくりと膝をつき、両親が警察に連行されて以来、初めて泣いた。血と涙の入りまじった鮮やかなピンクのシャワーが、かたい木の床にほとばしった。

ケネディは生き延びた。汚れた過去から脱して、高潔な人間になった。その結果、何を得たか？　愛も安らぎもない。あるのは痛みと傷、孤独だけだ。妹の言うとおりだ。ここで死ななければ、老人になるまでサマーを探し続け、彼女の写真と眠り、彼女がどこにいるか、どうなったか常に思いめぐらして……。

顔から血が流れ続け、燃えるように痛かった。唇も舌も腫れている。喉が詰まる。もうすぐ死ぬかもしれない。

膝に鋭い痛みが走った。ガラスの破片がジーンズを突き破っていた。破片を抜くと、膝からも血が流れ、顔の血とまじりあって……ケネディはジミーのデスクから落ちたものの上にひざまずいていた――書類、ペン、クリップ……。

クリップ。クリップをまっすぐ伸ばせば、手錠を外せる。ケネディが誰よりも得意とすること……サマーを別にすれば。

怒りに駆られながら、意気込んで残骸をあさった。

ひょっとすると、もっと深い意味があったのかもしれない。

サマーはデスクの上のものをわざと払い落としたのだろうか。

71

サマーは玄関のドアを見て笑った。ケネディが約束したとおり、鋼鉄のドアは爆破され、ねじ曲がり、玄関ホールの床に倒れていた。鋲が焦げてぼろぼろになっている。ミスター・シマンスキーの手榴弾は期待どおりの働きをしてくれたのだ。とどめを刺すのはサマーの役目だ。クラシックカーを大切にしない——お年寄りも命も大切にしないこのろくでなしを始末しなければならない。

サマーは倒れたドアと、垂れこめた雲の下から斜めに差しこむひと筋の光を跳び越えた。

ジミーも優雅にジャンプした。

西方から、ヘリコプターのブレードが空を切る音がさわやかな風に運ばれて聞こえてくる。低い雲に隠れていて姿は見えないが、あまり時間が残されていないのはわかった。「どっち?」サマーは叫んだ。

ジミーがサマーの腕をつかんだ。「こっちだ」サマーを引っ張って、建設作業でところどころ穴の開いた地面を走り、海を見おろす崖へ向かう。ものすごい力で腕をつかまれ、あざになるだろうとサマーは思った。

「ちょっと。放して」サマーは身をよじって逃れた。「一緒に行くから」

「きみのボーイフレンドを救うためにか」ジミーがからかった。

「そうよ！」サマーはジミーの隣を走った。

ヘリコプターの音が大きくなる。

「たとえそうだとしても」ジミーが言う。「そうだとあいつが信じたがっているとしても、きみがぼくを選んだのは、ぼくを求めているからだとあいつは思うだろう」

「そうね」サマーはベルトに手を伸ばした。

「きみは刺激や情熱や、充実した人生を求めているから」

「あの人は刺激的よ」サマーはバックルを外した。「情熱的だし」

ジミーが怪訝《けげん》な顔でサマーを見た。「あいつは死ぬほど退屈だ」

「意外に思うでしょうけど、わたしの足をマッサージしてくれるの。食料品をしまってくれるし、料理もできるのよ」

「やっぱり退屈だ」

「女はね、男の人が自分を大事にしてくれれば、些細《ささい》なことでも自分を心地よくしてくれれば、それで充分だったりするのよ」

ジミーはさっぱり理解できない様子だった。

だから、サマーはつけ加えた。「それに――ケネディは言葉でわたしをいかせてくれるの」

ジミーが目に見えて不機嫌になった。

サマーはベルトをねじった。

「わたしを見ていたんでしょう。監視していたのよね。わたしのことは全部知っているんじゃないの？」

ジミーが眉間にしわを寄せた。「全部ではないと思う」

「そのとおりよ」サマーは立ちどまった。

ジミーがようやく、サマーに脅かされていることに――彼女を恐れなければいけないことに気づいた。

ジミーがサマーに飛びかかった。

手遅れだ。サマーはベルトを頭上に持ち上げ、すばやく振りまわした。

ベルトの中央の石がジミーの額の真ん中に命中した。メロンが割れるような音がした。ジミーの目がうつろになり、勢いよく仰向けに倒れた。

近づいてくるヘリコプターの音が風の音をかき消す。サマーは叫んだ。「ざま見ろ、ろくでなし！」

ジミーはぴくりとも動かなかった。

気絶しているのだ。昏睡状態に陥っている。脳震盪か、脳出血を起こしたのか。願わくは、死んでいてほしかった。彼の言うとおりかもしれないから——彼との生活は、充実した人生になるだろう。その一方で、常に不安定で、彼に飽きられるか、裏切ったと思われるか、失望される瞬間を待つ短い人生になる。そして、銃を向けられ、銃弾が頭蓋骨を突き破って、サマーの死体もごみのように森に捨てられるのだ。

サマーは家に向かって駆け戻り、途中で立ちどまってジミーを振り返った。

じっと横たわったままだ。

サマーはふたたび駆けだした。ケネディのもとへ。正気の世界へ。

おかしなことに、ジミーを思いきり殴って、石が頭蓋骨にぶつかる音を聞いたのに、それでもまだ彼を恐れていた。

空を見上げた。

ジミーの手下たちが乗っているヘリコプターだ。ものすごく近くにいる。

サマーは全速力で走った。早くなかに入らないと。

間に合わなかった。

ベル・ジェットレンジャーが雲から飛びだした。

サマーは首を曲げて振り向いた。

ヘリコプターが急降下し、着陸態勢に入った。

前の座席に男がふたりいる。パイロットと、開いたドアのところに立っている……なんてこと。サマーはその男に見覚えがあった。ワイルドローズ・ヴァレーにいたバリーだ。ジミーがダッシュを撃ったあと、後始末をした男。ジミーの手下。サマーのことを知っている。

バリーが敷地を見渡し、地面に倒れているジミーと、家に向かって走っているサマーを見つけた。パイロットに何か叫んだあと、両手を上げた——銃を構えている。

拳銃ではなく自動小銃だ。

前にもダッシュと、こんな場面を演じた。でもあのときは拳銃で、木立があった。今回は隠れる場所がないし、連射される弾をよけることはできない。それに、家のなかに入るためには、ドアを跳び越えなければならない。

銃声は聞こえなかった。ヘリコプターの音にかき消された。だが、サマーの周囲の地面に当たる銃弾を見落とすはずがない。

サマーは左右にすばやく身をかわした。

チャンスはない。今回は逃げられないだろう。死ぬのだ。

さらなる銃弾が飛んでくる。

〝走れ。よけろ。止まれ。走れ。曲がれ。よけろ。逃げろ!〟

ヘリコプターがサマーの真上に移動した。

間に合わない——。

家の壊れた戸口から、モンスターが飛びだしてきた。顔が血まみれで、傷ついたライオンのように吠えた。

ケネディ。ケネディだ。顔は見分けがつかないけれど、間違いない。ジミーのグロック18を持っている。

バリーもケネディに気づいた。そして、標的を変更した。銃弾がケネディに浴びせられる。

ケネディがまるで撃たれたかのようにがくんと動いた。くずおれて片膝をつき、一瞬ぐらついたあと、バランスを取り戻した。そして、グロックを構え、ヘリコプターの前部に向かって撃ち返した。

フロントガラスが粉々に割れた。パイロットが頭を引っこめ、制御を失った。

バリーがパイロットに悪態をついた。ドアをつかみ、ライフルを落とす。ライフルがくるくるまわった。

サマーは急いで地面に伏せた。

パイロットはヘリコプターを制御しようと奮闘し、崖の頂上で渦巻いている風と闘った。

ケネディがふたたび狙いを定めて発砲した。もう一度。銃の反動をこらえ、銃弾を一発も無駄にしないよう努力している。

サマーはぱっと起き上がってふたたび駆けだすと、家へ、ケネディのもとへ向かった。

ヘリコプターがふらつき、スピンして横に傾いた。

バリーが落ちてドアにつかまり、機体にぶらさがりながらパイロットに叫んだ。

ケネディは腫れ上がってほとんど見えない目で狙いを定め、残りの弾をフロントガラスに浴びせた。

パイロットが痙攣《けいれん》し、くずおれた。

ヘリコプターがくるくる回転する。

ドアをつかんでいたバリーの手が離れた。手足をばたばたさせ、悲鳴をあげながら落下する。かたい地面にぶつかり、血や脳が飛び散った――バリーによって森に捨てられたすべての人に対する正義が果たされた。

ヘリコプターの回転が、どんどん速くなって制御不能になった。尾部回転翼《テールローター》が高いベイマツを切り取った。燃料がもれて発火し、木が炎に包まれる。

サマーは地面に伏せて丸くなり、両手で頭を抱えた。

エンジンが轟音をたてて爆発し、高熱を発した。閃光《せんこう》が目を閉じていてさえも見えた。

サマーは耳が聞こえなくなり、呆然としながらも顔を上げると、機体が崖の縁に当たって跳ね返り、海に突っこむのが見えた。炎が高々と燃え上がり、茶色の草を焼き、海鳥が怯えて鋭く鳴いた。

サマーは耳を揉んで感覚を取り戻そうとした。

徐々に聴力が回復してきた。木がパチパチ音をたてながら燃えている。機体が水中に沈むあいだに、何度か小さな爆発を起こした。銃声は聞こえない。悲鳴も。ヘリコプターのブレードが空を切る音も。ジミーはあいかわらず仰向けに倒れていて、微動だにしない……。

恐れるものは何もない。

それどころではない。サマーは興奮していた。有頂天になった。勝った。サマーとケネディが勝ったのだ。ジミーがずるをしたゲームで、彼を打ち負かした！

「やった」サマーは叫んだ。かたい地面にひざまずいているケネディを見たあと、立ち上がって両の拳を突き上げた。「やったわ！　ヴェノムに勝った。わたしたちが〈エンパイア・オブ・ファイア〉の勝者よ！」

ケネディがうなずき、何やらつぶやいた。手から拳銃が落ちた。重すぎて持っていられないとでもいうように。ゆっくりと横に倒れて、もだえ苦しんだ。

無益な勝利感はたちまち消え去り、サマーは絶望的な恐怖に襲われた。

ケネディは殺されかけたのだ。怪我を負っていて、死ぬかもしれない。ゲームのせいで。怨恨のせいで。頭のおかしな男の復讐心を満たすために。

「ケネディ、いやよ！」サマーは彼に駆け寄った。

顔が腫れ上がり、傷だらけでぐちゃぐちゃになっていた。腰の傷口から血が噴きだしている――バリーの銃弾が、少なくとも一発は命中したのだ。

遠くからサイレンの音が聞こえてきた。

サマーは大急ぎでシャツを脱いでたたむと、銃創に押し当てた。「警察が来るわ」

ケネディに語りかける。「死なないで、あなた《マイ・ラブ》。お願いだから生きて」

ケネディがめちゃくちゃになった顔――二度と元どおりにはならないだろう――でサマーを見上げ、つぶやいた。「愛《ラブ》？」

「そうよ」サマーは必死だった。「あなたはわたしの愛する人。お願いだから、死なないで。わたしを置いていかないで。生きて」

「がん……ばる」ケネディはろれつがまわらないながらも言った。

ケネディは重傷を負った。サマーのために。サマーを救いだしてくれた。暗闇から。恐怖から。

ジミーから。

パトカー二台と救急車一台が到着し、近くに停車した。最初にギャリックがおりてきて、銃武装した警察官に大声で命令した。

救急救命士がサマーを押しのけて、ケネディの処置に取りかかった。彼らが奮闘するあいだ、サマーはそばでなすすべもなく見守った。

ケネディは息を切らし、痛みで錯乱していたが、救命士が薬を投与しようとすると、それを押しやった。そして、腫れ上がった目をわずかに開けてサマーを呼び寄せ、ぼろぼろの唇を開いて尋ねた。「ジミーは？」

「気絶させたの。死んでるかもしれない」サマーは振り返り、ジミーが倒れている場所を指さした。「あそこに——」

ジミーの姿が消えていた。

72

ありえない。

いいえ、あり得る。

ジミーなら。

サマーはグロック18を拾ってさっと立ち上がった。

警察官がサマーに向かって叫んだ。「銃をおろして。銃をおろせ！」

サマーは何歩か走ったあと、銃を構えて左右に動かし、ジミーを探した。ケネディを守らなければ。ケネディのために人を殺す覚悟はできていた。

「銃をおろせ。いますぐおろせ！」

ジミーを見つけた。夕暮れの金色の空の下、崖っぷちに立ってサマーを見ている。見つめている。

サマーに撃たれるのを待っている。不意に、額に触れて敬礼したあと、投げキッスをした。そして、飛びおりた。オリンピックの飛び込みの選手のように、両腕を伸ばし、身を乗りだして。

サマーは狙いを定め、引き金を引いた。一発。一発で心臓を撃ち抜く。

ジミーが視界から消えた。

サマーに残されていたのは、その一発だけだった。あとはケネディがサマーを守るために使ったのだ。

サマーは崖に向かって走り、地面に伏せて縁からのぞきこんだ。

はるか下で、波が岩に打ちつけている。ヘリコプターは燃えてばらばらになって巨岩を覆い、炎が辺りを照らしていた。海鳥が旋回しながら警告の鳴き声をあげている。うねりのなかに、死骸が浮かんでいた――アザラシやアシカが、巻き添えを食らって無残にも殺されたのだ。

そして、燃えているうつぶせの死体が、波に流されていた。

ジミー？　みんなに深い苦悩をもたらした男が、両腕を広げて自らの死を受け入れたのだろうか？

ジミー・ブラックラーはサマーが撃つように仕向けた。それから、広大な太平洋に身を投げた。思いどおりに死んだのだろう。「よかったわね。ようやく幸せになれたことを願うわ」

サマーは横を向いて体を起こした。

拳銃に手を置いたギャリックが背後に立っていた。片手を手のひらを上に向けて差しだす。

サマーは台尻を向けて拳銃を渡した。それから、ギャリックの手を借りて立ち上がった。

そして、周囲を見まわしてケネディを探した。報告するために。彼がまだ生きていることを確かめるために。

ケネディは担架にのせられ、救急車に運ばれているところだった。血まみれで、全身が包帯やチューブに覆われている。パッドで頭を固定していた。

「待って！」サマーは叫んだ。「ひと言言わせて！」

救命士が立ちどまった。

サマーは彼のそばに駆け寄り、口を耳に近づけた。「ケネディ」

ケネディがわずかに目を開けた。

「死んだわ」サマーは言った。「ジミーはもういない」

ケネディが顎を小さく動かしてうなずいた。

微笑んだように見えた。

「もういない」ケネディがささやいた。

そのあと、救命士がケネディを救急車に運びこんで、彼もいなくなった。

73

二年後

サマーとケネディは、サンフランシスコのペントハウスの玄関ホールに入ると、バッグを置いて同時にうめき声をもらした。そして、同時に笑った。

「すてきな旅だったけど」サマーは言った。「家に帰るとほっとするわ」

「楽しんでもらえてよかった」ケネディの青い目がきらめいた。

二回目の対ジミー・ブラックラー戦勝記念日を祝うため、プロヴァンスで六週間、ふたりきりで過ごせるよう、ケネディが手配してくれたのだ。美しい城を借り、ラベンダー畑のあいだの小道を散歩し、おいしい料理を食べ、おいしいワインを飲んで、隙あらば愛しあった。

ふたりを破滅させようとした悪魔と対決した恐ろしい日々についても初めて話しあい、不利な戦いを生き延びたことを喜んだ。

けれども、ケネディが生活の質を取り戻すために耐え忍んだ一年半にわたる手術やリハビリや、残酷でカリスマ的なジミー・ブラックラーに対するサマーの奇妙な執着が本物だったのか、あるいはただの上手な芝居だったのかについては話さなかった。言わないほうがいいこともある。

旅行は普段は忙しい生活を送っているふたりにとって、よい休暇になった。ケネディの病床で結婚して以来、彼の会社は飛躍的に成長した。サマーの別荘コンシェルジュ事業は、いまでは七十名以上の従業員を抱えていて、バンクーバーから北カリフォルニアまでの西海岸、アイダホのスキーリゾートにも顧客がいる。

暗黙の了解によって、子どもを作るかどうかについてはまだ決めていない。ジミーとの出来事がトラウマとなり、これほど危険な世界に自分たちの子どもを送りだすのを恐れたのだ。

それでも、マーサズ・ヴィニヤードとここサンフランシスコに居を構え、恵まれた生活を送っていた。ヴァーチュー・フォールズにもマンションがある。ワイルドローズ・ヴァレーのミスター・ブラザーズを定期的に訪ね、だいぶ体力が衰えた彼のために、資金集めのパーティーを手伝っている。ワイルドローズ・ヴァレーは、ふたりの人生の大切な一部になりつつある。

サマーはひそかに、悪夢によく現れる、ダッシュから隠れた洞窟を訪れた。明るい懐中電灯で石の壁や床を照らしだすと、恐れる必要のない場所だとわかった。幅広で奥行きはあるが、サマーが休んだ岩棚は一メートルくらいの高さしかなかった。それなのに……いまでもときおり、底なしの暗い穴に落ちる夢を見る。落ちていく先が炎の海で……ジミーと一緒のときもある。

けれども、ケネディにその話はしていない。それに日中は、ジミーの記憶に悩まされることはなかった。

そしていま、サマーはケネディに抱きついてキスをした。「本当にありがとう。すてきな思い出になったわ。一生忘れない」

「ぼく……もだ」ケネディが彼のオフィスを見やった。「もう行かないと……メールが大量に……たまっているだろう」ケネディはいつものように、言語聴覚士に教わったとおり、ゆっくりと注意深く話した。

ジミーに鉄の棒で激しく殴打されたせいで、後遺症が残った。顔の神経をずたずたにされ、一部は回復しなかったため、眼窩下垂になり、顔の造作がわずかにゆがんでいて、言語障害がある。

それでも、ビジネスにおいては以前と変わらず言いたいことをどうにか伝えることができ、私生活では急いで話すことも、感情的に話すこともなかった。

サマーはそれがたまに羨ましくなった。

「でも、早めに切り上げてね。ふたりとも時差ボケで、スープを飲んでいる最中に寝そうになったんだから」

「あれは……スープだったのか？」ケネディが顔をしかめた。「ファーストクラスの機内食は……料理と呼べる……代物ではない」

「そうね。空港でサンドイッチを食べればよかった」サマーはあくびをした。

ケネディが寝室へ行くよう、サマーの背中を押した。「ぼくも……すぐに行く」

サマーはうなずき、ダッフルバッグのストラップをつかむと、廊下を引きずって寝室へ向かった。

寝室は日本風にシンプルに装飾し、一番のお気に入りは眺望だった。晴れた夜は、壁一面の窓からゴールデン・ゲート・ブリッジと、その向こうにマリン郡が見える。今夜は曇っていた。雨が窓ガラスに打ちつけ、雲が建物を取り巻いている。日照りが続いていたので、恵みの雨だ。

部屋に入ると、やわらかな照明が自動的に点灯した。スポットライトのひとつが動かされ、ベッドのサマーの側のテーブルを照らしていた。テーブルの上には、長さ三十センチの美しく包装された箱と、何十本もの赤いバラが活《い》けられたクリスタルの花瓶が置かれている。

ワインとバラ。

サマーは吐息をもらして微笑んだ。

ケネディが休暇を完璧に締めくくるために手配してくれたのだ。だから、茎の長いダークレッドのバラをサマーがどういうわけか好きになれないのを彼が忘れてしまったことは、責めずにおこう。獲物を探して徘徊《はいかい》する吸血鬼や、芝居がかったタンゴの歌姫を連想するのだ。それでも、彼の気持ちがうれしかった。花の中央にカードが差してあり、金色の包装紙で包まれた小箱もついていた。

ワインとバラと宝石。

「ああ、ケネディ」サマーは小箱を取ろうとして、さっと手を引っこめて親指を吸った。とげの抜き忘れがあったのだ。顔を近づけてよく見ると、それどころか、とげは一本も抜かれていなかった。花屋にひと言っておく必要があるだろう。サマーは慎重にカードと小箱を手に取った。

カードを開いてみる。

〝いつもいつまでも、サマー、きみはぼくの愛しい人〟

ケネディらしくない。それに、筆跡も違う。電話で注文したのかしら……。

感傷的なメッセージを読んで、違う花が届けられたのではないかと考えた。ケネディが花を送らなかったというのではない――この建物のセキュリティの厳重さを考えると、それはあり得ない。ただ、花屋が届ける花を間違えたのかもしれない。この小箱もサマー宛でないとしたら残念だ。サマーはケネディが贈ってくれる宝石が好きだった。

包装紙をはぎ取った。

ケネディがバッグを持って入ってきた。「それは……なんだ?」サマーは花瓶を指さした。「やっぱり。間違いなのね?」

「この花もワインも、あなたが注文したのではないんでしょう?」

「花は……送った」ケネディが眉根を寄せる。「だが……それじゃない。ワインも……今夜は……送っていない」

「じゃあ、これも違うのね?」サマーは小箱を見せた。

ケネディが目を細めて小箱をにらんだ。

「そう、でももう開けてしまったから、何が入っているか見てみましょう」サマーは小箱を開けた。わけがわからなかった。

黒いベルベットの上に置かれていたのは、光沢のある赤いリボンに吊された金メダルだった。

いつの間にかオリンピックで優勝したの？

ケネディがバッグをクローゼットのそばに置いた。「なんだそれは？」

サマーはメダルに書かれた文字を声に出して読んだ。「ダブルゴールド（審査員全員が金と評価したワイン）受賞……サンフランシスコ・インターナショナル・ワイン・コンペティション」

サマーは全身に鳥肌が立つのを感じた。

ケネディと顔を見合わせた。

ふたりはワインの箱を見つめた。

サマーの小指――切断して失ったはずの小指がうずいた。

サマーは箱にかかっているサテンのリボンをほどいた。

「開けるな！」ケネディがサマーに歩み寄った。

間に合わなかった。

リボンが外れ、サマーは蓋を開けた。いやな予感を覚えながらラベルに目を凝らした――海を見おろす崖の上に立つ城の廃墟と、城壁から飛びたつ立派なワシが巧みに描かれている。

サマーは悲鳴をあげてケネディに駆け寄った。
だが、脳に刻みこまれた恐怖からは逃げられなかった。

グレーシー・ワイン
カベルネ・ソーヴィニヨン
サマー・フォーエバー

訳者あとがき

これまで数々の作品を生みだし、読者を楽しませてきたベテラン作家、クリスティーナ・ドットが満を持して送りだしたロマンティック・サスペンス、〈ヴァーチュー・フォールズ〉シリーズの第二作をお届けします。

本書のヒロイン、テイラー・サマーズはインテリアデザイナーとして成功し、何不自由ない生活を送っているものの、母親と不仲だったり、二度の婚約破棄を経験したりと、私生活では問題を抱えています。そして、芸術家になる夢をあきらめきれず、インスピレーションを求めて亡き父との思い出が詰まった故郷のアイダホに帰った折に、誘拐された少年が殺されそうになっている場面を目撃し、見殺しにはできないと少年を助けた結果、テイラーの長い逃亡生活が始まります。

テイラーは命からがらたどりついたヴァーチュー・フォールズで名前を変え、新しい人生を切り開いたあともなお、誘拐事件の黒幕、ジミーに見つかって報復されるのではないかと常に怯えていました。そこに、少年のおじで、ジミーが深い恨みを抱くケネディ・マクマナスがテイラーを助けるために現れるのですが、テイラーの恐れていたことが現実となってしまいます。

ケネディは両親が犯罪者というつらい過去を持つゆえに人の過ちを許せず、感情よりも理性を重んじ、孤独な生活を送っていました。一方、ジミーは殺人も平気で犯す筋金入りの犯罪者であるにもかかわらず、愛想がよく、うっとりするような笑顔の持ち主で、周囲の人間や部下にも慕われ、危険な魅力にあふれています。テイラーは生き延びるためなら手段を選ばない、とてもタフな自立した女性ですが、どちらの男性にも心を惹かれ、ふたりのあいだで揺れ動き、最後まではらはらさせてくれます。

また、ヴァーチュー・フォールズ・リゾートの経営者マーガレット・スミスや、オーシャンヴュー・カフェのウェイトレス、レインボー、沿岸警備隊部隊長だったカテリ、エリザベスとギャリックのカップルなど、一作目でおなじみの個性的な面々ももちろん登場します。

本国ではすでに四作目まで発売されている本シリーズ。次作は、〈アマゾン・ベスト・オブ・ロマンス二〇一六〉、〈ブックリスト・ベスト・オブ・ロマンティック・サスペンス二〇一六〉に選ばれ、「ノーラ・ロバーツファンなら読むべき」と絶賛されています。今後もシリーズから目が離せません。

最後に、本書を翻訳する機会を与えてくださり、訳出に当たって数々の貴重なアドバイスをくださったみなさま方に、この場を借りて心よりお礼申し上げます。

二〇一八年十月

ザ・ミステリ・コレクション

愛《あい》は暗《くら》闇《やみ》のかなたに

著者　クリスティーナ・ドット
訳者　水野涼子《みずのりょうこ》

発行所　株式会社 二見書房
東京都千代田区神田三崎町2-18-11
電話 03(3515)2311［営業］
03(3515)2313［編集］
振替 00170-4-2639

印刷　株式会社 堀内印刷所
製本　株式会社 村上製本所

ISBN978-4-576-18179-0
https://www.futami.co.jp/

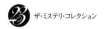

失われた愛の記憶を
クリスティーナ・ドット
出雲さち［訳］

四歳のエリザベスの目の前で父が母を殺し、彼女はショックで記憶をなくす。二十数年後、母への愛を語る父を見て疑念を持ち始め、FBI捜査官の元夫と調査を……

あなたを守れるなら
K・A・タッカー
寺尾まち子［訳］

警察署長だったノアの母親が自殺し、かつての同僚の娘グレースに大金が遺された。これはいったい何の金なのか？ 調べはじめたふたりの前に、恐ろしい事実が……

甘い悦びの罠におぼれて
ジェニファー・L・アーマントラウト
阿尾正子［訳］

静かな町で起きた連続殺人事件の生き残りサーシャ。失った人生を取り戻すべく10年ぶりに町に戻ると酷似した事件が…。RITA賞受賞作家が描く愛と憎しみの物語！

夜の果てにこの愛を
レスリー・テントラー
石原未奈子［訳］

同棲していたクラブのオーナーを刺してしまったトリーナ。6年後、名を変え海辺の町でカフェをオープンした彼女はリゾートホテルの経営者マークと恋に落ちるが…

背徳の愛は甘美すぎて
レクシー・ブレイク
小林さゆり［訳］

両親を放火で殺害されたライリーは、4人の兄妹と復讐計画を進めていた。弁護士となり、復讐相手の娘エリーを破滅させるべく近づくが、一目惚れしてしまい……

危険な夜と煌めく朝
テス・ダイヤモンド
出雲さち［訳］

元FBIの交渉人マギーは、元上司の要請である事件を担当する。ジェイクという男性と知り合い、緊迫した状況のなか惹かれあうが、トラウマのある彼女は……

危険な愛に煽られて
テッサ・ベイリー
高里ひろ［訳］

兄の仇をとるためマフィアの首領のクラブに潜入したNY市警のセラ。彼女を守る役目を押しつけられたのは最凶のアルファ・メール＝マフィアの二代目だった！